低智商犯罪

犯罪推理天王——

紫金陳 著

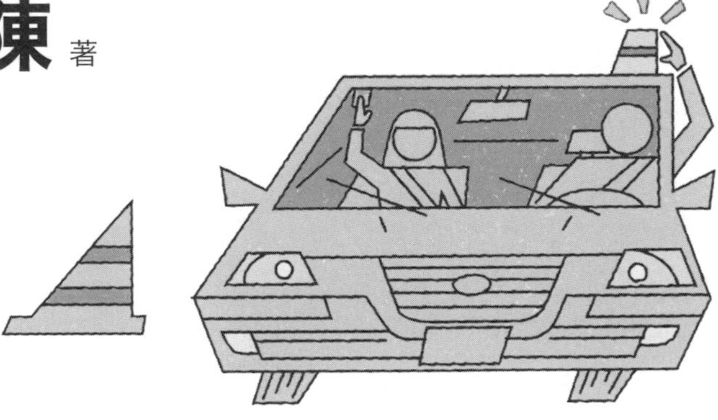

01

「你有沒有感覺，現在的人普遍浮躁，個個都想賺快錢，到處都是陷阱和騙局？就拿手機來說吧，接到的十個電話裡，九個在推銷、詐騙，你再看看樓下——」方超手持一把槍，站在酒店客房的窗戶邊，撩開兩片窗簾，露出一條縫隙，指向對面的沿街店舖。「瞧，做仲介的、治前列腺的、免費旅遊、美容整形，還有各種融資理財，現在市面上淨是這些店。房租太貴，老老實實做買賣的都倒閉關門了，能活下來的全靠坑蒙拐騙！不過說來最可氣的，還是路口那家足浴店！」

一旁正低頭整理背包的劉直停下手，好奇地問：「洗腳的又怎麼了？」

「我昨晚去了那家足浴店，結果真的給我洗腳！」

「要不然呢？」

方超轉過身，來到換衣鏡前，仔細檢查臉上的鬍子和假髮，幽幽地說：「『真正』的足浴店啊，是不洗腳的。」他回頭看向一臉茫然的劉直，笑著拍拍劉直的肩膀，「走吧，等幹完這票，我帶你體驗一回『真正』的足浴！」

方超把手槍鎖上保險，藏在腰後，劉直背上雙肩包。兩人從頭到腳都做了連他們爸媽都認不出來的偽裝，才從容地離開酒店，叫了輛計程車，徑直駛到郊區的一個街口，走進一條巷子。他們穿行一陣，到了外面的馬路上，又繞路走了一長段，最後來到了一個丁字路口。

對面的拐角處有一家中等規模的私人銀樓，正是他們蹲點多日後決定下手的目標。

方超觀察了一會兒周圍，低頭看向手錶，現在是下午四點半，很快，城市的下班尖峰就會到來，時間和他計畫的一樣。他從口袋裡掏出手機，按下撥號鍵。

幾秒鐘後，距他們五公里外的市區，一家銀行門口的花壇處，突然「砰」的一聲，中間一棵拳頭粗的冬青樹直接被攔腰炸斷，兩輛停在旁邊的電動車被炸飛幾公尺遠，現場頓時冒起滾滾濃煙，伴隨著過路行人驚恐的尖叫，百米外一位駕駛汽車的女司機被嚇得失控，導致多車追撞。

緊接著，市區另外兩條熱鬧街道也相繼發生了類似的小規模爆炸事件。

幾分鐘後，報警電話蜂擁打入公安局。一時間，全市的大量警力奔赴三處現場。

十分鐘後，方超打開手機導航軟體，看到市區主要道路皆已變成一片紅色，說明整座城市徹底堵成了一鍋粥。他輕笑一聲，朝劉直點下頭，低聲下令：「動手！」

兩人套上橡皮手套，大步走向銀樓。快到店門口的監控區域內，他們快速抽出一張塑膠面具戴在臉上，劉直拿出兩張印有「停業裝修」的貼紙，往店面左右玻璃門上一拍。兩人閃身進店，關上門，方超掏手槍，劉直拿出一把長匕首，雙雙撲到店裡三個猝不及防的女店員面前，威脅著大喊：「都別動，搶劫！老實點，一動就開槍！」

方超持槍控制全域，劉直單手攥著匕首，抓住其中一個女店員，推搡著將三人都趕到櫃檯旁邊的一處角落集中起來，命她們蹲下身，雙手露出，抱住腦袋。

眨眼的工夫，銀樓已在兩人的掌控之中。方超淡定地走上前，槍口在三個女人頭上來回移動。他從容不迫地說：「不要害怕，大家都配合點，把櫃檯的鑰匙交出來，我們拿了東西就走，不傷人。」

三個女人蜷縮著靠在一起，嚇得瑟瑟發抖，連頭都不敢抬。

見她們渾然沒有反應，劉直馬上失去耐心，揮舞著匕首吼起來：「聽見沒有，快把鑰匙交出來！老子數到三，不交就殺人了！一——」

「穩住，暴力解決不了問題。」方超打斷道。

他和劉直的作風完全不同，一向認為搶劫也是要靠腦子的，暴力只是輔助手段，於是拿出一貫的沉穩作風，不緊不慢地跟她們講道理：「我相信妳們一定是第一次遇到這樣的事，妳們肯定很害怕，妳們在考慮要不要把鑰匙交出來。其實道理很簡單，妳們上班賺多少？有必要為了這點兒工資搭上性命嗎？記住一句話，命是自己的，錢是老闆的！」

一個女人抬起頭弱弱地說：「我是老闆。」

方超嚥下唾沫，直接抬手開槍，「砰」的一聲，旁邊一個玻璃展櫃頓時四分五裂，三個女人腿一軟，嚇得跌倒在地。女老闆顫抖地掏出鑰匙，高高舉過頭頂。

劉直一把抓過鑰匙，嘀咕一句：「早開槍不就結了。」

按照計畫，方超持槍守著三個店員，劉直負責收羅財物，整個過程不能超過三分鐘。到了三分鐘，方超看到劉直的背包已經沉甸甸的，再多，不利於逃跑，只能忍痛放棄櫃檯中的其他金飾。他一揮手，劉直拉上背包拉鍊，掏出繩子，飛快地將三個女人綑綁在地，用膠帶封住她們的嘴巴。

兩人深吸了口氣，故作鎮定地挺直身板，快步離開銀樓。

半個小時後，旁邊一家店舖的友人過來串門，救出了店中被困的三人，眾人馬上報警。員警此刻都聚集在市區的暴恐現場，周圍交通一片混亂，一個多小時後才趕過來。

當天晚上的各種新聞、網路社群以及公安內部，都在激烈討論著下午的爆炸案，而這間小小銀樓的搶劫案以及當天這座城市裡的其他案件，都顯得不那麼重要了。

★★★

方超和劉直坐在酒店房間裡，呆呆地望著桌上一尊白玉鑲金的財神像，旁邊還有一小堆黃金首飾。過了半晌，方超點起一支菸，深吸一口，長嘆道：「我真是不明白，前兩次搶珠寶店，確實是我們經驗不足，沒想到那些標價幾萬、幾十萬的玉器壓根兒不值錢，最後只得按斤兩賣個白菜價。這回吸取教訓了，要幹黃金這種硬通貨。結果經過這麼多天準備，目標找好了，搶劫也成功了，誰知你又來這套，不多拿點兒黃金，往包裡塞個十多公斤重的財神像算什麼？」

劉直含糊爭辯著：「我……我看這東西擺在正中間，以為很值錢，摸上去像和田玉。」

「和個頭！十多公斤的和田玉？指甲蓋大的一家店，你當是故宮啊！」

「我……」

方超搖搖頭，一副視他無藥可救的模樣。

「搶銀樓，最後搬走財神像的，全中國也就你一個了。」

劉直沉默了片刻，惱羞成怒道：「大不了下一次再來過，不就是搶個劫嘛，怕個屁！」

「沒有下一次了。」方超眉頭一擰，「連著三次引爆土炸藥分散警力去搶劫，俗話說事不過三，再來一票，准被警方發現其中的關聯。」

「那怎麼辦？不幹搶劫幹什麼？」

「搶路上的店鋪，歸根結柢是拿命賺錢，稍有不慎我們就得搭進去，這不是長久之計呀！我們倆又都沒有一技之長，找份正經工作是不可能的了；做點兒生意，我們也不是這塊料。回過頭來看，我們得換個思路，做點兒其他輕鬆又不用本錢的買賣！」

「做鴨子啊？」劉直看了看方超，又想想自己，有點兒心動，「這……這我沒試過，也不知道行不行啊。」

「行個頭！」方超一巴掌拍在他頭上，「我說搶店鋪不行，我們換個方向，搶人！」

在劉直好奇的目光中，方超找出一份報紙，攤平後指向上面的一個新聞標題〈被盜千萬不敢報警〉，冷笑起來。「千萬哪，你算算，得搶多少家店鋪才能賺到一千萬。弄個貪官，就全來了！趕緊收拾一下，明天我們就動身去三江口，弄他個貪官發財。」

「為什麼要去三江口？」三江口是江浙沿海的一個縣級市，雖說經濟也算發達，但畢竟跟浙江省會杭州壓根沒法比，想來貪官也沒杭州的有錢。

「因為三江口最安全。」方超翻開報紙的另一面，指著底下巴掌大一角很不起眼的新聞，「三江口公安局的副局長失蹤了半年，找不到人，都上報紙登尋人啟事了。你想啊，三江口的員警把他們老大弄丟了都找不回來，還能抓到我們？開玩笑！」

02

一個半月前。

省公安副廳長高棟坐在椅子上，左手夾著菸，右手舉著一份舉報信的影本，反覆閱讀著上面短短的半頁文字。

沒過多久，辦公室吳主任敲了兩下門走進來，高棟迫不及待地起身詢問：「怎麼樣了？」

吳主任遞給他一個檔案袋，說：「舉報信上沒有檢測出指紋和其他指向性物證，看來舉報人的警惕性很高。如果要查舉報人身分，除非安排刑警直接去找快遞公司，畢竟是寄到公安廳的文件，想必收件的快遞小哥會留心寄件人。」

高棟站在原地凝神思索幾秒，又重新坐下，把菸頭掐滅，打開檔案袋。裡面一共有兩份資料，一份是用透明塑膠袋包裹起來的舉報信原件，另一份是幾頁物證鑑定報告。

高棟看了幾眼鑑定報告，問：「這封信上寫的內容，物鑑中心的人也看到了吧？」

「找的是自己人，我全程在旁邊看著出的結果。」

「自己人也要小心哪……」高棟輕嘆一聲。

「畢竟只是做技術的，和裡面牽涉到的事不相關。高廳，你看要不要安排刑警去查寄件人？」

「不用了。」高棟把舉報信原件放入抽屜，把鑑定文件投入碎紙機，按下開關表達他的態度，

「不管信上說的是真是假，我們首先要保護舉報人，不能讓舉報人誤以為我們想查他。既然舉報人暫時不願透露身分，我也尊重他的個人選擇。」

「那您的意思？」

「信上舉報周衛東，為什麼舉報人要把信寄給我，而不是寄給紀委？當然，他在信上說他還沒有實質證據，這是其一。我想第二點是因為，他知道我跟周衛東有矛盾，這也不算什麼祕密。我是刑警出身，他是政工那條線的人，在我到省廳前，我們的工作經歷從來沒有交集。我到省廳這三年，他仗著資歷老，又是常務副廳長，很多地方針對我，明眼人都看得出來。」

吳主任說：「可您執掌刑偵，又是副廳長裡面最年輕的。」年輕是一項千金買不到的政治資本，這正是他的優勢所在。

高棟閉了會兒眼，淡淡地說：「再過一年半載，咱們廳長不是高升公安部就是調去政府工作，到時的廳長人選，如果部裡沒有特別安排，按省裡的內部推薦，基本就是周衛東了。你知道我和他的關係，如果他當上廳長，我的日子就不好過了。」

吳主任眼睛一亮，尋思著。

「舉報人明白您和周衛東的關係，所以把信寄給您，他知道您敢動他！」

高棟笑了笑，說：「你猜周衛東是從什麼時候開始跟我過不去的？我來省廳前管刑總，調任副廳後，刑總裡還能說得上話。一次刑總隊長找我，說他們破了起案子，一個叫周榮的商人找他們，自稱是周衛東的侄子，想撈人。案子已經定性，放人是不可能的，他希望把罪名弄輕點兒。我一看案卷，原來是富二代輪奸未成年女孩兒，我直接讓刑總往最重的辦。這事以後，周衛東對我態度就變了。當然，後來我也調查過他，可他為人處世滴水不漏，看起來真是一身清白。」

吳主任點點頭，周衛東素來有一些傳聞，但如果真有證據，這幾年中央巡視組早調查他了。

高棟繼續說：

「可這次的舉報信不同，舉報人說周榮就是周衛東的『白手套』，據說周榮黑白通吃，手裡還沾著命案。三江口管刑偵的副局長盧正半年前失蹤了，迄今查無線索；舉報人說盧正當時正在調查周榮，是周榮把盧正滅了口。可對於這件事，舉報人稱他手裡也沒有直接證據，不過掌握了一些線索。」高棟眼神一寒，冷聲道，「這麼大的刑事命案一旦證實，什麼級別的都跑不了！」

吳主任尋思說：「舉報信裡還說，如果您願意查周榮，就讓省廳空降副局長去三江口，填補盧正的位子，他會在看到您的態度後，跟我們正面接觸，配合我們的調查工作。」

高棟點點頭。「盧正失蹤至今，算起來三江口的刑偵副局長職位已經空缺半年多，是時候填上了。按慣例，這小地方上的崗位都是地方自己定，但這次一定要安排我們自己的得力幹將進去！」

「周衛東怕也會爭這個坑。」

「我管刑偵，這個人選我說了算。」高棟思索片刻，抬頭道，「現在問題的關鍵是，我們派誰去？」

「得要一個能力強又絕對可靠的人過去。」其實吳主任心中早已有了人選，見領導投來詢問的目光，便馬上亮出底牌，「張一昂！」

「張一昂？」高棟嘴巴張到一半，吃驚地看著對方，「難道你認為他能力強？」

「他……他能力難道不強？」吳主任看著領導的神色明顯不對，只好在一旁乾笑起來。

在吳主任的印象裡，張一昂能力極強。前年他車子在社區裡被人劃了，找派出所報案半個月沒消息，他告訴了張一昂，結果第二天人家就把劃車的揪出來了。後來他親戚在旁邊一個城市開飯店被當地流氓勒索，他諮詢張一昂這種事一般能怎麼處理，誰想沒幾天流氓就提著禮品去店裡登門道歉了。他這能力，能不強？

高棟哼了一聲，搖搖頭。「張一昂這小子能有啥能力？辦案基本靠猜！」

「嗯……」吳主任衝著這兩次人情，繼續艱難地替張一昂說話，「可在辦這起案子上，我覺得可靠比能力更重要。我聽說張一昂從學校一畢業就跟著您，出身最純，其他人就算能力比他強，畢竟查的是周衛東，萬一想搞政治投機，蛇鼠兩端……」

高棟躺在椅子上，不由得想起了一些往事，在他當上副廳長之前的刑警生涯中，在破最後一起案子時，確實遇到了叛徒。若說用著徹底放心的，除了張一昂，還真找不出第二個人選。

吳主任繼續吹風：「其實他能力如何不重要，舉報人說了嘛，只要我們表明了態度，他會弄到證據交給我們，重要的是三江口這個點，一定要用我們最靠得住的人來鎮守。」

高棟想了想，這也是事實。

見領導態度有了轉機，吳主任再接再厲。

「張一昂過去一直躲在您的光環下，沒有太多個人施展的機會，這次就讓他獨當一面試試吧。說不定放到地方上，他才能釋放潛力，破幾個掙面子的大案！」

高棟思索許久，長長嘆息一聲。「但願在我退休之前，能見他破一個大案。」

★★★

對於突然空降三江口、任職主管刑偵的副局長，張一昂的心中充滿了感恩。

張一昂畢竟在省廳工作，一眼望去頭上全是領導，下到地方後才有自己的話語權。何況高廳如此器重自己，將查周榮牽出周衛東這樣驚天動地的計畫交給他，還花了整整一下午教他怎麼開展工作、怎麼應付地方上的人事糾葛。

吳主任還轉達了高廳對他的殷切期許，將他下派地方任職，不光是為了查周衛東，更是給他機會，希望能看到他破幾個大案；當然，轉達的只有高廳的後半句。張一昂差點就當場對天起誓，一定要在三江口幹出一番轟轟烈烈的成績，絕不能讓領導失望！

轉眼間，他赴任三江口已一個星期有餘，這地方上的人事關係，遠比他預期中的更複雜。

首先是局裡的其他領導，雖然待他表面還算客氣，但實際接觸中，明顯把他當成「傳染病患者」，集體隔離他，對他敬而遠之。其次是刑偵這條線內部，刑大隊長葉劍自他到任的第二天就請起病假，再也沒見著人。據說原本按照內部推薦，葉劍會接任副局長，結果張一昂突然空降，猶如一記老拳正中葉劍心窩，像便祕患者在即將舒暢之際突遭痔瘡破裂痛昏倒地，這心情可想而知！更有傳言說葉劍和周榮私交甚篤，怕也是另一層原因吧。其他的刑警雖沒有在明面上跟他對著幹，但看著其他領導的態度，自然也跟他保持著距離。

任何單位，論資排輩和站隊都在所難免，他初來乍到，對此倒也無可奈何。

開頭就遇到困難，他也不敢向領導求助，苦思冥想之下，總算被他想出一招。經過打聽，刑警大隊內部也不是鐵板一塊，副大隊長王瑞軍素來跟葉劍有矛盾，中隊長宋星是王瑞軍的好哥們，他便想拉攏這兩位。

拉上王瑞軍很簡單，他和葉劍不和，新來的領導也跟葉劍不和。敵人的敵人是朋友，敵人的領導更是朋友，只要處理好和新領導的關係，不用多久，新領導自然會想辦法調走葉劍，讓他升大隊長。相比之下，宋星就麻煩一些。他是警隊裡的破案好手、業務骨幹，只是除了工作，為人處世刻板了些，所以他比王瑞軍早三年當員警，獲得的表彰也更多，卻在中隊長的位子上始終升不上去。

對付宋星這樣的業務骨幹，張一昂自然也有他的辦法。業務骨幹都佩服破案能力強的領導，張一昂是高廳一手帶出來的徒弟，而高廳是昔日的神探，全省刑警的偶像，隻身在沒有任何負傷殘疾的情況下就獲得了一次公安部一等功、兩次團隊一等功，其他獎項無數，是省廳大領導裡唯一刑警線出身的。作為神探的徒弟，想必也不是凡人。藉著高廳的招牌，他將宋星也暫時收入麾下。

萬事起頭難，好歹拉了兩個人，但這兩人也談不上心腹，要讓三江口的整條刑警線聽他指揮，只有兩個辦法：第一是靠時間熬資歷，張一昂沒這耐心；第二就是盡快破個大案，以能力服眾來樹立威信。對此，張一昂沒來由地充滿信心。

除了單位內部的人事問題，擺在他面前的，還有個附送的難題。

今天早上他剛到辦公室，就見實習女刑警李茜捧著一大遝材料放到他辦公桌上，然後畢恭畢敬地等在一旁。李茜，她就是那個難題！

坦白說，李茜長得還不錯，女警裡很少有這麼膚白貌美的，所有男同事都會忍不住多看幾眼，可只有張一昂知道，她是個棘手的大人物。

他來三江口赴任前夕，高廳特意請他吃飯。末了，高廳和顏悅色地跟他商量，有位剛從警校畢業的女同志會跟你一同去三江口，你看怎麼樣？張一昂一想就知道這人肯定是關係戶，表態說雖然他不指望女刑警能幹出什麼成績，但多個幫手也好。

高廳很高興，又說女孩一直要當刑警，你得想個辦法早點兒讓她打消這念頭，把她趕回來。同時，這女孩沒接觸過江湖，不懂危險，而且性格衝動，你得牢牢看好她，別讓她參與一線工作，更不能讓她出半點兒意外！張一昂隨口問了句，如果出了意外怎麼辦？高廳直接翻臉放話，那就把你的狗頭提回公安廳來！

這話嚇得張一昂魂飛魄散，事後找吳主任打聽這個叫李茜的女孩背景，吳主任只知道她叔叔是公安部位高權重的大領導，具體情況也不了然。

張一昂很無奈，公安部大領導的千金下凡，他既不能讓她參與辦案，又得讓她過把癮，還要把她早點打發回去。這種「既要、又要、還要」的任務，著實是為難他了。

他只好把所有坐在辦公室裡查資料的活全部派給李茜，誰知小姑娘效率極高，任務完成得比他布置起來還快。

「張局，周榮所有的歷史資料都在這裡。」

「這麼快啊！」張一昂病懨懨地應付一句，對資料看都不看一眼。

李茜充滿希冀地望著他。「接下去你要安排我什麼任務？」

「呃……」張一昂心裡在說：看妳效率這麼高，不如把公安局的地都擦一遍吧。

見他遲遲不語，李茜積極表態：「不如我去喬裝便衣，跟蹤周榮，暗中進行調查吧？」

「絕對不行！」張一昂脫口而出。

「為什麼？其他刑警說，你們都是這麼定向調查嫌疑人的。」

「這個……我們沒有證據，要查周榮，還有更多的基礎工作要做。」

「比如呢？」

張一昂挺起胸膛。「辦案不是兒戲，從來不是靠個人的能力，而是團隊的合作。但凡優秀的刑警，不能憑個人的力量冒險激進，要站在全域的角度，統籌安排方案！」

「高廳說過，你就是這樣的優秀刑警。」李茜之前聽高叔叔介紹：「這位張局長是非常優秀的刑警，跟著他能學到真本領，既然妳那麼想當刑警，跟著他可算找對人了。」

「高廳真這麼說啊！」張一昂喜出望外，領導看人果然客觀又準確。他咳嗽一聲，把笑得快咧到耳垂的嘴巴收回去，繼續說：「三江口是周榮的地盤，他是地頭蛇。我們空降來此，要想對付他，千萬不能著急，以免打草驚蛇，我們要先在刑警隊裡拉出一幫我們的自己人。」

「你是說周榮在公安局裡也有人？」

張一昂冷哼一聲。「這種地頭蛇在局裡能沒點兒關係嗎？其他人我暫時不了解，刑大隊長葉劍據說就跟周榮關係非常親近，大隊長都這樣，我們的工作難度可想而知。」說到這裡，他不由得生氣起來，「原來的盧局長失蹤半年多，葉劍一直代理副局長工作，以為最後肯定能升職。誰知省廳突然派我下來，他定是惱羞成怒，我到這裡第一天他還生龍活虎的，第二天開始就請病假，這算是給我臉色看嗎？算起來他都已經請了一個多星期病假，可千萬別病死過去！」

這時，刑大副隊長王瑞軍飛奔進辦公室，開口就喊：「張局，葉劍死了！」

張一昂愣了一下，緩緩點頭。「果然不出所料！」

王瑞軍驚訝了。「這都能被您料到？」

「說吧，他得了什麼病？」

「沒病啊，是被人捅死的。」

「原來如此。」張一昂嚥了下唾沫，畢竟猜到了結局，也算殊途同歸。他瞥了眼李茜，對方正以一種崇拜的眼光仰望他，便轉頭朝王瑞軍下令：「保護好現場，在我趕到之前誰都不許動！」

03

張一昂當即奔赴現場，李茜非要跟去，他想：帶她去現場也沒什麼危險，若是她被屍體嚇傻早點兒滾回去，倒能順利完成任務。他便也沒反對。

案發現場是河邊的一處綠地，城市叫三江口，自然河道眾多。城市裡很多內河兩岸都規畫成了綠地公園，種著花草樹木。

事發這塊地方樹木繁茂，平時人也不多，今天一大早有個老頭來到河邊偷偷釣魚，一不留神看到旁邊趴著一個滿身是血的男人，頓時嚇得心臟病發作，送醫院搶救，差點鬧出第二條人命。

岸上已拉出警戒線，先一步趕到的員警早就守在現場，警戒線後幾十公尺外的地方，圍滿了看熱鬧的人，少說也有上百人。小城市的特點就是隨便出點新鮮事，附近走過路過的都會奔相走告，一呼百應，好像在這裡大家都不用上班似的。

葉劍的屍體還在原來的位置，周圍一圈已拉起簡易帷幕，遮擋老百姓獵奇的目光。

張一昂帶著李茜掀開帷幕走進去，裡面技偵隊員正在做最基礎的檢查和拍照。現在是金秋十月，天氣涼爽，葉劍穿著長袖襯衫和休閒褲，粗看發現他身上布滿傷口，身上衣物被大量血跡染成黑紅一片。張一昂回頭看了眼李茜，發現她絲毫不為所動，反而眼睛裡透出磨刀霍霍的光亮，他只好無奈搖頭。

他退出帷幕，雙手交叉站在原地，朝河岸上方的圍觀人群仔細觀察。

河岸地形是斜坡，圍觀老百姓站在高處，底下員警的一舉一動都被他們盡收眼底。當然了，這樣一來，張一昂同樣能把每個圍觀者的表情看清楚。

「局長，你在看什麼？」李茜來到他身側，發現他神色肅穆。

「妳學過犯罪心理學吧？」

「去年學過。」

「根據犯罪心理學的統計，像這種戶外命案，罪犯有百分之五十以上的機率會在案發後四十八小時內回到現場查看。」

李茜小聲糾正：「書上寫的是二十四小時。」

張一昂哼一聲。「我就問問妳，二十四小時就有百分之五十的機率了，那麼四十八小時機率豈不是更高？」

「你這樣說也沒錯。」

張一昂點點頭。

「總之妳要記住一點，罪犯很可能會回來查看，很可能他此刻就躲在這裡的人群中！」

他的目光從遠處每個圍觀老百姓的臉上滑過，還特意在一些面相不良的人臉上停留，他相信罪犯作賊心虛，是不敢與員警對視的。

「咦……」果然，一個人落入了他的視野。

此人年紀不到五十，穿著簡單的休閒T恤，站在一個拉警戒線的員警後面，一手按著腰，一手捏著香菸屁股。當其他圍觀群眾都探頭探腦地朝這裡張望時，他卻一副滿不在乎的模樣。

張一昂跟他對視了一秒，那人馬上把頭轉開，隨後又偷偷看了幾眼張一昂，低頭跟拉警戒線的員警說了幾句。張一昂心中一凜，不好，該不是在探聽案情吧！

李茜順著他的目光，也注意到了這人，不禁低聲叫起來：「局長……這個人我覺得——」

張一昂噓了一聲，點點頭，不動聲色地做個手勢，招來王瑞軍，暗暗指向那人。「此人神色極其可疑，你找人側面調查一下，查清他的身分，記住，先不要打草驚蛇！」

「呃……他呀，不用查了吧？他是主法醫老陳，本來在休假，是被臨時喊過來的，等著把屍體拖回去解剖。」

「原來是法醫。」張一昂點點頭，突然轉頭怒斥，「那還不趕緊把屍體拖回去，還在等什麼？是不是要等到過完頭七再屍檢啊？」

「好，我馬上去叫！」王瑞軍果斷應答，急忙向陳法醫奔去，嘴裡嘀咕著，「剛才明明是你說現場一切誰都不許動，等你過來，現在又怪我？」

陳法醫前去處理屍體，走路一瘸一拐，張一昂又皺起了眉，這是個殘疾人士？不能吧？三江口刑偵力量得有多薄弱？法醫好歹也是員警，平常搬屍體也是個體力活兒，怎麼找個身心障礙者就應付過去了？

王瑞軍看出他的疑惑，湊過來解釋：「陳法醫是腰椎間盤突出，不是身心障礙。」

張一昂點點頭，心裡還是感慨，三江口刑警隊這麼湊合，想來以後辦案注定很艱辛了。

★★★

張一昂回到公安局，站在單位的布告欄前，盯著上面的照片，這些是刑警大隊內大部分可公開身分的員警的職業照，第一張就是葉劍。

照片上的他，年約四十，濃眉大眼，臉型短而寬，一臉橫肉，不苟言笑。坦白說，這副尊榮放在古代，落草為寇也一定是當大哥的料。

「局長，你是怎麼事先知道葉劍會出事的？」李茜臉上寫滿了好奇。

張一昂哪曉得自己會一語成讖，此刻也只好胡亂應付著：「也不能說事先知道吧，大概是多年幹刑警的職業本能。」

「刑警的職業本能。」李茜慢慢念叨著，投過來的眼神更顯崇拜，「那你覺得會是誰殺了他？」

「這還需要慢慢調查。」

「會不會是周榮幹的？」

「周榮嘛……」張一昂思索了片刻，搖搖頭，「不至於，葉劍是刑大隊長，殺了他可是特重大命案，警方一定會全力偵破，我很難想像周榮膽子大到這種地步，何況據說他和葉劍關係一向很好。不過有一點倒是可以肯定，葉劍的死跟我的到來很有關係！」

「為什麼這麼說？」

「我來三江口後，除了第一天跟他聊過幾句，第二天開始他就請病假，直到現在。我打聽過，他身體一向很好，之前基本不會請假。我來他請假，隨後他被殺，這其中必有關聯！妳看著吧，很快就會有相應的線索冒出來。」

「局長，有線索了！」正是說什麼來什麼，說話間，王瑞軍飛奔過來，到了跟前，卻又停下不語，微胖的臉上寫滿了扭捏。

張一昂盯了他幾秒，問：「什麼線索？」

王瑞軍遲疑了片刻，吞吞吐吐道：「現場調查發現，葉劍臨死前在一塊石頭上寫了幾個字，看著……看著像一個人的名字。」

「一個人的名字？」張一昂頓時眼睛發光，「葉劍臨死前寫下人名，絕對就是凶手名字！字跡可以辨認嗎？」

「雖然有點兒潦草，但基本……基本能認得出來。」

「凶手是誰？」張一昂急問。

「他是……」王瑞軍支吾不語。

張一昂看他表情就知道定有內情，正色道：「你放八百個心，我的崗位是行政高配的，背後是公安廳，在三江口這裡，不管是誰幹的，我都敢毫無保留地查他，葉劍寫了誰？你只管說出來！」

「他……他寫了您的名字。」

「我——」張一昂吞下一大口空氣，冷聲喝道，「照片拿給我看！」

王瑞軍只好掏出手機，點開現場傳過來的照片，這是河邊的一塊大石頭，葉劍臨死前用一枚小石子在上面畫了幾個字。

張一昂皺眉盯著上面的字，回頭詢問他們倆：

「字跡也太潦草了吧？這都能看出寫的是我名字？」

「看得出。」兩人異口同聲回答。

人在瀕死之時，力氣即將耗竭，提著最後一口氣寫的字自然潦草難辨，但中間這個「一」字實在太好認了，代入張一昂的名字，簡直一目瞭然。上面寫的正是「張一昂」三個字，後面還跟著一個耗盡最後力氣捶下的感嘆號。

陰謀，絕對是陰謀！有人要陷害自己！

張一昂氣得只想一榔頭了結陷害他的人。

王瑞軍尷尬地說：「齊局長和其他局裡領導……想叫您過去談談，還有李茜。」

04

齊振興四十出頭，作為一個基層出身、家裡毫無背景的官員，這個年紀當上三江口公安局局長，兼著副市長，實屬不易。

張一昂到三江口赴任前，吳主任已經替他做好了當地情報的收集工作。據說齊振興有可能是周衛東的人，但肯定不對周衛東唯命是從。周衛東到省廳前，是三江口上級市的公安局副局長兼書記，而當時齊振興短暫地在他手下工作過一段時間，再早之前兩人的工作沒太多交集。前年三江口公安局抓了一個涉黑的老闆，據說這老闆業務上和周榮有來往，私交也很不錯。可從那次公安局對這夥人最後的處置上看，絲毫沒有手下留情，齊振興甚至在局裡親口指示要辦成鐵案。

所以吳主任和高廳商量的策略是，張一昂赴任後，先耐心觀察，絕對不能直接跟齊振興對立，若是跟單位主管翻臉，往後的工作就難辦了。

張一昂謹遵領導指示，到了三江口後，齊振興表現出來的雖不是很熱情，但也沒使壞的地方，他似乎是個規規矩矩，一切按章程辦事的人。

此刻，齊振興和局裡幾個資格老的領導坐在小會議室裡低聲交談，張一昂、李茜和王瑞軍到來後，在會議桌的對面坐下。齊振興先是隨口聊著最近的工作，問他來三江口是否習慣，繞了一大圈，佯裝不經意且帶著很好奇的口吻說：「咦，對了，聽說張局本來就知道葉劍會出事啊？」

張一昂強自把喉嚨中的鮮血嚥下去，怒瞪王瑞軍，明知故問道：「誰說的？」

「她！」誰承想，幾個領導一同把手指向了李茜。

單位的人不知道李茜有公安部的背景，一直當她是張一昂帶過來的祕書性質的文職警員。至於張一昂調到地方，為何只帶這麼個初出茅廬的女警，那是他的個人道德作風問題，這塊自然有紀委的人管。何況他還打著光棍，暫時也談不上違紀。他們只能感慨現在剛出校門的女孩兒，為了要求「進步」，真是拚老命啊！

李茜被一堆手指著，尷尬地回望張一昂，乾張嘴解釋不出來。她只不過是想替領導吹噓幾句，到處跟人說葉劍的案子不出張局長所料，誰想惹來了大麻煩。

局長辦公室的趙主任擺出實事求是的態度講：「葉劍這人，我們知道他脾氣相當不好，他是原來盧局一手帶出來的徒弟，以前跟盧局也經常吵架。盧局失蹤後，他就代理盧局的工作，估計心裡想著他能提上來，所以張局你來後，他不服氣，可……可也不至於鬧成這樣啊！」

趙主任攤開手，看著眾人，眾人紛紛惋惜地點頭，不自覺地將目光統一投向了張一昂。

張一昂一愣，吃驚地望著在座諸位。「他對我有意見，又不是我對他，我有什麼理由殺他？」

「我們沒說你殺害葉劍啊……」「對啊，你這反應有點奇怪。」眾人七嘴八舌地討論起來，紛紛否認懷疑他，不過看他的眼神更古怪了。另外又說：「葉劍臨死前寫下你的名字，還加了個感嘆號，為了正常的工作流程，也為了避嫌，葉劍這起案件的偵破工作，你需要回避，等查清楚了才能重新介入日常工作。」

大家表面上是在善意提醒，但實際立場早已擺明——接下去你不能管刑警隊了，至於幹什麼，那隨便你，反正國家也不會少了你這份工資。

張一昂心中一凜，這才意識到問題的嚴重性。這次陰謀的實際目的不在於嫁禍他，人不是他殺的，當然最終嫁禍不了，但這事直接導致他不能參與工作，他被變相停職了。案子一天不破，他一天不能工作，時間一長，高廳為了避嫌，也只能將他調回省廳。

把他趕走，這才是敵人的真正目的！

一來三江口就遇到這麼針對自己的大案，此地果然深不可測。

他思索片刻，釐清了思路，朝眾人說：「現在問題歸結到一點，只要證明葉劍的死跟我沒關係，我這邊的工作就能繼續進行了，對吧？」

眾人集體搖頭，表態沒人懷疑葉劍的死跟他有關，隨後又點頭，表示「你說得很有道理」。

張一昂跟王瑞軍耳語幾句，王瑞軍出門打了個電話，過了會兒，中隊長宋星跟著他進來了。

宋星剛從法醫那邊趕過來，跟在座的領導們彙報：「陳法醫判斷葉劍的死亡時間是昨晚八點到十點間，我們初步查到葉劍昨晚跟朋友吃飯，大概九點後離開，也就是說，葉劍死於昨晚九點到十點之間。」

張一昂點了點頭，面向眾人。「只要證明昨晚九點到十點間我不在案發現場，就行了吧？」

大家想了想，對此都表示認可。

一名領導好心地問：「張局，你好好回憶一下，你那時在做什麼？」

張一昂思考片刻，答道：「我當時應該在洗腳。」

王瑞軍輕鬆地笑起來。「那簡單啊，把昨晚的技師叫過來給局長作個證就可以了。」

「我一個人在家看電視泡腳。」

宋星給出另一種建議：「現在不少手機應用裝置上都設置了定位，雖然定位可以偽造，不能當成直接證據，但不失為一項參考。局長，你那時有沒有用過某些APP裡的定位功能？」

張一昂思索了一會兒，臉上帶著猶豫，最後，慢慢點了下頭。

大家著急問：「是什麼？」

張一昂抿了抿嘴巴，低聲吐出兩字：「陌陌[1]。」

眾人面面相覷，露出不可捉摸的表情，張一昂連忙挺直身體，正色道：「我是通過陌陌來偵察『附近的人』中是否存在涉嫌違法犯罪的可疑人員。對了，接著我還叫了個外賣，來的是個三十出頭的女人——」

「等等，」趙主任用力咳嗽一聲，打斷他的話，「你叫的是哪種外賣？」

張一昂一愣，隨即大聲道：「當然是吃的外賣！」

「你說的三十多歲女人，是送餐員？」

「不然你以為呢？」

「我……我當然也是這麼以為的啊。」

大家都鬆了口氣，如釋重負地笑起來，接下去工作就簡單了，查一下外賣的訂單紀錄，再找送餐員核實一下，自然就能徹底證明張局長的清白了。

誰知這工作一點都不簡單。

---

1 陌陌，中國一款手機社交應用程式，被網友稱作「約炮神器」。

05

張一昂原本以為只要找來送餐員一問，關於他的嫌疑，自然就水落石出了。誰想沒過多久，王瑞軍又飛奔過來，告訴他一個驚掉下巴的消息：「張局，昨晚給你送外賣的女人，失蹤了。」

不至於吧？為了栽贓他殺害葉劍，連外賣送餐員都算計進去了？

這三江口什麼地方？這種手眼通天的本事，誰幹的？

張一昂舌頭都直了，幸好李茜還算清醒，忙問：「什麼時候的事？怎麼會失蹤了呢？」

王瑞軍解釋道：「我們按局長手機裡外賣的訂單資訊，給送餐員打電話，她聽說我們是員警，要她來公安局了解一些情況，嘴上說好的好的，就急匆匆掛了電話。我們過幾分鐘再打過去跟她確認時間，說事情緊急馬上派車接她過來，話說到一半她就掛掉電話，再打已經關機了。」

李茜不以為然地說：「那一定是被當成詐騙電話了，現在冒充員警的詐騙電話太多了。」

「恐怕沒那麼簡單，我們當時以為她手機沒電了，或者正在送餐，只好聯繫了外賣平臺公司，對方提供給我們送餐員的身分資訊，一查她身分證，發現她居然是三年前江蘇省的失蹤人口。我們還查到她有個丈夫，丈夫也在三年前的同一時間失蹤了。」

李茜不明所以。「這又說明了什麼？」

王瑞軍道：「八成這對夫妻欠了很多債，從江蘇隱姓埋名逃到我們浙江來。我讓派出所的人根據她登記在外賣平臺的位址去找，現在還在等消息。」

張一昂咬咬牙，感慨時運不濟，好不容易有個可以證明他昨晚在家的人證，誰知是欠債潛逃人員，聽到員警電話就直接掛斷。

幾分鐘後，王瑞軍接到派出所人員打回來的電話，結果又讓他們大吃一驚，派出所員警來到對方住所敲門，敲半天沒人應，旁邊鄰居說剛才夫妻倆拖著兩個箱子，抱著小孩著急忙慌地離開了，說是回老家。

王瑞軍嘀咕：「估計夫妻倆是欠了不少債吧。」

張一昂深吸一口氣，頓時激動不已。「這送外賣的就算逃到天涯海角也要把她抓回來！」

他馬上叫上王瑞軍、宋星、李茜和幾個骨幹警員，親自帶隊，出動三輛警車，以抓捕A級通緝犯的陣容集體奔赴送餐員的住址。

那是老城區裡一間小小的食品雜貨店，此刻鐵門緊鎖。

員警叫來了旁邊店面的鄰居，據鄰居介紹，店主是對夫妻，兩人都三十五六歲，還帶著一個不到兩歲的小孩。他們是半年多前來的，租下了這個店鋪，平時賣食品飲料兼一些蔬菜，為人很客氣，不像犯事的樣子。雜貨店裡面隔成了兩間，平時一家人吃住都在店裡。

今天下午四點多，夫妻倆帶著小孩兒和兩個箱子，鎖上鐵門離開；鄰居看到了詢問，他們說老家親人病危，趕回去看最後一眼。鄰居提供了男店主的手機號碼，撥過去發現也已關機。

得知這一情況後，張一昂思索片刻，當即下令：「把門撬開，找找有沒有其他聯繫到這兩人的方法。」

「撬門？這……這不符合程序啊。他們頂多欠錢跑路，又沒犯什麼事，我們什麼手續都沒有。」王瑞軍為難地表示，繼而勸說，「局長，你也知道，現在督查這麼嚴，老百姓動不動就投訴，主人不在家我們當眾撬門，事後網上肯定要說我們濫用公權力。」

其他員警看看周圍，已有不少群眾掏出手機錄影，畢竟一堆員警聚集在小賣部門口，一些人認得警銜，發現中間幾個都是地方公安局的領導，好奇心更盛了。

如今是自媒體時代，消息傳播速度快，如果這些員警當眾撬開店門，發現是一場誤會，無疑影響極其不好。一個縣級市公安局的副局長就可以不辦任何手續，光天化日撬開居民家的門，那還有什麼事情幹不出來？老百姓還談什麼安全感？

其他刑警也勸張局消消氣，這事還得慢慢來，找不到送外賣的人證還可以想其他辦法。現在公安部三令五申，對員警的執法作風提出嚴格要求，如果店主確實是因剛巧老家有親人病危而回去了，鬧出誤會就沒法收場了。

這些刑警和他相識不過一週，談不上交情，現在要他們當眾幹違規的事，換誰都不幹。其他人還說這事情就算齊局長批了也不行，必須得走程序。

張一昂見這幫人已經表明了立場，再強制要求下去，怕是連王瑞軍和宋星都要站到對立面去了。可這送餐員如果就此找不到，他怎麼辦？單位裡的人都知道葉劍死前寫了他名字，這讓他如何立足？怕是過不了多久，什麼也沒幹就被調回省裡去了，那簡直是他從警路上永久的笑柄。

一時之間，他也沒有辦法，只好來到鐵門下，蹲下身、彎著腰，透過底下三指寬的縫隙艱難地向裡張望，只能看到底下的一小塊區域，什麼線索也沒發現。情急之下，張一昂用背向眾人的左手從口袋裡掏出兩張一百塊人民幣，趁人不備放在手心裡揉成兩個小團，再用手指透過縫隙把錢彈了進去。

他帶著一臉疑惑站起身，對其他員警說：「地上扔著兩百塊錢都不撿，走得也太匆忙了吧？」其他員警也趴下身去看，咦！果然地上扔著兩百塊錢。一個員警撓著頭說：「奇怪啊，我剛才怎麼沒注意到？」

張一昂招手把在場員警全部聚攏過來，露出警惕的眼神，提示他們：「你們仔細想一想，這對夫妻怕不只是欠債潛逃這麼點兒事吧？」

過了好幾秒，宋星恍然大悟。

「沒錯，逃跑的老賴見著多了，哪兒見過這麼機靈的？員警剛打電話就舉家搬走，連店都不要了，錢都來不及撿，這哪裡會是老賴？這一定是有案底在身的逃犯！」

張一昂輕描淡寫地道：「如果是小案子，也不至於這樣吧？」

經此提醒，眾人集體醒悟過來。

「對，不是小案，肯定有大案在身！」「還有個小孩，怕是人販子吧！」

公安在緊急情況下抓捕犯罪分子，是可以事後補辦手續的，所有刑警對緝拿重大要犯都有著頑固的熱情。

經此一說，手下們馬上找來工具，直接把鐵捲門撬開。門一打開，所有人都呆了。店面亂七八糟，連抽屜都脫出在櫃檯上，東西全被胡亂翻過。

張一昂原本只想先編個理由讓手下相信裡面這對夫妻是逃犯，把門撬開找找其他能聯繫到人的辦法，一見這副模樣，表明兩人走得極其匆忙，連他自己對兩人是逃犯都深信不疑了。門外看熱鬧的老百姓發現店鋪裡的情況，也知道這裡出了事。

一時間，手下們向張局長投去的眼神都變得不一樣了——領導就是領導啊，職業敏感度就是職業敏感度！

張一昂帶人走進裡面，穿過店面，徑直來到後面的隔間。

隔間不到三坪，一頭是床，另一頭是簡易廁所，中間擺著一張桌子燒飯。床下原本放著一些箱子，如今箱子都被拖到了外面，有些放床上，有些放地上，都打開著，各種東西散落周圍。

張一昂叫手下去問問鄰居，這對夫妻具體走了多久，很快手下就回來告訴他，大概是一個半小時前走的，打了輛計程車，行色很匆忙。

他微微一思考，看了下時間，現在是晚上六點，天色已暗，便當機立斷下令：「馬上通知各組人員，包括周邊鄉鎮轄區派出所的警力，守住汽車站、火車站和全市各主要出入口，再聯繫計程車公司，調取計程車的行駛資料和沿路監控錄影，馬上展開全城搜捕，今晚必須把人截在三江口！」

「動員全市警力抓一對夫妻，動靜太大了吧？還不知道他們犯了多大的事。」

宋星不屑地搖搖頭。

張一昂哪管這麼多，這送外賣的如果今天逃出三江口，那明天他來單位上班幹嘛？大家都去查葉劍案，他作為唯一嫌疑人待在辦公室裡玩電腦？

他大手一揮，道：「就按我說的辦，一切問題由我來負責！」

領導都放出這話了，手下也不好說什麼了，馬上打電話到局裡安排警力動員，把今天休假的都調回來。

布局已定，張一昂和其他員警繼續搜查屋子裡的遺留物品，這對夫妻走時雖然匆忙，但居然所有包含私人資訊的物品一樣都沒留下來，整個屋子找不出一張照片，也找不到任何載有身分資訊的東西，只留著一堆兩人的衣物和小孩子的衣服用品，這讓夫妻倆的身分更顯可疑。

張一昂站起身，環顧這不到三坪的小隔間，分析道：「衣物鞋子都很乾淨，看得出平日裡東西擺放得很整齊，這家人不像普通的打工仔。」他的目光從女性衣服、鞋子和浴室的少數幾樣保養品上一一掠過，最後走到一雙女式運動鞋面前，蹲下身，微微閉起眼睛，做出判斷，「女人身高在一百六到一六三之間，身材勻稱，體重不會超過五十三公斤；皮膚略黑，平時穿著乾淨整潔，為人幹練，走路的步伐很快，說話聲音應該是偏沙啞低沉的。」

李茜暗自點頭，不由得佩服領導的職業技能，光看現場就能給嫌疑人畫像，這可不是一朝一夕的功力。

一旁的員警悉心記錄特徵，又問：「男的呢？」

「男的我不知道。」

眾人好奇地問：「那女的你是怎麼知道的？」

「我昨晚見過。」

原來如此，大家也不在這個話題上糾結了，又搜查一陣，再也沒有更多發現，只得暫時回去等結果。

★★★

回單位簡單吃了點兒東西，才過一個多小時，張一昂就接到手下從火車站傳回的消息，這對夫妻連同小孩在候車廳被攔下。他們很古怪，什麼話都不肯說，只能先把人帶回局裡來。

沒多久，手下警員帶著這對夫妻來到了張一昂面前。丈夫長著一張圓臉，一副老實人的模樣，從進門到現在，一直沒有開口，但神情很鎮定。妻子懷裡抱著小孩，眉宇之間充滿了忐忑不安，甚至連抱小孩的手都在微微發抖。
張一昂盯著女人，首先問他最關心的問題：「妳昨天晚上大概九點四十，給我送過一份外賣，還記得吧？」
他正等著女人說出「記得」兩字，徹底洗脫他和葉劍被害案有關的嫌疑，誰知女人竟怯生生地說了句：「我……我不記得了。」
張一昂一大步走到她面前，盯著她。「妳好好看看我，妳想想清楚啊！」
「我……我不知道，我昨晚沒送過外賣啊，我從沒見過你啊。」
女人低著頭，眼睛都不敢抬起來。
所有人都向張一昂投去了懷疑的眼光，明明他說昨晚是這女人送的外賣，這女人卻說沒有見過他，一個外賣送餐員跟他素不相識，又在警局裡，總沒必要陷害他吧？
連李茜的表情都變得古怪了，不由得懷疑，莫非領導真的和葉劍被殺有關？
張一昂頓時大怒，握起拳頭，揮舞著大喊：
「昨天就是妳給我送的外賣，妳為什麼不敢承認？」
話音一落，女人突然「哇」的一聲大哭起來，嘴裡叫著：「我沒送過，我沒送過啊，你別問我了！」她抱著小孩一下癱坐在地。
看到這番變故，所有人都愣在原地。
看這副模樣，難道女人在撒謊？可她為什麼要陷害張局長？
這時，丈夫慢慢蹲下身，輕柔地拍起妻子的肩膀，過了半晌，深深吸了一口氣，重新站起身，直視張一昂的眼睛。「有什麼事衝我來，不關我媳婦兒的事。所有人都是我殺的，一共十五條人命，跟她沒半點兒關係，這輩子她跟錯了人，我對不起她，你們放過她吧。」

頃刻間，所有人眼珠都快跳出來了，使勁讓自己鎮定下來，回憶了一番，方才確定，剛才男人嘴巴裡說什麼來著？對，他說他背了十五條人命！

十五條人命，這是什麼概念！

男人嘆口氣，咬牙道：「我在三江口躲了大半年，以為沒事了，沒想到你們早就盯上我了，外賣平臺都能指定派單給我媳婦兒，厲害。算了，欠下債早晚要還，我認栽！」

06

晚上十點，公安副廳長高棟坐在家中的大書房裡翻著文件，突然他的私人手機響起，一看顯示公安部郭局，他連忙接起，手機裡傳來對方爽朗的笑聲：「老高，你那位徒弟這下可立大功了。」

高棟一臉茫然。「你說誰啊？」

「還能是誰？張一昂啊，你還不知道吧？放心，明天一大早捷報就會傳到你們廳裡，我是通過李茜提前一步得到的消息。」

「什麼……什麼捷報啊？」

「三江口公安局剛剛抓獲了李峰！」

「李峰？這名字有點兒熟。」

「A級通緝犯，是部裡連續三年每年下發文件的重點緝拿對象，據各地上報的，他就有十多起搶劫案。其中九次殺人，一次未遂，涉及五個省，累計出動警力上萬人次，幾次眼看著就要抓到，都差一步被他逃走了。據他自己初步交代，手裡一共有十五條人命。實在想不到，張一昂這小子才來地方幾天，就抓獲了這樣的人物，而且據我所知，原本李峰又要潛逃，全靠張一昂當機立斷，力排眾議，要求動員全市警力，親自部署了全城捉捕計畫，今晚必須把人截在三江口，這才把李峰抓到的。」

高棟經他一提醒，便想起來了，忍不住確認一遍：「就是帶著老婆潛逃，從來沒和老家聯繫，一直不知道行蹤的李峰，那個亡命之徒？」

「對啊，除了他還能有誰？三江口已經比對了指紋，確認無疑！」

「我去！」高棟激動得直接站起身來。

「你這徒弟真夠有出息的，這次是鐵定立大功了，不過老高你可太不厚道了，你還說你這徒弟不會辦案，讓李茜跟著他什麼也學不到，過陣子沒興趣了就能被打發回來安排工作。你徒弟這麼厲害，我們家李茜萬一當刑警上癮了，我可要找你算帳啊！」

高棟笑著打哈哈，掛完電話，愣在了原地，還是無法相信。不至於吧？就張一昂這貨色，吃了什麼藥，居然抓到了連公安部領導都念念不忘的李峰？

★★★

夜已深，整個三江口公安局大樓裡燈火通明，單位所有領導都從家裡趕過來，連市委書記、市長都從家裡跑出來，連夜慰問今晚參與捉捕行動的全體公安民警。

送走市裡的領導後，齊振興依然難以從震驚中擺脫，不可思議地望著面前的趙主任，說：「這張一昂的本事也太大了吧，才來一個星期，就抓到了李峰？」

趙主任想了想，分析說：「怕不是他的個人能力。」

「那是？」

趙主任手指向上指了指。「他背後的人。」

「你是說高廳早就掌握了李峰的動向，故意安排他徒弟來抓人立功？」

趙主任點點頭。「不然呢？單位裡其他人都在說，張一昂早就知道了李峰夫妻的身分，早就暗中派人調查過了。李峰夫妻躲在我們三江口，開了家雜貨店，他老婆平時送外賣補貼家用。昨晚外賣平臺把訂單派送到他老婆手機上，讓她把外賣送到張一昂家，他才好當面確認。指揮外賣平臺的許可權我們可沒有，一定是省廳在背後操作。」

「原來如此。」齊振興點點頭，「難怪刑大下班的時候打電話到局裡，說張一昂要求動員全市警力抓人，大家都覺得莫名其妙，張一昂也隻字未提李峰。沒錯，他是怕說出李峰，最後沒抓住，這可是大責任。」

「不光如此吧？如果他說了李峰，肯定是由你來指揮捉拿了。結果如此一來，今晚的戰果全歸他一人所有。」

齊振興酸溜溜地說：「這肯定是高廳指點張一昂的，他當然送果子給他徒弟，哪會輪到我們？」

趙主任笑道：「這也是理所當然的，不過抓了李峰，也算我們單位的榮譽，咱們局裡肯定會被重重表彰，你也臉上有光。」

齊振興想了想也釋然了，高廳還兼任省廳刑偵局的局長，消息自然四通八達，查到李峰也不奇怪。當然，抓獲李峰這種功勞對高廳只能算錦上添花，但對他徒弟效果就不同了，這份功勞自然會給他徒弟，齊振興也沒什麼好遺憾的。總之畢竟是三江口公安局抓到的，他這局長也跟著沾光，結果也是好的。

過了片刻，齊振興又皺起眉。「不過我還是不能跟張一昂走得太近。高廳這次一反常態安排他來接替盧正，你知道，據說盧正當時正在查周榮，結果突然失蹤了，我想來想去，張一昂來這裡的目的一定是周榮，可周榮是周廳的侄子啊。」

趙主任勸道：「如果盧局真的是被周榮他們害的，我倒覺得應該主動幫張一昂！」

齊振興猶豫了一會兒，搖搖頭。「再看看吧，都說周衛東是下一屆廳長，先看看。」

★★★

已經過了午夜，公安局裡眾人還沒散去，在這過去的短短幾個小時裡，張一昂成了單位裡的明星。抓獲公安部督察案件中都排得上號的李峰，簡直是三江口這小地方有史以來破過最大的案子。

刑警隊所有人員刷新了對新領導的認識，原本大多數人當他是高廳的親信，是被下派掛職鍛鍊的。這樣的人只是個官，並沒多少業務能力，誰知他一出手就破了個天大的案子。尤其他今天不顧眾人反對，撬店門，全城搜捕一對開雜貨鋪的夫婦，簡直一氣呵成。事後大家才知道這是因為保密需要。

按照張局長自己後來的解釋，此案保密等級很高，之所以此前不透露抓的是李峰，一是他對單位人員不夠了解，怕洩露風聲讓李峰再度逃走；二是怕大家行動時立功心切，各自為政，誤了大事。所以他一直等到人抓到，指紋比對過，確認無疑後，才把真相說出來。

原來如此！

在單位裡要服眾，一是憑資歷，二是憑能力。長期奔波在業務線的刑警們最佩服破案能力強的領導。經此一役，刑警隊的人心紛紛傾向了張局長。前幾天對他還不冷不熱的幾個老刑警更是慚愧不已，領導和他們毫無交情，開場就送大家這份集體功，接下去大家得到各種獎勵表彰自然不在話下，當晚親手抓到李峰的幾個員警更是可以坐在派出所裡把這事吹到退休了。

一直折騰到後半夜，刑審隊還在審問李峰。張一昂驅散了眾人，讓大家早點回去休息，說李峰抓就抓了吧，葉劍案才是當前工作重點，明天養足精神，繼續奮戰。

這一番表態更讓大家覺得這領導是幹實事的。王瑞軍和宋星雖然最早被他拉攏，但也只是級別上的服從，今晚一過，打心底裡服氣了。雖然對整個過程還有些疑惑，但頂頭上司給大夥兒送大功，他們哪會自討沒趣站出來說三道四。不管是靠運氣還是靠實力，總之，這超級大案就是破了，接下去的重頭戲，當然還是回到刑大隊長葉劍被殺一案了。

07

「這車也有點高級啊，遇個紅燈還得配合手煞。」方超皺眉抱怨。

紅綠燈前，方超緊繃著右腿將煞車死死踩到底，右手拉起手煞，這才將車止住。他頭上套著假髮，鼻樑上架著一副大大的黑框眼鏡，下巴一圈黏著絡腮鬍，與前陣子的模樣相比又像換了個人。

一旁副駕駛座上的劉直換得更徹底，他變成了一個女人。原本他就身形瘦長，此時穿上連衣裙、黑絲襪，加上濃妝豔抹的臉龐和長長的波浪假髮，若不發聲，定會讓大多數男人想入非非。他厭惡自己這副裝扮，抓著假髮，發出和外表很不相稱的粗魯男聲：「去他的！就這種快報廢的破車，那渾蛋還賣我們兩萬五，宰人宰到外婆家了！」

方超嘆口氣，無可奈何。「沒辦法啊，供需決定價格，這幾年公安對道上的黑車打擊太凶了，現在很難不辦手續買到證照齊全的黑車嘍。這車本身只值五千，另外兩萬都是證件的錢。這錢是必須花的，否則萬一將來員警查到我們的車子，再追查一下不就發現是我們買的了嗎？記住，做事要以始為終，我們來三江口的最終目的是搶個大貪官，前期準備工作該花的錢不能省。」

劉直垂頭喪氣地嘆息。「現在也只能指望搶個大貪官回本了，上回拿的那些黃金，還有前幾次沒賣完的首飾，光剝下來的黃金就值一百多萬了，結果收貨的渾蛋總共只給我們八十萬，還說現在贓物不好洗白。黃金要洗什麼？直接化了不就得了。這渾蛋，早晚宰了他！」

方超翹起嘴唇淡定一笑。「穩住，你知道有句話叫『風物長宜放眼量』嗎？說的是，我們被坑的錢，過不了多久就會翻倍跑回來。」

劉直不解地問：「為什麼會翻倍跑回來？」

「咱們搶了貪官後，除了現金以外的東西，還得找個人換錢。等我們拿到那人的錢，就把他弄了，把東西再搶回來。這樣一來，錢到手，東西還在我們手裡，這不就價值翻倍了？相當於搶了兩次貪官！」

劉直思索一下，突然覺得這主意妙不可言，歡快地說：

「到時我們再找下一家收貨的，照葫蘆畫瓢，先拿東西跟人換錢，拿到錢再把人弄了，把東西搶回來，相當於又翻倍了，搶了四次貪官！」

方超微微一皺眉，瞅了他一眼，點頭說：「你的數學很優秀，難怪找不到正經工作。」

這時，綠燈亮起，方超放下手煞，把油門踩到底，汽車發出跑車般的轟鳴，卻像拖拉機般慢悠悠起步，向前駛去。他們沿著馬路開了幾公里，拐過幾個彎，最後到了三江口城東的一個小賓館。

他們在賓館後面的停車場停下車，方超讓劉直先留在車內，他獨自走進賓館，來到前臺辦理入住手續。

現在的大小賓館都得用身分證登記，跟公安聯網，那些不用登記的非法小旅館在連續多年的清查打擊下，早就難覓蹤跡了。方超對此早有準備，他包裡裝了十多張身分證，都是別人的名字，也都是真的身分證，是從江湖上的專門管道高價買的。為了三江口的最後一戰，他下足了血本。

為了安全起見，他們需要每三天換一家賓館，每次都用不同的身分證，所以他叫劉直留在外面，他單獨去開房，這樣入住只需登記一人，身分證能省著用。

拿到房卡後，方超回到車上，讓劉直先住進去。他看時間尚早，準備獨自去市政府周圍轉轉。他的目標是貪官，而且必須得是大貪官，可怎麼確定誰是大貪官，這是個棘手的難題。

方超做事強調方法論，先從理論上進行目標的篩選。

既然是大貪官，首先，級別不能低；其次，在實權崗位上得幹過一些年數，否則就算是貪官，時間有限，也貪不了多少錢；最後，必須得挑四十歲以上的，只有年紀大的貪官，才會傻乎乎地把贓款贓物藏在家裡。

他在市政府所在的行政服務中心徘徊了半天，並沒有收穫，雖然有了理論支持，但實踐操作上還是得靠他的肉眼來看。一時半會兒，他也沒法辨別出入的那些人裡誰是大貪官。

琢磨了一陣，他準備先去查查資料，摸清三江口主要領導的人生履歷和背景。

08

昨晚李峰落網後，他交代身分證是三年前在江蘇被他殺人埋屍的一對夫妻的，因為他和老婆的年紀、相貌與這對夫妻相近，所以此後便一直冒充死者夫妻的身分。這次被擒，他自知死路一條，對所犯下的各種案件，也都一五一十地配合交代。

他老婆蔣英也很快承認了送外賣給張局長的事，證明葉劍被害期間張一昂獨自在家。當然，事後才知道這是張局響應國家號召，把「網路＋」落實到刑偵的實際工作中，通過點對點定向叫外賣，先對李峰的家人進行全面調查，以便第二天收網。

李峰的案子太大，三江口公安局只做基礎的審訊，過幾天就會把他押到杭州，由上級機關來處理。時間到了下午，昨晚忙碌一宿的刑警們陸續回到單位，張一昂召集所有人開會，先大概介紹了李峰案的情況，告誡大家不要被一時的勝利衝昏頭腦，李峰落網的後續工作由上級公安機關處理，如今他們最重要的是破葉劍的案子。

他安排好各個組接下來的調查和分工後，便遣散了眾人，留下王瑞軍、宋星、刑技和法醫等專案組的主要負責人彙總資訊。當然了，李茜也不可避免地成為專案組核心成員。

葉劍今年三十九歲，離異單身，前妻說他脾氣不好、有暴力傾向，很早就跟他離婚了，兩人也沒有小孩，多年幾乎無聯繫。葉劍早年在公安家屬院裡分了套房子，離婚的時候給了前妻。他後來在離單位不遠的一個老小區裡另外買了套小房子，平時就獨居此處。
　　案發當晚他參加了當地一家地產商的開盤酒會，多名證人證實他在九點左右離開。離開後他打車到了幾公里外的一處河邊，也就是案發地，隨後在那裡被人殺害。
　　陳法醫讓徒弟拿出屍體和現場的照片，扶著腰一瘸一拐地走到投影牆前，向大家介紹：「葉劍身上一共有六處重要刀傷，腹部三刀，背後腰部兩刀，右前臂一刀，體內多處臟器割破，凶器是匕首狀的刀具。此外，他的肋骨也因多處遭到撞擊而斷裂，最終死於流血過多和多臟器衰竭。依我的經驗判斷，葉劍應該是先被車輛至少撞擊過兩次，導致不同方向的肋骨斷裂，然後再被匕首扎傷。只不過……」陳法醫皺起眉，拿起一張屍體的全裸照片，疑惑道，「他身上的幾處刀口很奇怪，出刀的方向似乎不是正常人所為，我沒見過這種刀口組合。」
　　張一昂不解地看著他問：「你懷疑凶手是個精神病人？」
　　「我沒有啊。」
　　「你說傷口不是正常人所為。」
　　「呃……我是說傷口的刀刃方向有上有下，如果凶手是一個人，那麼其中幾刀是反手的。如果凶手是多人，另外一些細節又不支持。這樣的傷口我當法醫二十幾年也是第一次遇到。」
　　從現場各處痕跡來看，凶手應該是一個人，可六處主要刀傷，刀刃的方向卻有上有下。如今是現代社會，不存在武林高手，究竟是誰有這麼快的身手呢？
　　張一昂皺皺眉，看著陳法醫瘸著腿的模樣，想著他不知道傷口是怎麼造成的，八成還是技術不行，便提了個建議：「要不讓省廳安排法醫組下來幫忙？」
　　這話一出口，周圍人急忙給他使眼色，可已經來不及了。

「張局長，你這話是什麼意思？」陳法醫的聲音頓時冷了下來，當場就不服了，猛然站起身雙手叉腰瞪他，「我當了二十幾年的法醫，一九九五年我剛大學畢業就當法醫，你們要知道那時大學有多難考，千軍萬馬過獨木橋啊，我當時的成績是，語文考了——」

張一昂趕緊說：「我的意思是讓他們來協助你，你的腿——」

「不是腿，是腰！腰椎間盤突出跟屍檢結果有什麼關係？我知道，你們早就看我不順眼，想換人是吧？」陳法醫矛頭一轉，對著在座所有人，直接發飆，「我告訴你們，我當員警那會兒，你們都還是小孩兒，我搬過的屍體比你們見過的活人還多！我——」

刑技科的許科長知道陳法醫的脾氣，趕緊上去把他拉下來，連聲安慰說他們都很認可陳老師的技術。他的屍檢報告，那是一字一個釘，沒人會懷疑的，大家都是心疼他的腰，另外還建議他工作日晚飯期間少喝兩口。大家也都逐個表態，對陳法醫的屍檢結果沒有任何懷疑，完全不存在第二種可能，這才把他哄下去。

張一昂心中暗自捏把汗，三江口這小地方的法醫都這副模樣，還怎麼辦案？

好在許科長看起來還像個正常人，接下來由他來做物證的分析工作。

他們發現屍體的河邊草地並非第一案發現場，真正的案發地是距此兩百多公尺的一條小路上。

這是河邊的一條水泥路，地方很偏僻，不知是何原因，葉劍大晚上獨自來到這裡，隨後被汽車撞擊了兩次，又被人用匕首捅傷。葉劍在身負重傷的情況下，穿過路邊的綠地逃走，隨後跑到了河邊的一座石拱橋上，跳入河中。他憑藉頑強的毅力，不可思議地游出了一百多公尺，爬到岸邊一棵大樹後面的草地上，也就是屍體被發現的地方，最終流血過多而死。

沿路留下了大量的血跡和腳印，證實了他的逃跑路徑，也證實了他身後有個身高一百七以上的男子在追趕他。
張一昂思索許久，看向眾人，淡淡地問了句：
「現場留下了我的名字，你們覺得是怎麼回事？」
「這個嘛……」所有人都把目光投向許科長，畢竟他是管這塊兒的，只好由他來解釋，「葉劍右臂主要筋腱被割斷，他是無法握力寫字的，所以現場留下的三個字，光從字跡上沒法比對是不是他的筆跡。不過寫字用的小石子上檢測出了葉劍的指紋和血液，我和陳法醫商量過，我們……我們傾向於字是他自己寫的。」
「你說字是葉劍自己寫的？」張一昂揚起眉，很難接受這個結論。
許科長忐忑地拉上陳法醫。「這是我們倆的結論，至於他為什麼……為什麼寫張局你的名字，這還需要刑警們繼續調查。」
刑技和法醫只負責寫結論，後面的調查分析是刑警的事。
張一昂只好把目光投向了王瑞軍和宋星。
宋星分析：「字是葉劍自己寫的也說明不了什麼，局長有百分之百的不在現場鐵證啊。至於他為什麼這麼寫，我覺得可能是，葉劍不認識凶手，凶手在行凶過程中說了一些讓他對局長產生誤會的話，比如葉劍問對方『你為什麼要殺我』，對方故意說『是張局長讓我來殺你的』，葉劍身受重傷，臨死之際腦子轉不過來，加上他本來就對你突然到來懷有怨氣，所以才導致他做出了錯誤判斷，寫下你的名字。」
他繪聲繪色地描述，把葉劍和凶手的對話，臨死前的心理狀態類比得維妙維肖。眾人聽了他的分析，也覺得頗有幾分道理，原本就嫉妒新領導空降，外加凶手誤導，臨死之際懷著一絲惡意報復領導，倒不難理解呢。

眾人把目光投向張一昂，卻發現他臉色鐵青。過了幾秒，他突然冷聲喝道：「你說得一點道理都沒有！葉劍腦子不清楚了就寫我的名字，他為什麼不寫你，不寫其他人的？我跟他總共沒說過幾句話，他對我哪兒有這麼大怨氣？你這是極不負責任的判斷！你根本沒有抓住這案子的關鍵！」

宋星被罵得不敢抬頭，小聲詢問：「這案子的關鍵……關鍵是什麼？」

王瑞軍眼珠一轉，脫口而出：「局長絕對是被栽贓陷害的！」

「你看，瑞軍就一把抓住了吧！」張一昂一拍桌子，笑顏逐開，頗為欣賞地望著他，連對他的稱呼都變了，「軍兒，你來給大家好好分析分析。」

「我……嗯！」王瑞軍受寵若驚，可踟躕了半天，只是說，「我只知道這案子背後一定是有人想故意栽贓局長，影響局長工作，嗯，對於具體情況，我還需要再捋一捋。」

張一昂撇撇嘴，對他的欣賞也就到此為止，看著眾人的分析都不能直接命中要害，只好自己開了口：「你們想啊，葉劍跳下橋游走，如果你是凶手，就眼睜睜看著他游走，不追過去？凶手敢保證葉劍受傷之後一定會死？所以說，現場的字，根本就不是葉劍寫的，而是凶手追上去後，把石子塞進葉劍的手裡，抓起他的手寫下的，目的就是栽贓陷害我，動搖整個團隊，擾亂調查方向。甚至葉劍的肌腱很可能也是在那時候被凶手故意割斷的，這樣一來，才能從肌腱斷裂角度解釋為何字跡跟葉劍平時的書寫習慣不同，否則物證這塊兒早就發現字不是葉劍寫的，當然栽贓不了我！這是一個局，一個籌畫縝密的局！」

聽到這個分析，所有人眼睛都亮起來。許科長和陳法醫表示技術上完全可行，而且現場是戶外，本來就有他人雜亂的腳印，無法辨別凶手。

王瑞軍和宋星站在老刑偵角度考慮，覺得確實如此，凶手殺人後，被害人逃出一百多公尺，肯定要追上去看看死了沒有，才能放心，哪會心眼兒這麼大直接掉頭走人？

凶手借葉劍的手，寫下張局長的名字，如果不是蔣英能證實局長當晚在家，張局長到現在還說不清楚呢。老大成了犯罪嫌疑人，手下還怎麼查案？自然會嚴重誤導警方的調查方向。

果然是歹毒至極、陰險非常的栽贓手段！眾人紛紛將未知凶手痛罵一番，真是個豬狗不如的東西，方才解了心頭之恨。

解釋清楚了字的問題，許科長又說：「在距離葉劍屍體幾公尺的地方找到了他的錢包，褲袋裡有他的手機，初步看過，東西沒丟，可見凶手是針對性地殺人，不是臨時起意地謀財。另外，我們還發現葉劍的褲子裡面藏了一張卡片。」

張一昂問：「是什麼卡片？」

「呃……」許科長猶豫一番，沒有直接回答，而是拿出一張照片，出示給眾人。

照片上是一張黑色的類似銀行卡的塑膠卡片，沾滿了乾涸的血跡，右上方印著「VIP」，中間是「水療中心」四個大字。

李茜湊過頭，好奇地問：「這水療中心是做什麼的？」

「這水療中心啊……」王瑞軍正想著該怎麼回答，卻見其他幾人紛紛咳嗽起來，連陳法醫這腰椎間盤突出的也在一個勁兒地咳嗽，他連忙閉上嘴。隨後眾人集體一本正經地專注於案情本身的討論，對李茜的提問充耳不聞。

許科長繼續說：「我判斷是葉劍臨死前從錢包裡抽出卡片，藏到了身下，又把錢包往遠處草叢裡一扔，大晚上凶手很難發現他的這個小動作。這張卡片藏得如此隱蔽，可見葉劍一定是想透過這個舉動，傳遞出某種資訊。」

張一昂仔細觀察著照片，卡上水療中心的所在地址寫著「停車．楓林晚大酒店三樓」。

「停車．楓林晚大酒店？」

一旁王瑞軍解釋：「這是三江口第一家五星級酒店，檔次很高。」

張一昂點點頭。

「停車楓林晚，用詩做酒店名字，倒有點兒意思，不過中間好像還少了兩個字。」

王瑞軍指著卡片，低聲道：「據說裡面有！」

眾人愣了一下，然後又一臉嚴肅地點起頭來。

張一昂咳嗽一聲，問：「這場子是誰開的？」

「場子是誰開的不清楚，酒店的老闆叫陸一波，不過也有傳言說真正的大老闆是三江口首富周榮。」

「周榮?!」張一昂和李茜同時瞪大了眼。

其餘幾人看到他們倆這種反應，電光石火間，一個共同的猜測在他們心頭醞釀起來，人人臉上都變換著不同的神色。

過了片刻，宋星小心翼翼地詢問：「局長，省廳把您調過來，是不是……與周榮有關？」

「為什麼這麼說？」

張一昂臉色很不自然，高廳曾反覆叮囑過，此事必須低調進行，千萬不可聲張。

李茜也連忙替他打掩護。「沒有的事，你瞎說什麼呢？」

宋星古怪地看著她。「可我前幾天看到妳在查周榮公司的資料。」

張一昂瞪了李茜一眼，李茜閉嘴低下頭，領導叮囑她千萬小心行事，結果查個資料都被同事看到，她真想打死自己。

王瑞軍低聲說：「局長，話說回來，如果你要查周榮，我們是一定會全力配合的！」宋星、許科長和陳法醫也都一同認真地點起頭，把真誠的目光一齊投向張一昂。

張一昂遲疑地看著他們。「你們……」

宋星說出眾人的心聲：「我們都跟了盧局長很多年，都是他提拔起來的，他跟我們私下透露過他在調查周榮，卻突然失蹤了，我們非常懷疑是周榮幹的！」

接著，眾人紛紛表態，他們知道查周榮事關重大，張局保密是應該的。不過對於他們幾個大可放心啦，王瑞軍和宋星是盧正一手提拔的；許科長跟盧正共事了很多年，交情深厚；陳法醫覺得盧正對自己的屍檢技術從不像其他小孩兒那樣說三道四，可見是很專業的。

現在，只要張局長點個頭要查盧正案，他們就奉陪到底！

在四人信誓旦旦的目光中，張一昂慢慢點下頭。他意識到有了這幾個刑警隊骨幹的鐵心支持，正式調查周榮的計畫，是時候提上日程了。

不過高廳說那封舉報信上的舉報人，會在他來三江口後等待合適的時機跟他正面接觸，他都來一個多星期了，這舉報人在搞啥玩意兒，怎麼還不出來見面？

09

「葉劍的死應該和周榮沒關係，他們倆是公開的鐵杆兄弟。照理說，一個是三江口首富，社會上風傳有黑道背景的大老闆；一個是公職人員，刑警大隊隊長，這樣兩個人怎麼都應該避嫌，保持距離。不過葉劍對此一直不管不顧，經常去參加周榮的飯局，這種公開的關係影響極其不好。以前有人匿名舉報過他，單位領導也找他談過，盧局長多次當著我們面警告他，他不服氣，還和盧局吵起來。」

張一昂一行人走在葉劍所住的社區裡，王瑞軍向他介紹葉劍和周榮的關係。

「葉劍有沒有替周榮擺平過刑案？」張一昂問。

「這倒沒有，以前有人匿名舉報葉劍是周榮的保護傘，上級公安機關專門派人下來調查，查來查去，葉劍在業務上和周榮沒任何往來，金錢上也乾淨，上級只得勸告他這職業不適合與商人走得太近。業務上葉劍雖沒有直接插手幫忙，但周榮有葉劍這樣一個朋友，總歸有其他一些方便。」

張一昂知道，這所謂的方便就是影響力。刑警大隊長跟你稱兄道弟，就算不直接幫你擺平麻煩，黑道江湖誰敢惹你？周榮白道上有錢開路，還有個公安副廳長叔叔，當然也是一帆風順。

李茜好奇地問：「葉劍是怎麼跟周榮走到一起的？」

「他和周榮是老同學，兩人從小一塊玩兒到大。對了，陸一波、郎博文和他們倆也是老同學，葉劍常說他們四個人是鐵打的兄弟。」

張一昂停下腳步，問：「郎博文又是誰？」

「他是——」

「我知道，我知道！」李茜脫口而出，這案子一直是他們幾個老刑警在討論，涉及背景資料的問題總算給她發揮空間了，忍不住搶答，「郎博文是奧圖公司的老闆，奧圖公司一開始是他爸媽創建的，他爸媽原本都是英語老師，二十世紀九十年代下海做外貿，後來又開了汽車配件廠，工廠取名奧圖。據說一開始他爸媽把整個工廠都交給他弟弟打理，郎博文則跟周榮合夥去外面做生意，後來他弟弟接手沒幾年，廠子經營不善，欠下很多債，還因騙取出口退稅被抓了，工廠也面臨倒閉。於是郎博文回來接手工廠，幹了幾年又開始涉足房地產，很快做大，現在奧圖公司是三江口第二大房產商，也經常和周榮的榮成集團聯手投資一些項目。」

張一昂皺皺眉。「他父母都是英語老師……老大叫郎博文，他弟弟該不會叫郎博圖吧？」

「對啊，你怎麼知道？」

「他們還有個妹妹叫郎博翠？」

「沒有妹妹啊，就他們兄弟兩人。你認識他們家人啊？」

「不認識。」張一昂哼一聲，想明白了為什麼郎博文父母會辭職下海，這口音的英語老師不辭職還留在學校能幹什麼啊？

這時，宋星開口：「局長，葉劍前天晚上去的飯局就是奧圖公司一個樓盤的開盤酒會，周榮、郎博文、陸一波這幾個人都去了。」

張一昂點點頭，叮囑他把事發前酒店內外和附近道路的所有監控錄影都查仔細，務必盡快弄清葉劍死前究竟發生了什麼，他為何會獨自大晚上去河邊。

不久，眾人來到葉劍家，門已經打開，刑技人員在徵得家屬同意和在家屬見證下勘驗室內情況，希望能尋到蛛絲馬跡，弄清葉劍死前幾天的生活狀況。

一行人換上鞋套進屋，刑技人員說葉劍家中基本完好，看不出有被人翻動過的痕跡。

張一昂打量起整個屋子，這是一套二十幾坪的老房子，站在門口便能一眼望穿。進門是小客廳，擺著一張油膩膩的皮革沙發，小茶几上胡亂扔著散落的香菸和雜物，對面一臺電視機上滿是灰塵，似乎平日裡就是個擺設。客廳左側連著廚房，油煙機網格上的油漬已經快成了鐘乳石；右側連著一間浴室和兩個小房間，一間臥室、一間書房。

張一昂環顧了屋子一圈，一無所獲，最後來到書房。

說是書房，書架上也沒幾本書，大多是報紙和雜物，文房四寶自然是沒有的，葉劍哪是這塊料？屋子靠裡是張寫字桌，擺著一臺舊電腦、一臺看著很新的印表機和胡亂疊放的文件。張一昂戴上手套，翻著這些文件，大多是單位工作上的東西，看不出任何可疑之處。這時，他注意到一遝資料夾下壓著一張白紙。

他抽出白紙，紙上寫著「羅子岳」三個字，旁邊是手機號以及某個社區的住址。

「羅子岳，三江口市長？」張一昂思索道。他來三江口時間不長，不過政府裡主要領導的名字還是知道的。紙上除了寫著羅子岳的姓名、聯繫方式，其他什麼都沒有了。不知葉劍寫下來的這些是某種線索，還是他想求市長辦事找人打聽到的聯繫方式。可是很快，他意識到羅子岳與葉劍的關係非比尋常。

這張白紙下方還有兩張照片。

第一張是五個人的合照，照片有護貝，護貝老舊，一角翹起。塑膠護貝的右下角用簽字筆寫了照片拍攝的年和月，中文書寫，筆跡娟秀，一算距今已有十六年。第二張是六個人的合照，下方也用筆寫了拍攝的年和月，依然是中文書寫，時間是十一年前。兩張照片相隔了五年。

第一張照片中，一名年輕男子站在中間，四名男子圍繞著他。王瑞軍仔細辨認一番後介紹，身後四人從左至右分別是年輕時的葉劍、周榮、郎博文和陸一波，中間男子是比郎博文小兩歲的弟弟郎博圖。照片裡眾人的背後是奧圖汽配廠，門口放著花籃，慶祝奧圖汽配廠喬遷新址，看來是奧圖汽配廠當年喬遷時的合影留念。五個人穿著很簡單，臉上都帶著年輕爽朗的笑容，對張一昂笑。

第二張五年後的照片背景變成了一座大樓模樣的迎賓廳，門口同樣擺著花籃，這次花籃上的字寫著慶祝奧圖地產開張。照片裡除了他們五個人，還多了一個人。經過辨認，確定多出的那個人正是羅子岳。王瑞軍說當時三江口還沒有縣改市，羅子岳是縣委辦公室主任。

照片的中心人物從上一張的弟弟變成了哥哥郎博文，郎博圖則站在了邊緣一側，顯得有些落寞，其餘人依然在周圍環繞著。這次的六個人裡，除了葉劍還是穿著簡單的夾克衫，其餘人都西裝革履，臉上的青澀也變得成熟。

張一昂拿起兩張照片看來看去，思考片刻，叫李茜拿來一個物證袋，把照片放進去，囑咐道：「好好保存，這是重要線索。」

李茜帶著眾人共同的不解，問：「這兩張照片說明什麼？」

「兩張十幾年前的老照片，突然出現在葉劍的桌子上，妳不覺得奇怪嗎？」

「嗯……」李茜隨手拿起桌上一個用來當筆筒的搪瓷杯，上面印著「革命委員會好」，中間是個大大的「忠」字，尷尬地詢問，「這個呢？」

她意思是說，一只「文化大革命」時期的搪瓷杯突然出現在桌子上，不是更奇怪嗎？從葉劍家裡的布置便看得出他是個生活一點都不講究的人，各種老物件隨手翻出來亂扔也是稀鬆平常，甚至筆筒裡還發現了一枚幾百年前的康熙通寶。

「妳一點兒都不注意細節哪，」張一昂很遺憾地搖搖頭，「辦案的關鍵是從紛亂複雜的資訊裡，提煉出真正和案件有關的線索，對所有訊息要做到準確區分！」

眾人都覺得此番話深得辦案的精髓，可還是想不通這兩張老照片能說明什麼。

在眾人不解的目光中，張一昂輕輕指了指兩張照片下方用筆寫的拍攝日期，說：「照片上的拍攝日期，為什麼只寫了年和月，卻不寫具體是幾號拍的？通常洗了照片要記錄時間，總會寫上具體日期吧？所以可以判斷，這個日期不是當時寫的，是葉劍近來寫的，他只記得哪一年、哪一月，不記得照片拍於哪一天了！妳要想，為什麼他要拿出這兩張照片，為什麼他要在上方標注日期！」他用指節敲敲桌板，「這是重點！」

眾人琢磨一番，深感局長這番分析確實有道理，只有刑偵高手才能從這微不足道的日期裡發現異常。

一張記錄羅子岳資訊的白紙，對應兩張照片，羅子岳也在其中一張照片裡。兩張十多年前的照片突兀地出現在桌上，照片上標注了拍攝的年、月，唯獨沒有日。雖然還不清楚白紙、兩張照片與葉劍之死的關係，但眾人已經隱約能感覺到其中存在著某些關聯。

這時，李茜突然拿起另一份文件，葉劍在上面寫著一些字。她比較了下物證袋裡的照片，遲疑說：「照片上標注的字好像不是葉劍寫的。」

大家側頭一看，葉劍的字跡潦草胖大，一看就不是拿筆的料，照片上雖然只是用中文寫著日期的幾個字，但筆跡很漂亮，壓根不可能是葉劍所寫。

張一昂也湊過頭比較了一番，這字跡確實不是葉劍的。他哼一聲，不以為然道：「既然日期不是葉劍寫的，那更要好好調查了！不過從照片看得出，葉劍和他們幾個人關係很好，還有羅子岳在紙上和照片裡都出現了，頗有疑點。所以接下來，我們要重點調查陸一波！」

「嗯？」王瑞軍還沒從筆跡不一致中回過神來，突然被局長帶到了另一個方向，不禁好奇，「為什麼羅市長可疑，我們要查陸一波？」

張一昂皺眉責怪：「你怎麼就忘了葉劍身上藏起來的ＶＩＰ卡片？這可是當前最重要的線索！大酒店是陸一波開的，當然要查他啊！」

王瑞軍心裡大叫——我沒忘啊，可你明明在說羅市長可疑，沒提大酒店啊！

10

「那天晚上我們還一起吃飯，後來怎麼就出事了？不可能啊，葉劍怎麼就突然死了？」辦公桌後，周榮點著菸，一臉傷心和凝重。

他和葉劍是同學，今年也是三十九歲，不過他看起來比同齡人年輕許多。他外形俊朗、五官稜角分明，由於經常健身，沒有啤酒肚的身材在這個年紀的男人裡尤為難得。他從沒結過婚，一直是單身，一般像他這樣的男人，身邊也不會缺少女人。

坐在周榮對面三十來歲的男子是公司董祕胡建仁，也是跟了他多年的心腹。胡建仁個子不高、身形消瘦，戴著一副金屬框眼鏡，看起來很是精明能幹，實際上也是，周榮大部分的事情都交給他打理。

「這次公安局的口風很緊，我找人打聽過了，什麼都問不到，據說是新來的張局長親手在調查這案子。」

「張一昂？他是高棟的人，東叔說高棟動用關係，強行把他調下來接替盧正的位子，有可能是專門衝我們來的。聽說他一到三江口就破了個全國性的大案，這麼厲害的人物，如果被他發現盧正的事……」周榮臉上浮起一層陰霾，摸著胸口，「每次想起盧正，我就心跳得厲害呀。」

胡經理憨笑著寬慰：「榮哥，事情過去這麼久，什麼證據都沒了，你就別擔心了。至於葉劍，我老感覺他在懷疑盧正的事跟我們有關，他死了對我們來說，反倒少了個隱患。」

「扯淡，你完全不懂！」周榮斥了句，搖起頭感慨，「外面很多人以為葉劍跟我搞權錢交易，其實我們純粹就是從小一起玩到大的朋友。小時候我個頭兒小，老被人欺負，對，就是被郎博文、郎博圖兩兄弟欺負，葉劍護著我，幫我打架，我幫他抄作業。到後來他當了員警，我做起生意，這些年除了一起吃飯聚會，真沒其他事。唉，到這年紀，留下的真正朋友能有幾個？如果讓我知道誰害了葉劍，我非弄死他不可！」

胡建仁尷尬地笑了笑，換了個話題。「榮哥，東部新城最大一筆產業園區配套招標有消息了，政府會在三個月內出標，大約有兩百畝地，一半是辦公和商住，一半是配套住宅。招標底價六個億，還有資金補助。財務部門經過測算，光那些住宅賣掉的利潤就能覆蓋成本，剩下的辦公和商住每年上億的租金是白拿的。這項目如果能拿到手裡，集團以後每年都有大幾千萬的淨流水。」

「這麼多！」周榮吸了口氣，沉吟幾秒，略略皺眉，「預期回報這麼高，這筆帳其他公司也算得清，肯定有很多人搶，尤其是那些外來的上市公司地產商，如果光明正大地競標，拚出價我們哪兒拚得過他們？嗯……這樣，你讓羅市長想想辦法，這項目的競標資格要為我們量身打造，最後項目一定要給到我們！」

胡經理面露為難之色。「羅市長說這次要我們自己想辦法，東部新城是省級規畫，他和管委會主任雖然在同一個大樓辦公，但對方人事關係在上級市，行政高配，比他還高半級，他和管委會主任沒打過太多交道，插不上手。」

「那主任好像姓方，是吧？」

「對，叫方庸，五年前東部新城剛規畫的時候，他就調來當管委會主任了。那時大家普遍不看好新城區，他也不太顯眼，現在大家都搶著進新城區，管委會的地位早就今非昔比了。羅市長還說，這回我們想拿項目，只能正大光明地競標，方主任這條路行不通，因為這人非常正派，是有名的廉政模範。打個比方說吧，政府招商人員和企業吃吃飯很正常吧？方主任不一樣，他不允許管委會任何人未經批准參加企業的飯局，發現就通報，收禮更是直接處分。他還找了上級審計部門，每年對管委會包括他自己在內的所有人進行財務審查，發現問題就直接報紀委。」

「這有什麼？」周榮不屑地哼一聲，笑起來，「羅市長不也天天高喊反腐口號？整個三江口反腐就數羅子岳最積極。」

「可方主任跟羅市長不一樣啊，羅市長是用嘴反腐，方主任自己生活也很節儉。聽說他到現在都在用著很多年前的按鍵手機；單位給他配了汽車和司機，他不要，說要節省公務開銷，堅持每天騎自行車上下班。遇到颳風下雨，他就跟老百姓一起擠公車，平日裡任誰也看不出他是東部新城的掌舵人。他存下來的工資津貼，每個月都會固定捐到福利機構，省級電視臺和報紙報導過很多次了。」

聽了胡建仁這番打廣告似的介紹，周榮也不禁咋舌。「這三江口……也能出海瑞[2]啊！」

---

2 海瑞（一五一四年～一五八七年），明朝著名清官，騎一匹瘦馬上任封疆大吏，為人津津樂道。據說過世時都沒有錢可以下葬。

11

「我們平時走在大街上看到的那些美女，她們的男朋友大部分都是醜八怪，你知道為什麼嗎？」方超笑著問劉直，「因為大家有個盲點，看到了一個美女，心想長得這麼漂亮肯定有男朋友了，男朋友肯定很優秀，就不敢去追了。反倒是那些魯蛇不要臉，大張旗鼓去追美女，最後呢，美女配魯蛇成了常態。我很早就知道這道理，很早就投入了實踐，結果發現知道道理並沒有什麼用。所以我要賺錢，賺很多錢，有錢自然有美女，這是我做這行的最大動力！」

劉直緊緊握住拳。「說得很對。」

「你也想找女人？」

劉直有些害羞地低下頭。

方超哈哈一笑。「你想找什麼樣的？」

「我等這票幹完賺了大錢，就找一個……嗯，長得漂亮，清純又性感，溫柔，不會對我發脾氣，對我百依百順的。」

「那你就是想找小姐嘍？」

「我——」

方超拍拍他肩膀。「你這麼想也很對，古話說得好，富貴不嫖娼，猶如錦衣夜行。幹完這票大的，咱們倆一起找！」

方超和劉直一同坐在汽車後排位子上，大談著各自的抱負，描繪著這票幹完的美好生活。

這一回兩人臉上做了偽裝，身上都只穿著乾淨俐落的運動休閒衣褲，低頭斜靠在座位下方，目光則牢牢地盯著馬路斜對面一個社區的大門。旁人從車外走過，若不低頭往裡細瞧，壓根不會發現後車座上躲著兩個人。

這裡位於市政府的北面約兩公里處，附近有個湖，旁邊坐落著幾個社區，大多是低密度住宅，地段上可謂是鬧中取靜。

其中一個社區外面寬闊的馬路上，一側是白線畫著的停車位。中午時分，路上車流稀疏，停車位上三三兩兩的汽車中間，方超的那輛早已絕版的夏利車正靜靜地潛伏。

不多時，一個四十來歲、胖乎乎的男子騎著一輛老舊的鳳凰牌自行車從社區大門的行人通道出來。他戴著一副一絲不苟的黑框眼鏡，穿著典型老幹部風格的黑色夾克衫，一九分的髮型遮掩著頭頂的貧瘠。他悠然自得地踩著腳踏，每轉一圈齒輪上都會發出一聲「喀嗒」，他渾然不覺，以一貫的速度不緊不慢地騎著。

經過絕版夏利車旁時，手機鈴響，他下車單手推著自行車前進，另一隻手從口袋裡摸出一支手機，竟是當下難得一見的翻蓋按鍵機。他把手機貼到耳邊。

「喂，哦，我是，快遞師傅，麻煩你把包裹放保安室好了，謝謝啊。」

他禮貌性地掛了電話，重新跨上自行車。

方超目不轉睛地盯著他離去，低聲道：「目標就是他！」

劉直不可思議地望著胖老幹部遠去的背影，瞪大了眼睛。

「這就是你說的費了千辛萬苦，找出來的三江口大貪官？」

「你不信？」方超哼一聲，白了他一眼。

「我……」劉直吞下滿肚子髒話。這都二〇一七年了，還有人騎這麼破的自行車，連一輛電動車都買不起，竟然還在用著翻蓋的按鍵手機！這日子過得也太寒酸了吧？大貪官能是這副樣子？

方超搖著頭笑起來。「你呀，整個兒道行太淺了，看不穿妖魔鬼怪的皮囊。我教你，你要學會透過現象看本質！你別看他騎個自行車，據我所知，胖子名叫方庸，是東部新城的管委會主任，就是東部新城的老大。東部新城號稱再造一個三江口，這胖子級別不低，跟三江口市長平起平坐，在這社區裡有套房子。我查了房價，這裡的房子怎麼也得三百萬。」

劉直不以為然道：「這有什麼大不了的？我有個親戚剛考上公務員，雜七雜八收入也有十幾萬一年。他這級別的，幾十萬年薪總有吧？貸款買個三百萬的房子太正常了。要是早幾年買房，一半就夠了。」

見他不信，方超冷哼一聲。「那我問你，現在普通公務員都人手一臺車，他這級別的騎個破自行車上下班，這也正常？」

「胖子靠騎車減肥啊。」

方超抿了抿嘴，打開手機，相簿裡存了很多張方庸騎車的新聞圖片，都是過往記者採訪時拍下來的。

「這些是我找到的歷年報導這胖子的新聞，所有照片裡他都騎破自行車，這麼多年了，他為什麼不換輛新的？」

「消費習慣唄，老東西用習慣了不想換，你瞧，我這內褲穿了不下五年，還不是照樣好穿。」

「別給我看內褲！」方超手指用力杵著手機，「你瞪大眼睛看仔細，這些新聞圖片上，他騎的自行車是同一輛嗎？」

劉直比較著看幾眼。「好像不是同一輛。」

「這幾年下來，他至少換過三輛不同的自行車！」

「車壞了換一輛沒問題啊，三輛破自行車也沒幾個錢。」

「問題在於，他為什麼每次換的都是破車？他又是從哪兒淘到三輛幾十年前的破鳳凰的？」

劉直愣了一下，過了幾秒，慢慢露出了恍然大悟的表情。

「他永遠都是騎自行車，永遠都是破自行車，哪怕車壞了，換的還是破車！一般的貪官，根本不需要偽裝到這地步，所以，這胖子不僅是貪官，而且一定是巨貪！」方超自信十足地做出結論，「這幾天我躲在旁邊高樓已經查出了胖子的住所，他每天中午回家午休，下午再去單位。現在他離開家，要四個小時後才會回來。所以我們現在進去，在這幾個小時裡把他家值錢的東西全部搬空！這大貪官下班回到家一看，肯定傻了眼，又不敢報警，哈哈，太妙了！」方超得意地大笑起來，不禁為自己的計畫所傾倒。

劉直思考幾秒，也覺得不錯，唯有個顧慮。「白天他家裡還有其他人嗎？」

方超不屑道：「這幾天觀察下來應該沒人，不過也不好說呢。可就算有人又怎麼樣？憑我們倆也能輕鬆制住。」他手裡有槍，再加上他們倆的身手，根本不擔心房子裡還有人。

劉直點點頭，正要收拾東西開幹，朝社區門口又看了一眼，這高檔社區門口站著威武的保安，不遠處還立著塊看板——「退伍軍人保安，給您最安心的服務——安琪物業」。他停下手上的工作，多了幾分遲疑不定。「要不……我們還是等半夜再行動吧？」

「幹嘛等半夜？現在方庸出去了，不就是最好時機嗎？」

「可這大白天的，萬一屋子裡有人，我們直接動手，我怕動靜太大，驚動旁邊人家。這社區的保安是退伍兵，我怕……」劉直自己當過兵，當兵那會兒總被其他老兵欺負，留下了心理陰影。

「退伍兵有什麼好怕的？」方超很是不屑，「你知道巴菲特嗎？」

「股神啊，他老人家也搶劫過？」

「他老人家搶的是大劫，搶成千上萬人的劫。他老人家總結過一句搶劫的經驗——別人貪婪的時候我恐懼，別人恐懼的時候我貪婪。你想啊，有幾個人敢大白天入室搶劫？別人不敢，就該輪到我們貪婪了！別廢話，趕緊動手！」

12

方庸家和市政府之間有一段空曠馬路，周榮讓司機把他的賓士停在路邊，他和祕書胡建仁坐在車裡，等了大半個小時，才見方庸不緊不慢地騎著自行車過來。

儘管風傳方庸為人正派，難以接近，但面對東部新城這麼大一塊蛋糕，周榮還是想試試。

對於如何跟方庸接觸，周榮絞盡腦汁、苦思良久。他找過很多人側面打聽情況，均言方庸為人正派，不光嘴上痛恨腐敗分子，更是身體力行，很多公司此前也想跟方庸拉上關係，均告失敗。所謂無欲則剛，方庸簡直是個沒有弱點的官員。

周榮不甘心，他相信但凡是個人，總有他的弱點，方庸身上也一定有軟肋，只是沒被發現罷了。在了解的過程中，有一點引起了周榮的興趣。

方庸是個公認的文化人，準確地說，他是個詩人！他是三江口作協主席、省文聯的副主席，有時會發表點詩歌，出過一兩本從沒見上市銷售但周圍人人讚不絕口的詩集，還成了魯迅文學獎候選人。據說他還喜歡研究歷史，年輕時跟考古隊跑過一陣。

對付文化人，得用文化人的手段，只是該如何跟他接觸呢？

據說方庸很反感生意人去辦公室跟他談事；若是到他家拜訪，就更唐突了。通常情況想結識一個官員，都是靠朋友介紹，約出來喝茶吃飯，可羅市長說方庸是不會出來應酬的，周榮託了政府裡級別不低的幾個朋友去邀請，果然都被謝絕。

左思右想，周榮決定在方庸上班的必經之路上守株待兔。

此刻，眼見方庸騎著自行車過來，周榮恰到好處地開門下車，堆出滿臉笑意站在了方庸前方，親熱地叫了聲：「方老師！」

「你是……？」方庸從自行車上下來，看了眼周榮和跟著的胡建仁，又掃了掃他們的座駕。

「方老師，我是榮成地產的周榮啊，羅市長跟您提起過。」周榮討好地走上前，做握手狀。

看在羅子岳的面子上，方庸出於禮貌，伸手跟他握了握，又嫌他有傳染病似地甩甩手，一臉警惕地問：「你有什麼事啊？」

「是這樣，我最近收了一幅民國時期于右任大師的字，我聽說您是這方面的權威，所以想找您鑑定一下，看這字是真是假。我本想當面去找您，又怕有不好的影響，打聽到您家住這一片，您一般中午回去午休，所以就想著在這兒碰碰運氣。嘿，果然把您等到了。」

「于右任的字？」方庸眼睛一亮，明顯表露出了好奇心，不禁問道，「字在哪裡，我看看？」

「在後車廂。」周榮引他過去，方庸停好自行車便急匆匆走到後車廂，打開後便見一幅裝裱起來的大字，底下還用泡沫板精心墊著，整張字草楷融為一體，美觀大方。

方庸激動地湊近端詳，才過幾秒，臉色就冷淡下去了，搖搖頭，轉身吐出兩個字：「假的。」

周榮哈哈一笑，摸著自己腦袋，感慨萬分。「專家就是專家，不一樣的，看來我又被人忽悠了。方老師，既然字是假的，也不值錢，不如您拿回去，掛牆上看看也好。」

方庸瞪眼道：「這字是假的，我拿回去掛起來幹嘛？別人不笑我神經病啊！」

周榮盯了幾秒方庸的表情，吃驚地問：「這字真是假的？」

「明擺著是假的啊，形都不像，更別提神了。這種字還掛于先生的名，都假到天上去了。話說，你從哪兒搞來這麼假的字？」

周榮嚥了下唾沫，怒瞪了胡建仁一眼。此時也不便提五十萬買了張假到天上去的字，他只得慌忙向方庸解釋，自己不懂字畫，所以才上當，花錢買了教訓，希望能跟方老師多多學習這方面的知識。

方庸冷眼打量周榮，已然瞧出他的心事，便問：

「周老闆，你半路等我，就想問這字畫的真假？」

周榮思索一秒，知道對方是聰明人，只好坦白相告：「嗯……其實還想順道諮詢一下方老師關於東部新城的一些政策問題。」

方庸搖搖頭。「我真討厭你們這些生意人，自以為很聰明，弄種種花樣。我跟你說，在我面前，不要拐彎抹角！」

饒是周榮見過很多大領導，都沒遇見過如此不留情面的人物，一時不知所措，只好解釋：「方老師您說得對，我呀，只是想認識您，卻一直找不到時機。聽說您對古玩頗有研究，我對這些門道也很感興趣，這次是真心地向老師您學習。」

「你真的對這些感興趣？」方庸目光微微一變。

周榮挺直身體，正色道：「非常非常感興趣！」

方庸盯著周榮，沉默不語，似乎一直思考、糾結著什麼，過了半晌，說：「那就到我家裡談。」

13

方庸住的社區西面以一條幾公尺寬的小河與外界隔成兩邊。方超對社區周邊地形早已瞭若指掌，帶著劉直來到河邊，那裡繫了一條小小的垃圾清理獨木船。兩人解開河邊纜繩跳上船，亂划了幾下便到了對岸，岸上只有綠樹種的隔離帶，鑽過去就到了社區裡面。

他們徑直走向方庸住所，這是座五層樓房，方庸的家在一樓，後院自帶個六坪的小花園。

兩人謹慎地將四周觀察一下，發現沒有人，旁邊也沒有監視器，趕緊翻進花園，躲在牆角，慢慢起身透過窗戶向裡張望；觀察了一陣，發現房子裡沒人。事不宜遲，趕緊動手。他們本想直接撬鎖，一抬頭欣喜地發現窗戶的月牙鎖並未扣緊，劉直掏出一根U形鐵絲插入兩扇窗戶中間的縫隙，探了幾下就將月牙鎖完全摳了下來，兩人隨即拉開窗戶跳了進去。進屋後，為了不留痕跡，他們還拿出特意準備好的鞋套穿上，重新將窗戶關好。

接下來就是尋寶遊戲了！

他們相視一笑，走進去將整個房子環顧一圈，不過似乎和自己想像的有些出入。

房子約有四十五坪，還附贈一個地下室，說起來面積不算小，可這裝修風格也太儉樸了吧！

地上鋪的全是髒兮兮的地磚，牆壁居然直接是水泥，掛了幾幅字畫和匾額，看起來簡陋得很。家具也不多，基本是木頭的，似乎有些年月，桌上擺放的一應物件也都很老舊。

這裡的一切都跟豪華不搭邊，更和大貪官沒法聯繫到一起。雖然不指望大貪官家的菸灰缸也是金子做的，可裝修至少得到星級酒店標準吧？可這屋子湊合得連小旅館都不如。

劉直不由得埋怨起來：「超哥，你是找了個大貪官，還是找了個焦裕祿[3]啊！」

方超瞪了劉直一眼，一臉陰沉地拿起桌上的一個搪瓷杯，裡面還泡著茶葉，杯子外印著毛主席經典畫像，上寫「毛主席萬歲」。他深深吸了口氣，不甘心道：「偽裝！越是大貪官越愛偽裝，他總不能把錢都放外面擺出來吧？否則早就被人舉報了！指不定某間屋子裡藏滿了現金。好好找，特別是天花板、床墊下面，還有牆裡的暗格，一個都別放過。」

話不多說，兩人開始在幾個房間穿梭奔波，仔細搜尋所有可能藏錢的地方。他們想搜天花板，可這房子的所有天花板就是原始的水泥板；床墊嘛，全是木板床，哪來的床墊！四周水泥牆壁被他們用手指頭敲了個遍，也沒敲出半個暗格。

十多分鐘後，兩人重新站到一起，臉上寫滿懊惱與不甘。

清官，這胖子居然是個清官，整個房子只有門口鞋櫃上放了幾百塊現金，多餘的錢一分都沒有！

方超的臉色很難看，劉直一直大罵著方庸「渾蛋」，方超感覺劉直是在影射自己。正當兩人不知這一票該如何收場時，突然門口傳來幾個人的說話和腳步聲。

---

3 焦裕祿（一九二二年～一九六四年），中國山東人，中國共產黨官員，被譽為「縣委書記的榜樣」，帶頭反對幹部特殊化，抵制請客送禮等陳舊政治文化。

★★★

隨著一陣客套的說笑聲，方庸打開門，引周榮和胡建仁進門。

「方老師，你家真是——」周榮站門口環視一圈，正要奉承，卻發現這房子也能叫裝修？他見牆上好歹掛著幾幅字畫，總算找到詞來巴結，「極具一種古樸的文化氣息。」

聽他這麼說，方庸停下了腳步，過了半晌，朝他點點頭。「周老闆，好眼力啊！」

周榮正好奇自己有哪門子的眼力，方庸已經興致勃勃地引他們到客廳坐下，又從一個貌似醬菜桶的黑陶罐裡挑出一勺泥炭一樣的茶葉，故意拿到周榮面前，問：「周老闆，這茶怎麼樣？」

「這茶……」周榮心想這樣的東西也叫茶？但他嘴上只好說，「這茶有點兒年月了吧？」

「好眼力！」方庸再次朝他點頭，更開心了，笑道，「這是五十年代的黑磚茶，味道相當特別。」

方庸一邊饒有興致地煮著茶，一邊向他們賣弄茶文化。周榮一開始以為他話中另有玄機，或是暗示什麼，聽了一陣才明白他就是在說茶。

總算待茶泡好，周榮喝了一口，言不由衷地奉承著這茶跟他喝過的完全不一樣，聽得方庸一陣得意。趁對方心情好，周榮趕緊抓住機會，把話題往正事引，幾句場面話過後，故作輕鬆地笑道：「方老師，以您的文化品味，對新城區最近要推的那個文化產業園項目，想必有您自己的想法吧？」

「文化產業園啊……」方庸一愣，放下茶杯，過了會兒，臉上收斂了笑容，微微向後仰打量著周榮，「產業園是政府招商引資的項目，我就是幫政府辦事的，有沒有想法不重要，重要的是園區能真正做好，以文化為基礎，帶動新城區的發展。怎麼？周老闆突然提起產業園，是有想法吧？」

周榮含蓄地笑著。「我們公司在三江口深耕了很多年，在項目營運上很有經驗，我個人也對文化產業特別感興趣，坦白說，我很期望能夠做一些文化產業方面的實際工作，不知——」

方庸直接打斷他，淡淡道：「說白了還不是為了錢嘛。」

「這個……」周榮突見他這副態度，尷尬地不知所措。

方庸嘆口氣。「文化產業園有政府很多的配套資金和稅收支援，很多公司都虎視眈眈盯著這園區。從我的角度看，把事情做好是最重要的，我最擔心的是開發商光顧著自己賺錢，偷工減料，到時把事情辦砸了。」

周榮聽到「光顧著自己賺錢」，想了幾秒便心領神會，連忙表態：「老師絕對放心，哪兒有公司能一家把錢賺完？如果可以讓我營運，我一定會好好做，把蛋糕做大，這個蛋糕不是我一個人的，大家都有份。」

方庸冷笑。「你想怎麼分蛋糕呢？」

周榮一愣，這已經開始明碼標價要錢了嗎？前戲都沒做，直接就想要，這速度有點令人應接不暇啊！他尋思片刻，笑說：「不瞞老師，這項目我們公司做過財務分析，確實有利可圖，如果能讓我們公司做，該花的錢我們絕不手軟，包括各種……嗯，比如您指定公司的諮詢費用——」

「你是想送我錢？」方庸打斷他，臉上笑容頃刻間全部消失不見。

周榮見到他這副表情，暗自一驚，莫非方庸之前只是在試探自己，確定自己要行賄後，再翻臉？他真是三江口海瑞？周榮心中大急，惹上了這號人物，往後該怎麼辦？

方庸站起身，走到了牆邊的一幅字前，指著說：「周老闆，你過來好好看看吧。」

周榮只好苦惱地站起身，來到牆邊，念出上面的字：「問渠哪得清如許，為有源頭活水來。」他倒吸一口冷氣，就差跪下認錯了，「領導，是我說錯話，我不是這個意思，我——」

「這才是于右任的真跡，你那張啊，太假了，直接撕了吧。周老闆，你來，再看看這個。」方庸走到書架前，打開玻璃櫃，指著一個巴掌大的菸灰缸物件。「貨真價實的元青花螭龍雙耳三足鼎，我很少拿出來給人看。對了，你左邊那幅是齊白石的小樣，年輕時的東西，尺寸和水準都低了點兒，不過齊白石就算打張草稿，放到現在也是難求的珍品……那是唐三彩，物件小，貴在手藝精湛。還有剛才咱們坐的這套椅子，你可別看它舊，明代的海南黃花梨，隔壁還有張床才稀罕，我都不敢睡。」

聽著方庸講述屋子裡各種不起眼東西的來歷，周榮和胡建仁倒吸一口氣，心頭千迴百轉。雖然他們不懂文物古玩，但光聽這些名頭就知道這房子裡的物件可絕對不便宜，就連地上鋪的黑不溜秋的地磚，都是方庸專門找人用的古磚，不是仿古磚，是正經的文物古磚！

方庸帶著他們轉了一圈，回過頭，語重心長地說：「我呀，跟其他人不一樣，我對錢一點兒都不感興趣，唯一的愛好就是搞點兒收藏。你們也看到了，這屋子裡的東西就是我全部興趣所在。」

周榮深深佩服地嘆口氣。「老師，您是文化人，境界就是不一樣，我真得好好學習。不像我這生意人，家裡只會堆著錢，在您面前真是太俗氣了。」

方庸得意地笑起來。「我這輩子從沒收過別人一分錢，當然也不會為了你們破例。屋裡的這些東西呢，大部分是別人送的。說起來我最喜歡的還是青銅器，可我家裡只剩下小樣了，原本我地下室有個鎮宅的青銅鼎，前一陣子有位大領導喜歡，我只能忍痛割愛。坦白說吧，要不是這肉割得太疼，我也不會讓你一個外人來我家呀。我最想收藏一套編鐘，如果有一套編鐘擺在這裡，我就心願滿足了。」

「一套編鐘？了解，了解！」周榮笑著連連點頭。

★★★

屋後的小花園裡，方超和劉直就躲在牆根下，警惕地聽著屋子裡的一切，不敢輕舉妄動。他們聽出屋子裡共有三個男人。屋裡的人若突然打開後門，他們便只能硬著頭皮上了。雖說手裡有槍，兩人也不怕三個男人，但鬧出大動靜是在所難免的，說不定會驚動保安，他們倆總不能把追他們的人都開槍打死吧。

等了很久，終於等到方庸和周榮道別離開的聲音，方超和劉直趕緊翻過小花園逃出去，按進來的方向離開社區，這才敢大呼一口氣。兩人互相看了眼，過了幾秒，同時笑出聲。

方超學著周榮的聲音說：「我這生意人啊，家裡只堆著錢，在您面前真是太俗氣了。」

劉直搖頭嘆息。

「我這輩子第一次見白癡在兩個搶劫犯面前說他家有錢，超哥，咱們換目標吧。」

方超得意地直點頭。「這胖子果然是個大貪官，我的判斷沒錯吧？不過文物嘛，不是硬通貨，我們也沒法賣，還是錢來得實在！那個生意人，我們吃定了！」

★★★

周榮和方庸道別後，坐上賓士車離開社區，到了外面馬路上，臉上的笑容轉瞬消失不見，厲聲對胡建仁罵道：「你花五十萬塊錢買了幅假字，我還當成見面禮，真丟人丟到外太空了！」

胡建仁戰慄地解釋：「我……我也不知道這字是假的，我一定找賣貨的算帳，這錢我一定給要回來。」

「要不回來你自己掏！」周榮咬了咬牙，轉而道，「這帳先記你頭上，現在上哪兒弄套編鐘？記住，一定要真貨！」

胡建仁也不懂文物，掏出手機查了下百度，驚呼出聲：「這編鐘可不便宜。」

「怎麼個不便宜？」

「編鐘是青銅器，青銅器是出土文物，不能買賣，少數能上拍賣會的都在國外流轉，少說也得幾千萬，貴的甚至上億。」

「幾千萬？」周榮倒吸一口氣，「姓方的嘴上說著對錢沒興趣，報出來的東西可真是大胃口。不過也好，我不怕他要價貴，就怕他不肯收。只要我們跟他這把合作成了，以後東部新城的肉，我們吃定了，得盡快弄到編鐘。」

「我知道三江口有個人，別人叫他鄭老哥，他以前賣過文物，跟這圈子的人熟，我找他問問，不過——」胡建仁皺起眉，不無擔憂地道，「榮哥，方主任跟我們第一次碰面，就直接明碼標價，這也太直接了吧？」

周榮冷笑一聲搖搖頭。「我找人這麼多次約他，他早就明白我的來意，等著我們上門罷了。你看，一套編鐘幾千萬，他為什麼要一套編鐘？他這報價可不是隨便說的，早就在肚子裡算過我們整個項目的收益。」

胡建仁不禁感慨。「沒想到方庸這麼一個詩人，要錢的時候算得可真精明。」

周榮不屑地哼了一聲，給方庸下結論：「他是個詩人——可惜沒有靈魂。」

這時，司機突然開口：「老闆，後面有輛車跟著我們。」

「車？」周榮向後視鏡看去，注意到跟在他們後面的是一輛破夏利。

胡建仁遲疑道：「難道是員警？不過公安裡有這種破夏利嗎？」

「東叔說得果然沒錯。」周榮咬了下牙，「公安局的一般車我們都知道，肯定是新來的張局長找了輛查扣多年的車子來跟蹤我們，還以為我們不知道，自作聰明！」

司機問：「老闆，要不要甩了他們？」

「甩什麼？搞得好像我心虛似的，慢慢開，讓他們跟著好了。」

跟在他們後面的夏利車裡，方超一邊狠狠踩著油門，一邊又手握手煞，以防路口煞不住。跟了好一會兒，方才吐出一口氣。「剛剛看他們賓士出來，我想這下沒戲了，肯定跟不上，幸虧這賓士是新手，開不起來，這麼慢，哈哈。」

14

另一邊，刑警們依然在為葉劍的案子奔波，雖然這案子的調查還沒取得突破性成果，李峰的審訊工作卻讓副局長盧正失蹤的事浮出水面。

審訊室裡，張一昂和王瑞軍、宋星等人臉色凝重地坐在一起，集體盯著對面被銬在椅子上的李峰，他們剛剛得到了一條極其突然的情報。

李峰之所以手上會有這麼多條人命，一開始純屬為了他老婆蔣英。

他和蔣英同在一個村長大，蔣英比他小一歲，兩人青梅竹馬。蔣英十六歲那年，被同村的表叔強暴，表叔是村裡的惡霸，蔣英父母被他家威脅，不敢聲張。李峰得知此事後，找他算帳，結果在爭鬥中不小心把對方殺了，判了十二年。出獄後，李峰找到蔣英，得知蔣英已經嫁人，丈夫嫌棄她此前被強暴，非但不同情，反而家暴她，後來還逼迫她賣淫。於是李峰一氣之下，一不做，二不休，提刀殺了蔣英丈夫一家，他也被村民當場抓獲，扭送到鄉里的派出所。

這是大案，派出所馬上通知上級公安機關，可還沒等大部隊趕到，他當晚趁人不備打傷看守員警，搶奪槍支逃了出去，帶上蔣英出走，從此開始了亡命天涯路。

他靠竊盜和搶劫維持生計，期間殺害了多名無辜的人。他一路流竄作案，後來會躲在三江口，據說是有人僱他來殺個人，結果沒殺成，就暫時住下了。

「你之前交代，來三江口是有人僱你殺人，結果發現下手對象是員警，你沒幹，是嗎？」宋星問道。

李峰臉上表情平淡無奇，他自被抓，一直是這副模樣，既沒跟公安機關對著幹，也沒惶惶不可終日。他知道自己是死刑，交代案情很配合，唯獨一直稱所有事都是他幹的，和老婆蔣英完全無關，求警方放過她。

「對，是小飛找我的，小飛是我以前蹲大獄時認識的，你們可以查。後來我背了多條人命逃到江蘇，有一次在路上居然被他認出來，我本想殺了他滅口，但他當時請我們夫妻吃飯，還給了我兩千塊跑路費，我就不忍心下手了。那天喝完酒，他跟我說有人找他去三江口殺個人，給他一百萬。他沒殺過人，願意分我五十萬，讓我幹，我就答應了。到了三江口我才知道要殺的是個老員警，還是個領導，殺了會出大事。我媳婦兒堅決不讓我再幹了，我呢，想著小孩兒那麼小，將來要花錢的地方多，幹了這一票就算被抓，給她們留點兒錢也好。我就跟小飛說，殺員警得跟雇主要兩百萬，訂金先付一半。後來過了些天，再也沒遇到過小飛。我們夫妻跑了這些年也累了，索性就在三江口盤了個小店，安頓下來。」

宋星掏出一張盧正的照片，問：「你要殺的員警是不是這個人？」

「對，就是他，我記得姓盧。」

「叫盧正？」

「是這名。」

「那麼後來盧正是被誰殺的？」

「盧正後來被別人殺了嗎？我沒參與，我不知道。不過我想應該不是小飛，那小子沒這膽兒，說不定雇主不止找了他一個。」

「盧正真的不是你殺的？」

李峰淡笑道：

「領導，我騙你們幹嘛？我以前犯的事都夠槍斃十回了，真是我幹的，我肯定認。」

「小飛去哪兒了？」

「我不知道啊，我對他不放心，不敢讓他留我手機號，我跟他約定每天晚上七點到一個路口碰面聯繫，可那之後我一連去了好多天，也沒見過他。我想說不定他跟雇主報兩百萬後，雇主覺得他不可靠，直接殺他滅口了。」

「你知道雇主是誰嗎？」

李峰搖搖頭。「小飛不肯說，大概是怕我直接找雇主接單拿全部吧，江湖的事有江湖的規矩，我也沒細問。」

★★★

審完李峰後，張一昂匆匆回到辦公室，召集了幾個骨幹開會。

大家一致認為盧局長肯定是被人殺害了。

盧正失蹤這麼久，現如今物證肯定是找不到了，唯一的線索是人證，也就是這個叫「小飛」的人。小飛和李峰一同坐過牢，身分很容易查，唯獨怕小飛如李峰所猜，被雇主殺人滅口了，那人證這條線也徹底斷了。

接下來能否查出盧正失蹤的真相，關鍵是找出小飛，但能否找到人，也只能聽天由命。

討論了半天，大家還是把注意力放回到了葉劍案上。三江口是個小城市，半年時間裡兩個重要刑警被害，按機率講，這不應該是巧合，想必兩個案子存在某種關聯。

張一昂讓眾人先匯總這幾天的調查情況，以便決定接下來的調查方向。

法醫的工作沒有進展，只知道葉劍死前先被車撞擊，又被人用刀捅過，但身上這麼多方向不一致的刀口，凶手是怎麼做到的，依然是個未解謎題。張一昂派人幾次去催，都被陳法醫打發回來。「我當了二十幾年法醫，我都查不出結果，還有誰能知道？你們不要催我，我一直在想辦法弄明白！……我腰椎跟屍檢結論沒關係！」

物證方面也沒有在案發現場找到可疑人員的指向性證據。

局裡已經派警員和楓林晚大酒店的老闆陸一波初步了解過情況。據他描述，案發當晚他和葉劍一起吃過飯，此後葉劍先離開，他留在飯局很晚才回，他不知道葉劍為何遇害。

屍體、物證、人證，幾個大方向上沒有成果，不過總歸還是查到了一些線索。

宋星介紹：「案發當晚，葉劍參加完酒會，在酒店門口叫了輛計程車，去到案發地附近。我們已經找過司機，司機對葉劍當時的狀態沒什麼印象。我們想，葉劍為什麼要在大晚上獨自去到案發地？他肯定是約了什麼人！」

大家都點頭同意。

宋星繼續：「我們又查了葉劍的訊息和電話，案發當天葉劍沒有收到過可疑電話和訊息，技術人員還查了他的微信資訊，也沒有發現異常。最後我們在調取酒店門口的監控錄影後，才弄明白原因。」

宋星打開電腦裡的監控影像片段，畫面中，葉劍一個人走到了酒店門口，背對著攝像頭從口袋裡摸出一張字條，低頭看了幾眼，隨後將字條撕碎扔進了一旁的垃圾桶，又點了一支菸，轉身朝酒店內環視一圈，然後快步走出了畫面。

「我們判斷的結果是，有人給葉劍留了張字條，約他當晚去案發地見面，繼而發生命案。可見留字條的人，極可能就是凶手！」

李茜問：「能查出字條的來源嗎？」

宋星搖搖頭。「我們嘗試過各種辦法，誰給的字條，什麼時候給的，還是一無所知。」

李茜思考了一會兒，做出一個結論：「有人給葉劍留下字條，約他在大晚上到案發地這麼偏僻的地方碰面，葉劍也獨自去了，說明葉劍和這個人之間，一定有著某些祕密。」

她難得參與案件的分析，說完自己的結論，便滿懷期待地看著眾人，眾人只是隨便點點頭，說她的話很有道理，心裡卻都在說：是個員警都會這麼想，可知道了葉劍跟那人之間有祕密，對破案有個啥用？

眾人正待宋星繼續說下去，誰知他低下頭。「暫時……暫時查到的線索只有這些了。」

一時之間，討論戛然而止，眾人陷入了沉默，這案子人證、物證都沒有，接下來怎麼查？

張一昂冷靜地看著眾人，看得出大家對接下來的調查方向都很茫然，他心裡感慨：三江口刑警的辦案能力果然很有限，最後還是得靠他這省廳的出手才行，也罷也罷，誰讓自己是領導呢？

張一昂咳嗽一聲，準備提示手下：

「你們啊，集體陷入了思維盲點，恰恰忘了案發現場留下的最重要的線索。」

「最重要的線索……」眾人皺眉嘀咕起來，李茜突然眼前一亮，「局長的名字！」

張一昂很不滿地瞪她一眼。

王瑞軍連忙救場。「是VIP卡，水療中心呢！」

「你看，軍兒又抓住了關鍵，水療中心！」張一昂朝他點頭以示鼓勵，「葉劍從錢包裡找出水療中心的卡片，臨死之前藏到身下，必然是要告訴我們某個極其重要的資訊，資訊就是這水療中心的VIP卡。」

宋星握著拳頭直截了當地說：「要不我們以掃黃的名義，把水療中心整個端了，人全部帶回來審？」

「不行，」張一昂直接搖頭否決了，「我們不清楚葉劍留下的資訊到底代表著什麼，怎麼查？怎麼問？貿然行動只會打草驚蛇。」

「那該怎麼辦？」「是啊，其他也沒辦法了。」眾人紛紛陷入不解。

「這樣吧……」張一昂思索片刻，沉聲道，「穩妥起見，我決定親自來一趟暗訪！」

「不能吧！」他話音一落，所有人異口同聲驚叫起來。

張一昂看著眾人，大家臉色各異，李茜臉頰透紅，想不到領導竟是這樣的人，許科長這老實人臉上此刻表情卻最為豐富。

張一昂不由得問他：「老許，你好像有什麼顧慮？」

「呃……顧慮也談不上，我只是擔心這項辦案經費審計部門到時不批，嘿嘿，也小幾千塊錢哪。」

「我進去又不用花錢，要他們批什麼？」

王瑞軍盡量委婉地勸說：「如果會所知道局長您的身分，哪兒還敢收錢？可萬一被其他部門的人知道了，總歸……總歸影響不太好嘛。」

張一昂微微一愣，搖搖頭，用一副鄙夷的表情瞧著他。「我是說穿便服去，把老鴇單獨叫下來問話，跟她說清楚，如果她不配合我們工作，馬上把場子查了！」

原來暗訪，僅此而已，大家又都笑顏逐開，一片其樂融融，出各種主意。

過了片刻，王瑞軍想起了什麼，又不無擔憂地表示：「這樣倒是個辦法，不過如果我們不暴露身分，恐怕進不去，老鴇也叫不出來。我聽說這家會所管得很嚴，進門要先打電話說暗號，暗號每個月更換一次，只發到老客戶的手機上，如果沒有暗號，外人根本不讓進。」

張一昂皺眉想了想，問：「你知道暗號嗎？」

王瑞軍點點頭。「知道！」

在眾人紛紛詫異的注視中，王瑞軍連忙糾正：「我是說，我能通過線人，知道暗號。」

「那就行了，這事你來安排，總之，今天晚上我要見到管理人！」

15

「一般來說，這種涉黃的場子都是跟酒店租的場地，不是酒店開的。這行雖然利潤高，但風險也大，老闆被抓是有可能判刑的，所以一般大酒店老闆不會親自開場子。不過酒店肯定是知情的，租給這種場子租金比普通的高一大截，當然就假裝不知道了。至於你要查水療中心背後的老闆到底是誰，這就難了，有時候連老鴇都不知道真正的老闆是誰。」

楓林晚大酒店二樓茶水廳的一個小包廂裡，張一昂一邊給坐在一旁的李茜和宋星倒茶，一邊跟初入江湖的李茜介紹風月場所的基本情況。他們都穿著便裝，張一昂穿的是夾克，宋星著休閒小西裝，顯得有點拘束，李茜則在張一昂的建議下化上了濃妝，畢竟這裡可能是嫌疑人的地盤，出入娛樂場所得有娛樂場所的樣子。

「那麼老鴇是不是小姐？」李茜天真地問。

張一昂不由得笑起來，含糊地解釋一句：「各行各業都得從基層幹起啊。」

不多時，小包廂的門開了，穿著緊身襯衫的王瑞軍走進來，跟在他身後的是個年約三十的漂亮女人，一臉的玻尿酸將她塑造成多位女明星的綜合體。她衣著打扮花枝招展，一看便是娛樂場所的人物。女人小心地跟在王瑞軍身後，來到幾人面前，堆出滿臉的笑意，不敢直視他們，低垂雙眸，朝每個人點頭，嘴裡親切地說了三遍「領導好」。

李茜好奇地瞧著她，問：「妳就是周老鴇？」

「呃，我就是周經理。」對方一愣，乾笑著，「周淇，領導叫我小淇好了。」

王瑞軍警惕地關上門，走到周淇身邊，看了眼張一昂的眼神，便對她說：「妳坐下，我們領導有話問妳。」

周淇乖順地點下頭，略顯緊張地把屁股挪到一個空著的位子上。

張一昂朝宋星點下頭，宋星立刻換上一副審問犯人的嚴厲面孔，問：「今天我們找妳的事，還有誰知道？」

周淇連忙說：「沒人知道，我剛跟樓上的助理交代過，我出去辦點兒事。」

「那好，我再告訴妳一遍，今天找妳的事，等下問妳的話，妳要麼忘掉，要麼爛肚子裡，如果妳傳出去，不光是查場子，妳也得進來。平時管你們的，是派出所，是治安隊，我們是刑警隊，我可以明確告訴妳，我們的手段跟他們完全不一樣！」

周淇嚇得臉上玻尿酸都像變了顏色，過了好幾秒才平復過來，重新擺出職業笑容，說：「我肯定百分之百保密，這道理我懂，領導們問什麼我一定坦白說，軍哥已經跟我說得很明白了，絕對完成任務！」

「軍哥？」張一昂不由得皺眉，打量了眼王瑞軍和周淇，問，「你們倆認識啊？」

周淇連忙擺手。「不認識，一點兒都不認識。」

「不認識妳怎麼知道他名字？」

「對啊，妳是怎麼知道我名字的？」王瑞軍頓時勃然大怒，拍了下桌子。

「是啊，我……我怎麼會知道你名字……知道你名字……」周淇聲音越來越小，眼神飄忽，不知該如何作答。

王瑞軍決定給她一點提示：「是不是我剛才給妳出示證件，妳看到就記住了？」

「對對對，剛才您是有給我出示證件，我看到就記住了。」

王瑞軍轉頭向張一昂解釋：「您瞧吧，做這行的，每天迎來送往，普遍記性好，這也難怪，難怪的。」

張一昂打了個大呵欠，睜開一隻眼閉起一隻眼朝王瑞軍看了看，他趕緊低下頭。張一昂不動聲色地笑了笑，轉頭吩咐宋星：「繼續問吧。」

宋星板著臉。「妳認不認識葉劍？」

周淇想了一會兒，搖搖頭。「光聽名字不知道，如果有照片的話，我應該會認得。」

宋星掏出手機，找出存著的葉劍的照片，遞過去。

「妳左右滑動看下，前後幾張都是同一個人。」

周淇恭敬地雙手接過手機，裡面幾張有葉劍的職業照，也有參加單位集體活動時拍下的生活照。她左右滑動著看了很久，最後抬起頭，露出無辜的模樣。「這個人沒來過公司。」

宋星冷聲問：「妳敢肯定？」

周淇不安地猶豫了一下，又回憶了一番，才肯定地說：「至少我沒見過他，不過也許他來時我不在，我不在的時候是助理接待的。」

張一昂觀察著她的表情，過了會兒，覺得她不像撒謊，便朝宋星點下頭，讓他繼續問。

「平日接待的一共有幾個助理？」

「兩個，今天兩個都在。」

「妳把這兩個都叫下來。」

周淇急忙允諾，掏出手機打電話給兩個助理，讓她們到樓下茶館來一趟。沒幾分鐘，兩人下樓，張一昂讓人不要進來，王瑞軍跟著周淇到門口確認一下便可，這次的事必須封牢嘴巴。

沒多久，兩人重回包廂，王瑞軍告訴其他人：「葉劍確實沒來過。」

張一昂點點頭，示意再問其他的。

宋星從手機裡翻出了水療中心VIP卡片，問她：「妳知道這卡吧？」

「這個卡！」周淇看到這張卡，臉上也出現了一絲驚訝，「這卡片你們從哪兒找來的？」

宋星瞪著她。「是我問妳，還是妳問我？」

「啊，對不起，對不起，」周淇醒悟過來，忙解釋，「很少有客人有這卡，如果客人出示這卡，消費全免。」

「消費全免！」

幾人都流露出驚訝的神色，他們原先只當這張VIP卡是水療中心消費的打折卡，現在各種娛樂場所競爭激烈，推出加值送的VIP活動也很是常見。但「消費全免」真當前所未見。倘若這張卡流入社會上的一般男人手中，怕是不出三天就會身形消瘦、形容枯槁，後果不堪設想！

「這卡上有編號，你們電腦上有這張卡片的消費紀錄吧？」

周淇搖搖頭。「老闆說不要紀錄，正常入帳，消費款項找他個人報銷就可以了。」

宋星連忙追問：「妳老闆是誰？」

「是……是……」周淇猶豫著，「我也不知道老闆是誰。」

「扯淡，妳剛才是怎麼說到妳老闆來著？」

周淇急思道：「老闆……老闆是通過電話跟我聯繫的，我……我從來沒見過老闆。」

宋星一拍桌子，喝道：「別跟我耍花樣！妳老闆打妳哪個電話，什麼時候打的，號碼多少，我們全部查得到。等到我們全部查出來妳再坦白，有妳苦頭吃！說，老闆是誰！」

周淇嚇得瑟瑟發抖。「是……是陸總。」

「陸一波？」

周淇膽怯地點頭。「對。」

「VIP卡是陸一波送出去的？」

「這我不清楚。」

該問的話宋星基本問完，轉頭看向張一昂。

張一昂笑了笑，開口安慰周淇：「不要緊張，我們查的是案子，跟妳的店沒關係，妳只要老實回答就好。我問妳，店裡最近有沒有遇到一些奇怪的事情？」

周淇從和剛才幾人的交談中已然看出，現在開口的這男人才是幾個員警的頭兒，面對大領導問話，她更顯忐忑。「什麼……什麼算是奇怪的事？」

「比方說某些奇怪的客人啊，某些不尋常的事。」

「這個……」周淇回憶了一番，說，「大事沒有，就是最近有個客人，給兩個小姐送了金項鍊當小費，她們去外面驗過，項鍊是真的，他還說他有很多珠寶首飾，可以便宜賣給我們。我一時心動，就跟他買了一條鑽石項鍊，花了兩萬，後來我去外面一驗，說東西是真的，可只值小幾千。我要他退錢，他不同意，說他的東西都是真貨，連三江口首富周老闆都找他買，只要東西是真的就不能退。」

宋星冷哼一聲。「妳把這種私人恩怨說出來是想要我們替妳出頭，借刀殺人啊？」

周淇忙不迭解釋：「不不不，領導問我有什麼奇怪的事，我能想到的只有這個了。」

「妳等等，」張一昂把手一橫，「妳剛才說三江口首富周老闆找他買東西？」

「他是這麼說的。」

「這人叫什麼名字？」

「名字我不知道，聽人叫他鄭老哥。」

張一昂點點頭，讓宋星跟她把那人的基本情況記錄下來。

又問了一番，再無其他進展，末了，張一昂站起身，來到她身邊，掏出手機，點開一張照片，湊到她面前，說：「今天的最後一個問題，妳看仔細了，這個人妳有沒有見過？」

周淇辨認了好一會兒，重重點頭。「我見過，我見過，他來的次數不多，每次都是他先在樓上開好房間，打我電話，要求帶什麼樣的女孩子上去。因為他是ＶＩＰ客戶，所以每次都是我親自帶女孩上去的。」

張一昂收起手機，對這個答案非常滿意，又再確認一遍：「妳肯定他是ＶＩＰ？」

「嗯，對。」

張一昂思索幾秒，點點頭，神祕兮兮地笑起來。「今天我跟妳坦白說吧，我們已經掌握了很多證據，樓上的水療中心涉嫌有組織賣淫，妳也不用狡辯，沒有證據我是不會亂說的。我相信妳也知道，小姐被抓了只是行政拘留兩個星期，但組織者被抓了是要判刑的，沒個幾年出不來。」

周淇臉上的玻尿酸在抽搐。

「不過我可以給妳個承諾，樓上的會所開著，我不會抓妳，妳也不用擔心以後會怎麼樣，不過這一切取決於妳是否有立功的決心。」

「立功的決心……」周淇呢喃幾秒，點點頭，「有的有的！只是我們以前都跟派出所打交道，您這級別的沒接觸過，大概什麼行情您能否透露一些？我跟老闆申請。」她態度很堅決，但從她緊皺的眉頭看得出她經濟負擔十分沉重。

「妳想什麼呢？妳以為我今天是來收保護費的？」

「當然不是，當然不是，這不是保護費，這怎麼會是保護費呢？這是諮詢費。」周淇很懂道理地笑起來。

張一昂抿抿嘴，只能解釋清楚：「我不要錢，我只要妳答應一件事，如果下回照片裡的人再來，妳誰也別說，第一時間通知妳的軍哥。其他話也不跟妳多說，今天的事妳心裡有數，如果說出半個字，後果自負！」

「我……我一定照做！」周淇如獲大赦地連聲應允，在張一昂的許可下退出包廂。

剩下的人紛紛好奇地問他：「局長，妳剛才要她第一時間通知王隊的人是誰？」

張一昂笑了笑，對這幾個心腹也不必保密，如果他們都靠不住，那案子也不用查下去了，便將手機上的照片亮了出來。

沉默了幾秒，三人異口同聲大叫：「羅市長！」

想不到，確實想不到，這一次連宋星這一向自負的老刑警都對張局長心悅誠服了。

葉劍留下的線索指向水療會所，宋星的腦子只能想到掃黃把場子端了，把人抓回來審。誰想領導居然還能這樣操作，放著水療會所，把市長釣出來，說不定還能釣出其他人。古有兵法圍點打援，今有張局圍會所打市長，這不是刑偵專家，這簡直就是刑偵藝術家啊！

16

「局長，小飛確實失蹤了。」李茜來到張一昂辦公室，向他彙報。

小飛和李峰當過三年牢友，身分一查就出來了，三江口警方馬上跟對方所在地派出所聯繫，派出所說小飛在半年前失蹤了。一般刑釋人員在頭兩年都要定期到當地派出所報個到，登記近來情況。即便人去了外地，也要和派出所通電話溝通一下。半年前，當地派出所聯繫不到小飛，手機也打不通，他們去了小飛家，小飛父母說好久聯繫不上兒子了，也很擔心兒子出了什麼事。後來警方輾轉聯繫一些小飛朋友，朋友說小飛去浙江打工了，一開始還會和朋友聯繫，但似乎突然他就從人間蒸發，這半年來誰也沒聯繫到他。

張一昂思索一番，覺得正如李峰所說，小飛最大的可能是被僱凶殺盧正的雇主滅口了。小飛的線一斷，盧正的案子線索也徹底斷了。盧正至今生死未卜，什麼線索都沒有，要查這案子真相，根本無從下手。

暫時也只能把盧正的事放到一邊，等舉報信中自稱在找證據的舉報人出現了。當下重點還是要圍繞著葉劍案追下去。

李茜又拿出一份資料遞給張一昂，正是周淇提到的「鄭老哥」的資訊。

「鄭勇兵，四十六歲，十七歲時因竊盜進去三年，二十三歲時又因非法盜墓、破壞文物被判了五年。出來後這些年沒再犯事，目前開了家珠寶店，家住三江府二幢十六樓的單戶大平層，那是三江口比較高檔的社區。家庭上，多年前離婚，孩子歸老婆。王隊通過線人打聽到他除了珠寶店的生意，私下還收購贓物、倒賣文物，不過都是些小買賣。」

「他說周榮找他買東西，是真的嗎？」

「這個不確定，但幾天前，有人見過周榮的祕書胡建仁去了他的珠寶店。」

張一昂瞇起眼思考了一會兒，讓她把宋星叫過來。

不多時，宋星來到辦公室，張一昂讓李茜先說了鄭勇兵的情況，吩咐宋星摸一下鄭勇兵的底，查查他和周榮是否有關係。

宋星應允退出辦公室，李茜迫不及待地申請：「局長，讓我也跟去調查吧？」

「不行，」張一昂想都沒想就搖頭，「調查鄭勇兵這種多次刑釋人員，少不了要和道上的人打交道，這其中萬一遇到某些歹徒，行動中很可能出現危險，妳畢竟是女刑警——」

「女刑警怎麼了？」

張一昂頓了下，害怕被女權主義扣帽子，含蓄地改口：「比方說其中有些場所極其不適合女同志進去。」

李茜還想爭辯，張一昂又安慰她：「妳別著急，我這裡還有一項最重要的任務交給妳呢。」

李茜心頭一熱，終於能給她派點像樣的工作啦，連稱呼都變成了敬語：「請您指示！」

張一昂正色向她講解：「查一個人的底細，往往會牽涉到他周圍的很多人，有些人我們知道情況，有些人我們一無所知，一些看似不起眼的人如果被我們忽略了，往往會造成大麻煩。通常來說，最重要的資訊總是在不起眼的人、不起眼的事上，我們要以此作為突破口。所以查案過程跟行軍打仗一樣，要有一個高效可靠的情報部門，才能及時準確地掌握關鍵的資訊。情報部門就是我們整個破案組的眼睛，沒有眼睛萬萬不行，妳願意擔當整個刑警隊的眼睛嗎？」

「我願意！具體要我做些什麼？」

「通過電腦好好查清楚對方資料。」

「怎麼又是查資料？」李茜都要叫起來了。

張一昂見她露出很不滿意的表情，語重心長地補充一句：「妳要記住，刑警分很多崗位，每個崗位都一樣重要，一樣能發揮妳的能力。」

張一昂朝她鄭重地點頭。「所以，妳就好好查資料，外面拚死賣活讓男員警去，我在這裡坐鎮指揮，這樣分工不是很好嗎？」

★★★

宋星的辦事效率很高，通過查閱公安的資料系統，搜集線人的情報，調取鄭勇兵的住宅和店鋪附近監控錄影等手段，很快就掌握了鄭勇兵的基礎資訊。

榮成集團的董祕胡建仁近來至少去過鄭勇兵的珠寶店兩次，每次都待了一個多小時。第一次離開時，從店裡拿走了一個畫卷模樣的東西，第二次又把這東西帶回了店裡。據他們掌握的資訊，胡建仁是周榮的親信，可見周榮找鄭勇兵買東西的消息也並非憑空捏造。

可周榮找鄭勇兵買過東西也不能說明什麼，你上淘寶買東西也不能說你跟阿里有業務往來吧？周榮可是貨真價實的大老闆，鄭勇兵頂多算個普通有錢人，兩人根本不是一個級別。

早期的情報顯示，周榮好色，女朋友換得很積極，說不定周榮結識新歡，派胡建仁到鄭勇兵的珠寶店買點什麼禮物送美女而已。

不過，宋星在調看鄭勇兵住宅附近的道路監控錄影時，發現了可疑之處。他把監控錄影拿給張一昂過目。

監控錄影裡，鄭勇兵從路邊一個水果超市出來，到了社區門口，突然停下腳步，轉身左顧右盼了好幾秒，才走進社區。進入社區大門後，他又環顧外面幾秒，才繼續往前走。

「他很警惕，似乎怕有人跟蹤。」張一昂看了監控錄影，馬上得出了這個判斷。他們刑警圍捕嫌犯前，都會先跟蹤摸底，對於嫌犯露出的這種表情早已見過無數次。

「我們派人調閱了其他監控錄影，沒發現有人在跟蹤他。」宋星說道。

「可看他的樣子，似乎在害怕著什麼。」

宋星一愣，突然警醒。「難不成是他殺了葉隊？」

張一昂瞪大了眼睛，過了半晌，咳嗽一聲。「你的思路很活潑。」

宋星忙低下頭。

張一昂仰起頭，捋了一下思路，他們查葉劍遇害案，找到了VIP卡片，隨後追查到了水療會所，老鴇周淇透露鄭勇兵自稱和周榮有往來。張一昂原本只是想讓宋星稍微查一下鄭勇兵的底，要從鄭勇兵這種貨色身上查周榮就不指望了，他和葉劍更是風馬牛不相及。可如今看到這段影片，張一昂也疑惑起來了，鄭勇兵身上真的有祕密？

沉默半晌，他心生一計。既然鄭勇兵好像害怕被人跟蹤，不如將計就計，警方來跟蹤他，看看這其中到底是怎麼回事。

17

「李茜，妳非要跟著，我真的很難做啊。」副駕駛座上的宋星向後排單獨坐著的李茜抱怨。

「你不說誰知道？局長非讓我在單位待著，哪有刑警天天坐辦公室的？不走出來，怎麼破案？」

「可局長親口說了，不讓我們帶妳外出調查。」

「局長親口說的？為什麼不讓我去？」

「妳還不知道局長的心思？」宋星笑起來。

「我……我知道什麼？」李茜紅著臉嘟囔。

一旁駕駛座上負責開車的警員小高不懷好意地笑起來。「宋隊的意思當然是說張局喜歡妳，想跟妳增加獨處時間，才留妳在單位呀。換我是局長，我也這麼幹。」

「滾一邊兒去！」宋星拍了下他的頭，「李茜是關係戶，你不知道——」說完這話，宋星頓覺語失，透過後視鏡尷尬地與李茜對視。

尷尬持續了幾秒，李茜冷下臉，問：「張局說我是關係戶？」

「沒……沒有啊，我瞎猜的。」

「張局還說了什麼？」

「沒有了啊，對了，剛才這話妳可千萬別告訴局長。」

「如果你不說清楚，我就去問局長，還會說是你告訴我的。」李茜拿出女人慣用的要脅手段。

宋星眉頭一皺，感到大難臨頭，這輩子升職都沒希望了，連忙求饒。

於是兩人開始了協商，一個承諾只要把張局原話說出來，她就不去問；一個說我可以告訴妳，但妳不能跟其他人說。

相互承諾一番，雙方達成共識，卻突然意識到車裡還有小高，兩人不約而同沉默下來。

小高拍胸脯保證：「我肯定不會說出去，我要是說出去，宋隊非殺了我不可。」說完，他眼巴巴地等著聽這祕密。

宋星無奈皺皺眉，只好含糊著說：「局長沒說太多，只說妳是關係戶，好像妳家裡人是在北京當官的。我們外出調查有危險，為了妳的安全，不能帶上妳。」

「妳家人在北京當什麼官？」小高迫不及待地追問。

李茜懶得理他，只感覺滿腹委屈，原來是這個原因才不讓她參與實際工作，還說什麼刑警有各種分工，歸根結柢——男人都是騙子！

宋星安慰她：「外出調查也沒局長說的那麼危險，像這種不接觸的跟蹤摸底就很安全，這不，我也帶妳出來見見世面嘛。照我說，局長出發點也是好的，妳可千萬別怪局長啊，也別怪我告訴妳呀，嘿嘿。」

「你放心，我不會讓人知道是你說的，也不會去找局長！」李茜冷冷應道。

聽了這話，宋星放心多了，這才讓小高開動這輛外出偵察用的自小客車，前往鄭勇兵住所。

他們出發前查了鄭勇兵的手機定位，此刻他在家，如果鄭勇兵的位置有變化，負責定位的員警也會及時通知他們。

不多時，三人到了鄭勇兵所在社區的外面馬路上，小高把車停在路邊的一個空車位裡，三人開始了耐心等待。

局長吩咐過，暫時先不打草驚蛇，查查鄭勇兵為何如此警惕，是不是真有其他人在跟蹤他。鄭勇兵現在還不是警方要捉捕的對象，只是對他進行簡單的調查。原本這種工作讓新人員警或協警幹就行，考慮到鄭勇兵或許牽涉到周榮，而查周榮的事目前在單位亦是保密內容，所以只得由宋星親自出馬了。

跟蹤調查向來很枯燥，三人坐在車裡有一搭沒一搭地聊天，宋星建議盯到傍晚，如果鄭勇兵還沒露面，他們先撤，待明天鄭勇兵外出再跟上。

誰承想，沒多久，大約下午四點的光景，鄭勇兵從社區裡出來了。他走到社區門口，便停下腳步，警惕地朝左右兩側看了眼。接著他走向社區斜對面，那裡有幾家餐飲店舖，一路上他始終緊繃著神經，似乎一直在提防著什麼。

宋星三天兩頭跟這些人打交道，看到他這副表情，當下判斷其中定有古怪。宋星一邊仔細盯著，一邊讓小高掏出小型的執法攝像機，把鄭勇兵的一舉一動都拍下來。

看到鄭勇兵走進一家餐飲店後，宋星便掏出手機撥打了張局長的電話，彙報當前情況。

幾分鐘後，鄭勇兵接連去了幾家餐飲店買了好多袋食物，雙手拎著離開，走的時候，依舊充滿警惕地環顧四周，確認一番後，才快速走回社區。

宋星按照領導的指示，等鄭勇兵進入社區後，便把整段錄影發回單位。

沒多久，看過錄影的張一昂便打來電話問：「你不是查到鄭勇兵獨居嗎？他一個人買這麼多東西幹什麼？」

「應該是吃的。」

「我問的是他一個人為什麼買這麼多吃的？」

領導這問題有點莫名其妙，一個人多買點吃的又怎麼了？

宋星只好隨口答道：「呃……也許他胃口好。」

「我看他進了家米粉店，他買了幾碗米粉？」

「幾碗米粉？」宋星一愣。他只留意到鄭勇兵進了米粉店，出來時提著一袋子東西，哪會在意鄭勇兵買了幾碗米粉，只好如實回答：「我沒有留意。」

「那還不趕緊去問！」

宋星心下不滿，這又不是捉拿犯罪團夥，需要通過食物的多少來預判房子裡有多少罪犯，領導這也太小題大做了吧？

他無奈下了車，來到米粉店，叫來服務員，暗自掏出員警證詢問剛才的男人買了幾碗米粉，又囑咐不要透露員警來過。他擔心領導還要問買了哪些菜，又如法炮製去了其他幾家店鋪。

回到車裡，他彙報最終調查結果，鄭勇兵一共買了兩碗米粉，一隻烤鴨，一斤牛肉，其他若干熟食，以及幾罐啤酒。

電話那頭，張一昂沉默片刻，分析道：「從鄭勇兵買的量上看，他一個人住，吃不了這麼多東西，買的又全是葷菜，還有啤酒，可見至少還有一名男性待在他家裡。」

宋星點點頭，「嗯」了一聲。

「那麼，你是不是也覺得很可疑？」

「我……」宋星嚥了下唾沫，心裡在說：可疑什麼啊？鄭勇兵是一個人住，可不代表他沒朋友啊，朋友來家做客，他買點兒吃的招待一下，這就可疑啦？不過領導說可疑，那必然是可疑的。宋星只好應道：「對，我也覺得鄭勇兵很可疑。」

「很好，所以，我決定正式對鄭勇兵進行定向偵查，你去落實吧。」說完便掛了電話。

宋星瞪大了眼睛，所謂定向偵查，就是將鄭勇兵列入犯罪嫌疑人範疇，需要二十四小時不間斷派人跟蹤，想盡一切辦法搜尋他犯罪的證據。

話說常在河邊走，哪有不溼鞋？一旦被列入定向偵查就慘了。這意味著接下來的時間裡，鄭勇兵的一舉一動都在公安的眼皮底下，他要是敢賭博、敢嫖娼，都是往槍口上撞。

旁邊的小高拉長音調哀嘆：「不至於吧？不就多買碗米粉，就要被定向偵查了？」定向偵查對員警來說更不輕鬆，員警需要三班倒，二十四小時盯人。

宋星嘆息一聲，聽見小高的抱怨，直接把手機遞過去：「那你跟局長說？」

小高連忙收手，表示完全服從領導的決定。

宋星透過後視鏡看了眼李茜：「那妳呢？」

「我跟著你們查呀。」

「我們要輪班熬大夜。」

「我肯定行。」

宋星搖搖頭，拿她沒辦法，轉念一想，對一個什麼事情都沒有的鄭勇兵進行定向偵查，未免太折騰了，只要查清他家來了什麼人，不就行了嗎？晚上也用不著加班，便出了個主意：「李茜，妳跟我去找物業，妳是女生，又是新員警，沒有員警氣質——我是說氣場不足。待會兒妳假冒物業工作人員，跟著物業經理一起上樓一趟，看看鄭勇兵家裡來的是什麼人，查清楚就能跟領導交差了。」

「到時我該說什麼？」第一次執行任務，李茜微微有些緊張，又有點兒興奮。

「如果說不好，妳就扮啞巴。」

18

「大劉，你這趟回來究竟為了啥事？」

鄭勇兵家住十六樓，單戶大平層，裝修豪華。

餐廳的大理石桌子上，擺了七八件菜肴，多是熟食，外加兩碗米粉。坐在左手邊、年近半百、衣著打扮很像暴發戶的光頭男子便是鄭勇兵。

右手邊叫「大劉」的男子，三十幾歲，衣著簡單，身材瘦小。

不過鄭勇兵表現得對大劉很是尊敬，隱隱還帶著一股畏懼。大劉反倒大大咧咧地像主人一般坐著，絲毫不客氣地自顧夾菜、喝酒。

「這兩天蒙鄭老哥照顧，我就跟你實話實說吧。這次是有人特地找我回來的，做一單大生意。」

「大生意？」鄭勇兵好奇地湊過去。

大劉微微一笑，露出滿嘴的牙齦。「三江口首富的生意，你說大不大？」

「又是買古董？」

聽到這個「又」字，大劉皺了皺眉。「他也找你買過？」

鄭勇兵點起一支菸，惱怒道：

「別提了，前陣子他公司一個姓胡的找我買了幅于右任的字——」

「你有于右任的字？」

「五百塊錢的東西。」

大劉嘀咕一句：「那得假成啥樣！」

「是呀，是真是假自己心裡沒點兒數，姓胡的還要我對外說他是花五十萬買的，幫他老闆買的。」

「這回扣拿到天上去了。」

「這也就算了，這渾蛋前天居然又把字拿回來了，說是假貨，要退錢，五百塊錢他不要了，但要我對外說我退給他五十萬。」

「還有這樣做生意的啊？這圈子裡的人要是知道了，還當鄭老哥你五十萬賣的貨是假的，這多砸招牌啊！」大劉也替他打抱不平。

「是啊，我這可是常年開門做生意的，按咱們圈子裡的規矩，萬把塊錢以內的東西，憑你眼力；這大幾十萬的東西要是假的，以後誰敢跟你做買賣啊？話說回來，這次他們找你買什麼？」

大劉微微瞇了下眼睛，警惕地低聲道：「出土的東西。」

「編鐘？」

大劉更是驚訝。「你怎麼知道？」

「這姓胡的找過我，跟我說他想買一套編鐘，我跟他說編鐘太貴了，我哪兒有這資金能弄編鐘？再說了，編鐘是出土文物，查得賊嚴，有錢也難買到。我就跟他說，你去找別人試試吧。我推薦了你，說你可能有門路，但我也不知道你電話，大概後面他們找到你了。」

大劉含糊地說了句：「也是朋友的朋友介紹的，轉了好幾個彎聯繫上我。」

鄭勇兵輕笑一聲。「我當時只是隨便打發姓胡的，我還以為大劉你這些年早不幹這行了。」

大劉嘆口氣。「是很久沒幹了啊。」

鄭勇兵眼睛發亮。「那你還能弄到一套編鐘？」

大劉雙手一攤。「我當然沒有，不過我知道一個人手裡正好有一套，所以這次我是做中間人，幫忙牽線搭橋，事成了能給我幾十萬好處費。」

鄭勇兵笑起來。「大劉，要我說啊，你為了幾十萬跑回三江口，擔這麼大風險可不合適。」

大劉喝了口酒，長長嘆氣。「我這些年是真缺錢，要不然才不會為了幾十萬拚命。都怪我當年跑路時弄死了一個員警，一直在公安通緝榜上掛名，我是既換了身分，又整了容，東躲西藏這麼些年，積蓄早花乾淨了，日子難過啊。這次回三江口，我怕被人認出來，賓館不敢住，想來想去，只能找你了，現在我這條命可是完全交到鄭老哥你手裡了啊。」

大劉意味深長地看著鄭勇兵，鄭勇兵連忙賠笑。「大劉，你放一萬個心，這兩天我出門前後都仔細看過，絕對沒人跟蹤！只要我不說，就沒人知道你回三江口，沒人會來找你——」

「叮咚」，話音未落，門鈴響起。

大劉盯向了鄭勇兵。

「別緊張啊，我看看。」鄭勇兵軟聲說了句，準備走過去看看。

「欸，你別動。」大劉站起身，以眼神示意鄭勇兵坐下。

鄭勇兵和他對視了一秒，坐回了位子上。

大劉來到門背後，眼睛對上貓眼，門外站著物業主任和一個女工作人員，物業主任按了一會兒門鈴，轉身和身後的女工作人員低聲說著什麼。大劉耳朵貼上門，聽到工作人員說：「繼續按，人就在家裡。」

物業主任對她的話言聽計從，伸手又按上了門鈴，與此同時，那名女工作人員居然湊到了貓眼上來看，大劉連忙本能地躲閃到一旁，狠狠瞪了一眼鄭勇兵，冷聲質問：「外面的人是誰？」

鄭勇兵被他的眼神盯得發慌，悄悄來到貓眼口，朝外看了看，回頭輕聲告訴他：「是物業。」

「後面那女的呢？」

鄭勇兵又去辨認了幾秒，忐忑道：「這女的……女的我沒見過。」

「你確定？」

「我……我確定。」

門鈴繼續響著，似乎只要不開門，外面的人就會一直按下去。

大劉咬咬牙，從口袋裡抽出一把彈簧刀，刀殼頂住鄭勇兵的後背腎臟處，低聲道：「鄭老哥，對不住了，如果真是員警，只能拉你一起走。如果搞錯了，兄弟給你磕頭賠罪。去開門，自然點。」

鄭勇兵後腰被他用刀頂住，嚇得臉色慘白，踟躕一秒，深吸口氣，走到門邊，咳嗽一聲清嗓子，邊開門邊叫嚷起來：「按什麼呀？按一下就得了，一直按下去，你要把我們吵死啊！」

物業主任跟他連聲道歉，解釋是樓下住戶反映他們外牆漏水，懷疑是這裡的浴室問題，所以過來看看。

聽到這番說詞，鄭勇兵臉色也不由得一變。他是懂裝修的，當初自家裝修時他看過，浴室的管道離外立面十萬八千里，怎麼可能外牆漏水會懷疑到他家的浴室。

鄭勇兵當即說：「不可能的，我家浴室好好的，樓下哪裡漏水，我跟妳去看！」說著便做出一副要出門的樣子。

大劉用彈簧刀頂了下他的腰，道：「鄭老哥，咱們接著喝咱們的酒，下去幹嘛？」

「是、是，你說得對。」鄭勇兵不敢動，嚇得說話都結巴了。

物業主任一時也不知該如何應付下去。

李茜覺察出鄭勇兵和他背後這名陌生男子間的異常，開口道：「這位是鄭老哥的朋友嗎？怎麼沒見過？」

大劉笑了笑。「妳認識鄭老哥啊？」

「當然啊，業主我們都認識的。」李茜裝出工作人員的熱情模樣。

此言一出，大劉當即變了臉色。鄭老哥說沒見過這女的，女的說認識鄭老哥，不是員警還能是誰？

「鄭老哥啊，鄭老哥。」大劉冷笑著，「我去你的！」大劉的彈簧刀直接拔出，一刀扎進鄭勇兵腎臟，下一秒一腳將物業主任踹翻在地，彈簧刀對著他腹部、腿部連扎多刀。

李茜聽到鄭老哥的慘叫，一瞬間還沒反應過來，下一秒看到物業主任被捅倒在地，趕緊順手抓起門口裝飾牆面的一只花瓶，朝大劉頭上砸去。

大劉被砸得滿頭鮮血，當即轉身朝李茜撲去，李茜直立著身體居高臨下踢了一腳，大劉用刀亂劃，剛好劃破了李茜的膝蓋。李茜萬萬沒想到，簡單的走訪工作會發生這般變故，從沒正面對抗過歹徒的她亂了方寸，眼見大劉紅著眼像瘋狼一樣撲來，本能地轉身便逃，撞開樓梯通道，正要往樓下奔去，被大劉從背後狠踹一腳，滾下了樓梯。

大劉正要跟著奔下去捅死她，聽到下面樓梯傳來急促的跑步聲，同時一個粗重男聲傳來：「員警，員警！」

那聲音當然是宋星，因為李茜第一次執行調查工作，雖然是最簡單的任務，但他怕李茜搞砸，便叫李茜保持即時通信。由於對講機有時會因信號問題傳出尖銳的雜音，容易穿幫，便讓李茜用手機撥通他電話，手機放進口袋，保持通話狀態。

宋星跟物業主任囑託過後，便留在樓下等他們下來，在手機裡剛聽到鄭老哥因為劇痛尖叫的那一秒，這老刑警便知道出事了，忙要上樓，卻見電梯還停在剛才的十六樓，大平層是一戶一梯，另一部電梯在建築另一面，他來不及多想，就從一旁的樓梯跑上去，才跑了三層，就聽到樓上李茜大喊救命！他只好先大喊「員警」來拖延敵人時間。

大劉聽到樓梯下方果然有員警，來不及捅死李茜，轉身跑出去，奔到電梯口，電梯還是停在十六樓。他也顧不上樓下是否還有員警了，只能按開電梯下去。

待宋星大口喘著粗氣跑上十五樓，遇到了被踹翻在地、起不了身的李茜，忙詢問她情況，得知她只是皮外傷，上面還有兩個人身受重傷。

宋星一邊打開對講機呼叫汽車裡的小高趕緊跑進社區，攔截逃下來的人，一邊急奔上樓，拉開半掩的房門，打眼看去，整個人都驚呆了。物業主任身上被扎了多刀，意識還清醒，虛弱地呻吟著；鄭勇兵已痛到休克，不省人事。

宋星力所能及地急救著，又打電話回單位——出大事了！

19

夜已至，三江口人民醫院的喧囂落下帷幕，住院樓裡靜悄悄的，唯有其中一層不太平。

這一層的走廊盡頭圍滿了員警，不時有護理師和家屬上前督促：「哎哎哎，員警先生，這裡可不能抽菸啊。」「沒事兒，我朝窗戶外抽。」「你要是把窗關了，頭掛窗戶外抽，我沒意見，可你開著窗，不還是往裡飄嘛。」「知道了，知道了，我去樓梯行了吧……」

電梯鈴響，張一昂穿著便裝出現在電梯門口，王瑞軍等人急忙圍上去，看著他鐵青的臉，誰也不敢先開口說話。

張一昂深吸一口氣，盡量控制自己的情緒。「人怎麼樣？」

王瑞軍硬著頭皮回答：「物業主任身上多處臟器被刺穿，還在ＩＣＵ病房搶救，好在醫生剛才說他暫時已經脫離了生命危險。鄭勇兵腰部被扎了一刀，他人胖，只傷到部分臟器，沒有生命危險，現在在病房待著。李茜只是膝蓋被劃傷，皮外傷，包紮過了，沒事，她先在隔壁病房住一晚，明天再讓醫生檢查一下。」

張一昂點點頭，目光向眾刑警搜索一番，問：「宋星這渾蛋呢？」

「呃……」王瑞軍踟躕一下，「他今晚一直在外面東奔西跑，抓捕歹徒，也累得不輕。」

「他還有臉說累？」

「不不不，不是他說累，是我看他累得不輕。」王瑞軍替他求情，「局長，你就原諒他這回吧，原本是個正常便衣調查，誰也不知道會出這樣子的事。」

「正常的便衣調查？他這負責調查的人什麼事都沒有，把其他無關的人全送進醫院了，有他這麼幹員警的嗎？」

「呃……沒有，確實沒有。」

張一昂吐了口氣，轉而問：「查到罪犯行蹤了嗎？」

王瑞軍漲紅臉解釋經過：「宋星跑上樓梯救人時，歹徒趁他跑上來的空隙，坐電梯下去了，宋星通知小高攔截，小高沒遇到歹徒。後來查了監控錄影才知道，歹徒下樓後沒往社區門口逃，直接從社區後門溜出去了。我們緊急調了沿路監控錄影，看到歹徒逃進巷子裡，那片地方交通複雜又是監控盲區，所以暫時讓他跑掉了。我們派了上百人在那一帶挨家挨戶查訪。」

張一昂冷哼一聲。「你們說宋星蠢不蠢？跑樓梯上十六樓！」

「當時電梯停在十六樓，他手機裡聽到李茜出了狀況，來不及等電梯下來，就直接跑上去了。如果他等電梯下來，這麼長時間，上面三個人可能更危險。」王瑞軍盡量替他說好話。

「他跑樓梯沒錯啊，可就算時間緊急，他不能先按下電梯，再從樓梯跑？他這兩條腿跑上十六樓，歹徒早坐電梯跑了。他當時要是先按下電梯，讓電梯下來，歹徒也沒機會坐電梯逃，說不定已經被抓了。」

原來如此！周圍的刑警們紛紛點頭，稱領導這才是當機立斷、臨危不懼、有條不紊的做法。宋星只顧埋頭朝樓梯上跑，才最終導致歹徒溜走，實在是愚蠢至極。他哪怕跑樓梯前伸出手指頭按一下電梯鍵，電梯就下來了，歹徒也逃不了，現在都是截然不同的結果。

此後很長一段時間，宋星都成了單位裡不動腦子的代名詞。
張一昂鼻子哼了聲氣，又問：「歹徒身分查到了嗎？」
「還沒，監控錄影裡看不出長相。我們找鄭勇兵問，他不肯說，後來又裝昏迷，護士來了把我們全趕出來了，說病人受傷嚴重，要充分休息。」
「還休息什麼?!護士算老幾?!你怎麼不娶個護士當老婆！」張一昂大罵，都這時候了，居然還要考慮鄭勇兵身體狀況，他是你爹啊！他直接下令：「哪個房間？帶我進去！」
王瑞軍頓了頓，想著工資是公安局發的，又不是醫院發的，領導都這麼說了，他哪敢再說閒話，便囑咐手下別讓護理師過來，推開右手邊的門，帶領導進去。
這是間雙人病房，鄭勇兵是警方特殊看守人員，所以這間除了他，並無其他病友居住。
鄭勇兵躺在靠門的病床上，像是已經睡著了，對兩人進來毫無反應。
張一昂打量了他一會兒，便來到病床旁，看到一個機器，二話不說，伸手就把電源關了。
幾秒後，病床上一個虛弱的聲音忍不住發出來：「不要……不要關我氧氣機。」
「你還醒著哪！」張一昂冷笑一聲，回頭質問，「我問你，下午捅你的人是誰？」
「我……我不知道，我不認識啊。」
「不認識就跑你家來吃飯？」
「就是……就是個店裡的客人，偶爾找我喝酒，就這麼認識的，我管他叫大劉，我……我就知道這麼多。那個……那個氧氣機……氧氣機能給我開起來嗎？」鄭勇兵無助地伸出手又縮回去。
「開什麼氧氣機？我沒工夫跟你說廢話，你不把事情交代清楚，別說氧氣機不給你用，醫院消炎針也不給你打，萬一刀片上有個什麼破傷風菌，看你死不死！」張一昂赤裸裸地恐嚇。

鄭勇兵噍了下唾沫，他下午腎臟被刀片劃傷，痛到休克，真當自己就要這麼死了。後來醫生跟他說，好在脂肪厚，腎臟就劃傷了一層皮，回家靜養一個月就沒事了。可住院的人總是自己害怕得要命，怕有什麼後遺症，此刻被這麼威脅，他頓時慌了。

考慮片刻，想到大劉差點就要了他的命，現在自己落在員警手裡，早晚都得交代，宜早不宜遲，鄭勇兵也不再堅持，坦白說：「是劉備幹的。」

「我跟你說案子，你跟我扯三國！」張一昂大怒，作勢要捏爆他的鹽水袋。

王瑞軍輕輕拉了拉領導，低聲提醒：「局長，確實有個人叫劉備。」

鄭勇兵一臉真誠地看著他。「對啊，他真叫劉備，他是逃犯。」

張一昂皺起眉。王瑞軍解釋：「那人真名就叫劉備，從小開始混，看守所進了好幾回，後來不知跟誰學了一手，改行盜墓，跑了好幾個省盜墓，又倒賣國家級文物，上了公安部的通緝名單。幾年前他回三江口被人舉報，抓住了，外地公安機關派人帶他走，結果半路上他佯裝生病，殺害一名員警逃跑了，一直沒抓到，現在他還在公安部重點通緝名單上掛著。」

殺害員警的逃犯一旦被抓到，百分之百是死刑，難怪劉備今天下午率先發難，不惜再背命案也要逃跑。

張一昂點點頭，繼續冷視鄭勇兵：「那你這次是窩藏逃犯嘍？」

「我……我也不想，他突然就找上我，他是不要命的，我哪兒敢不答應啊。」

鄭勇兵滿臉冤枉。張一昂不管他，轉身問王瑞軍：「窩藏罪刑法上是怎麼定的來著？」

「三年以下有期徒刑，或者拘役、管制，情節嚴重的，三到十年。」

張一昂冷笑道：「窩藏劉備這種殺公安幹警的重犯，情節嚴不嚴重？」

王瑞軍一唱一和：「那肯定嚴重。」

「檔案上說你今年四十六，關上十年出來五十六，應該也沒多大關係吧？過個幾年就能領退休金了。」

重傷在身的鄭勇兵聽到這話，居然起死回生般猛然坐起。「領導，我不要坐牢，我年輕時不懂事、犯法坐牢，現在打死我也不要再坐牢了。」

王瑞軍解釋：「如果公安機關相信你是受大劉威脅，可以是他直接威脅你，也可以是他間接威脅你，導致你留他在家中吃飯，不敢報警。這種情況下只要管制就行，管制就是不用抓你，隔段時間來派出所登記情況。不過，這得讓公安機關相信你是受他威脅的。」

張一昂點下頭。「我們就是公安機關。」

鄭勇兵驚恐地望著這兩人，過了幾秒，忙不迭表態：「領導，你要問什麼，只要我知道，我一定全部交代。我……我真的是被他威脅的。」

張一昂冷笑一聲，拉了條凳子坐下，開始耐心審問：「他現在逃了，說吧，他逃哪裡去了？」

鄭勇兵盡量讓自己看起來特真誠。「領導，他具體會逃到哪裡，我確實不知道。我要是能找到他，他下午就不止捅我一刀了。」

張一昂點點頭，這說得也有點道理，又問：「他來三江口做什麼？」

「他說是榮成集團的周老闆要找他買一套編鐘，他手裡沒有編鐘，這次是充當中間人，事成後據說能拿幾十萬好處費。」

「榮成集團的周老闆，周榮？」張一昂頓時警覺，「你能確定是周榮找他買……買什麼編鐘？」

鄭勇兵老實說：「這個……這個我是聽他自己說的，不過榮成集團一位胡經理也找過我，問我有什麼管道買編鐘，我當然沒有管道。」

「這編鐘很貴嗎？」

「是出土文物，一般價值幾千萬起步。」

張一昂咋舌。「這麼貴？」

王瑞軍在一旁解釋：「出土文物是國家嚴禁買賣的。」

張一昂想了想，他沒碰過文物案，想著有錢人買文物也很正常，就算被員警查出來，一般也只能沒收文物上繳國家，像周榮這種人關不進去，便又問鄭勇兵：「你跟榮成集團有沒有往來？」

「說不上有，」鄭勇兵稍思索片刻，便一口氣說出來，「榮成集團那位胡經理之前還找我買了幅五百塊錢的假字，讓我對外說是五十萬。沒過幾天，他把字拿回來還我，又讓我對外說我退了五十萬給他。我想這應該是周老闆想買字畫，胡經理覺得他老闆不懂，糊弄他老闆，撈黑錢。」

「就這些嗎？」

「是啊，就這些了。」

張一昂冷笑。「可據我們所掌握的情報，你身上的事可不止這些啊。」

「還……還有什麼？」鄭勇兵慌張地看著他，這表情全落入張一昂眼裡。

「是你想立功呢，還是我想立功？我實話告訴你，那件事我們已經查到你身上了，不然你以為今天找你是偶然？我們今天找上門，不是為了劉備，是為了你。說吧，那件事情到底怎麼回事？」

王瑞軍起先聽得一頭霧水，幾秒後便明白過來了，這是局長在詐他話，看看他還有什麼案底。

鄭勇兵低頭沉默了一會兒，又看了看張一昂和王瑞軍。經過一番思想鬥爭，他嘆口氣，說：

「那兩個人我確實懷疑他們有問題，一時間抱著僥倖心理，所以才……才收了他們的東西。」

張一昂淡定道：「說整個經過。」

「大概半個月前，兩個二十五六歲的男人不知通過什麼管道打聽到我，找上門，問我要不要收點東西。他們給了我一袋黃金飾品，還有些珠寶，我估了下價，值一百五十萬到兩百萬，我給了他們八十萬，他們接受了。領導，我真的當時懷疑過這批東西是他們偷來的，但是我又想，也許他們是富二代，拿了家裡東西出來變賣揮霍呢？我真的是抱著這種僥倖心理收的貨，如果我知道這些東西是非法的，我一定在第一時間就向公安機關舉報！」

「後來呢？」

「後來……後來他們就拿著錢走了，我賣掉了其中一些東西，不過大部分還在我家，如果……如果警方要追回，我……我也會配合的。」他忍痛說下這句話。

張一昂馬上明白了，周淇跟鄭勇兵買的東西就是這批貨裡的，這事自然明天要查，便又問：「還有呢？」

鄭勇兵心想，把這批大貨交代出來換這次的平安符，已經損失巨大了，如果把這些年收贓的事全交代出去，那真得傾家蕩產，堅決不能再說了，便鐵了心地叫起來：「領導，真的只有這些事了。我除了這次留劉備在家，早就金盆洗手了，我店裡的都是合法生意，沒有一樁違法犯罪的。這次真的是劉備自己找上我，他殺過人，我怕他，不得不招待他，千真萬確，你們一定要相信我啊！」鄭勇兵說得熱淚盈眶，就差拿性命擔保自己的清白了。

張一昂看他這副樣子，確實問不出其他大事了，只能作罷。

20

第二天中午，張一昂緊繃著臉，手機貼在臉上，硬著頭皮聽完了高棟的痛罵。掛了電話，他抹了下臉，彷彿高廳的口水從手機裡濺了他一臉。

他長嘆口氣，轉過身愁眉苦臉地看著坐在沙發上的李茜。

「領導啊，妳家裡人到底是什麼級別的呀？」

李茜皺著眉低聲回答：「我叔叔是公安部刑偵局局長。」

張一昂緊緊閉攏雙腿，免得自己從窗戶跳出去，嚥了下唾沫。「副部長？」

李茜慢慢點下頭。

公安部副部長兼著刑偵局局長，她只是把級別低的那個說了。

張一昂一個小小縣級市的副局長，昨天差點兒把副部長大人的侄女弄沒了，差點把他從英姿颯爽地指揮破案的副局長換到戶籍科低頭給人辦身分證，十個高廳都保不了他。

李茜看他這副樣子，忙解釋：「郭叔不是我親叔叔，以前他在地方上時跟我爸是搭檔，我爸救過他，後來……後來我爸執行任務時被歹徒襲擊去世了，郭叔就一直把我當侄女照顧，那時郭叔還在地方上，後來才去了北京。」

張一昂心道：這不一個樣？妳爸救過郭部長的命，後來執行任務死了，郭部長心懷舊情把妳當親侄女，這過命交情的戰友比親兄弟還親，我要把妳弄沒了，他不得把我弄沒啊？

李茜又急說：「我早上跟郭叔詳細解釋過了，這事不關任何人的事，是我自己沒經驗冒失，被劉備看出破綻，我也沒受傷啊。郭叔說了沒關係，就叫我以後小心點，他說過不會干涉我的工作。」

張一昂心想：他跟妳當然這麼說嘍，「沒關係」「沒關係」，他跟高廳可不是這麼說的，不然高廳能把我罵成這副狗樣！

李茜又替宋星說話：「局長，昨天這事您不要怪宋隊，純屬意外，誰也沒想到。而且……而且您不要因為顧忌我叔叔，就不讓我參與實際調查工作，我從小看著我爸工作，我那時就決定了一定要幹刑警。」

「我當然不是顧忌妳叔叔，」張一昂不想在手下面前失了面子，決定撒個謊，語重心長地說，「我是考慮妳的個人安全呀！妳是新人，沒有處理突發情況的經驗，所以才讓妳先學習，做更多的基礎工作來積累經驗。妳放心吧，等妳以後經驗足夠了，有的是參與調查的機會。」

「真的？」李茜喜出望外。

「當然是真的了。妳先把王瑞軍和宋星叫來。」

李茜從沙發上跳起來，興高采烈地去叫兩人。

待兩人一進門，張一昂第一句便是：「以後誰再讓李茜參與調查，誰就給我滾蛋！」

王瑞軍和宋星雖不知李茜家人的具體身分，但聽說是公安部大領導。尤其是宋星，明明領導吩咐過別讓李茜參與調查，昨天李茜求他幾次，他自覺假冒物業工作人員上門看下情況肯定沒危險，大不了露餡兒而已，給鄭勇兵十個膽也不敢對員警怎麼樣，便自作主張讓李茜上樓，誰知李茜差點沒了，他嚇得從昨晚到現在都沒闔過眼。

兩人只管點頭，半句反對的話都不敢說。

張一昂又低下聲音說：

「記住，這命令是宋星下的，要是李茜知道是我說的，宋星直接滾蛋！」

宋星迫不及待表態對此沒有意見，同時心裡在說：如果王瑞軍說出去，是不是也要我滾蛋啊。

張一昂收斂下怒火，轉問正事：「劉備的行蹤找著了沒有？」

兩人搖搖頭，待張一昂臉色又要轉陰，王瑞軍連忙送上好消息。

「局長，從昨晚鄭勇兵交代他收的貨裡發現重大案情。」

原來，鄭勇兵在不久之前收的這批首飾珠寶，刑警前去一查，發現是省公安廳前不久下發文件要追查的贓物。

這幾個月來，有三個城市發生了小型暴恐炸彈案，歹徒用土炸藥做成可用手機操縱的遙控炸彈，在鬧市區引爆，雖然炸彈威力不大，除了幾個受輕傷的居民，沒有造成重大後果，但幾次鬧市區爆炸的影響極其惡劣。省公安廳派出專家組，三個城市聯合進行調查。他們將這三起爆炸案一串起來，發現每一次爆炸案發生時，郊區都有一家珠寶店遭遇持槍歹徒的搶劫。持槍歹徒搶劫的案子本就不多見，幾次發生在同一時間點，顯然不是巧合。

公安廳的專家很快明白了歹徒的邏輯，通過鬧區爆炸引發交通擁堵，隨後他們在郊區實施搶劫，逃之夭夭。

遺憾的是，由於歹徒反偵查意識很強，犯罪手法高超，在後續的跟蹤追查中，未能明確歹徒的身分。根據幾家珠寶店提供的部分丟失飾品的照片，公安廳向全省地方公安都下發了協查令，發現贓物即刻逮捕嫌犯。

這批贓物，正是鄭勇兵收去的。

按著鄭勇兵回憶的交易時間前去調看附近監控錄影，僅有一個監視器拍到了歹徒，圖像模糊。根據鄭勇兵描述，兩人的臉上當時做了偽裝，再加上時隔多日，具體樣貌他更記不清楚了。

張一昂和兩人討論了一會兒，這兩個搶劫犯不是三江口口音，是流竄作案，間隔這麼長時間，大概已經離開三江口了，他們也無能為力，只能將案情通報上級部門。至於他們的當前工作，劉備必須抓回來，葉劍案也必須破，周榮這條線也得繼續盯。

談到周榮，王瑞軍馬上報告又一好消息：「鄭勇兵聽說他收的這批貨是省裡掛名的搶劫犯贓物，嚇壞了，馬上主動找我，要將功折罪，說要幫我們破文物案。他說他有個小弟，以前跟他混過，當時小弟家裡出了車禍，是他出錢安頓好的，所以小弟對他言聽計從。現在小弟跟著周榮的手下幹活，當保安部的司機，可以安排給我們當線人。」

張一昂思索片刻，如果周榮內部有個他們的線人，這就不是編鐘的事了。管他什麼出土文物，就算周榮炸了清十三陵，張一昂也不關心。他在意有個線人對調查周榮極有好處。

他慎重地問：「這人發展成線人，靠譜嗎？」

「我覺得可以試試，鄭勇兵說他這小弟跟他有過命的交情，而且這幾年在周榮手下當司機幹得也不順心，他可以自己出錢給小弟，讓他提供情報，只要我們能對他寬大處理。」

「他不知道我們要查周榮吧？」

「不知道，他以為我們只是要抓劉備，查出倒賣出土文物的勾當。」

三人又交流一番，覺得此計可行。

如今得分兩線作戰。一邊是抓劉備，絕不能讓他逃走；另一邊要順著葉劍案查下去，畢竟歹徒試圖陷害張局長，這種豬狗不如的東西簡直是罪不容誅。

葉劍案找過了水療會所，接下去自然應該找會所老闆陸一波了。儘管葉劍死後，他們就找陸一波了解過當晚情況，但那只是淺嘗輒止的詢問。張一昂堅信，一定能從陸一波身上挖到最關鍵的東西，誰讓他名字取得那麼好，只要破了陸一波，就能將周榮團夥「一波帶走」！

21

男人年輕的時候，互相總會調侃「陽痿」「早洩」「你行不行啊」，到了一定年紀，突然就發現大家很默契地不說這些毫無意義的話了。

陸一波就到了這個年紀。

他的生活非常有規律，在固定的時間起床，上班、下班，偶爾有應酬，隔三差五健身，晚上十一點準時睡覺。可最近不一樣，自從葉劍死後，他就患上了睡眠障礙，每天晚上都要夜跑三公里以上，讓身體徹底疲憊才能睡得下。

「一波，你最近怎麼總是皺著眉頭？」

在楓林晚酒店辦公層的最大一間辦公室裡，陸一波呆坐在沙發上，聳著身體，目光沒有焦點，筆直地望向空中。一旁周淇搖晃著他的手臂，他才回過神來。「妳剛才說什麼？」

「我說——你最近為什麼總是皺眉頭，葉劍死後你就這樣了，你該不會跟葉劍的死有關吧？」

陸一波沒有回答周淇的問題，只是問：「妳說刑警的那個領導，比王瑞軍級別還高？」

「是啊，軍哥都聽他的。」

「那只可能是他了！」陸一波沉吟半晌，又問，「是他親口讓妳把會所繼續開著，等上回我帶來的那個男人再來，就去通知他們？」

「是啊，他說不會查封會所，也會保證我的安全。」

陸一波煩躁地拉開茶几，從裡面拿出一支菸點上。

「你不是已經戒菸了嗎？」

陸一波沒管她，深吸了幾口，平復下心緒，慢慢說：「妳下午就到群裡發消息，會所那些業務都停了吧。」

「停幾天？」周淇問。她對會所關門一點都不驚訝，每隔一陣子，處於風口浪尖的時候，會所都會歇業幾天。

「不知道，短時間裡都不要開了。」陸一波吐了口氣。

「都不開了？這得每天損失多少錢哪！」

「現在這個關口，還管什麼錢？」

「可是……」周淇面露難色，「刑警隊那個領導剛叫我把店繼續開下去，等那個客人上門時通知他。我們把店關了，不是得罪了刑警隊嗎？」

「妳懂什麼？如果妳真把那客人交給刑警隊，那才完蛋！」

「那人是誰呀？」

「羅子岳，三江口市長。」

「市長！」周淇嚥了下唾液，「他……他是榮哥的朋友吧？」

「哪個ＶＩＰ客戶不是榮哥的朋友？」

周淇一臉惶恐。「那……那刑警隊怎麼會動市長？」

「唉……」陸一波長嘆一口氣，「他連市長都敢動，果然是省裡來的。」

「一波，你把話說清楚呀，一會兒這個，一會兒那個，我都聽不懂。」

「我煩著呢，妳就別問那麼多了。」

「我們在一起這麼久了，你還擔心我會說出去嗎？」

周淇噘起嘴，抓著陸一波手臂，嬌柔地說。

陸一波煩惱地拍著她手背，一邊說：「這些都是榮哥和郎博文的生意，以後再慢慢告訴妳吧。刑警隊找上門的事，妳先別和榮哥的人說。」

周淇看著他的表情，知道這裡牽涉甚多，也沒再問下去，只是勸他：「一波，這次會所關掉，索性跟榮哥商量一下，你也不要再管酒店了，把酒店還給他們，反正我們賺的錢這輩子也夠了。」

陸一波咬著嘴唇，過半晌，搖搖頭。「榮哥把酒店放我名下，是因為他信得過我。這些年他給了我們不少紅利，錢——不是白拿的啊……」

這時，陸一波手機響起，來電顯示的是胡建仁。他咬咬牙，坐直身體，接過電話，只聽胡建仁問：「波哥在公司嗎？」

「我在。」

「那我和博文過半個小時來你辦公室坐坐。」

「好啊，我等你們。」陸一波故作輕鬆地答覆，掛了電話，又是一副心事重重的模樣，沉默片刻，揮揮手讓周淇先離開。

沒多久，三個男人推門而入。

當先一個高高大大的便是郎博文，周榮的合夥人，雖然周榮永遠拿大頭，不過郎博文也是三江口有名的大老闆。他身邊一位和他五官有些相似，長相斯文得多的便是他的親弟弟郎博圖，一直在公司幫哥哥做事。另一人自然就是周榮的心腹胡建仁了。

這三人跟陸一波已然很熟，沒多客套，胡建仁將辦公室門一關，幾人一同坐下，面色肅然。

「波哥，有件事要跟你求證一下，員警是不是來過會所找了淇淇？」胡建仁開門見山。

陸一波不由得一驚，心思千迴百轉，員警來找周淇穿的是便衣，此事甚是隱蔽，甚至他也是從周淇口中才得知情況，周淇自然也不會告訴其他人。可胡建仁居然知道這事，這說明——他們在酒店裡安排了眼線，周榮把酒店交給他打理，怕是對他也不是完全放心。

被三個人盯著，陸一波沒能考慮太久，只得點頭承認：「應該是榮哥說的那個省裡來的張局長親自過來了，還帶著三個穿便衣的刑警。」他頓了頓，忙解釋，「我前兩天在外辦事，這事我也是剛剛知道，還沒來得及告訴榮哥。」

郎博文笑了笑，大手一揮。

「沒關係，自家兄弟用不著緊張。對了，那個張局長找淇淇做什麼？」

「他問了葉劍的事，問淇淇有沒有見過葉劍來會所，淇淇說沒見過。」

三人互相看了看，胡建仁奇怪地問：「他們調查葉劍，怎麼會問到會所？」

郎博文皺起眉。

「是啊，葉劍這小子沒這愛好，上回你硬塞給他一張VIP卡，我看他一次都沒來過。」

陸一波搖搖頭。「我也不知道為什麼葉劍的事會找上會所。」

一旁的弟弟郎博圖盯向陸一波，他一向給人感覺是個低沉陰險的人，說話聲音也帶著尖銳。

「波哥，是不是葉劍的事真的跟你有關啊？」

陸一波愣了下，重重搖頭。「怎麼可能?我怎麼會殺葉劍?!」

胡建仁笑起來。「榮哥發話了，如果他知道誰殺了葉劍，一定要替葉劍報仇！」

「我……」陸一波看著他們三個，「我真和葉劍的死沒關係！」

郎博文哈哈大笑。「自家兄弟緊張什麼？胡建仁跟你開玩笑的。」

陸一波抿抿嘴。

弟弟郎博圖盯著他觀察了幾秒，帶著幾分懷疑看著他。

「員警們辦案，也不是無憑無據瞎撞的，員警因為葉劍的事找到會所，八成是葉劍死前留下了和會所有關的一些東西。波哥，你好好想想，有沒有？」

陸一波神色緊張。「我……我不知道啊，他從來沒來過會所啊。」

弟弟郎博圖冷笑一聲，陰惻惻地說：「也可能員警的目的不是會所，而是你，藉著查會所的名義來找你。別誤會，我不是說你跟葉劍的死有關，而是葉劍身上是不是有你的什麼東西？或者嘛，葉劍死之前，和你聯繫過一些事？」

「沒有……真的沒有。」

「你確定？」

「我……我當然確定。」陸一波嚥了下唾沫。

「那麼除了問葉劍的事，員警還問了什麼？」弟弟郎博圖繼續逼問，另兩人一同盯著他。

「沒有啊。」陸一波沒有把查市長的事說出來。

「你肯定嗎？」

陸一波吸了口氣，怒道：「你這是什麼意思？我還懷疑是你們殺了葉劍！」

弟弟郎博圖冷笑一下，雙手交叉在胸前。「你倒是說說看，我們有什麼理由殺葉劍？」

「因為……沒什麼。」陸一波低下頭。

氣氛一時有些尷尬，大哥郎博文拍拍手，一副寬厚的樣子。「一波，肚子裡有什麼想法就說出來，我們都是這麼多年的兄弟，可千萬不要互相胡亂猜疑。」

胡建仁也附和：「是啊，波哥你剛才的話只有半句，讓我聽不懂啊。」

陸一波一臉窘迫，急思之下，只好反問：「那你們憑什麼懷疑我會動葉劍？」

胡建仁笑道：「我們可沒懷疑你。」

陸一波咬咬牙，挺直身體，怒道：「總之，我說了，我跟葉劍的事沒關係，行了吧！如果你們不信，可以問淇淇。」

弟弟郎博圖冷笑。「你的話怎麼靠得住？」

「你——」陸一波頓時怒狠狠地瞪向郎博圖。

郎博文馬上伸手一攔。

「小圖，你別亂說話，淇淇是一波的女朋友，一波說了沒有，那就是沒有，這麼多年兄弟如果都信不過，那信誰？好了，一波，你也別生博圖的氣了，他這嘴巴你還不知道啊？」

雙方的劍拔弩張在郎博文的斡旋下漸漸平復下去。

郎博文拍拍手，最後給個定心丸。「一波，你別擔心，有東叔在，一個小小三江口副局長鬧不起來。剛才我們聽說淇淇把會所關了，你做得很對，我們過來前東叔已經跟榮哥說了，會所那塊業務馬上停掉，錢是次要的，東叔才是我們大傢伙兒的根基。」

22

紅綠燈前，車輛擁堵著。

方超一手夾著菸，一手握著方向盤，開著他們的絕版夏利車，正對一旁的劉直侃侃而談。

「經濟學上有個理論，人的一生至少會面臨三次大機遇，只要抓到一次，就能翻身跨越階層。大部分人窮其一生一次都沒抓住，為什麼？因為他們沒有準備！機遇來了也不知道，回過頭來才發現和它擦肩而過。機遇總是留給有準備的人！回顧我這幾十年，第一次大機遇已經錯過。我高考成績不理想，打算去國外留學鍍鍍金，當時家裡把宅基地賣了，湊了幾十萬塊錢讓我出國。這宅基地要是留到現在，我就是拆遷戶，身家千萬起，哪兒需要幹這行？不過世上沒有後悔藥，人總歸要往前看。現在這輩子的第二次機遇——周榮這條大魚游過來了。我們必須做好萬全準備，絕對不能再讓這一次機遇擦肩而過！」

他側過頭去，發現劉直壓根沒聽他講話，自顧翻動著副駕駛位的手套箱。

「你在幹什麼？」方超很不高興。

劉直從箱子裡拿出一遝用塑膠殼包起來的東西，展開一看，全是不同人的身分證，好奇地問：「超哥，你準備了這麼多身分證？這做工，嗯嗯，假得很真嘛！」

「給我放回去！」方超警惕地環視一下四周，斥道，「哪兒來這麼多事！這都是真身分證，在網上高價買的！」

「這麼多真的身分證，那咱們可以光明正大住酒店啦，再也不用擔心假證被看出來，這回準備工作做得可真周全哪！」

方超得意地揚起頭。「廢話，我們這次要動三江口首富，這一票下去還不得石破天驚？不早點想好退路，你想進去啊？」

劉直合上箱子，哀叫著：「可動這姓周的也太難了吧？人家住的是莊園，前後都有保鑣，出行都有人跟著，一看就是道上混的大哥，咱們盯了這麼多天，就沒找到下手的機會。想直接在外面把他辦了吧，這在光天化日下動他，肯定驚動員警，贖金一分都拿不到。」

方超哼一聲，倒不以為然。

「如果容易下手，這三江口首富還不得三天兩頭被人搶劫？你看他莊園前後都有保鑣，可見他自稱家裡都是錢是錯不了的。既然錢在屋子裡就不會跑，咱們天天蹲點，總能找到機會。慢慢來吧，賺錢都是不容易的！要知道，這個世上除了洗腳的足浴店，就沒好賺的錢！」

這時，劉直注意到後視鏡裡有輛Land Rover從他們右邊的公車道快速往前衝來，他瞥了眼自己的車，離前車空了大約三公尺，忙說：「超哥，趕緊開上去，後面那孫子八成要插隊！」

方超哼一聲，一副無動於衷的模樣。

後面的Land Rover順著公車道一路向前，看到前方一輛小破車和前車車距空出一截，果不其然，一甩方向就要往他們前面塞。

「沒素質！」方超哼了聲，突然一腳油門頂上去，Land Rover趕緊踩停。

幾秒後，Land Rover的左側窗戶搖落下來，一個彪形大漢探出腦袋，朝他們直接開罵：「去你的，會不會開車？沒長眼睛啊？」

方超瞥了他一眼，不去理會，劉直樂得哈哈大笑，還搖下窗戶伸出手，朝那大漢豎起了中指。

「我去你的，有本事下車！」大漢瞪大眼睛，不可思議地看著——世上還有這麼跩的人？

這時，路口綠燈亮起，前方車輛開動，方超的車子也跟了上去。劉直用力咳嗽一聲，頭一伸，一口濃痰筆直地飛到了Land Rover的引擎蓋上，然後若無其事地搖上窗戶。大漢看著這一幕，呆了幾秒，只想直接撞上去，可這小破車已經開遠了。

絕版夏利行駛了一陣，來到一段空曠的馬路上，這時，車後響起急促的喇叭聲，方超朝後視鏡一看，那輛Land Rover正急追而來，一個勁兒按喇叭要他們停車。

「超哥，那孫子在追我們呢。」

方超瞪了眼劉直，不滿道：「誰讓你多事朝他吐痰的？你不知道我們這車上有槍啊？萬一惹出事招來員警，不得直接進去了！」

劉直嘀咕道：「剛才你不也沒讓他插隊啊。」

方超鼻子哼了聲，說句「坐穩嘍」，一腳將油門踩到底。畢竟是絕版夏利，任憑怎麼踩油門，劉直依舊坐得很穩，預期中的推背感、加速度沒有出現，發動機轟鳴聲很大，速度依舊讓人著急。

大漢見小破車不停，反而有加速的態勢，更是大怒，一腳油門深踩，Land Rover直線逼近。

見到這副態勢，方超不敢大意了，用力攥緊方向盤，左突右轉想甩脫後車，無奈車況差距太大，就像一個小孩跟成年人比跑步。哪怕他突然往其他路口拐去，Land Rover一時沒反應過來，但不消片刻掉頭後又很快追上來。

沒幾分鐘，雙方早放棄了原來的路線，都競速到了郊外的一條偏僻馬路上。

此時路上已無其他車輛阻隔，Land Rover倚仗性能再次衝到他們側面，把小破車逼到了最右側車道。Land Rover車頭使勁逼過來，要把他們的車子逼上隔離帶。方超眼見避無可避，趕緊踩下煞車，奈何這薄如蟬翼的煞車片配合手煞依然停不下，Land Rover還在向他們靠近，眼見要撞上隔離帶了，方超只能一狠心，把方向盤向左一打，「砰」一聲，撞上了Land Rover的車尾巴。

一陣車皮破裂聲後，兩車同時停下。方超緊皺雙眉，尋思著這下該如何善後。

Land Rover車門打開，一個身高一米八、五大三粗的大漢下了車，先看了眼自己車的車屁股，發現保險桿撞斷了，車屁股凹了一個大坑。剛剛就是一肚子火，此刻被追尾更是火上澆油，他狠拍小破車引擎蓋，朝裡面的兩人大喊：「你們兩個白癡趕緊給我滾下來！」

劉直這輩子最聽不得別人喊他白癡，頓時怒極，打開箱子便掏手槍要教訓對方，被方超眼疾手快一把按下，低聲怒斥：「你瘋了！」他一把奪過槍塞回箱子裡，指著劉直額頭厲聲警告，「你給我牢牢坐車裡，不許下來，聽見沒有！」

劉直被他的氣勢震懾，雖不甘心，但還是點了點頭。

方超深吸一口氣，換上一張討好的笑臉，下車掏出一支菸遞上去寒暄。

「大哥，你人沒事吧？」

「人沒事？沒事個頭，你看看！」他一把打掉方超遞來的香菸，指著自己的車屁股，大手一張，「也甭跟老子廢話了，賠錢吧！」

「賠錢？大哥，你看看，是你一路逼我們的車，我們沒煞住，這才——」

「我去，你還有臉說？我一路按喇叭叫你停，你是聾了嗎？不是你旁邊那渾蛋朝我車吐痰，我逼你們幹嘛？」

方超不想惹事，嚥了下唾沫，用出這輩子積攢的全部好脾氣，覥臉笑著。

「大哥，這事一碼歸一碼，我兄弟朝你車吐痰，是他不對，我讓他給你道歉。這車子的事是你逼車在先，賠錢的事兒就算了吧。」

「算了？你這人很幽默啊，我車撞成這樣，你不想賠啦？」

「話不能這麼說，追尾是你逼我車的責任，吐痰是我兄弟的責任，最後結果是兩輛車都有損失，我建議是各修各的。」

「你想得倒挺美啊！」大漢走上前，狠推了方超幾把。

方超倒退幾步躲閃，心裡想了想，大事化小吧，畢竟周榮才是大事，忍他一會兒！他掏出錢包看了看，很不情願地從裡面掏一遝錢遞過去。「我只有三千，都給你，可以了吧？」

車內的劉直見方超掏錢賠償，忍不住叫起來，方超回頭狠狠瞪他一眼才把他的脾氣壓下來。

誰知大漢壓根沒碰這錢。

「三千？你知道我這車撞成這樣，修理得多少錢？沒三萬根本下不來。」

「三萬！」

「你也別說我訛你，訛你這破車也沒勁，你找保險公司來，也不要你自己掏錢。吐痰的事，老子也不跟你計較了。」

方超面露難色，過了幾秒，直接說：「大哥，跟你坦白說吧，我們車沒上保險，三萬也拿不出，要不這樣，三千私下給你，你自認全責找保險公司，怎麼樣？」

「我自認全責？」大漢乾笑了兩聲，「你撞了我的車，還要讓我自認全責，我車也送你要不要？」

「這——」方超一愣，回頭看了眼劉直，劉直激動得一個勁兒點頭，已經迫不及待地開門下車了，方超只好為難地回過頭，「要！」

★★★

一個小時後，附近一個還未啟用的空曠停車場，大漢被塞住嘴巴、五花大綁半點不能動彈地塞在Land Rover的後備廂裡，Land Rover已經被換掉牌照，方超和劉直將小破車裡的所有東西都搬上了Land Rover，把小破車開到了另一處隱蔽的地方藏好。

收拾已定，兩人看著這輛性能優越的Land Rover，簡直熱血沸騰了，這下所有裝備都齊全了，直接搶周榮吧！

23

自從劉備逃亡，公安對他的追捕就沒停下過腳步，從刑警、特警到派出所，甚至交警，還有各部門下面人數眾多的協警，都一同投入工作。好消息是查到了一些線索，表明他還躲在三江口；壞消息是他反偵查意識很強，警方始終不確定他的真實藏身之所。

宋星因為第一次抓劉備時沒按電梯，成了單位裡的傻瓜典型，這幾天來自然一門心思將功補過，撲在追捕的第一線。

今天是王瑞軍陪同張局長去找陸一波的。

兩人都穿著便服開車來到楓林晚酒店，下了車，王瑞軍向張一昂介紹起情況：「我打聽到的情報都說陸一波是個厚道的老實人，他跟周榮是老同學，不過他和郎博文不一樣，郎博文是周榮的合夥人，陸一波則更像周榮的幫手。楓林晚酒店名義上是陸一波的，但線人都說大老闆是周榮。對了，上回局長你要周淇開著水療會所釣羅市長，她沒聽咱們的，會所正規業務還開著，但裡面的場子昨天下午突然就關了，據說短時間內都不會開。」

「她敢把會所關了？」張一昂停下腳步，臉上泛起怒容。

「對啊，我猜周淇知道了羅子岳的身分，兩邊都不敢得罪，所以關門。」

「那她可使勁得罪我了！」

兩人進入酒店，王瑞軍徑直找上前臺。「我們要找陸一波。」

「您稍等。」前臺小姑娘客套地應付一聲，看他們倆的氣勢，不敢擅自做主，馬上叫來大堂經理，貼耳說了幾句。

大堂經理是個三十多歲的女士，很職業地微笑詢問：「請問兩位先生跟陸總有預約嗎？」

「沒有。」王瑞軍挺起胸膛，擺出一副「那又怎樣」的表情，掏出證件在她眼前晃了下，「妳就告訴陸一波，我是三江口公安局刑警大隊的王瑞軍，我要找他問點兒事。」

一聽是員警，大堂經理不敢怠慢，忙走進前臺，拿起電話機，低聲說了好久，掛了電話，一臉歉意地說：「兩位領導，實在抱歉，陸總不在公司，您……您找他有什麼事嗎？」

張一昂朝天花板看了眼，冷笑。「別廢話，陸一波就在樓上，你再問問他，是準備現在讓我們上樓，還是叫他到我們單位裡談。」

經理嚥了下唾液，忙又打起電話，這次的時間很短，掛了電話後，經理馬上帶兩人上電梯，把他們送到陸一波辦公室門口。

陸一波親自開門，滿臉堆笑地將兩人迎進來，讓人看茶倒水不在話下。

三人落坐之後，陸一波視線在兩人身上停留幾秒，畢竟是生意人，閱人無數，不用介紹，對兩人身分已知大概。

他看向王瑞軍，故意裝熟絡。「您一定就是軍哥？」

王瑞軍一聽到「軍哥」這稱呼就頭大，重重咳嗽一聲，端起臉。「我是刑大隊長王瑞軍！」

「那您一定是張局長？」他討好地朝向張一昂。

「對我了解得很清楚嘛，周榮給你說的吧？」張一昂很不客氣，「剛才大堂經理不是說陸總你不在酒店？怎麼？又回來了？你練過分身術啊？」

「實在抱歉，實在抱歉哪！」陸一波連連拱手，臉上瞬間流露出苦澀表情，拿出一個萬用的藉口，「很不好意思地說，我今天腸胃炎，剛剛還在拉肚子，怕見了領導難堪，所以才讓樓下經理這樣說。」

張一昂撇撇嘴，倒沒叫他取大便來化驗是不是真的腸胃炎，佯裝不經意地提了句：「你們樓下的水療會所怎麼關了？」

「沒關啊，正常營業。」

張一昂看了眼王瑞軍，王瑞軍一本正經地問：「我們問的是會所裡面的場子！」

「什麼場子啊？」陸一波雙手一伸，滿臉無辜。

王瑞軍瞪著他。「要不要我把周淇抓過來問問？」

「這……」陸一波一時語塞，在這兩位級別的員警面前狡辯說不知道顯然不是明智之舉，便改口解釋，「領導，我憑良心講，我是最近才知道樓下水療會所裡有的員工私下還開展不文明，甚至是違法的業務。我管著酒店，要考慮到整個酒店的口碑，所以我知道消息後，讓他們馬上停止一些違法業務！至於以前有的，該罰款該處理，我們酒店一定配合！」

「原來場子是你讓周淇關的。」張一昂狠狠點頭，「一般場子背後的老闆都這麼解釋，我以前在省廳幹的時候，抓來的老闆也老這麼說，最後還是判刑了。不過別擔心，觸犯這塊法律會判幾年，但很少判十年以上的。」

「我——」陸一波被這兩人盯著，又被對方赤裸裸威脅，只好乾笑著。

「這先不提吧，免得社會上的人總說我們員警只會掃黃，卻連黃色老闆坐在面前都不抓。陸老闆，今天突然登門拜訪，主要是想問你幾個問題，你不要緊張，但是，你必須得給我說實話！」

陸一波被張一昂瞪著，饒是他在生意場上混跡多年，面對著刑警老大，氣勢上還是被壓迫得動彈不得，他嚥了下唾液，點點頭。

「這酒店是你自己的嗎？」

「是……是我的，您可以看營業執照，九成股份是我個人的，還有一成是其他幾家公司的。」

「我問的是，那九成股份，是你個人的，還是代其他人拿著的？」

「是……當然是我個人的，沒有其他人了。」

「那挺好，如果將來出了事，就是你一個人的責任了。」

陸一波愣了幾秒，怯弱地試探：「您的意思我不太理解，將來會出什麼事？」

「可能情況很多啊，消防啊，安全隱患啊，像你們這些公共場所，一旦出了安全事故，都是大事，如果造成嚴重後果，責任人是要判刑的。」張一昂輕鬆地隨口說起來。

陸一波鬆了口氣，忙拍胸脯保證。「政府教育要牢記，安全責任時時提。」

「對了，剛才大堂經理跟我們說你不在酒店，我們卻斷定你就在樓上，你知道是為什麼嗎？」

「為……為什麼？」

「我們早就盯牢你的一舉一動了，你昨天晚上去了哪兒，今天早上幾點到酒店，我們一清二楚。」

陸一波吃了一驚，忐忑地問：「為……為什麼要盯牢我？」

「因為葉劍的案子啊。」張一昂直截了當地說出來，同時仔細觀察著他的微表情。

「葉劍的事跟我沒關係啊。」陸一波脫口而出。

「那跟誰有關？」張一昂急忙追問。

「我……」陸一波嚥下唾沫，「我不知道啊。」

「你知道，你一清二楚！」

「我……我真不知道。」陸一波喊冤，「領導，葉劍是我老同學，他死了我也很難過，可他的事跟我真沒關係啊。」

「我問你，葉劍是哪天死的？」

「是……聽說是我們一起吃飯的那天晚上。」

「他死的時候你在幹什麼？」

「我……我應該還在飯局上。」

「哈哈哈哈……」張一昂突然發出令人毛骨悚然的笑聲，指著他，「看吧，一問就露餡兒了吧？」

他轉頭看向王瑞軍，王瑞軍正滿腹不解，陸一波露啥餡兒了？但見領導投來的目光，王瑞軍也馬上跟著附和：「你露餡兒了吧？還不快老實交代！」

「我……」陸一波變得結巴，「領導，我聽不懂您的意思。」

張一昂只想訛他一下，自然說不出他露啥餡兒了，既然說不出，那就不說！他掏出手機，點開一張照片，正是他們在葉劍死後找到的水療會所ＶＩＰ卡，問道：「你自己瞧瞧，這是什麼？」

「這是樓下會所的ＶＩＰ卡片。」

「有什麼用途？」

「消費打折。」

「我問你，是打折還是免費？」

陸一波臉色慘白。「聽說是免費，領導，這是他們的業務，跟我沒關係。」

「你自己看著卡號，這是誰的卡？」

「我……我不知道啊。」

「這是葉劍的卡。」張一昂哼一聲，突然厲聲喝道，「我問你，葉劍的卡為什麼會出現在我手機裡？」

陸一波頓時一愣，反覆想了想：他的卡為什麼在你手機裡，你問我幹什麼？

可是張一昂就是要問：「你說啊！」

「我……我不知道他的卡為什麼在你手機裡。」

「因為我們在葉劍被害的案發現場搜到了這張卡。」張一昂給出了答案，緊接著又追問，「這卡是誰給葉劍的？」

「呃……我想……我想是周淇給的吧。」

「周淇說了不是她給的。」

「那……那我也不知道了。」

張一昂盯著他看了一會兒，笑起來，緩緩道：「可是葉劍在被殺之前，用盡最後的力氣，在地上寫下了三個字，那是一個人的名字，頭尾兩個字潦草不好辨認，可中間那個字好認極了，中間是個數字的『一』。」

王瑞軍正聽得津津有味，被這突如其來的話術驚呆了。

陸一波不知道葉劍死前寫下的數字「一」是指張一昂，聽聞此言，面色大變，連忙說：

「卡……卡是我給的。可我跟葉劍被害沒有任何關係，就算他寫我名字，也肯定不是這個意思。」

「那是什麼意思？」

「我不知道啊。」

「你剛說水療會所的業務你最近才知道，怎麼這張卡是你給葉劍的？」

「我——」陸一波嘴乾張著，完全無法辯解。

張一昂盯著他看了好一會兒，笑了出來，緩緩道：「我們利用最新高科技的大資料，對你和葉劍的日常聯絡做過詳細的分析，得出了一個結論。」

王瑞軍微微皺眉，細想一遍，他們三江口這小地方哪來的大資料這種高科技？

「我們發現在葉劍死前的一個多月裡，你和他的手機通話明顯高於以往。」

王瑞軍明白了，原來查通話紀錄也算高科技。

「我和他只是朋友間的敘舊。」陸一波辯解，「真的！我……我那時心情不好，找他聊聊天解悶。」

「沒聽說過葉劍有這能耐，還能給人做心理諮詢啊？」張一昂笑著看向王瑞軍，王瑞軍堅決表示從沒聽說過。

「我說的句句都是實話，領導，我絕對不敢說半句假話！」

張一昂突然面色一寒。「你再說一遍！」

「我……我說的都是實話。」

張一昂盯著他眼睛看了幾秒，陸一波不敢和他對視，把頭別了過去，張一昂抿抿嘴，只好招手帶王瑞軍離開。

「局長，就這麼走啦？」

「不然呢？」

「我看陸一波的樣子，我覺得——」

「陸一波肯定沒說實話，是吧？」

「是啊，我們不繼續問下去嗎？」

張一昂停下腳步，嘆口氣。「今天是問不出了。」

「為什麼？」

「你沒看他一開始緊張，到後來反而不緊張了，口供咬得死死的，可見他已經想明白了。如果我們拿不出實質性的證據，他是不會改口的。走吧，先回去，你把宋星叫過來，我另有計畫。」

他們回到單位，不一會兒，宋星來到辦公室，開口便說：「局長，我聽瑞軍說了陸一波的事，他肯定知道些什麼，為什麼不把他抓回來審？」

「抓回來審？」張一昂淡淡一笑，「理由呢？」

「掃黃啊，他們那水療會所，不就是陸一波開的嗎？」

「現在會所裡面的涉黃場子已經關了，黃沒了，怎麼掃？」

「那就……那就去看守所找幾個犯人，讓他們自稱以前在楓林晚酒店嫖過娼，以此為由抓陸一波。」

張一昂幽幽道：「假口供的事如果被查出來，你負責嗎？」

「我——」宋星馬上改口，「我是開玩笑的，違法的事當然是不能做的。局長，我倒是有個主意，會所裡的賣淫場子雖然關了，可會所還開著。像水療會所這種地方肯定有用手的啊，用手它也是打涉黃的擦邊球！我們就以會所裡有變相服務，把陸一波抓回來！」

張一昂搖搖頭，反問：「我問你，你在家看黃片，覺得片子不錯，就把資源分享給朋友了，你怎麼不以傳播淫穢物品的罪名把自己抓了？」

「我沒分享過啊！」

「你！」張一昂噓了下口水，宋星這回答滿分，他也只能無奈道，「總之，陸一波好歹也是個五星級酒店的老闆，後面還站著周榮一夥，我們貿然以這理由把人抓了，很難善後。如果把他抓回來審，他還是不說實話，你怎麼辦？第二天還不是得把人好好送回去！我們手裡沒實質性的料，陸一波是不會開口的。我們現在要做的就是，找到點實質性的東西，逼陸一波開口！」

「那怎麼辦？」

宋星現在越來越覺得局長的智慧遠在自己之上了，凡事由局長出主意他去幹就行。

「很簡單，你安排兩個刑警去找一次周榮，當面問他葉劍案子的事，要他提供線索。」

「他能提供什麼線索？他肯定不會承認葉劍的死跟他有關。」

「你怎麼這麼笨？」張一昂嘆口氣，「我當然知道周榮不會承認，我的目標是陸一波。你讓刑警告訴周榮，是陸一波說周榮跟葉劍情同手足，他應該知道某些消息，是陸一波讓你們去找周榮的。」

宋星茅塞頓開。「離間計！」

「另外，李茜最近不是沒事幹嗎？讓她每天查監控錄影，盯牢周榮和陸一波等人每日的行蹤。」

「明白！」

24

宋星從張局長辦公室出來後，便去找李茜，一見面，李茜就怒上心頭。

自從前幾天劉備的事發生，李茜就再也沒出過現場。她倒是想去，但整個刑警隊的人彷彿都把她隔離了，沒一個人肯讓她一起去。她反覆找人打聽，終於一人說漏嘴，原來是宋星下的令，不許任何人帶她。

她正要去找宋星呢，誰知他還送上門來，見了面她就沒好氣地質問：「星哥，最近隊裡辦案都不讓我去，聽說是你交代的，是嗎？」

宋星一愣，馬上坦然承認：「對啊，當然是我說的，怎麼可能是局長？」

「我沒說局長啊。」

宋星重重咳嗽了幾聲，一本正經道：「鄭勇兵在事後跟我們說，當時就是因為妳扮物業工作人員露了破綻，被劉備看出來了，他才重傷兩人，還差點兒捅了妳。妳現在經驗太淺了，帶妳出去不但幫不上忙，還添麻煩。妳呢，也別急，待在單位裡好好增加理論儲備，過個幾年再想著出現場吧。」

「還要過幾年！」李茜瞪直眼睛。

「那當然了，不過呢，現在還有個重要任務交給妳。」

「是什麼？」

「局長讓妳每天通過監控錄影，盯牢周榮和陸一波的所有行蹤。」

「又是查監控錄影！」李茜直接叫了起來。

「這個工作可一點都不簡單，特別考驗綜合能力。」宋星跟張局長處久了，自然也學會了一些說詞。

「一點都不簡單？哼哼！」李茜咬著牙，見對方這副表情，擺明了看不起自己。整個刑警隊除了後勤部門，大家都在忙碌，就她一個人整天不是查資料，就是調監控錄影，還要幫隊員收發快遞，替出勤晚歸的人叫外賣，真是受夠了！她這輩子就算見他們餓死，也不想再給這幫渾蛋叫外賣了！李茜怒火中燒，直接喊他名字：「宋星，你們到底是不是真的要查周榮？」

聽到周榮的名字，宋星警惕地看了下周圍，低聲說：「我們當然想抓他啊。」

「那你們為什麼這麼多年都不抓？他天天都在三江口，就在眼皮底下，又沒躲起來。別跟我說什麼沒證據，你們抓其他人時怎麼不說沒證據？你們抓小偷時是先抓人審還是先找證據？就拿這次葉劍的案子來說，他那天也在酒會，你們除了派人跟他問過幾句，有認真查他嗎？傳喚過他嗎？還有之前盧局長失蹤，你口口聲聲懷疑周榮，有沒有抓他回來審？你們是不是收了周榮好處，故意裝模作樣說要查，結果從來都不查？」

「怎麼可能啊……」宋星笑著連連搖頭，突然一愣，看著李茜咄咄逼人的表情，渾身一個激靈——是啊，他們嘴上說要抓周榮，為什麼這麼多年一直不動他，還被懷疑收了周榮的黑錢？這問題……該不會是李茜那位公安部的叔叔問的吧？

這種涉及政治立場的問題一定要謹慎！

宋星想了想，馬上說：「妳先去小會議室等一下，我找軍哥一起，好好跟妳解釋解釋。」說完轉身就跑。

李茜怒哼哼地去了小會議室，足足等了一刻鐘，還以為宋星就此消失了呢，剛想走卻見王瑞軍和宋星兩人竊竊私語地走過來。一見到她，兩人就閉上了嘴巴，端正地坐到了她對面。

「小茜，」王瑞軍擺出滿面春風的笑容，朝她鄭重點頭，「妳剛才跟宋隊反映的問題，提得非常好！」

宋星也跟著重重點頭，表示這問題確實提得非常好。

「坦白說，我們也很想抓獲周榮，我和宋隊百分之百堅定地懷疑盧局長的失蹤跟周榮有關。可是，哎呀……」他重重嘆口氣，彷彿報過表演培訓班，腳連跺了三下地板，痛苦地拍打胸口，「妳知道嗎？周榮啊，實在是太狡猾了！」

宋星接過話頭。「是啊，我們沒有證據證明周榮涉案。坊間有傳言他早年涉黑，可是那也只有傳言，我們也沒接到過群眾舉報，手裡什麼證據都沒有，而且他是大老闆，具體的犯罪行為肯定不會參與。坦白說，這些年下來，如果我們有證據，哪怕有一點證據，也早就把他抓進來了，哪會到現在都拿他束手無策！」

他和王瑞軍同時重重嘆氣，拍了下大腿。

王瑞軍接著說：「他現在是三江口首富，人大代表，各行各業都有涉及，跟政府關係很好，而且據說——他和一位副廳長關係非比尋常，以前盧局長一直在調查周榮，可也沒有直接動過他。對於他這種在地方上有足夠社會地位的人，我們在不掌握確鑿證據的情況下，沒法直接傳喚他接受調查。就算把他傳喚過來，他這種人也一定不會主動交代，反而打草驚蛇。」

李茜不滿道：「那也不能像現在這樣，光讓我在單位裡查查他的監控錄影，如果這樣也能破案，那還辦什麼案？」

王瑞軍相當認同，連連點頭：「妳說得很有道理，妳有什麼建議？」

「我們不能守株待兔，要主動出擊，要找機會接近他，才能掌握他的罪證。對了，你們有沒有考慮過派臥底混進周榮團夥？」

王瑞軍和宋星對視一眼，都在想，派臥底這建議真是天真到奶奶家了，但也不能直接說她蠢，萬一這問題是公安部的人問的呢？於是王瑞軍只好耐心地向她解釋：「辦案不是拍電影，我們三江口是小地方，刑警隊沒人幹過臥底。妳想啊，這臥底沒個三五年，怎麼能取得周榮信任？我們在實際辦案中，只有線人，沒有臥底。」

「那你們有周榮的線人嗎？」

「有啊，但沒什麼用。」王瑞軍想了想，坦白說，「前幾天局長審鄭勇兵，鄭勇兵為了戴罪立功，給我們介紹了一個小弟當線人，這人叫小米，是周榮的司機。我們找他談過，他純粹就是給周榮開車的，不是核心圈子的人。周榮這方有三個關鍵人物，一個郎博文，算是周榮的合夥人；一個胡建仁，是周榮的祕書；另一個張德兵，是周榮公司保安部總經理。有關周榮涉黑的傳言，都是張德兵這塊兒的，周榮自己不跟江湖上的三教九流打交道，張德兵行事也很低調，沒有把柄。小米是周榮公司後勤部門的，平時只負責開車，跟郎博文、胡建仁和張德兵都沒有直接接觸，小米知道的也是些一起混的小兄弟的道聽塗說，說什麼周榮特好色，總是帶不同女人回家，我們也沒法跑去他家按嫖娼罪名把人抓了吧？還說他家書房的牆上安了個隱藏保險箱，周榮從不讓別人看，大家都猜裡面一定有很貴重的東西，還有——」

「你說周榮書房裡有個隱藏的保險箱？」

「是啊。」

「裡面會不會有他公司的內部帳本，或者其他能夠給他定罪的一些東西？」

「這就不知道了，據說周榮的書房連保姆和管家都不讓進，小米也是聽別人這麼說的，他最多只進過周榮別墅的客廳。」

「我們能不能想個辦法，突擊搜查周榮家，看看保險箱裡到底有什麼？」

王瑞軍嘆口氣。「搜查令是最難批的，得先有周榮涉案的鐵證才能批下來搜他家吧。可他跟政府部門關係相當複雜，就算真有什麼事被我們抓到把柄搜查，想必也會提前收到消息，把東西藏起來。如果我們去搜查了，什麼都搜不出來，那該如何收場？」

李茜沉默了，王瑞軍說的也是有道理的。她通過道路監視器每天監視周榮的行蹤，從沒發現他有何異常。周榮做事極其謹慎，迄今都沒有違法犯罪的線索直接牽涉到他，想要查他實在太難了。王瑞軍所說的隱藏保險箱是個重大線索，怎麼才能揭開保險箱裡的祕密呢？

25

周榮有很多門生意，除了房地產，第二產業是汽車銷售。他在周邊幾個城市開了幾十家汽車經銷商，作為大本營的三江口，那更是一家獨大。他開了三江口的第一家汽車展售店，後又拿到多個汽車品牌的區域獨家經銷商資格。汽車經銷商在大城市裡競爭很激烈，經常看到某家店經營不善倒閉，反而在這種小城市裡競爭小，特別容易賺錢。周榮對他旗下的展售店非常重視，每個月都會去巡視幾家，檢查經營工作，這天他去了賓士店。

他自己最常坐的便是一輛售價三百多萬的S級賓士。汽車停在經銷商門口的空位上，他下了車，臉上帶著一絲慍色，快步朝樓上走去，胡建仁一直打著電話跟在他身後。

來到辦公室，胡建仁剛掛了電話，周榮便急著問：「怎麼說？」

「榮哥，我跟酒店的人確認過了，刑警隊確實找了陸一波。」

「什麼時候的事？」

「昨天。」

周榮皺眉呢喃：「這事一波怎麼還沒跟我說？」

「他沒跟你說，反而告訴刑警隊，他對葉劍的死一無所知，讓刑警來問你。陸一波這做法，我可想不明白。」

周榮沉默了幾秒，說：「也許是警方故意離間我們的關係。」

「那為什麼陸一波不把員警來找他的事告訴你呢？因為他不敢說，怕你一問他就說破了。」

「他大概當時有點緊張，才亂說話的，你也知道，警方問話很有一套，一波沒有應對經驗。事後他不敢告訴我，怕我起疑心。這事也不能怪他。」周榮自己替陸一波解釋。

胡建仁冷笑道：「可上回刑警隊來找周淇，他不是也沒告訴我們嗎？」

周榮臉頰微微抖動一下，深深嘆口氣。「你別亂懷疑了，一波是個老實人。」

「正因為是老實人，所以如果他怕了，把我們的事說出去，我怕……」

「沒什麼好怕的，一波除了開個會所，也沒叫他幹過什麼事。」

「可畢竟有些事他是知情的啊……」

周榮皺著眉，望向他。

「你想怎麼樣？」

「我之前和博文討論過，我們倆都覺得陸一波這人是靠不住的。」

周榮把手一橫，冷聲道：「你們兩個別自作主張，我是相信陸一波的，我跟他認識的時候，郎博文還在當混混，三天兩頭找我收保護費。」

「可是如果他——」

「沒什麼如果，他如果靠不住，也不用等到現在了。我警告你們，如果你們背著我動陸一波，我會翻臉！」周榮相對而言是個很講情義的人，一直把葉劍當兄弟，把陸一波當他小弟。郎博文雖是合夥人，但周榮心裡一直記著小時候郎博文欺負自己，反而更願意護著陸一波。

胡建仁還想說點什麼，見老闆這態度，只好把話收回去，換了個話題。「榮哥，買編鐘的管道轉了幾個彎，終於找到了，對方是移居香港多年的大陸人，叫朱亦飛，本名誰也不知道。朱亦飛在文物圈子裡很有名，很多大買家都找他，他只做大單生意。他做生意有個好處，東西向來是貨真價實的。我和朱亦飛聯繫過，他手裡確實有一套編鐘，他說和內地買家交易編鐘風險很大，所以他要先和你見上一面，當面談。」

周榮點點頭。「那就趕緊見面。」

「他人已經到內地了，隨時會來三江口，他說見面之前會提前兩個小時通知我們，請我們多遷就他的時間。」

「見面前兩小時通知我們，他以為我很空啊，天天等著他？」

胡建仁解釋：「我想朱亦飛一定是害怕大陸警方設局逮他，所以要先來考察清楚。他做的是徹徹底底的黑道生意，一旦被員警抓進去就出不來了，所以我覺得遷就一下他的時間也算在情理之中。他們這行魚龍混雜，朱總的名氣在業內擺著，他的貨肯定真。我們如果不跟他買，其他靠譜的貨源一時之間也找不出來。」

周榮冷哼一聲，以他如今的身分地位，坦白說，一點都不想跟朱亦飛這種黑道的人產生瓜葛，可方庸不收錢只收文物，若是他正大光明通過拍賣會拍一套編鐘回來，一則正規拍出來的青銅器價格都飛到天上去了，二則拍賣出來的東西在業內都是有名氣的，怕方庸也不敢收，看來也只能跟朱亦飛做這趟生意了。

交談間，辦公室的門被敲響了，展售店的售後經理走進來，一臉忐忑地看著他：「周總，您的車……您的車被人擦了。」

「我的車不是停在門口嗎？怎麼會被人擦了？」

「是……是停在門口，今天店門口車子有點多，一個女顧客試駕車輛，沒控制住，就……就擦了。」

「真是——麻煩。」周榮忍下脾氣，畢竟是他店裡的顧客擦的車，顧客是上帝。

他跟著下樓，車子還在原地，旁邊停著一輛小型的試駕車，擦得不嚴重，只是車尾巴剮掉一塊漆，稍微露白，雖說這種豪車補個漆也很貴，但這是自家的展售店，補漆費用是無所謂的。

「周總，她是駕駛員。」

周榮的目光順著望過去，頓時眼睛一亮。

這女司機身高大約一六五，身形苗條，面容一看就是二十出頭的小姑娘，巴掌大的小巧臉龐，翹鼻子，薄嘴唇，化著淡妝，整張臉全天然，沒有任何的化學填充劑，像是剛出校門、參加工作不久的學生妹，同時又帶著一點英氣。

第一印象很好，他又微微一瞇眼，用男人自帶的X光透視眼再次預判一番——嗯，身材不錯，雖然瘦了點兒。

他暗自點點頭，這女孩兒——素質不錯。

★★★

這位素質不錯的女孩兒正是李茜！

自從刑警隊沒人帶她出現場，李茜唯一能做的就是在單位裡查監控錄影。她天天看周榮、陸一波、郎博文等人的行蹤，對他們幾個人家住何處、幾點上下班、愛去哪吃飯這些事，比他們幾個的媽還清楚。可清楚有什麼用？通過監控錄影壓根查不出這幾人的罪證。

這要是坐電腦前動動滑鼠就能破案，刑警還長腿幹嘛？乾脆鋸了乾淨！她相信如果想真正摸清這幾個人的罪證，必須得近距離接觸才行。

今天她又調監控錄影查周榮時，看到周榮坐一輛賓士先去了榮成集團的總部大樓，待了一會兒後又驅車去了一家賓士展售店。這店離公安局只有一個路口，單位裡壓根沒人管她，她便趁人不備換上了便裝，離開單位走到展售店，準備近距離觀察一下，周榮到底是個什麼樣的人。

到了展售店，周榮已經上樓，李茜看到門口的賓士座駕，沒見到目標，只能佯裝在店裡看車。這時店裡一位叫杜聰的銷售員過來接待她，聊了幾句便熱情地招呼她試駕一下。李茜推託自己是新手女司機，沒正經開過車，怕把他們的車碰了，就不試駕了。

杜聰一聽是新手女司機來看賓士車，這分明是要買車啊，於是更熱情地邀她試駕，把胸脯拍得「啪啪」響，向她保證，所有試駕車都是上了保險的，如果出了事故，保險公司全賠，顧客什麼事都沒有，請她一定要試試。

李茜聽了這番話，又連番跟他確認，朝門口周榮的賓士看了看，計上心頭。和杜聰簽了安全協議，坐上試駕車，待車開出地庫經過門口時，她突然將方向盤輕輕一轉，車子直接擦上了賓士。

客戶試駕車輛雖然也偶有意外發生，但把大老闆的車擦了還是頭一次，杜聰不知如何應對，只能向領導彙報，李茜站在原地連聲向工作人員道歉，等待周榮下樓。

周榮上前看了車，售後經理說底漆剮破了，需要花幾天時間重新做漆，又轉頭對李茜說，事故雖然不大，不過這個三百多萬的車，做個漆也得要五千，這錢要她出。

李茜頓時驚呼，杜經理說過試駕車有保險，不用她賠錢。

售後經理皺皺眉，他想博大老闆的好感，馬上改口車損可以找保險，可這賓士還不到半年，折舊費是少不了的，這個錢保險公司可不賠。

周榮看著這位素質很高的女孩兒跟售後經理爭執，淡淡一笑，沒有說話。

李茜靈機一動，轉向了周榮，討好問：「大哥，你是車主？」

周榮不動聲色地微笑點頭。

「大哥怎麼稱呼？」

「我姓周。」周榮回答得很矜持。

「周大哥，能不能到旁邊說幾句？」

周榮淡然一笑，跟著她走到一旁，她低聲說：「周大哥，我是新手，不小心剮了您的車真是太對不起了，不過您看這店也太黑了吧——」

「這店是我投資的。」

「啊，這樣……那就更好辦了，周大哥，你看這店是你自家的，不如就算了吧？我很窮的啊，我請你吃飯，好不好？」

「請我吃幾次飯啊？」周榮笑瞇瞇地看著她。

「啊……你、你要我請幾次飯呢？」

「那就請我吃十次飯吧。」

「十次！」

周榮一笑。「放心，我來買單，怎麼能讓妳這樣的女孩兒掏錢呢？」

「真的啊！」

周榮揚起嘴角。「當然了，如果願意的話，我們拉鉤！」

杜聰原本還擔心顧客試駕擦了大老闆的車，他這坐副駕駛座的銷售員免不了被領導痛罵，如今這才短短幾分鐘，大老闆和女顧客連鉤都拉上了，真是一對狗男女啊！

果然，沒多久，周榮走來，大手一揮，吩咐杜聰去安排車子做漆，回頭就興高采烈地讓人訂了家飯店，帶李茜去吃飯了。

★★★

杜聰心裡氣呼呼的，大老闆帶著肇事女司機去吃飯了，經理過來把他大罵一頓，搞得好像是他撞了車一樣，這是什麼事啊！

他也無法，只能老老實實去維修車間安排大老闆的車子做漆。做完這一切，手機響起，他拿起一看，一抹怪笑浮上臉頰。他接起手機，一陣小跑來到外面無人一角。

「又有生意了？」

來電話的是他的老同學，老同學開了家婚慶公司，說是婚慶公司，其實也就是個賺價差的，婚禮全程包括場地、道具、婚車、拍照攝像、司儀主持等全部外包給別人。就如這婚車，若是跟租車公司租，價格要貴上不少，後來得知杜聰在汽車展售店上班，便聯繫上杜聰偷借展售店的車子。杜聰來這家展售店不足三個月，已經和店裡人混得熟絡，每次有生意時，便藉口用一下試駕車，將車子開出去借給老同學，從中賺取外快，甚至客戶放在店裡維修的車輛，他也借出過幾次。

這次老同學遇上了難題，他之前簽了個婚慶合約，約定結婚車隊全部用賓士，主婚車要用賓士S600，可臨近結婚日期，定好S600的車主把車開去了外地回不來，他找租車公司租，結果婚禮那天是個大日子，幾家租車公司的S級賓士都訂出去了，貼牌都沒車。他找客戶商量能不能換輛其他的賓士，新娘不同意，如果換車就得退一萬作為賠償。於是他找到了杜聰。

聽說要借S級賓士，杜聰也很為難。「這級別的車我們店裡沒有試駕的呀。」

「你看看其他店有沒有？」

「這級別的車其他店就算有也很難調出來啊。」

「你用力想想辦法，來回總共就二十公里，這回給兩千！」

「兩千！」杜聰抽了口氣，開二十公里的路就能賺兩千！錢是一切動力的來源，杜聰瞇起眼用力地想起了辦法，他們店裡S級的試駕車確實沒有，不過維修車間裡現在剛好有一輛。

周大老闆的賓士S600要在這裡做三天漆！

26

與此同時，離此幾公里的地方，幾個人遇上了各自的難題。

方超和劉直前天搶了Land Rover後，先去了鄰近的一個城市，通過道上的一家地下修車廠給車做了油漆，換上套牌。回到三江口後，對於如何處理Land Rover的車主，兩人犯了難。劉直的建議很簡單，挖個坑直接把人埋了。方超有些糾結，他們從沒殺過人，萬一將來某天被抓了，以前犯下的事只是搶劫罪，判不了死刑，可手上一旦沾了人命就不一樣了。但若不把Land Rover車主弄死，他出去了肯定會報警啊。

結果呢，他們只糾結兩天，就再也不用糾結了。

今天一早，劉直來到一片荒地，那裡孤零零地停著他們的Land Rover，拉開後備廂，見塞在裡面的車主一動不動，他以為對方裝死，踹了一腳，還是未動，一摸身體已經冰涼，真的死了！

說來這車主也死得冤，他可不是普通人。

十多年前的三江口還沒撤縣建市，地方江湖也魚龍混雜，當地有四個青年建立幫派，分別姓「梅」「林」「楊」「謝」，於是以電線杆小廣告上男性最怕的四大疾病名字做外號，他就是排行老二，人稱「病哥」的林凱。如今整個社會的土壤跟十多年前截然不同，各種社會幫派不是被抓就是躲起來洗白，林凱也早就告別叱吒江湖的日子，做起了生意。不過他當社會大哥的氣質還在，出門在外人人都尊稱他一聲「凱哥」，也沒人敢招惹他——除了這次他命不好，遇上了方超和劉直。

他不過是開車時嫌車堵，從公車道超車想插隊，不但被那輛絕版夏利頂了，還被劉直吐了口濃痰，豎中指鄙視。這口氣怎麼能忍？於是一路追上去，結果最後被對方兩人乾脆俐落打包塞進了後備廂。被人肉打包後，林凱才知踢到了鐵板，他在江湖上頂多是嚇唬人，這兩位大哥是真要人命。

一開始他還拚命掙扎了幾回，不過每次都被劉直一頓毒打，他再也不敢反抗，只求兩位大哥放人，保證這輩子開車再也不插隊了。這兩人根本不搭理他，乾脆用毛巾把他嘴堵上。

誰知只過了兩天，第三天早上他就成了死人。

方超鼓著嘴巴站在後備廂前，束手無策地看著屍體，又瞪向了劉直。

劉直被他直愣愣盯著，忙哆嗦著解釋：「超哥，這孫子真不是我弄死的。我是揍過他，這孫子老想逃跑，可我也就踹他幾腳，他又不是塊豆腐，哪兒那麼容易踢死呀？你說別弄死他，我還隔陣子就放他下車大小便，餵吃喝，照顧這麼細緻……」

「閉嘴！」方超喝一聲，一臉冰冷地走到林凱的屍體邊，靜靜觀察。屍體的嘴巴裡塞著大毛巾，毛巾上滿是口水，滑膩噁心。方超找了根細棒子把毛巾挖出來，過了幾秒，林凱嘴巴裡溢出一股腥臭的嘔吐物。

方超想了想，明白了對方的死因。「他是自己噎死的，肯定被你踹到胃引起嘔吐，他嘴裡塞著毛巾吐不出，胃裡的東西只能往鼻子灌，活活悶死了！」

劉直輕拍胸口鬆口氣。「原來他是自己噎死的啊，那就不關我們的事了吧？」

「你想得挺美，」方超咬著牙，「我們搶了他的車，綁了他的人，把他關車裡，結果他死了，你說不關我們的事，你是員警你會信啊？」

「我信啊！」

「我——」方超嚥了下唾沫，深呼吸一次，只能承認，「別人沒你聰明，他們不會信，這條人命注定要算我們頭上了。」

「那怎麼辦？好人都是被員警這麼活活冤枉死的！」

方超站在原地，看了看周圍，思考了一會兒，皺眉說：「前天他和我們飆車，路上的監視器八成都拍下來了，不能讓人知道他死了，直接埋了吧。我看這片荒地周圍剛拆不久，將來造房子也得個把年後，到時屍體挖出來也早爛光了，就埋這兒吧！」

劉直哼了聲，抱怨道：「早知道一開始就按我說的挖個坑把他活埋了，還費這麼大勁幹嘛？害我給他把了兩天屎尿，我都還沒結婚就給他當爹！」

「你能不能把你腦子收回去？別長了個腦袋就到處昂！」方超正憋了一肚子火，一巴掌狠狠拍他頭上，嚇得劉直再也不敢說話。

隨後，劉直在原地看守，方超去附近買了把鏟子，回來後他站車前放風，讓劉直去車後挖坑把屍體埋了。搗鼓了大半個小時，劉直終於把坑挖好，將屍體推進去重新填上土，用鏟子拍了拍土包。方超回頭一看，差點兒噴出一口血。「我是叫你挖坑埋人，你給他造個墳幹嘛?!」

劉直的坑挖得太淺，屍體推進去後再填上土，硬生生變成一個土包，若是再多一塊墓碑，就是完完整整的一座墳了。城市裡的空地上若是莫名其妙出現一座墳，第二天屍體就得曝光。

兩人看著土包商量一陣，他們也沒挖坑埋屍的經驗，最後劉直提議開車把土包軋平試試。他坐上Land Rover，輪胎開到土包處，前後來回移動。沒多久，車外的方超趕緊叫他停下來，他下車一看，更是傻了眼，土包是軋平了不少，可屍體完全露出來了。

方超想了想，叫他也別想省力氣了，趕緊在旁邊挖個深點的坑把屍體重新埋了。劉直只能照做，這一回，整整忙活了一個小時，總算在旁邊挖了個新的人坑，重新將破碎的屍體推進去，用土填好，再用車夯實。他還別出心裁地跑到遠處帶回了一截條狀的黃色水泥柱，將水泥柱插在埋屍處，只見柱上還有一句警示語「下有電纜，嚴禁挖掘」。

他拍拍手，得意揚揚。「超哥，你看這回怎麼樣？」

「你都學會此地無銀三百兩啦。」方超對他已經徹底失去信心，可觀察了一下四周環境後，又不由得覺得這布置倒也很自然，遂不反對。

兩人總算料理完屍體，方超目光又投向了Land Rover。現在鬧出人命，車子早晚得扔，所以周榮這單生意要抓緊時間了。三江口不宜久留啊！

★★★

三江口的南面是這座城市交通運輸的心臟。在這裡坐落著火車站、汽車客運站、貨運集散站等各種站。一般車站附近都是髒亂破，這裡也不例外，附近區域多是些參差不齊的老房子，周邊還有一些工廠，旁邊坐落著幾個城中村，住著各色人等。

汽車站往南兩公里是個化工區，有一些廢品收購站夾雜在幾個工廠中間，其中有一家是剛哥和小毛開的。

剛哥真名叫夏挺剛，是個三十歲的單身漢，這輩子沒啥追求，只想發財。他本事是沒有的，苦也是吃不了的，發財的主要管道是做夢。

剛哥來到三江口純屬被迫。他出身農村，前些年同村青年紛紛外出打工，賺了錢在老家蓋房買車，他一點都不羨慕，就是喜歡留在農村。因為同村其他青年外出打工了，村裡就剩下老弱婦孺，於是他當起了皇帝，專門跟村裡的留守婦女搞關係，幾個婦女還為他爭風吃醋，最後事情鬧得全村皆知。於是留守婦女的老公們回到家，集體找上他，差點兒把他的「三」條腿都打斷。這麼一鬧，他再也不敢待在老家了，連夜跑到了外地。

他在當地縣城混了一些時日，遇上了隔壁村同樣好吃懶做的遠方表弟小毛，於是兩人一拍即合，開始了坑蒙拐騙的生涯。他們碰過瓷、撬過門，順過手機、訛過人，儘管業務廣泛，但最終也沒攢到什麼錢，有幾回惹到狠人，差點被人打死。

如此過了幾年，兩人漂泊到三江口，在這裡遇到一個好心的老鄉。老鄉開了個廢品收購站，生意不大，但好歹是個正經事，能混口飯吃。老鄉很仁義，見他們倆無處落腳，便告訴他們，他準備回老家了，這個廢品收購站連同房子和廢品，半賣半送，三萬塊轉讓給他們。剛哥和小毛一琢磨，覺得很不錯，就簽了份簡單的合約，拿出三萬塊也是他們大半積蓄把廢品站盤了下來。

盤下來的第二天，好心老鄉的手機就成了空號，廢品站的房東跑出來通知他們，這房子欠了大半年共三萬塊租金，不給錢什麼東西都搬不走。兩人已經掏了三萬，最後只能咬咬牙東拼西湊又拿出三萬來交租。院子裡只有一堆破銅爛鐵、瓶瓶罐罐，還有一輛報廢的計程車。兩人把各種廢品都處理了換來一萬多塊錢，剩下這輛報廢計程車開還是能開的，他們不捨得直接拆了賣鐵，便弄了些零件搗鼓下準備當二手車賣給兔大頭。

今天剛哥和小毛正在院子裡修車，門外傳來了「咚咚咚」敲門聲，同時一個充滿怒氣的聲音傳進來：「夏挺剛，你給我滾出來！」

「誰呀？」剛哥從車底下鑽出來，看了看在弄車窗密封條的小毛，小毛搖頭表示不知。

「喊什麼，喊什麼！」剛哥握著大扳手，一臉不滿地走到門前，一把拉開門，瞪著外面，「你們幹嘛？」

門口站著三個男人，為首那個腆著大肚腩，著緊身T恤和牛仔褲，一條金燦燦的項鍊掛在胸口，兩條手臂上是龍盤虎踞的紋身，只不過紋身是年輕時文的，如今成了一條胖龍和一隻胖虎，他瞪著眼睛，一臉凶相；跟在他身後的是兩個瘦子，穿著花襯衫，一人手插口袋，一人雙手交叉抱胸，斜著眼懶洋洋朝剛哥看來。

這三人一看就是混社會的，不過肯定不是社會大哥，真正的社會大哥早就考上公務員，一門心思為人民服務了。只有這些不上道的小混混才招搖地穿上花衣服，忍痛給手臂紋身，以為在街上一站別人都會怕他，怕他個頭！

「你小子就是夏挺剛吧？」為首的胖子嘴角一歪，對他不屑地冷笑。

「我就是你剛爺，怎麼著？」

剛哥見對方來者不善，他也絲毫不懼，反而上前一步，堵在門口。

「嘿喲，這名兒還真不錯，還真挺剛啊。」胖子回頭跟小弟一笑，三人都哈哈大笑。

「你們到底是幹嘛的？」剛哥又往前走上去，舉起手裡的大扳手。

胖子一看他的大扳手，往後退了一些，手向後招了招，後面的小弟遞上來一個信封。胖子把信封扔到剛哥面前的地上，繼續揚頭道：「夏挺剛，這是你欠錢的帳單，六個月了，銀行電話催了你無數次，你給我識相點，趕緊把錢還上！」

「還個頭！老子啥時欠錢了?!」夏挺剛要發怒，身後的小毛輕輕碰了碰他的手臂，他回頭一看，看到了小毛一臉理虧的表情，他不由得質問：「是你欠了銀行錢？」

小毛怯弱地點點頭，彎腰將信封撿起來。

「我——」夏挺剛瞪著小毛，氣得說不出話。

胖子冷哼一聲，伸手指指夏挺剛。「我不管你們倆誰欠的錢，總之，你們記著，一個禮拜，給你們最後一個禮拜，不還錢老子廢了你們！」

胖子的胖手指在剛哥面前指來指去的，剛哥頓時大怒，這胖子肥得跟個待宰的公豬一樣，後面兩個跟班像打了瘦肉精，這種貨色敢指著他，他一扳手往胖子手臂上敲去，又直接踹出一腳。

「你的雞爪離老子遠點！」

「我去！」胖子瞪直眼睛，幹要債這行還頭一次見欠債的先動手，三個混混暫態怒喝，「你有種，你很有種，給我等著！等著啊！」聲音越來越遠，三人邊口頭警告邊向後撤退而去。

待三人走後，剛哥關上門，一巴掌甩在小毛頭上。「你為什麼會欠銀行錢？」

小毛害怕得縮在一邊，一手握著信封，一手摸著頭。

「我……我去刮彩票，老差一點點，後來……後來錢不夠，就刷了銀行的信用卡。」

「你一個職業騙子居然會去刮彩票？」剛哥氣不打一處來，「你欠了銀行多少錢？」

「多……也沒多少。」小毛支吾著。

剛哥大手一伸。「帳單拿來！」

小毛猶豫一下，把信封遞了上去。

剛哥拆開信封看了幾眼，嘴裡哼哼冷笑。「就你這資質，信用卡也能套出三萬，這銀行還不早晚得倒閉啊？咦……『夏挺剛，你已逾期一百八十天』，現在銀行工作也這麼隨便啊，你欠錢居然打成我名字？」

「我……我身分證上了黑名單，辦不出信用卡，就借你的辦了。」

「我——」剛哥愣了一下，下一秒舉起扳手就朝小毛追去。

小毛拔腿就跑，繞到計程車後，兩人隔著計程車追趕著。

剛哥想撿東西砸他，又怕砸壞了好不容易修起來的車，只能遠遠指著他。「你給我滾過來！」

小毛躲在對面，求饒道：「剛哥，你消消氣，你打死我也沒用，這錢還是還不出啊。」

「還不出關我屁事，你刮的彩票跟我有個毛關係！」

「這……這名字還是你的。」

「看我今天不打死你！」剛哥又去追。

小毛邊躲邊喊：「剛哥，這錢我一定還你，你先幫我把帳還了，不然他們肯定還要再來，上了銀行黑名單，以後火車票都買不了。」

剛哥氣喘吁吁地停下腳步，瞧著小毛這副窩囊樣，罵道：「我哪兒來三萬塊錢替你還帳？我把你剁皮賣了也賣不到三萬！」

「咱們……咱們從長計議，總有辦法弄到三萬塊，如果運氣好，一把就能搞到。」

「什麼一把就能搞到？」

小毛指指面前這輛計程車。「用這車，咱們換條路子賺錢。」

「這車賣了撐死六千。」

「不賣車呀，這不是計程車嗎？咱們現在只能破釜沉舟，整一把大的！」

27

公安局這邊大家依然在為案子奔波著，葉劍案發生至今尚無進展，後來冒出的劉備追了幾天又被他跑了，幸好之前抓了部級要犯李峰，張局長在面子上還算過得去。

不過沒完，今天命案又多了一件。事情一波三折的。

三江口在十多年前有個小幫派，人稱「三江四賤，梅林楊謝」，四人中，老四謝邵兵當年鬥毆捅死人，據說在潛逃途中遇上冤魂索命，橫穿馬路被拖拉機撞死了。按理說拖拉機的速度只能撞死老年人，結果那輛拖拉機超載，側翻時一車的黃沙直接將其活埋。

剩下三個流氓，老大梅東後來去了澳門，不知跟了哪位大哥，短短幾年間突然發跡，承包下幾個賭廳，通過內地的幫手拉人去澳門賭博，從中抽成。聽說生意做得非常大，前些年他回到三江口參加同學會，送了所有同學每人一部蘋果手機，這事成了當地一大新聞。

老二林凱和老三楊威一直留在三江口，一開始從事行為藝術的工作。他倆組織小弟到施工工地搗亂，自己再裝成和事佬，「何必呢」「大家各退一步海闊天空」，出面擺平，保工地平安來收取好處費，大部分施工方遇到地痞流氓多會選擇給點錢息事寧人。後來遇到有背景的大施工方，壓根兒不吃他們這一套，有一次他倆還惹了周榮的工地，兩人被周榮手下抓回去痛打一頓，又在工地上罰跪了一晚上。從那次遭遇後，兩人在手下小弟面前也抬不起頭了，思索著靠勒索工地也不是長久之計，索性轉行，積極回應金融創新的號召，做起了高利貸生意。

放貸容易收貸難，敢借高利貸的有些就沒打算還，所以吃這碗飯得硬氣。林凱和楊威最大的本錢是死掉的老四，老四當年殺過人，這在三江口的小江湖上也算眾所周知，所以林凱和楊威討債時總會說上一句：「我兄弟殺過人你知不知道？信不信我一刀捅死你？」把這一招嘴上捅死人的功夫用得出神入化，有這樣的江湖底子在，也不愁沒飯吃。

老大梅東在澳門發跡後，自然想到照顧下林凱和楊威這兩小兄弟。梅東在澳門開賭廳放貸，林凱和楊威幫他在三江口周邊物色老闆去澳門賭博，同時負責收債。不少賭性重的小企業老闆禁不住誘惑，跟著去了澳門，運氣好的可能贏了點錢，但總歸十賭九輸，加之在借錢翻本的套路下，不少人在澳門跟梅東借錢，回大陸後被林凱和楊威逼債，最後只得變賣家產，甚至還有幾個民營老闆將辛苦多年辦起來的廠子就這樣拱手讓人。

半年前，有家不大不小的工廠主方老闆就禁不住誘惑，背著家人去澳門梅東的場子裡賭錢，一時頭腦發熱，信用卡刷光還打下五百萬欠條。回大陸後，頭兩個月，林凱和楊威繼續跟方老闆稱兄道弟，方老闆說手頭不寬裕，他們也不逼，說幾個月內還就行。半年過去，五百萬債已經漲到了六百萬，方老闆遲遲還不了錢，林凱和楊威沒好臉色了，天天派小弟上工廠和他家裡守著，方老闆走到哪兒，他們都寸步不離。家裡得知他賭輸這麼多錢，吵翻了天，工廠也鬧得開不了工。

方老闆一家報了警，但方老闆確實欠了他們錢，林凱手下除了跟著他、罵他、羞辱他，也沒對他造成什麼傷害，公安部門對員警介入經濟糾紛有著嚴格規定，所以派出所出過幾次警，也是不了了之。

三天前，林凱再次找上方老闆，打了他幾巴掌，警告他趕緊賣房賣廠還錢，誰知下午林凱的電話就聯繫不上了，開始大家還沒當回事，可當天晚上是楊威的生日會，作為好兄弟的林凱卻缺席了，這就不正常了。

第二天一早，楊威帶人找上方老闆家，問他林凱去哪兒了，方老闆不知道，楊威想來想去，認定是方老闆找人弄了林凱，於是讓手下小弟把方老闆綁起來，給他灌了一壺尿來逼供，結果方老闆還是不承認，楊威只好暫時作罷。

誰知楊威回去後，方老闆因遭受灌尿的莫大侮辱，準備破釜沉舟，去列印店列印了一面大旗，舉家帶著工廠工人將近二十個人，扛著大旗上街遊行，說全家遭遇黑社會迫害，員警是黑社會保護傘。這一鬧馬上搞得滿城風雨，網路上風傳三江口公安局是黑社會保護傘，政府和警方連忙去處理，將方老闆和楊威都抓了回來。

三江口公安局在這事上著實冤枉，公安局沒一個領導認識楊威，卻集體莫名被傳認了楊威這麼個乾兒子。紀委說要對公安局進行調查，張一昂是新來的，當然不可能是楊威的保護傘，最後外界的懷疑理所當然地落到了齊振興頭上。齊振興氣得讓人把楊威拉到方老闆面前，連甩了楊威五六個耳光，質問方老闆，你說誰是黑社會保護傘？

方老闆頓時被這陣勢嚇壞，趕緊承認是因為楊威給他灌尿，他氣不過才去拉橫幅，說公安局是保護傘純粹是想把事情鬧大。他在警局裡是解釋清楚了，可警局向外界通報情況，根本沒人信。齊振興被紀委要求去上級單位談話，臨行前轉告張一昂和刑警隊，一定要把楊威往最重的罪名治，不然這保護傘的名頭都洗不清。

另一邊刑警隊突擊審楊威，楊威堅稱給方老闆灌尿是因為林凱被方老闆弄沒了，可方老闆堅稱林凱的行蹤他一無所知。警方擔心賭博討債真的弄出命案，於是派人去查林凱當日的行蹤，通過道路監控錄影發現，林凱駕駛一輛Land Rover，不知是何緣故，後來一路追逐一輛小破車，兩車都開到了東郊，那裡道路沒建好，沒有監控設備，再之後就查不到兩車的行蹤了。那輛小破車一查牌照，牌照是真的，可車主身分是假的，顯然是通過非法管道弄的車輛，車上能看清前排坐著兩個男人，但距離太遠無法辨識容貌。

公安局派了員警去東郊查看，可是一天多找下來，沒找到這兩輛車，也沒有找到林凱的其他線索。直到今天，三江口東郊那片地有很多市政專案在動工，早上一名施工監理在工地附近尿急，走到一片沒人的空地上方便。他來到一個小土包前，對著上面撒尿，尿從土裡濺出來匯成條小溪往下流，中間還帶著幾點如血汙的絮狀物，那人低頭看了眼，嚇了一跳，以為自己得了前列腺炎，細看之下，發現是土裡混著血汙甚至還有碎肉。

出於人類本能的好奇心和想像力，他看著這土包明顯有新近動過土的痕跡，心想該不會出了個碎屍案吧？於是他用腳稍稍刨了下土，土下沒有如他預期出現屍體，有一些血汙，倒也沒有更多的碎肉。他鬆了口氣，正打算轉身離開，突然注意到離土包兩三米的平地上插著一根「下有電纜、請勿挖掘」的水泥柱，因為這警示柱就是他們施工單位負責的，壓根兒沒經過這裡。他走過去查看水泥柱，馬上發現了泥土下還有東西。

幾個小時後，刑警和法醫在這水泥柱下挖出一具被碾軋得慘不忍睹的屍體，經過辨認，確定正是林凱。

這下最大的嫌疑落在了方老闆身上，林凱找他暴力要帳，於是他僱凶殺人，動機合情合理。楊威等人正是因為懷疑林凱死了才找上方老闆，結果林凱果然死了。

「林凱當天早上打了你，於是你找人做了他，把他埋在了東郊一塊空地上，你承不承認？」審訊室裡，刑審隊員聲色俱厲地質問。

方老闆苦著臉，拚命解釋著他不知道林凱死了。他從小到大都是個老實人，除了賭博、嫖娼、偷稅漏稅，外加非法遊行，還有冤枉政府和員警，壓根兒沒幹過其他違法犯罪的事，說他殺人更是天大的冤枉。接連審了一個通宵，方老闆拒不承認殺害林凱。

正當張一昂束手無策之際，警方發現了重大線索。

張一昂跟隨李茜來到監控室，此時王瑞軍和宋星等人都在，李茜調出監控畫面，告訴張一昂，之前監視器拍到的林凱追的那輛小汽車，車上兩人的面部特徵看不清楚，於是電子技術人員反向調取沿路監控錄影，經過通宵加班，終於發現小車去過加油站。警員馬上跑加油站調來了監控錄影，看到兩人曾在加油站下車後進便利店買東西。

這兩人臉上都有鬍子，戴眼鏡，長頭髮蓋住額頭，刑警判斷這兩人臉部做了偽裝，於是懷疑他們倆是有案底在身的人員。通過近期上級公安機關的通報資料，很快發現這兩人的一些特徵與幾個月前杭市、寧市接連發生的幾起珠寶店搶劫案的兩名罪犯極其符合，也就是上回鄭勇兵交代的賣贓物給他的那兩個人。

看到這個結果，眾多刑警是又驚又喜。

驚的是上回鄭勇兵交代出這兩個人後，刑警們認為他們是流竄作案，定然早就離開了三江口，沒想到居然到前幾天還在。他們不知是何原因與林凱發生糾紛，最終殺了他，搶走了他的車。

喜的是既然這兩人在三江口待了這麼久，很可能現在還躲在某處，若是他們能抓獲這兩人，幾個大城市警方聯手都沒抓到的重案人員若是被三江口抓獲，又是大功一件了！

★★★

張一昂馬上招呼刑警骨幹商量如何捉捕這兩人。

這兩人被監視器拍到，但臉部做了大量偽裝，以目前技術還是比對不出真實身分。在不知道兩人身分的情況下抓人，無異於大海撈針。好在還有車，現場周邊沒有發現這兩人的小破車和林凱的汽車，現在最緊要的是查出這兩輛車在哪兒。

布置已畢，張一昂的注意力轉到了被羈押的楊威身上，他將王瑞軍單獨叫到一旁，問王瑞軍：「楊威這事準備怎麼處理？」

「這個等待上級決定。政府領導和齊局的意思都是將他往最重的罪名起訴，是他給方老闆灌尿最後鬧成遊行的，如果不將他重判，黑社會保護傘的名頭就坐實了。」

張一昂微微皺眉，不經意地說：「人總是免不了犯錯，犯錯後就把人一棍子打死也不好吧？」

「這個啊……」王瑞軍為難地看著領導，張局明顯想保楊威，這若放在平時當然沒問題，可這回楊威的事鬧成這樣，政府和局裡領導都巴不得楊威判個死刑呢，怎麼保？

張一昂看了看對方，想了想還是直接說了：「能不能運作一下，對他網開一面？」

「呃……不太行得通。」王瑞軍猶豫著低聲問，「局長，他上面有什麼關係？」

「你知道梅東吧？」

「梅東是楊威的結拜大哥。」

「梅東在澳門承包賭場，招攬誘騙內地的客戶去賭博，梅東去年就上了省廳的通緝名單。」

王瑞軍對於三江口本地的重要案犯都清楚，點頭表示：「我們接到省廳的通知，也想抓他，可梅東一直躲在澳門，沒回過三江口。」

「梅東和林凱、楊威都是結拜兄弟，現在林凱死了，按他們道上的規矩，梅東很可能會回來參加喪事。」

王瑞軍不信任地搖搖頭。「梅東是知道自己被通緝的，我看他八成不敢回來。」

「通常情況下他不會回來，可這次楊威在我們手裡。」張一昂目光一寒，「讓楊威把梅東騙回來！」

「騙回來？」王瑞軍尋思這句話。

「梅東是大通緝犯，不光我們三江口，全中國其他地方還有他的業務，他背後還牽涉境外勢力，內地很多老闆跟他有千絲萬縷的關係，省廳很想抓他，如果能把他騙回來，這價值可就大了！光刑拘個楊威，豈不是太浪費了？」張一昂機智地眨了眨眼睛。

王瑞軍沉吟片刻，緩緩點頭，看著局長的眼神都變亮了。

如果梅東被他們抓了，雖說價值沒公安部頭號通緝犯李峰那麼大，可在全省公安系統裡也是了不得的大功勞，光刑拘個楊威有什麼用？局長這手段才叫高，雖然上一次圍會所打市長無疾而終，但解題的思路已領先了普通刑警一百年。如今又使出一計藉楊威騙梅東回大陸，這才叫破案的大局觀呢！

王瑞軍一拍胸口表態：「這個任務有難度，但我一定要做好！」

「很好！」張一昂伸出手掌捏了捏王瑞軍的肩膀，王瑞軍的大臉上立刻洋溢出小時候在學校運動會上被全校表彰時的榮光，嘴巴裡都忍不住哼起了「五星紅旗迎風飄揚，勝利歌聲多麼嘹亮」。

28

張一昂帶著王瑞軍來到審訊室，刑審隊員告訴他們，楊威很滑頭，反覆說林凱的死跟他沒關係，肯定是方老闆找人幹的，其他的事，要麼顧左右而言他，要麼絕口不提，甚至還否認給方老闆灌過尿。

現在通過監控錄影已經查到林凱之死八成是那兩個搶劫犯幹的，確實無關楊威和方老闆。張一昂揮揮手撤掉刑審隊員，叫他們把審訊室裡的監控設備和錄音設備全部關掉，只帶王瑞軍走進來，一把關上門，一臉陰沉地在楊威面前坐下來。

楊威瞪大眼睛看著他們，這兩人明顯是領導，把人支走，把監控設備關掉，他瞬間冒出一個想法：這是要刑訊逼供了啊！不等兩人開問，楊威率先叫起來：「領導，我真的是冤枉的，林凱的死跟我沒關係，他跟我是兄弟，我不可能殺他，一定是姓方的找人做了林凱。」

「是嗎？」張一昂面無表情，當然不會告訴楊威調查結果，只是冷冷地說，「據我們所知，你跟林凱之間還是有點矛盾的。」

「我……我是跟林凱老婆睡過，但除了這個，我們平時生意上算得清清楚楚，沒有矛盾。」

「什麼？你跟林凱老婆睡過？」張一昂不過是想用審訊話術詐他一下，誰想詐了個睡兄弟老婆的事出來。

「林凱他自己到處找小姐，一年都不碰老婆幾次，我們……我們自然就那個了。可這事……這事林凱他不知道啊，我也不可能殺了他。我真的是冤枉的！」

「是不是冤枉的，我們自然會調查。我今天不問你林凱的事，問你點其他事情。不過聽說剛才他們審你，你不是很配合。」

「我……我很配合的啊。」楊威睜起天真的大眼睛，故意讓自己看起來誠懇一些。

張一昂身體向後一仰，風輕雲淡地笑起來。「你這樣的人我見得多了，一般剛被抓進公安局的時候總仗著自己的一點小聰明，跟員警拐彎抹角，各種抵賴，謊話連篇。不過呢，過不了幾天都會巴不得交投名狀，問他一，他把一二三四五六七都給你回答了。為什麼這麼配合？因為我們員警有一百種辦法讓你開口說實話。」

楊威吞了下唾沫，連稱呼都改了。

「員警老師，現在執法都……都是很規範的，不能這樣的。」

「你別給我裝外賓！」張一昂猛拍一下桌子冷喝，「……（此處略去一千字）」

楊威嚥了下唾沫，腦子裡湧現出一百種可怕的想法，然後態度極盡誠懇地保證：「領導，你們要問什麼，我一定全部交代，我半個字都不敢撒謊！」

這番思想教育很有成效，比「坦白從寬，抗拒從嚴」的大字有效果得多，張一昂朝王瑞軍點點頭，王瑞軍馬上進入正題：「我問你，你是不是朝方國青嘴巴裡灌尿了？」

楊威猶豫了幾秒，剛想否認，但見對面兩人投來的眼神，只好低頭承認：「我是給他灌了尿，可我當時真的是急昏了頭，沒控制住自己的情緒，我現在非常後悔，如果有機會，我一定要向他好好道歉。」

「這事哪些人看見了？」

楊威又猶豫了一下，這是員警在問人證呢，可他也不敢猶豫太久，只能含糊地說：「在場的人都看見了。」

「在場的都有誰？」

「有……方老闆一家人，還有……還有我幾個小弟，他們都被你們抓起來了。」

王瑞軍回頭看領導一眼，張一昂開口道：「你非法拘禁方國青一家，強行給人灌尿，這肯定是刑事罪了，不過好在沒有傷人，從傷情鑑定上查不出，你放心，怎麼判都不會超過十年。不過你放高利貸、暴力催債，還有組織領導黑社會——」

楊威急忙打斷，他不傻，前幾個罪名還好說，組織領導黑社會在中國可是大罪，最高能判極刑，他連忙說：「領導，我就是帶著幾個小兄弟放貸討債，我們……我們這點斤兩構不上黑社會啊。」

張一昂冷笑。「是不是呢，我說了不算。有句俗話不是講，我們公安是買菜的，檢察院是做菜的，法院是吃菜的。我們啊，就是把你的各種情況交給檢察院，檢察院怎麼說、法院怎麼判，是他們的事。不過你是知道的，這菜最後怎麼樣，也得看買的是什麼菜，買的菜裡如果夾點什麼料，就不好說了。話說回來，你這個是不是黑社會，先放一邊不管，高利貸、暴力催債，這些都是要判的。更何況你往方國青嘴裡灌尿，害得他們全家都上街遊行了，對於這個事啊，政府裡的領導極其震怒，全社會矚目啊。」

「我……我再也不敢了。」

楊威被威懾得動彈不得，他也知道原本這種事可能就是派出所出面協調，之所以驚動公安局，直接把他們一幫人全抓了，完全是因為受害人上街遊行把事情徹底鬧大了。

張一昂繼續：「這麼大的事，最後法院審理，如果不重重地多判上幾年，你說各方交代得過去嗎？不過凡事都是有轉機的，如果你願意戴罪立功，我覺得這些事在我們公安口內部可以先處理，用不著走到法院那一步。」

楊威思索幾秒，眼珠一轉，聯想到剛剛兩位領導把審訊人員撤走、關掉監控設備的一系列動作，豁然開朗，戴著手銬的手指搓了搓，脖子向前伸出去，笑嘻嘻問：「領導，什麼價？」

「價你個頭！」王瑞軍一個眼神把他的笑嘻嘻嚇了回去，「我們是要你配合辦件事！」

「呃……什麼事？」

王瑞軍朝張一昂看了眼，張局點點頭，他便對楊威說：「先說說方國青欠你錢的事。」

「方老闆……他因為工廠經營困難，所以……所以半年前跟我們借了一筆錢，這個欠款有他親筆簽字畫押，是真的啊。」

「經營困難？扯淡！說實話。」

「他……他是賭博輸了錢，跟我們借錢翻本。」

「是跟你們借嗎？」

「我……」他欲言又止。

「說！」王瑞軍猛一拍桌子。

楊威馬上脫口而出：「方國青去澳門賭博，輸光了一百萬，又分幾次跟賭場借了五百萬翻本兒，後來全部輸光了，是賭場讓我們跟他要帳。」

「賭場誰開的？」

「是……是澳門的老闆！」
「你的結拜大哥梅東吧？」
楊威一愣，皺起眉，只能點點頭。
「你們跟梅東怎麼分錢？」
「我們要回帳後，本金還給他，利息大頭歸我們，如果欠得久了，利息部分再給他一半。」
「那你們要回帳後，是怎麼把錢給梅東的？」
「我們想辦法找人帶去澳門。」
「扯淡，幾百萬金額是說帶就能帶的？」
「這個……別人有別人的管道，我也不太清楚。」
「你還不說實話！錢到底是怎麼匯出去的？」
「我……我真的不清楚。」
王瑞軍剛要發怒，張一昂手一攔，莫名其妙問了句：「你有沒有學過舞蹈？」
「舞蹈？」楊威茫然搖搖頭，「沒有啊。」
「那就好，我們來教你劈叉吧。」
「好勒。」王瑞軍應了句。
他剛站起身，楊威當場叫起來：「領導領導，我說，我全說，我不要劈叉，我真不要劈叉。」
張一昂嘿嘿一笑，示意王瑞軍坐回位子上。
「杭市有一家公司，暗地裡是地下錢莊，下面設了很多個進出口企業，我們把錢交給那家公司，他們通過外貿名義把錢弄到境外，境外有專門的取錢管道。我們就是這樣把錢給梅東，地下錢莊具體怎麼運作，我確實不清楚。」
「那家地下錢莊只做梅東的生意嗎？」
「當然不是，地下錢莊很大，我們只能算小生意，大生意都是幾千萬上億匯出去，聽說那家公司旗下的外貿公司是藉著國企名義，裡面還有一些國企的人參與，分好處。」
「你們每次匯錢是誰去辦的？」
「一般我去，林凱也辦過幾次。」
「你那些匯款的憑據在嗎？」
「都在，林凱老婆就是會計，她專門保管這些。」
王瑞軍朝張一昂看了眼，張一昂很淡定地點點頭，但眼底的欣然之色已經噴薄欲出了，這一問竟然問出地下錢莊的大案，國家正在打擊非法轉移資產。藉著國企來做貿易，實則幫助灰色資金轉移出境，這條線索簡直勁爆！
王瑞軍趕緊再接再厲。「梅東是怎麼跟你們聯繫的？」
「他……他一般是通過網路和電話。」
「他有回過國嗎？」
楊威猶豫著，又被王瑞軍暴喝一聲，嚥了下唾沫，想著都交代到這份兒上了，不把話說清楚肯定出不了公安局，只能對不起梅東了，便說：「他回來過幾次，去杭市，把我們兄弟幾個叫過去聚了聚。」
「他回過三江口嗎？」
楊威搖搖頭。「沒有，他知道他被通緝，不敢回三江口。」

「那他是怎麼入境的？」

「這個他沒說，領導，他真的沒告訴我們，我想他總有自己的辦法。」

對此，王瑞軍和張一昂倒不以為意，假冒身分入境並非辦不到，無非是花點錢找到有關管道。

張一昂咳嗽一聲，重新開口：

「如果梅東知道林凱死了，按你們的交情，他會回來參加喪事嗎？」

「呃……」這一問，楊威徹底明白員警想幹什麼了，長時間遲疑著不肯作答。

「說話！」王瑞軍喝道。

「我……我不知道，應該不會回來。」他頭也不敢抬。

「你們幾個不是交情很鐵嗎？」張一昂從容不迫地看著他。

「那是以前，這幾年距離隔這麼遠，交情……交情也就淡了。他知道林凱死了，我想……我想他會託人包一個白包，他自己是不會回來的。」

「當年結拜的四個人，如今死了一個，做大哥的就這麼看著不回來，怎麼都說不過去吧？」

「這個……現在很少有人講義氣了。」

「據我們所知，梅東可是一個非常講義氣的人，聽說他能混到現在這地位，也是講義氣的緣故。」

「我不是他，我不知道啊。」楊威微弱地掙扎。

「那好吧，這事也不能強迫。」張一昂語氣裡似乎一點都不想難為他了，「想不想戴罪立功，就看你自己表態。如果你願意配合，把梅東叫回來，讓我們抓了，那叫戴罪立功，今天鬧出這麼大的事，也就不叫事了，我保你平安出去，今天之前犯下的事也都給你一筆勾銷了，頂多給你安排個行政拘留半個月。如果最後我們沒抓到梅東，哼哼，你給人灌尿，搞得受害人舉家帶廠上街遊行，拉出橫幅說員警包庇黑社會，如果不給你重重判上幾年，怎麼體現政府打黑除惡的決心？你自己想想看，兩條路，你要怎麼走？」

「我——」楊威閉上嘴，心裡權衡著，一方面他怕員警訛他，他進過派出所多次，早就成了老油條，跟專業刑警打交道還是頭一回，聽說員警審訊時會用各種技巧嚇唬人，或者亂開空頭支票；另一方面他也怕如果真的騙梅東回大陸，這豈不是害了老大？雖說梅東這些年在澳門，只回來過幾次，但一向為人仗義，尤其是對他和林凱這兩個結義兄弟，簡直當親弟弟一樣照顧，讓他們接賭場的生意，還總是給他們額外的紅包，他們心裡相當感激。梅東發跡後，把全家都接去了澳洲。他在澳門管生意，如果不回來，員警拿他沒轍；可是如果他這一回來，怕是再也出不去了。自己這麼做，豈不是恩將仇報，害了大哥？

「如果你同意我開的條件，你今天就可以走。」張一昂繼續給他開條件。

「真的？」楊威不由得心動，說完卻後悔地低下頭。

「當然是真的。我們還沒有跟檢察院提交刑拘單，今天放不放你我能做主，如果到了明天，刑拘單下來，就有點麻煩了。」張一昂用出了房產銷售的套路，就這一套了啊，明天就沒了，下期開盤肯定漲價。

「我……我覺得沒法說服梅東回來。」楊威左思右想，還是決定不出賣梅東，如果免不了坐牢，他想著自己也沒幹過殺人放火的事，按現有罪名，最多判個三五年也就罷了。

張一昂畢竟幹了七八年刑警，審訊經歷多了，看楊威的神色便已猜到了楊威的心理。他笑了笑，又輕描淡寫地說起了似乎毫不相干的故事：「你可能覺得不就是坐上幾年牢嘛，也沒大關係，畢竟是你大哥，不能出賣他，我完全理解。社會上的普通人一提看守所就害怕，搞得好像下地獄一樣，其實也不是，現在是科學化管理，都是很規範的，看守所裡不會搞刑訊逼供那一套，這要是還搞過去那一套，被媒體一報導，會對我們員警形象造成負面影響。不過失去自由總歸沒外面舒服，一個犯人從法院那裡審判下來，決定判幾年，後面的操作門道還是很多的。有的人判無期，每天在裡面讀書、看報、鍛鍊身體，比起外面還沒壓力，人都長胖了；有的人就關半年，跟親人一見面就哭著喊著要出去，說裡面真不是人待的地方。差別在哪兒？主要看關在哪個看守所，跟什麼樣的人關一起。這其中，我們還是有點話語權的。我去年在省廳的時候，聽朋友說起過這麼一個案子，他們抓了一夥人，壞事都是小弟幹的，老大從來只動嘴，沒動過手，可大家心裡都清楚，老大才是最壞的那個。可是沒證據啊，他手下一個小弟頂包，把所有責任都往自己身上攬，結果老大判不了，放走了，小弟判了十年。進監獄的頭一個月，小弟就被送去醫院搶救了，醫生診斷是括約肌拉斷了，監獄一查，在他房間找出了一個擴張器，擴張器哪兒來的，誰也不知道，這事是他同寢的幹的，可同寢的是個無期重犯，刑期已經到頂了，也不能因為這事給他加刑到死刑吧？最後只能不了了之。那個小弟在醫院休息了半個月，回來第一件事就是舉報他老大，警方順利把他老大抓了。」

張一昂嘖嘖嘴，「拉斷他的括約肌啊！」

楊威聽到「拉斷括約肌」這幾個字，渾身不由自主打了個寒戰，抬頭看到張一昂淡定的眼神，王瑞軍凶悍的表情，所有的心理防線全數崩塌，馬上改口：

「我全力配合，我……我把梅東叫回來。」

29

張一昂和楊威達成了戴罪立功抓梅東的協定，不過要釋放他，也不是那麼容易。

現在公安內部管理嚴格，即便是普通的違法行為，若是已經錄入了系統，想提前放人就得經過上上下下的一套程序。當然，如果是剛抓的人，資訊還沒上傳到系統，領導一句話確實管用。

楊威導致方老闆一家上街遊行，影響巨大，員警剛把他抓來就聯繫了檢察院做批捕手續，張一昂想放了他，不但需要公安內部的審批，還要跟檢察院報備情況說明。不過在案前階段，只要公安撤回批捕並給出戴罪立功的理由，作為兄弟部門的檢察院通常不會干涉。

半個小時後，只見王瑞軍走進辦公室，面帶不甘地彙報：「齊局長去了市裡，沒有他的簽字，釋放楊威的事辦不下來。」

「你找趙主任，讓他蓋個章就行。」張一昂輕鬆地說，這畢竟是刑警的業務，通常刑警隊達成一致意見就行。

「呃……我找了趙主任，他反對釋放楊威。」

「為什麼？」

「他說楊威畢竟是刑拘的物件，不能釋放。」

張一昂不滿地嚷道：「我們是讓楊威戴罪立功，放長線釣大魚。楊威沒有重大暴力前科，怎麼就不能釋放了？」

「趙主任知道楊威的案件性質從法律上說起來不嚴重，不過楊威導致方老闆一行上街遊行，拉橫幅稱公安是楊威的保護傘，政府被驚動，齊局被上級叫去談話，如果我們現在就把楊威放了，就坐實了公安是保護傘。趙主任建議我們先把楊威關上半年，到時再放出來，讓他釣梅東，現在放人他堅決不同意。」

「先關半年？」張一昂冷笑，「把楊威關上半年，再讓他想理由把梅東騙回大陸，梅東要是這麼點警惕性都沒有，早被抓幾百遍了。」

王瑞軍為難道：「可趙主任就是不同意，我也說服不了他，他不搞刑偵，不知道我們實際工作的難處。」

張一昂搖搖頭，站起身，說道：「瑞軍啊，我給你講個故事。以前我從警校畢業，通過公務員考試，順利考上了刑警。說起來運氣還算不錯，分到了高廳所在的部門。那時高廳還沒到省裡，還是寧市刑偵處的處長，當時寧市下面的一個縣出了一起影響極其惡劣的連環殺人案，由於高廳一向以破大案聞名，所以上級安排高廳成立專案組，專攻這起連環殺人案。這也是我經歷的第一起大案。那時候監控設備的拍攝品質和密度跟現在沒法比，而且罪犯手段高超，反偵查能力很強，我們待了好幾個星期，但案情進展緩慢。就在我們全縣布控，緊鑼密鼓地想盡辦法找出嫌疑人的過程中，罪犯又殺了人。那時候高廳壓力特別大，上級見我們專案組不但沒抓到凶手，反而又出了命案，於是又派了個領導下來，替換了高廳的組長位置。那領導根本不懂刑偵，亂搗鼓一陣，一無所獲，知道自己破不了案，怕問責，就找了個理由辭掉組長位置回去了，最後還是讓高廳來主導辦案。結果沒幾天案子就破了，高廳最終靠著專業能力抓到凶手，受到了表彰。而那個不專業的領導，可就無話可說了。」

王瑞軍聽領導說完這故事，回味咀嚼了好一陣，還是想不通領導到底想暗示他什麼，只好覥著臉，小心翼翼地問：「局長，這事……這事跟楊威的案子有什麼關係？」

「那麼楊威的案子跟趙主任又有什麼關係？他管刑偵嗎？他不就一辦公室主任嗎？他辦過案嗎？抓過人嗎？你一個堂堂刑偵大隊長，怎麼辦案還要他來教啊？」

王瑞軍馬上被點醒，想了想，刑警隊怎麼辦案關辦公室主任什麼事？如果公安是一家公司，那麼辦公室主任就是個行政，哪家公司的業務主管還需要聽行政的啊？不過轉念一想，趙主任不光是行政，還兼著總經理祕書，趙主任反對釋放楊威，八成是局長齊振興的意思吧？他還沒這個膽挑戰局長權威，只好坦白說：「我覺得趙主任的意思可能代表齊局長的態度，畢竟齊局因這次遊行被上面叫過去談話，如果現在放了楊威，對齊局不好交代。」

「齊局？」

王瑞軍咳嗽一聲，低聲道：「我聽到單位裡有傳言，齊局對我們刑偵線的日常工作有些意見，包括上回抓獲李峰，齊局不太高興。」

「我們抓了李峰，齊局為什麼不高興？」

王瑞軍訕笑。「因為整個三江口都知道李峰是你抓的，齊局在這案子裡從頭到尾沒參與，再加上我們平時刑偵線的工作也沒向他彙報，所以他在這個位置上心裡總歸不舒服。如果這次您再直接和齊局對著幹，我……我覺得會不會不妥當？」

張一昂微微皺眉，心下明白了，所有領導都喜歡表現存在感，喜歡手下遇到事向他請示，哪怕這事他不懂，但居高臨下地在原則上指導幾句他也是開心的。張一昂第一次抓李峰沒問過齊振興，後來查葉劍案因為可能涉及周榮需要保密，也沒請示齊振興，何況他和齊振興本就不是一條線上的人，彼此相安無事已經很好，哄齊振興開心張一昂可做不到。今天釋放楊威的事，如果張一昂一意孤行，那整個單位就知道他們倆撕破臉了，以後工作會很麻煩。

張一昂想了想，嘆了口氣。「我們好不容易才藉這次的事說服了楊威，如果不利用機會把梅東騙回來，以後再找這種機會可就難了！」

「就是說呀。」王瑞軍也覺得很可惜，卻也無可奈何。

張一昂看著他。「你捨得放棄抓梅東嗎？」

「我當然不捨得，可放不放楊威關係到齊局長的面子問題。」王瑞軍雖然為人油滑了點，但作為刑警，骨子裡天生都是想破大案的，抓到梅東可比關個楊威實在得多。

張一昂笑了笑，他要的只是這個態度。「我們找個人去跟趙主任據理力爭，擺事實、講道理，分析利害關係，讓趙主任和齊局知道一旦能抓獲梅東，是整個單位的大功勞，讓他們顧全整個工作大局。」

「找誰去說呢？」

「我們得找個不怕得罪趙主任和齊局長的人。」

王瑞軍思考幾秒，脫口而出：「陳法醫？嗯……可是法醫跟抓梅東的事扯不上關係啊，而且老陳也不聽我們的呀。」

張一昂笑了笑，伸手指指王瑞軍的小腦袋，吐出兩個字：「李茜！」

下一秒，王瑞軍的一雙眼睛漸漸亮了起來，內心不由得感慨：張局果然是高手啊！

李茜在業務能力上雖然不怎麼樣，但是也有自身價值的啊，這事她不出頭誰出頭？

☆☆☆

「讓我來負責設計抓梅東？」李茜坐在沙發對面，張圓了嘴看著王瑞軍，心跳陡然加速。

自從劉備的事發生，她徹底被刑警隊邊緣化了，搞得她這幾日只能自力更生、單獨開闢新業務調查周榮了，誰想突然賦予她重任，抓梅東的這樣大計畫讓她來操作。她轉眼間就把接觸周榮暗中調查的事拋諸腦後，有這正經事幹，還去一個人悶頭查周榮幹嘛?!

「妳不願意嗎？」

「我……我是……我當然是願意的，張局同意嗎？」李茜興奮得語無倫次了。

「張局當然是很謹慎的，這是我向張局推薦的──」

「謝謝軍哥！」李茜急忙討好，但隨即又產生了疑慮，「可是為什麼推薦我？」

「一來是妳到我們刑警隊也好幾個月了，像妳這麼有積極性和幹勁的刑警很少見，妳的表現大家有目共睹，我們都覺得應該讓妳有更多的鍛鍊。」

李茜連連點頭。

「二來嘛，本來設計抓梅東這麼重大的事，不該由妳這樣一個新員警來辦，可是我們在這計畫的第一步遇到了一個很大的困難。」王瑞軍嘆口氣，「我想來想去，可能只有妳能解決。」

「什麼困難？」

「剛才我跟妳說的抓梅東計畫，妳覺得怎麼樣？」

「非常好啊！」

王瑞軍點點頭。「這計畫我已經和楊威說定，可是趙主任不同意釋放楊威來誘捕梅東。」

「他為什麼不同意？」

王瑞軍搖搖頭。「我也不知道，他就是不同意。」

李茜怒哼一聲。「趙主任該不會是梅東在三江口的保護傘吧？難怪這麼多年都抓不到他！」

王瑞軍頓時咳嗽起來。「這也不能平白冤枉趙主任。」

「現在我應該怎麼做？」

「如果在今天之內不能說服趙主任，那麼整個抓梅東的計畫就落空了。我已經找過他，被他罵了一頓。妳不一樣，一方面妳是女生，有性別優勢；另一方面趙主任也知道妳叔叔是部裡領導，會給妳面子。妳跟趙主任說，這計畫是妳想出來的，如果不能釋放楊威，妳好不容易想出來的計畫就白費了。另外呢，妳要跟他重點分析楊威抓和放的利害關係，藉機抓到梅東才是最重要的。」

★★★

離開辦公室後，李茜馬上就去找了趙主任。雖然單位裡大部分人不知道李茜叔叔是部裡的大領導，但趙主任這幾個領導在上回劉備案中聽張一昂講過，齊振興也向上級打聽過，發現果然如此。趙主任耐心聽李茜分析了各種利害關係，他也很坦誠，跟李茜說明了不放楊威是因為齊局為了這事被叫到上級市去了，如果放了楊威，齊局就百口莫辯了。他表態他也願意放了楊威來誘捕梅東，但這件事需要上級領導的批准。

一番口舌改變不了他的心意，無奈之下，李茜只好拿起手機，給郭叔叔的祕書打了電話，說明緣由，尋求幫助。這事對這級別的領導而言輕而易舉，郭部長的大祕書剛好和三江口上級市公安局的一位主管領導相識，打電話講了一番，對方也很認同藉此抓梅東才是當務之急，大家都是刑偵線的人，知道時間緊急，特事特辦，馬上和齊振興聯繫，讓他安排。上級領導同意，齊振興當然也樂意趕緊甩掉楊威這塊泥巴，馬上讓趙主任去辦。

不到兩個小時，李茜就拿著趙主任蓋了章的文件找到王瑞軍。王瑞軍沒想到李茜這麼快就完成任務了，喜出望外，對她誇讚一番，卻一句沒提讓她負責抓梅東的事。

李茜趕忙提醒他：「王隊，接下去抓梅東，我需要怎麼做？」

「這個……妳等等，我找張局來教妳。」

李茜滿懷期待地坐在屋子裡等待，過了幾分鐘，門外傳來亂糟糟的聲響，只聽宋星在說：「局長，讓李茜負責抓梅東，這事我不幹！」

「為什麼？」張一昂的聲音。

「是啊，為什麼呢？我和局長都商量好了，如果李茜能順利釋放楊威，這案子就交給她負責。」王瑞軍的聲音。

「你們沒跟我商量好，我不同意！」宋星一把推開門走了進來，一眼看到了李茜，露出驚訝的表情，「妳怎麼在這裡？」

李茜咬牙看著他，一言不發。

張一昂吸了口氣，勸宋星：「宋隊，李茜這一次幫了我們很大一個忙，你就配合一次，讓她來負責接下去的事吧。」

宋星瞥了眼李茜，還是據理力爭：「這不是幫不幫忙的事，局長，辦案不是兒戲，工作也不能拿來還人情，李茜的經驗離這一步還差得遠，而且也沒人會聽她指揮！」

李茜瞪著宋星，臉漲得通紅。

張一昂瞪著宋星。

「宋隊，我已經答應李茜了，你這樣做，讓我臉往哪兒放？你還聽不聽指揮了？」

宋星哼了聲。「抓梅東這麼大的事，如果出了錯算誰的？反正如果讓李茜負責這事，我不幹，你就算把我開除了我也不幹！」

「你呀，你呀！」王瑞軍生氣地指指宋星，走過去湊到李茜旁邊，低聲勸慰：「老宋這脾氣妳也不是不知道，我真是拿他沒辦法。李茜，要麼妳看這樣行不行？這次先委屈妳了，妳再跟著多積累些經驗，明年——我保證明年一定讓妳當上專案組組長。」

三人都充滿期許地望著她，李茜的目光在三人身上轉了幾遍，臉上浮現出滿滿的委屈和怒容，對他們喊了三聲「騙子」「騙子」「騙子」，狠狠一把推開王瑞軍，大步走了出去。

30

李茜抱著極大的熱忱完成了釋放楊威的重任後，轉眼間就被這三個臭男人當皮球一腳踢回了辦公室。她回到辦公室拿起手機一看，卻見周榮給她連發了多條長長的文字訊息。

剛剛讓她負責抓梅東，她馬上決定把私下調查周榮的計畫拋諸腦後，現如今，她只好又拿起周榮這塊冷饅頭啃，如果讓她一個人拿了周榮的犯罪證據，瞧這幫騙子員警怎麼跟她低頭認錯吧！

她滑動手機螢幕，只見一段老掉牙的中年男人泡妞雞湯文躍入眼簾。

「人走在外面，每天都會遇到很多擦肩而過的人，絕大部分在這以後都不會和你的人生有交集，所以我一直覺得人與人的相遇相識是一場很難得的緣分。就像我平時很少去展售店，去了也不會待太久，相信妳也是偶然才到展售店看車。那天我剛好在店裡，妳剛好試駕，兩車剛好相擦，這樣的相遇從數學機率上來說，小到不可思議。這讓我感覺一切充滿了神奇。」

「……」

「可別忘了答應過我，要請我吃十次飯呢。」後面還配合著淘氣的小表情。

李茜冷笑一聲，打字回覆：

「好呀，我可沒忘，就怕你這大忙人沒時間呢。」後面也跟著個淘氣小表情。

看得出對方收到這條資訊一定心花怒放，馬上跟過來幾個大笑臉，又說：「哈哈，忙是看人的，對妳，我總是有時間。不如這樣，我安排一下，我們好好約一個。」

看到這個一語雙關的「約一個」，李茜當然讀懂了對方的用意，她想接近周榮掌握線索，當然，她可不會為了破案把自己身體搭進去。作為女孩子，哪怕是李茜這樣的剛性女孩子，將計就計、欲擒故縱的辦法也是信手拈來的。

她微微一思索，便已計上心頭，又嘆息一聲，情報說周榮好色自然不假，不過看起來周榮倒也不是完全流於表面的好色，他一個三江口首富這樣的大老闆居然有時間、有耐心對著手機一個字一個字打出來跟她聊天，可比那三個騙子坦誠多了。

★★★

手機的另一頭，周榮剛回辦公室，坐在電腦前登入微信電腦版的胡建仁便向他邀功：

「榮哥，搞定了，那小妞答應約一個。」

周榮走到電腦前，將聊天紀錄粗略流覽一遍，嘆口氣。

「這麼容易就約上了，反而讓人覺得乏味啊。」

「不容易啊，榮哥，我可跟她聊了整整三天。以前那些妞兒，當天一約就答應，這貨撐了整整三天。」

「可最終還是這麼容易就答應了，少了追求過程中的那一輪趣味啊。」周榮不無惋惜。

胡建仁心裡不屑地說：你想要追求過程中的趣味，你去跟她打字聊天啊，幹嘛每次都叫我聊？我就算跟她聊得再開心，最後還不是你跟她睡覺？

周榮瞅了他一眼便瞧出了他的心思，笑了笑，走到辦公桌後的裝飾玻璃前抹著頭髮，對自己的外形頗為滿意，說：「那就這樣，你約她明天晚上來我家吃飯。」

胡建仁在電腦前操作了幾下，弄完後，又說：「對了，榮哥，剛才朱亦飛手下打來電話，說朱老闆這幾天隨時會來三江口，讓我們先準備好現金一百萬美元，見面當天作為訂金。」

周榮眉頭一皺，不滿道：「東西還沒見著，八字還沒一撇呢，就讓我準備訂金？」

「他意思是看看我們的誠意。他當天會帶其中一只小編鐘，我們準備好一百萬美元的現金，如果談妥了，就先交易這一只，剩下的編鐘他會盡快讓手下帶來跟我們交易。他把其中一只小編鐘押在我們手裡，也不用擔心他帶著一百萬逃了。」

周榮想了想。「小編鐘值一百萬美元嗎？那大的得多少？」

「不能這麼算，這編鐘啊就跟鞋子一樣，一雙鞋再貴，單只鞋也賣不出去。所以押一只小編鐘給訂金的模式，對我們雙方都是個保障。」

周榮點點頭，吩咐胡建仁去準備好一百萬美元的現金。

★★★

微信的那一頭，李茜收到了周榮邀她明天共進晚餐的消息，他會派車去接她，地點是周榮的家中。對於這條消息，李茜喜憂參半。

喜的是她沒想到周榮會約她到家中吃飯，去周榮家就有機會確認他書房中是不是真有個保險箱，甚至用些手段打開保險箱找出周榮的罪證。如果她從保險箱裡找出周榮的罪證，那以後整個刑警隊再也沒人敢小覷她的實力。你們瞧，你們這麼多年都抓不住周榮的把柄，阿姨我單槍匹馬就搞定了。

憂的是情報說周榮好色，周榮跟她約飯，不約在外面，而是約在他家，他打了什麼主意，盲人都看得出來。一旦她獨自進入周榮那個高牆大院裡的別墅，若是周榮想對她施暴，到時就求救無門了。李茜很糾結。

拒絕邀請？可機會實在難得，迄今還沒員警進過周榮家，對他家中情況一無所知。她想到把此事跟領導彙報，到時來個裡應外合，但下一秒就放棄了幻想。以張局長的性格，若是知道她想冒險打入敵人內部，肯定會一口拒絕，還會派人二十四小時盯著她，哪怕她成功甩掉盯她的員警，張局長沒准會第一時間帶上整個刑警隊趕到周榮家門口，拿大喇叭朝裡面喊：「李茜是員警，趕快讓她出來，不然我們就進攻了！」

此事告訴領導是不可行的，跟其他刑警商量也行不通，王瑞軍和宋星等人現在對張局唯命是從，哪兒會幫她？李茜左右權衡，最好的結果自然是拿到周榮的罪證，最壞的結果是什麼？

去周榮家赴約，周榮自然是想睡她，她當然會拒絕，相信以周榮這身分地位總不至於強姦吧？假如周榮膽大包天，真的要強姦，李茜在最後時刻亮出員警身分，告訴周榮自己是臥底，你如果敢來強的，外面員警馬上就會衝進來，周榮自然也會住手了。

所以說，最壞的結果是周榮知道她是員警，從而打草驚蛇，她回到單位自然會被張局大罵一頓，甚至把她調走。不過反正現在張局也不讓她參與辦案，這和調走也沒什麼區別。

可見，似乎最壞的結果也不是很糟糕嘛。

李茜考慮一番，決定赴約。不過她又考慮到自己長這麼漂亮，萬一周榮知道她是員警後，依舊垂涎她的美色無法自拔，不顧犯罪被抓也要強姦她呢？嗯……漂亮也是一種負擔，得做好兩手準備啊。

31

到了第二天，李茜正為今晚的赴約做準備，此刻的她並不知道，今天還會發生其他幾件大事。

★★★

一大早，離三江口兩百公里的一個城市的火車站，出現了一行約十人的隊伍。他們個個穿著破舊的夾克衫，手裡都牽著一只半人高的黑色巨大行李箱。這群人來到進站口，出示了車票和身分證，然後逐一將行李箱抬上安檢儀。看得出他們的行李箱很重，每個人都「嗯」一聲用力，屏住一口氣抬上去。

安檢儀後面的安檢員通過電腦螢幕看到行李箱中的物品形態異常，出於職業本能，輕聲地招呼旁邊的一名安保人員一同來看。安保員看了幾眼，馬上來到安檢門後，伸手攔下了這群人。

「把箱子拿下來，開箱檢查。」

這些人一點都不慌張，為首的一名高瘦男子讓同伴們都拿起箱子，打開讓安檢員看。

「文物？」安檢員驚愕了。

只見所有箱子裡都滿滿地塞了各式文物，有花瓶、青銅鏡、佛像、木雕、石雕、恐龍化石等大件，小件就更多了，一包包銀圓、成串的銅錢，應有盡有。

看著十口箱子裡一字排開均是文物，其他旅客也不由得好奇地停下了腳步，駐足圍觀。

為首男子笑嘻嘻地隨手從一個黑色棉布包裡撿出一只瓷碗，遞給安檢員。「明成化的官窯。」

眾人定睛一看，果然是明成化的官窯，因為碗底就刻著「大明成化，官窯」。

「一百塊，拿個去玩？」男子做起了生意。

圍觀人群紛紛忍俊不禁。

安檢員不放心，又去看其他箱子裡的物件，雖然他不懂文物，但對有腦袋大的和田玉和有拳頭大的琥珀還是有點分辨能力的，稍微看了幾個下來，也放開了戒備心，問：「你們是幹嘛的？」

為首男子坦然說：「我們從老家淘了些文物去全國各地賣，賺點辛苦錢。」

「你們這也是文物啊？」安檢員打趣道。

「小兄弟，看穿別說穿，這行有這行的規矩。」

安檢員揮揮手。「走吧，走吧，後面這麼多人還排著隊呢。」

男子笑了笑，招呼同伴闔上箱子，往車站裡面走去。

★★★

三江口北面一條河道旁立著一座莊園。莊園占地十五畝，三面立著六七公尺高的圍牆，北面臨河一側種著綠化隔離樹，將整個莊園包裹其中。莊園正面是個同樣六七公尺高的金屬伸縮門，門外沒有任何標誌、位址。門內右側是保安室，幾名身穿制服、身形高大的保安正在執勤。莊園正中是一棟大別墅，別墅兩側是停車場，停著多輛豪車。別墅後面還有一間保安室，裡面同樣坐著多名保安，周邊圍牆內外都裝了安防監視器，可見莊園安防極其嚴密。

此處正是三江口首富周榮的豪宅。此刻，周榮和胡建仁、郎博文兄弟都在別墅中，除了他們幾個，還有幾個周榮公司保安部的人員，也是周榮的保鑣。

兩個小時前，胡建仁接到朱亦飛手下的通知，朱亦飛想在今天和周榮碰頭。當時周榮正在公司處理事務，接到消息後，不想把這夥倒騰文物的犯罪分子引來公司，便約到了家中見面，隨後又叫上了郎博文兄弟作陪，畢竟對方是真正的黑道上的人，周榮多拉幾個人心裡多幾分底氣。

幾人聊了一些這次的買賣，看了看時間，已經過了約定的時間點，郎博文不由得惱怒道：「榮哥，你是什麼身分？姓朱的是什麼級別？他說碰面就碰面，我們還就他一回已經夠厚道了，可這時間也過了，人影沒見著，也沒個電話解釋，他這算什麼意思？這一筆幾千萬的生意，這麼不講誠信，他算什麼東西啊？」

周榮笑了笑，對此倒不以為然。「我猜這朱亦飛八成已經在附近了，這是躲在暗處觀察試探我們，做他們這行風險大，謹慎也是應該的。你待會兒也別給他臉色看，這朱亦飛手段可不一般。」

弟弟郎博圖問道：「榮哥，為什麼這麼說？」

胡建仁在一旁解釋：「剛才我和他們約在這裡見面，正要跟他們說這裡的地址呢，對方說他們知道地址，讓我們盡快到就是了。」

弟弟郎博圖馬上明白過來。「他們一直在盯著榮哥？」

周榮點點頭。「朱亦飛說他會盡快來三江口碰面，我猜他早在幾天前就到了，一直不現身是在暗中調查我們，確認了安全，才來跟我談生意。你看，他打電話來的時候，不但知道這裡的位址，還知道我人不在家，說明他一直在盯著我，可我從來沒注意到，可見這朱亦飛是有點手段的。所以我把你們都叫上，畢竟跟這真正黑道上的老闆打交道我也是頭一次。」

弟弟郎博圖的目光在周榮身後的幾名保安隊員身上掠過，那幾人個個身高體壯，虎背熊腰，唯獨一旁站著一個精瘦的男子，個子不高，一臉淡定模樣，對比之下頗不起眼，郎博圖卻在這人身上看了幾秒，笑道：「榮哥，張部長也來了，那就不用擔心朱亦飛敢耍什麼花招了。」

這個精瘦的男子名叫張德兵，是榮成集團保安部的總經理，深受周榮信任，聽郎博圖這麼說，只是禮貌地笑了笑，什麼話也沒說。

「我也是以防萬一，才讓小張多找了幾個人。」周榮解釋，「朱亦飛做的不是普通的文物買賣，是大生意，他手下都不是善茬兒，你們知道劉備嗎？」

弟弟郎博圖搖搖頭，郎博文開口：「是不是打死過員警的那個逃犯？」

「對，這次通過一些管道聯繫到朱亦飛，他找來劉備當交易中間人。一個中間人都殺過員警，朱亦飛的手下怕是更不簡單，我得留點心。」他回頭朝張德兵看了眼，張德兵微笑著點點頭，彷彿在說：有我在，老闆大可放心。

又等了一陣子，別墅管家進來報告，門口來了輛車，車上的人說和老闆有約。

周榮當即讓管家把車放進來，起身帶上眾人，走到別墅側面的停車場迎接。

進來的是一輛幾萬塊的普通銀色小車，車子不新不舊，很不起眼。

下來的司機也是個看起來平淡無奇的男子，三十來歲，小眼睛耷拉著，穿著樸素。他下車後，走到後車門邊上，打開車門，裡面走出一個四十多歲、身穿休閒衫、氣質特別的男人。

周榮走到氣質男身旁，握住他的手，熱情寒暄：「朱老闆，第一次來三江口吧，還待得習慣嗎？」

誰知那名氣質特別的男子把手抽回，笑了笑，走到了司機的身後。司機突然身體一挺，昂頭伸出手握住周榮，笑道：「周老闆，別來無恙啊。」

「你才是朱老闆？」周榮愣了一下，看著那位司機。

「哈哈……」司機豪爽大笑起來，「連周老闆都沒想到我是個司機，大陸的這幫公安怎麼會查得到我的行蹤呢？」

「大隱隱於市啊！」周榮不由得感慨，「朱老闆行事果然與眾不同！」

眾人紛紛跟著大笑。

這時，司機露出一個奇怪的笑容，退到了一旁，剛才那位氣質特別的男子又走了上來，大笑道：「周老闆，剛剛跟你開了個玩笑。我才是朱亦飛，幸會幸會。他是我最信得過的小弟，你叫他小正就行。」

朱亦飛臉上飛揚著得意，表情像在說：到底哪個才是我，你們看不出吧！

周榮連連頭點，眾人跟著附和，誇朱亦飛真真假假，假假真真，將大隱隱於市和狸貓換太子兩條偽裝計策融為一體，這才是真正高手的偽裝技巧！其實心裡都在罵他真是個神經病。

簡單的寒暄後，朱亦飛和他手下小正朝著周榮的整座莊園環視一圈，那個叫小正的男子，三角眼格外機警，將在場的眾人、停車場的這些車輛以及周榮的所有人都仔細打量了一圈。

周榮被小正長時間盯著，很不自在，咳嗽了下，招呼朱亦飛進屋細聊。兩人便像大小兩國領導人一樣，一方身後跟著好多跟班，一方身後只有一個跟班，雙雙走向別墅。

★★★

進屋後雙方落坐，簡單問候幾句，朱亦飛便開門見山地說：「相信周老闆對我的情況也知道，我不方便拋頭露面，尤其在大陸。這次一是因為周老闆親自要貨，我若不來太不給面子；二是這麼大的生意全程交給別人做我也不放心。我在三江口會待兩三天，我們在這段時間裡把交易做完，至於價格、交易流程都已和胡經理達成一致，沒問題吧？」

「沒問題。」周榮回答很乾脆。

朱亦飛此前已經將編鐘的細節照片發過來，周榮讓人找了博物館的專家辨過了真偽，他還讓人把照片給方庸過目，方庸是滿意的。至於價格，編鐘這類文物市場成交很少，沒有一個標準，五六年前海外拍賣行拍賣過一套，賣了一．五個億，朱亦飛手裡的這套比那套規格小，並且是不能公開的未登記文物，所以雙方商量後定了三千萬元的價格。朱亦飛要求見面當天周榮準備好一百萬美元的現金，他則拿出九號小編鐘，這也是確認周榮買貨的誠意，若是一切順利，第二天再由朱亦飛安排交易剩下的八只編鐘。

「訂金準備好了嗎？」

周榮示意張德兵一眼，對方走進周榮的書房，過一會兒拿出一個袋子，裡面正是整整齊齊的一百萬美元。朱亦飛拿起錢檢查了一遍，沒有記號，沒有異常，他滿意地點點頭，轉頭示意了小正一眼，小正走出別墅，到了停車場，從他的汽車裡拿出一個中號行李箱，拖著行李箱回到別墅後，將箱子放在桌子上。

箱子打開，裡面裝滿了各種衣物，看著就像個尋常出差旅行帶的箱子。小正將幾件衣服、雜物拿出後放到桌子一旁，露出了整個空的行李箱。他伸手用力按下箱內側邊的一個圓形小按鈕，行李箱底面便自動收縮成一半，露出了箱底的一層暗格，小正將一遝遝美金整齊地鋪在暗格裡，隨後再次按下小按鈕，底面慢慢合攏，嚴絲合縫，壓根兒看不出還有一層。眾人都看著朱亦飛這箱子目瞪口呆，以往只在電影裡見過，卻沒想到這幫黑道中人做事真是謹慎。

朱亦飛看著他們的眼神，笑著炫耀道：「箱子內外還有其他一些設計，過安檢時不會看出裡面錢的形狀。」

小正又將衣服雜物放回箱子裡，合上箱子，拿到地上拖入自己手中，朱亦飛看了眼手錶站起身，道：「周老闆，我先走一步，東西半個小時後自然有人送上門。」

周榮眉頭一皺。「那請朱老闆再多坐半個小時。」

朱亦飛回頭道：「你信不過我？」

「我還沒有見到貨。」

朱亦飛臉上閃過一絲慍色。「周老闆，貨從來不在我面前交易，這是我的規矩，請你理解。」

周榮也站起身，直截了當地說：「一百萬美元不是小數額，我們第一次合作，一手交錢、一手交貨，對雙方都是個保障。」

說話間，張德兵帶著兩個小弟走到了別墅門口，站在那裡一動不動。小正左手拖著行李箱，右手慢慢插進了口袋，氣氛一下子緊張起來。

張德兵盯著小正的三角眼，突然開口問：「兄弟，你是不是姓霍？」

小正面色頓時一變，朱亦飛也是臉色一沉，過了一秒，他突然笑起來。

「那我就破例一次，等東西送來，小正！」

說著，朱亦飛重新走到沙發處坐下，霍正右手慢慢鬆弛下去，一言不發地回到了朱亦飛身邊。

雙方雖未直接起衝突，但剛剛劍拔弩張的態勢讓現場氛圍一下子變得有些沉悶。這時，郎博文為緩和氣氛，笑著從口袋裡掏出三張卡片，遞給朱亦飛。

朱亦飛接過手一看，是三張楓林晚酒店的儲值卡，面額寫著一萬，不解地問：「這是？」

「朱老闆和你的弟兄住所肯定自有安排，想必也不用我們費心思，這三張卡您拿去，楓林晚酒店三樓有個水療會所，您如果有興趣讓小兄弟們去那兒找一個姓周的經理，她會幫你們安排，請你們試試三江口的服務，放鬆一下。」

朱亦飛笑了笑，遞給身後的霍正，讓他收著。霍正稍稍拉開行李箱拉鍊，將三張卡片塞了進去。他們當然不會真的去，不過是對方出於好意緩解氛圍，他們也不能拒絕、給對方難堪罷了。

隨後，雙方又開始簡單地聊天溝通，談了半個多小時，卻依然沒見送貨的上門，雙方也漸漸無話可聊。這時，霍正接到了一通電話，片刻後，臉色變得陰沉。掛了電話，他走到朱亦飛身邊耳語了幾句，朱亦飛也頓時臉色大變。

過了幾秒，朱亦飛深呼吸一口，轉身對周榮說：「東西在運輸過程中出了一點小故障，周老闆，錢你先留著，待我處理好再聯繫。」

周榮眼睛微微一瞇，警惕道：「出了什麼問題？」

「一點小事，不用擔心，告辭。」他轉身拿過霍正手裡的行李箱，將箱子擺回桌面上，隨後帶著霍正急匆匆離開。

送兩人走後，眾人重新回到屋內，郎博文頓時道：「這肯定有詐！」

弟弟郎博圖也說：「榮哥，這筆買賣得謹慎，看他們樣子八成出了事，買賣出土文物可別牽涉到你頭上。」

周榮思索著轉向張德兵：「你怎麼看？」

「姓朱的套路我看不懂，不過他帶的那個小正，我大概猜到他的身分。」

「做什麼的？」

「這人叫霍正，外號藿香正氣水，以前是職業殺手，手上沾了好幾條人命，一直被公安通緝，不知道怎麼就跑到姓朱的那邊去了。這筆交易我覺得咱們得緩緩。」

周榮聽著眾人意見，暗自點點頭，可別給方庸送禮還沒成，就因為買出土文物的事進去了，暫時先將交易放一邊吧，今天晚上和那個叫李茜的女孩好好享受一番。

★★★

「死撲街！」朱亦飛回到一家酒店的套房裡，把手上的礦泉水瓶直接往地上跪著的一個人頭上砸去，衝上去就一陣狠踹。「劉備這渾蛋把九號編鐘拿走了，你們都沒長眼睛啊！」

地上跪著的那人身後，還站著七八個穿著破舊夾克的男人，大家紛紛恐懼地低著頭。地上那人渾身戰慄地解釋：「我們一人一個箱子，出站時還看見劉備，出來後我一點人數，就他不見了，小虎說他藉口買菸逃了，打他電話也是關機。」

「他為什麼要偷編鐘？」

「不知道啊。」

「渾蛋，劉備這渾蛋！」朱亦飛氣得走來走去，又指著地上的那人質問，「你說這事怎麼辦！」

「我把九號編鐘找回來。」

「找不回來呢？」

「我……我想，另外八只都在，少了九號這只最小的，應該……損失可控。」

「損失可控？去你的！」朱亦飛又一腳把他踹倒，「九個是一整套，少一個就不是一套，我賣給誰去？一萬塊一雙的鞋，你給我弄丟了一只，我剩這一只賣給誰去？你要啊！」

朱亦飛氣得又要動手，霍正趕忙上前拉住他，勸道：「飛哥，事情也許還能挽救。」

「什麼意思？」

「你讓我在每個箱子暗格裡裝上小型定位儀，就為了防止發生意外。剛剛我查了下，定位在動，劉備他不知道箱子裡有定位器。」

朱亦飛咬著嘴唇思索幾秒，眼光一寒。「東西拿回來，人做掉！」

霍正乾脆應道：「好！」

32

入夜，霍正來到了三江口東面的一片城中村。

他在文物旅行箱中裝的跟蹤定位器是黑市上的非法用品，精確度當然比不上公安的專業裝備，所以只能定位到一片大概區域，無法精確定位。根據跟蹤器顯示，劉備就躲藏在這片城中村裡。

這是一片幾個月前就已搬空待拆遷的雜亂建築群，劉備是逃犯，又偷了他們的編鐘，自然不敢住賓館，躲在這裡倒也不足為奇。此處周邊都沒人，待會弄死他也方便。

霍正耐著性子，謹慎地從這片城中村周邊開始查起，挨家挨戶一間間屋子搜索過去。

與此同時，城中村內一戶上了鎖的民宅房間裡，劉備獨自坐在空曠的床頭，他面前是一個打開的行李箱，他雙手從箱子裡捧出一只高約二十公分、古樸沉重的青銅編鐘，仔細端詳著，內心波濤洶湧。

偷朱亦飛的東西，不是他的本意。

三江口最出名的文物販子就他一個，一開始，周榮的親信張德兵通過道上的朋友找到他，問他有沒有辦法弄到一套編鐘。編鐘是青銅器，都是國寶，像上了歷史教科書的曾侯乙編鐘，這類文物花多少錢都買不到。即便是偶爾會在拍賣會上出現的貨，一套下來動輒幾千萬、上億。劉備哪有本事弄到這級別的文物？不過他知道朱亦飛手裡有。

朱亦飛去年入了一套編鐘，是走私的出土文物，從沒登記在冊。像這類見不得光的貨，只有大買家才出得起錢，可大買家都是有身分地位的人，往往不想觸碰法律紅線，所以朱亦飛手裡這套編鐘遲遲沒能出手。於是劉備聯繫了朱亦飛，介紹這單生意，朱亦飛承諾事成後給他三十萬的仲介費，所以他也參與了這次買賣。

誰知他剛來三江口打探情況，入住鄭勇兵家沒幾天就差點兒被員警抓了。他自當年殺害員警後花錢整形，改頭換面，幾年來都平安無事，如今再次被員警撞破，身分暴露，意味著又要開始亡命天涯。

不過亡命天涯是要錢的，三十萬可不夠，於是劉備左思右想後，準備幹最後一票冒個險。他知道朱亦飛手裡的編鐘一套九只，每個尺寸、紋理各異，價值非凡，若是少了一只變成八只，就不是一套了，價值自然大打折扣。他打的主意是趁幫朱亦飛運送編鐘之際，帶走一只，然後再和周榮取得聯繫，將他手裡的這只以五百萬的價格賣給周榮。周榮跟朱亦飛買時，因為不是完整一套，價格砍下一千萬都不在話下。當然，如果周榮不想省這筆錢，劉備到時再以這單只編鐘勒索朱亦飛，讓他花五百萬買回去。

劉備知道朱亦飛勢力很大，但這是三江口，強龍難壓地頭蛇，朱亦飛在這裡也不能拿他怎麼樣。

劉備端詳了一會兒編鐘，掏出手機，取下原來的手機卡，塞入一張新卡，然後重新開機，撥打了張德兵的電話，卻傳出手機已關機的提示。原來周榮早就囑咐過張德兵，找個臨時的手機卡跟劉備聯繫，聯繫上朱亦飛後便把手機卡扔了，他不想跟劉備這逃犯有任何來往，以免將來留下把柄。

劉備無奈，只能搜索出榮成集團的公司電話打過去，前臺已經下班，接通電話後只有機器提示請留言。劉備試了各種方法，都聯繫不上周榮，只能將編鐘暫且放回箱子，在這破房子裡先住上一夜。

突然這時，窗外黑影一閃，劉備趕緊藏到窗戶底下，靜靜聽著外面的動靜，周圍靜謐一片。這時，他發現對面床邊的手機信號燈亮著，顯然，外面的人肯定也發現了手機。他大氣都不敢出，等了一會兒，聽到窗外傳來腳步逐漸遠去的聲音。過了幾分鐘，劉備才鬆了口氣，慢慢挺直身體向窗戶外張望，突然，看到霍正的腦袋就貼在窗戶邊，兩人四目相對。

下一秒，劉備心知不好，猛然跳出去，撿起一把留在房間裡的破椅子，還沒等他準備好，「砰」一聲，房門直接被踢破，霍正衝進屋，劉備抓著椅子便去砸霍正，霍正左手擋開椅子，被椅子「砰」地砸在手臂上，只感到小臂劇痛鑽心。霍正無暇顧及便猛撲上去，一把抓住劉備的頭髮，同時另一隻手掏出匕首直接朝他脖子動脈劃去。

「嗞」一聲，氣管連頸動脈一同被割破，一股鮮血噴湧而出，劉備雙手捂著脖子後退，驚恐地瞪著對方，沒退幾步便坐倒在牆角，動脈的血依然在「嗞嗞」湧出。

霍正走到床邊打開箱子，看到編鐘安然無恙，鬆了口氣，轉身關上門，冷聲問：「為什麼偷我們的貨？」

劉備想要求饒，卻發現自己喉嚨被割破，乾張著嘴巴發不出聲音，掙扎了幾下便徹底死了。

霍正鼻子冷哼一聲，掏出一只小手電筒照明，將屋子檢查了一遍，發現並無其他同夥的痕跡。他看到劉備的手機，打開後翻開通話紀錄，發現劉備剛剛和一個固定電話的號碼通話了一分多鐘，霍正將號碼輸進百度搜索，發現是「榮成集團」，不由得皺起了眉。

莫非周榮指示劉備偷編鐘？劉備是三江口人，一開始這生意也正是周榮找上劉備，劉備再聯繫到他們的，難道是個局？

此事重大，霍正需要跟朱亦飛彙報。

他馬上撥打朱亦飛電話。「飛哥，處理完了。」

「東西呢？」

「在。」

「人呢？」

「死了。」

「處理乾淨，不留痕跡。」

「好。飛哥，劉備之前給周榮打過電話。」

電話一頭停頓了幾秒，緩緩問：「你懷疑劉備拿東西，是周老闆指使的？」

「我不知道，不過劉備是三江口人，這事本來就是周老闆和劉備先牽頭的。」

「沒理由吧？」

「少一只鐘，價格差的不是一只的錢，整個買賣周老闆都很爽快，要麼他要貨急，要麼他另有所圖。」

電話那頭又沉默片刻。「不至於，我看周老闆不是這種人，八成是劉備偷我東西想私下賣給他，你先把東西帶回來再說。」

「好。」

掛了電話，霍正戴上一副手套，將劉備的屍體拖到旁邊一角，到屋外找到一些黃沙，將黃沙都倒在地上的血泊裡，仔細攪拌了一番，將混著血的沙子掃到外面的雜物堆裡，這樣過上幾天沙子乾了便沒人看得出來是血了。

處理完血跡後，他再將箱子裡的那些假文物挪空，只留下那只小號編鐘。他忍著左手被劉備用椅子砸後的劇痛，費力將屍體也塞進了箱子，用力蓋嚴實。

霍正又檢查了一番，將身上沾了血跡的衣服翻了個面穿，拖起裝了屍體的沉重箱子，離開城中村，準備先去找個地方把屍體處理掉。

他走到了外面馬路上，正好一輛計程車駛來。霍正揮揮手，示意車停下。

計程車停在他面前，他打開後車門，正要把箱子搬上車，計程車司機透過後視鏡看到他的動作，好心地說了句：「先生，要幫忙嗎？」

霍正冷淡地回道：「不用。」

「這麼大的箱子不好拿，要不您放後備廂吧。」

霍正冷聲道：「我的東西不能離開我的視線。」

「什麼東西這麼貴重啊？」

霍正沒有理他，忍住左手疼痛，鼓足一口氣將這五十多公斤的箱子一把抬上後車座位，再用力把箱子往裡推，卻使了兩下勁都推不過去。

司機回頭看了眼後面，說：「輪子卡椅子上了，您坐另一邊吧。」

霍正只好關上門，準備繞過車尾走去另一側，他剛走到車尾，突然，計程車司機嘴角露出一絲笑意，直接一腳油門踩到底轟然加速，霍正本能地抓向後備廂蓋，司機轉動方向盤，左右兩下便將霍正拖摔在地。

「我去你的！」

霍正摔倒在馬路上，雙手是血，眼睜睜看著計程車飛馳而去，從他的視野消失。

了。

☆☆☆

計程車飛快地行駛，司機小毛嘴裡哼著歌，不時透過後視鏡看看後排位子上的大箱子，快樂極了。

那天討債人找上門後，他和剛哥商量得盡快弄到幾萬塊錢把債還了，可沒本錢、沒本事去哪兒弄幾萬塊錢？幸好他們院子裡還有一輛報廢的計程車。於是兩人把計程車搗鼓一番後，便開車上路了。他們只在晚上出動，專門載有行李的乘客，很多提行李箱的乘客都會把箱子放進後備廂，在乘客下車拿箱子關門的一剎那，小毛就一腳踩油門溜走。一番折騰下來，他們弄來了幾個箱子，可惜收穫有限，只有一臺筆記型電腦和一千多塊現金，其餘的都是賣不了錢的衣物用品。

這趟不一樣，剛才那乘客沒上車就說了句「我的東西不能離開我的視線」，小毛斷定那裡面肯定有錢。

計程車行駛了一段路，不遠處的路邊出現了剛哥，小毛將車子開到他面前停下，搖落窗戶開口彙報：「剛哥，弄了個大買賣。」

剛哥透過後車窗看到了那只碩大的行李箱，趕緊開門坐上車，拎了一下，居然拎不動，不禁好奇。「這麼重，啥東西啊？」

「我也不知道，不過看剛才那蠢蛋的樣子，八成很值錢！」

一聽「很值錢」，剛哥連忙讓他趕緊開車，別讓人追上來。

車子重新開動，剛哥雙手用力將箱子拖到位子中間，神色莊重。開別人行李箱的感覺就像摸彩票，他搓著雙手，心裡滿懷期待。

「就讓我來瞧一瞧親愛的你為什麼這麼重！」

剛哥拍拍箱子，隨後慢慢拉開整圈的拉鍊，然後用力一把翻開蓋子。

「哦哦哦——」開箱後一秒鐘，剛哥直接站起身，腦袋撞到了車頂上，卻渾然感覺不到痛，睜著兩隻大眼睛，直愣愣地盯著箱子。

「啥東西整得你這麼激動？該不是一箱黃金吧？」小毛瞥了眼後視鏡，看到剛哥的表情。

小毛沒有得到回答，剛哥目瞪口呆。

小毛微微覺察到不對勁，一手繼續握著方向盤開車，身子探過來查看情況，這一看差點兒當場嚇死，劉備那具蜷縮在箱子裡變了形的屍體，眼睛正瞪得大大的跟他四目相對。

恰在此時，前方一排車燈照過來，響起了急促的喇叭聲，剛哥抬頭一望，大叫：

「快煞車！」

小毛本能地踩下煞車，回頭瞅見迎面一輛黑色汽車朝他們撞來，他立刻轉動方向盤躲避過去。幾秒鐘後，車子踩停，他們看了看，自己這輛車倒是安然無恙，但旁邊有一輛黑色賓士車撞在了路旁的一棵大樹上，樹被直接撞斷，車頭冒出一股黑煙。

黑色賓士車裡，展售店的銷售員杜聰推開安全氣囊走下了車，雖然他腦袋被安全氣囊彈得七葷八素，但見到撞斷的大樹和車頭的黑煙，也知道這下闖禍了。

他原本只是幫婚慶公司的老同學借輛車，來回不到二十公里給他兩千，於是他把周榮停在店裡維修的賓士S600借出去開一趟，誰知在回來路上出事了。

杜聰來不及細想如何善後，揉著腦袋衝到計程車前，使勁拍著車窗，狂吼：「你給我下來，你會不會開車？這麼寬的路你一個勁兒朝我車道撞來幹嘛？你是瞎了還是聾了啊？」

小毛搖下窗戶，怯生生地瞧著他。「大哥，你人沒事吧？」

「人沒事？」杜聰指著撞得冒煙的賓士，怒罵，「車撞成這樣了，咋說？你打算咋處理？」

「我……」小毛不知所措，回頭去看剛哥。

剛哥看了眼箱子裡的屍體，慢慢合上箱蓋，一手捂著嘴巴，佯裝咳嗽的樣子，用極小的聲音說：「走，趕緊走。」

小毛回過頭，朝窗外的杜聰解釋：「大哥，我也不是故意的，你覺得要賠多少錢？」小毛態度誠懇地說著，同時右手摸向了排檔桿。

「多少錢我現在怎麼知道？你打電話給保險公司，再——我去！」

他話沒說完，便見小毛呼一聲踩下油門，汽車轟然躍出。

杜聰急得伸手抓住小毛的衣領口袋，小毛不管不顧，雙手緊抓方向盤，拚命踩油門，杜聰雙腳跟著汽車跑，但人哪跑得過汽車，跑出幾十公尺後，杜聰扯掉了小毛的衣領口袋，狠狠摔在地上，擦破一身皮。

他戰慄地站起身，回頭看向那輛賓士車，感覺頭頂的整個天空都向他壓了過來。

★★★

另一邊，方超和劉直在周榮的別墅外已經苦苦埋伏了好多天，始終找不到下手的機會。

別墅三面是六公尺多的高牆，攀爬進出根本不現實。另一面是一條河加樹木隔離帶，河不是問題，河水不深，以他們倆的身高大不了小馬過河，為了不弄溼，方超還特意買了個獨木舟藏在草叢裡。不過隔離帶後還有個保安室，裡面一直有幾個保安值班，這是他們突不破的防線。

跟別墅外這兩人的焦慮相反，今晚別墅裡的周榮就開心了。

「小茜，妳別叫我周總了，叫我榮哥吧。」周榮自降輩分，深情款款地盯著餐桌前的李茜。桌上擺著精緻的小碟菜肴，是專業私廚精心製備的西餐，旁邊是整排紅酒，頭頂是華麗的水晶吊燈，音響裡播著旖旎的曲調，氛圍比ＫＴＶ還ＫＴＶ。

這場晚餐讓李茜度日如年，她沒有應付這種男人的經驗，又一心想著早點進書房查探，不免顯得緊張又尷尬。好在周榮頗為健談，見她這副樣子，覺得她是未經社會的少女，更是心花怒放。

晚餐吃完，李茜趁周榮不備，從包裡偷偷拿出了一些粉狀物，倒入自己杯中，舉著高腳杯搖晃兩下，站起身走向周榮，感謝他今天的熱情款待，要敬他一杯。美女敬酒當然不會拒絕，周榮接過她的杯，故意把杯口挪到李茜唇印的位置，一口喝完，這酒入口略有苦澀，不過他也沒太注意，隨後把酒杯還給李茜，故意輕觸了一下她的手，李茜嬌笑一聲抽回。

酒足飯飽之後，周榮歸根結柢還是想跟李茜睡覺，不過這又不是賣淫嫖娼，光談錢就行；他追求的是女人被他的魅力所打動，便帶著李茜在別墅四處逛，故作低調內斂地炫耀他的財富，好讓女生對他更為崇拜。

李茜表面上應付著，趁這機會查探周榮家中環境。

在這大別墅逛了一圈後，周榮唯獨沒帶她去書房，她不禁故作好奇地指著一間關著門的房間感慨：「你家好大呀，哎，對了，這間是做什麼的？我能進去參觀一下嗎？」

「這是保姆房，不用參觀吧？」

「呃……那這間呢？」李茜指向隔壁一間。

「也是保姆房啊。」

「喔喔，」李茜流著冷汗四顧著，突然發現對面一間屋也關著門，心想：這間總不能還是保姆房吧？她便問：「那間是做什麼的？」

「書房。」周榮渾然沒察覺到李茜聽到這個回答後眼中亮起的光芒。

「能帶我參觀一下嗎？」

「哦……」周榮猶豫一秒，馬上說，「好啊。」

周榮帶李茜走到房門前，那扇門與其他房間的門不同，門上裝了一把指紋密碼鎖。周榮將手指按在指紋器上，門鎖自動打開，他站門口示意了一下，說：「我的書房很簡單，沒什麼東西。」

他正準備闔上門，李茜卻徑直走進屋，看著書架便驚呼：「哇，你書真多啊！」

書架上擺滿了大部頭的書籍，《資本論》、《馬列主義》、《毛澤東選集》、《建設中國特色的社會主義》，這些書從頭新到腳，一看就從沒翻過，李茜卻盯著這些書津津有味地欣賞起來。

周榮瞧著她的樣子，心中微微覺得有些奇怪，便道：「書房也沒什麼好看的，我們到樓上去，那裡還有個風景很好的大陽臺。」

這時，周榮手機突然響了，拿起一看是胡建仁打來的，便跟李茜說了聲抱歉，留她一人在書房裡，走到外面接起電話。

「什麼事？」

「榮哥，你的車被人偷開出去撞了，撞得很厲害。」

周榮一臉茫然。「什麼車？」

「就是前幾天開到咱展售店，後來被李茜剮到的賓士啊。車剛在店裡做完漆，今天就被店裡一個銷售員偷開出去給人做婚車賺外快，結果車撞樹上了，整個車頭都變形了。」

「我——」周榮大怒，又一想今晚約會的女主角還在書房裡，此時也不便大聲罵髒話，強自壓低聲音斥道，「膽子太大了，我自家的展售店啊，員工都敢把我的車私下開出去，平時客戶的車呢？這店是怎麼管的？以後誰敢到我店裡做生意？」

「是啊，這事性質太嚴重，我不敢自己拿主意，榮哥你看怎麼辦？」

「那銷售員怎麼樣？」

「他人一點事都沒有，就是車毀了。」

周榮深吸一口氣，怒道：「嚴肅處理，這是店裡的管理問題。我給你安排幾個小弟過去收拾那渾蛋，再讓那小子賠個傾家蕩產，讓所有人記住這教訓！」

掛了電話，周榮怒氣沖沖走到門口，叫來當天的值班保安隊長，讓他馬上多帶些人去展售店找胡建仁。

★★★

劉直躺在車裡朝周榮的別墅呆呆望著，方超躺在車後座已然打起了呼嚕。

一連多日等待時機下手，卻一直等不到，兩人身心俱疲，商量著再輪流盯幾天，如果實在沒機會，也只能掉頭再去找方庸下手，將他家裡的文物古玩搬個空，到時再想辦法變賣吧。

這時，劉直看到有汽車從周榮的別墅駛出，一輛、二輛、三輛，車子駛出後轉了個方向，徑直朝他們這邊駛來。

劉直趕緊拍醒方超，兩人全力戒備，卻見這三輛汽車從旁邊徑直開了過去，隨後鬆了口氣。方超正埋怨劉直沒事別吵他睡覺，突然越過河對岸的綠樹隔離帶看到別墅後面的保安室燈關了，他立刻打起精神，掏出望遠鏡仔細確認一番。

★★★

周榮囑咐完胡建仁去處理展售店的事後，收斂了一下怒火，深吸一口氣，重新換上笑容，回到書房，看到李茜一副無所事事的模樣站在書房裡四顧看著。

「不好意思，剛才公司有點事需要處理一下。」周榮笑著說，突然瞥見牆上的一個圓圈狀物體，眉頭微微一皺，一絲警惕浮上心頭，轉頭看了看一臉天真模樣的李茜，戒心又鬆懈下來，試探著問，「剛才妳一個人在幹嘛呢？」

「沒幹嘛啊，只能無聊地在原地等你嘍，你家東西看起來都這麼貴重，我都不敢亂動。」李茜故作撒嬌地應付他。

「哈哈，妳膽子怎麼這麼小啊？」周榮走到她面前，深情地盯著她，慢慢說，「晚上留下來吧。」

「呃……」李茜不知如何回答。

「可以嗎？」

「我……」李茜急思著拖延時間，「榮哥，我口渴，能給我倒杯水嗎？」

「好啊。」周榮笑了笑，剛要轉身，突然，肚子發出咕嚕一聲巨響，他尷尬地看著李茜，接著又是咕嚕一聲巨響。

關鍵時刻要拉大便了，這可如何是好？周榮考慮要不要忍耐一會兒，但誰想這股便意來勢洶洶，根本不給他忍的機會，說時遲那時快，一個控制不住的大屁釋放出來後，他感到內褲後面一陣熱意，他說了句抱歉，夾緊雙腿便跑出了書房。

待他走後，李茜終於鬆了口氣，瀉藥發作了。

李茜接到周榮邀約後，就考慮怎麼應付，最後被她想到了一個奇招——用瀉藥，大劑量的足以讓人拉虛脫的特效瀉藥一放，周榮即便到時想對她行不軌，自然也是心有餘而力不足了。

趁周榮跑去廁所，李茜趕緊跑回牆邊的圓形物前，手伸上去轉動起來。她看出這是一只嵌入牆壁的保險箱，圓形物便是轉動的密碼盤，只是這密碼盤如何轉開是個問題。

她轉了幾遍，又把耳朵緊貼牆壁細細辨別聲音，什麼也聽不出；她又想強行打開，可保險箱縫隙極小，針頭都塞不進去。試了很多次，還是沒有辦法，正不知所措，聽到屋外再次傳來腳步聲，她趕緊跑到書架前，繼續佯裝若無其事地打量。

周榮這一次在廁所簡直拉得天昏地暗，自打他記事起，至今幾十年，拉肚子間或有之，但如此劇烈的拉肚子還是頭一遭，甚至他剛吃的晚飯都在排泄物中一清二楚地出現。他拉了一陣剛提起褲子，緊接著下一波再度襲來。在廁所待了十多分鐘，拉得渾身痠軟，臉色慘白，肚子裡再也沒多餘水分了才站起身，但隱約間依舊感覺肚子有股衝動。他強撐著沖洗一番，換了身家居服，讓保姆給拿了些止瀉藥服下，也不敢多喝水，只小抿一口，心想，照今晚這形勢也無福消受李茜這人間尤物了，便去書房跟她解釋，讓保安送她離開，改天再約了。

他回到書房後，跟她解釋大概今天吃壞了肚子，李茜也表示這是人之常情，非常理解。正交談間，周榮突然注意到了保險箱的密碼轉盤，頓時臉色一冷，對李茜態度來了個一百八十度大轉彎，直接質問：「妳是誰？」

「我……我是李茜啊。」

周榮走到她面前，抓過她手臂，一把將她往保險箱前一推。「妳為什麼要轉這東西？」

「我沒轉過啊。」李茜驚慌地辯解。

「沒轉過？我兩次進來都看到密碼盤的刻度變了，第一次我當妳是好奇隨手亂摸，這一次呢？」

「你……你別過來！」李茜知道被周榮識破，沒法解釋，只得後退，右手悄悄摸向牛仔褲的後口袋，那裡隱藏了一把折疊小刀，這是她來赴約前準備的防身利器，若是最後瀉藥和防身利器兩樣都失敗了，她也只能拋出她的員警身分讓周榮放她出去了。

見她這副模樣，也坐實了周榮的判斷，此時他也不急，淡定從容地走到保險箱前，笑道：「說吧，妳是什麼人？為什麼要來打我的主意？妳如果不說實話，今天是不可能平安離開這裡的，別墅外面都是我的保鑣，妳出不去。」

「我……」李茜驚慌失措，不知該說什麼。

周榮摸著密碼盤，笑道：「這麼算起來，妳差不多轉了二十分鐘密碼盤吧？怎麼？還是轉不開啊？哈哈，妳轉不開是應該的，哪怕是天底下最好的神偷，也轉不開我的密碼盤。因為——」周榮捏住密碼盤，用力一拔，整個密碼盤居然被他拔了出來。

「因為這東西就是個裝飾品，是給像妳這樣的白癡轉著玩的，它本質是個聲控保險箱，沒有我的聲音密碼，誰都開不了，強制打開就會自動銷毀裡面的所有東西。」

「這麼高級啊！」突然門口一個男聲傳進來。

「當然高級，大幾十萬進口的——誰！」周榮突然驚醒，轉頭朝門口望去，看到兩個頭戴面具的男子走了進來，為首那人手裡握著一把槍，筆直地對向他。

「別喊人喲，不然我只能開槍和你同歸於盡了。」面具中的方超冷笑起來。

他持槍威脅著周榮，劉直關上書房門便朝李茜走來，李茜剛想著怎麼反抗就被劉直一手掌劈在脖子後，她渾身一軟趕緊倒地裝作昏迷，馬上被劉直用繩索結實地綁了起來。

「你們……你們是誰？」周榮見一人持槍，另一人一掌就劈暈了李茜，看得出這兩個不是一般的小毛賊。

「不要緊張，周老闆，我們只想跟你借點錢。」方超淡淡地說。

「錢？好說，好說。」周榮強自嚥了口唾沫。

劉直走到保險箱邊，研究了一番，從沒見過這種高級保險箱，鎖在哪兒都看不出，不由得讚嘆：「聲音控制密碼的保險箱，真是高級！我來試試看，」他咳嗽一聲，吐字清晰，「芝麻開門！」

保險箱當然毫無反應。

「白癡，這麼高級的設備還能用這密碼？」方超斥一聲，直接把槍頂上周榮的太陽穴，威脅道：「說密碼，馬上！數到三就開槍。一——二——」

「門開麻芝！」周榮脫口而出。

「砰」一聲響，一扇門彈出牆壁，保險箱應聲而開。

「果然高級！」劉直朝周榮立起大拇指，馬上湊近看了一番，保險箱不大，裡面只有滿滿的各種合約和上面的一個USB。

劉直搜尋一番，回答方超：「裡面沒錢啊。」

「沒錢？」方超用手槍繼續指著周榮，探出頭朝保險箱裡看了眼，吃驚道，「這麼個高級保險箱，裡面居然不裝錢？」

「兄弟，我……我家裡沒放錢。」周榮支吾著解釋。

「我去你的！」劉直一腳踹在周榮身上，將他踢翻，跟著狠踢幾腳，掏出繩子將他五花大綁。

周榮滿嘴求饒，方超質問：「我再問你一遍，你家裡錢藏哪兒了？」

「我家裡真沒放錢。」

周榮說的是實話，他雖然有錢，但都在銀行帳戶上，沒事誰把錢放家裡啊。

方超咬牙問：「你說的是實話？」

「是實話，是實話，」周榮雖是大老闆，但大老闆也是血肉之軀，被亡命之徒威脅著，所有氣場都沒了，連聲應著，「我家裡沒錢，桌子裡可能有幾千塊，你們嫌少，我這直接可以銀行轉帳。」

劉直怒道：「你當我們傻，會收轉帳的錢？」

劉直想到他們倆辛苦蹲點多日，今天終於找到機會進大別墅了，結果居然一無所獲，更是怒火中燒，抬腳就把他往死裡踢，周榮痛得嗷嗷直叫，肚子一緊張，又是咕嚕一聲。

方超盯著地板看了幾秒，他這輩子打人雖多，卻也是第一次見到人被打到腹瀉，周榮說的自然是真話了。想到此處，他不禁悲從中來。

「你可把我們騙慘了，你說你家裡都是錢，結果，結果！」

劉直更是氣急。「弄死他算了，我受夠了！」

周榮無暇顧及自己什麼時候騙過他們倆說家裡都是錢，此刻一心求生，聽到對方要弄死自己，突然想到朱亦飛的箱子留在他家，裡面裝了他準備給朱亦飛的一百萬美元，連忙說：「有錢，有錢，我想到了，旁邊那箱子裡有錢。」
劉直停下毆打，順著周榮指示，從牆角拉出一個碩大的旅行箱，打開後全是衣物，翻找一圈只找出三張面額一萬的水療中心儲值卡，舉著卡問：「這就是你說的錢啊！」
周榮趕緊解釋箱子裡面有個按鈕是開關，按下去有暗格，裡面藏了一百萬美元。
劉直打開後，果然找到了一百萬美元，方超檢查一遍，確認無疑。一百萬美元折合人民幣六百多萬元，這可是一大筆錢了。兩人又各種恐嚇威脅周榮，周榮再也拿不出錢了。
他們見此，也知道周榮沒說謊，只能作罷。
還是不滿足的方超來到保險箱處，找了一番，發現裡面都是合約。這些東西對他們而言毫無用處，唯獨那個USB孤零零放在一側，頗為奇怪。
方超拿出USB，問他：「這裡面裝了什麼？」
周榮一見這USB，頓時慌了，道：「就是一些工作的文件，沒什麼東西。」
方超盯著他眼睛看了幾秒，心知異常，拿著USB來到電腦前，開機後插入USB，打開USB後找出了幾個文件，點擊其中一張表格，裡面密密麻麻寫滿了人名、數字和時間、地點。方超思考了幾秒，便明白過來，看向周榮。「這是你送錢給人的行賄帳冊吧？」
倒在地上頭昏眼花的李茜聽到這話，強自集中了精神，悄悄朝他們打量。
周榮低頭，不敢與方超對視，顫巍巍地說：
「這……這個東西對你們沒用，你們把錢拿走就好。」
「這箱子的錢嘛，當然要拿。」方超拔下USB，「不過這USB我也帶上了，如果周老闆醒來想報警，這USB就歸員警了。」

「什麼醒來？」周榮不解。

劉直冷笑一聲，一掌劈在他脖子後面。

「哎喲、哎喲！」周榮痛得大叫，卻並沒有被劈昏倒，張口急道，「你們記下我電話，明天我用錢贖回USB。」

方超記下他電話，示意一眼劉直。劉直再來一掌劈在周榮脖子後，周榮再次痛得大叫，劉直微微皺眉，趕緊再劈，連番試了好幾次，總算位置和力道都對了，才把周榮劈昏倒地。

方超把槍往腰上一別，覺得這行李箱暗格的設計頗為不錯，便叫劉直拿了整個行李箱走人。

這整個過程，都被倒在一旁裝昏倒的李茜聽在耳裡。

33

正是因為葉劍被人殺害一案，引發了後面的一系列連鎖反應——在葉劍被害現場找到水療會所卡片；張一昂根據卡片找到會所經理周淇；周淇因為被鄭勇兵騙了錢所以舉報他；警方在對鄭勇兵例行調查中發現了潛逃的劉備；劉備正因這次行蹤曝光，於是想幹最後一票弄幾百萬金盆洗手，才鋌而走險偷走了朱亦飛的小號編鐘，誰知裝編鐘的箱子內暗藏跟蹤器，他被霍正尋到後殺死；霍正拖著裝屍體和編鐘的箱子離開，上了小毛的假計程車，箱子被小毛劫走；剛哥和小毛在開車途中打開箱子嚇得半死，車輛偏離行駛軌道導致杜聰駕駛的賓士車被撞；賓士車被撞後周榮派了自己的保鑣去處理，方超和劉直發現別墅後面的保鑣集體外出後趁機潛進去，綁架周榮並搶了周榮的錢和最關鍵的罪證USB。

對於今天發生的這一切，張一昂還一無所知，警方今晚正在全力抓一個人。

「局長，剛剛楊威傳來消息，梅東已經到了三江口，叫他一個小時後過去見面，地點就是楓林晚大酒店，房間號還不知道。」

傍晚，王瑞軍和宋星急匆匆闖進張局長辦公室，向他彙報這條緊急情報。

「怎麼這麼快？」張一昂一瞪眼，這速度完全出乎意料啊，昨天才定下藉楊威釣梅東的計畫，梅東今天就到了，超人啊。

宋星解釋：「楊威是接到梅東小弟的電話，他自己也不確定消息真假，依我看，一定是梅東在故意試探他，梅東人在境外，就算要回三江口，哪兒能一天就到啊？肯定是梅東派了馬仔在楓林晚酒店盯梢，看楊威赴約時會不會帶著人，如果確認了安全，過些日子梅東才會偷偷潛回三江口跟他見面。」

張一昂皺眉問：「那你們準備怎麼做？」

宋星道：「讓楊威單獨去赴約，我們就派幾個便衣在酒店外面的馬路上看著，不跟楊威直接接觸，以免打草驚蛇。」

張一昂不無擔憂道：「萬一梅東真的來了呢？如果只派幾個便衣怕是應付不過來。」

宋星搖搖頭。「不可能的，我敢打包票絕對是試探，梅東不可能來！」

看他一副自信滿滿的樣子，初時張一昂也覺得梅東不可能這麼快來，但一想是宋星打包票，他是賭什麼錯什麼的人物，這票肯定保不住，梅東八成真的會來。

張一昂一改初衷，馬上搖了搖頭。「絕對不能掉以輕心，你們馬上商量出兩套方案，沒來怎麼辦，來了怎麼抓！要當梅東真的來了來應對！」

雖然宋星依舊堅持己見，認為梅東肯定沒這麼快，沒必要興師動眾，但領導這麼吩咐了，他也只能照辦，便又叫了幾個可靠的老刑警來到張局長辦公室，幾人當場商量起來。

時間緊急，他們按照酒店周邊的交通地圖狀況，只花了幾分鐘就暫訂了計畫方案。

首先，今晚刑警隊所有成員投入作戰計畫，當然，為防梅東派馬仔在單位外面盯梢，所有刑警還是正常著便衣各自下班，到外面後再逐一按照王瑞軍、宋星等人指派，前往各自的位置待命，重要人員帶上手槍。

其次，以酒店為中心的方圓一公里內所有重點路口，全部安排便衣悄悄布防，在地圖上形成兩層封閉圈，可包圍、可支援、可追擊。

第三，酒店內部，前後幾道門及外面過道，均由老刑警著便衣蹲點，宋星親自帶隊分組到酒店大堂和機房監控前守候。到時讓楊威單獨進去，讓他想辦法盡快把消息傳出來，如果確認來的人是梅東，那麼宋星帶隊當場衝上去抓人，如果來的是替梅東探路的小弟，則按兵不動。

如此一來，酒店內部和外面道路都有便衣封鎖，如果梅東來了就抓人，如果沒來就撤隊，進可攻、退可守，此計幾乎天衣無縫。

眾人商量已定，都看向張一昂，心想這攻守兼備的行動方案一定會得到領導嘉許。

「局長，你覺得怎麼樣？」

「很不怎麼樣！」張一昂很不滿意地搖搖頭，絲毫沒顧忌他們的自尊心，脫口而出，「你們這行動方案，表面看起來歹徒無處可逃，實際上呢，徒有其表，一點都沒有觸及抓捕方案的靈魂！」

這來自靈魂深處的拷問頓時讓這些老刑警不寒而慄，眾人渾身顫抖地問：「怎麼樣……怎麼樣才能觸及抓捕方案的靈魂？」

「抓捕方案最關鍵的要點是什麼？是抓到人！」

「是啊。」大家都很認同。

「我問你們，你們要不要在楊威身上裝竊聽器？」

「不能裝竊聽器！」宋星果斷說，「如果楊威進去了被搜身，搜出了竊聽設備，不但我們的行動計畫會立刻暴露，而且很可能會害死楊威。電視裡那種裝鞋子底下的特工用的竊聽設備，我們一時半會兒也弄不到。」

「那就是了！楊威是獨自進去的，他在裡面發生了什麼我們誰也不知道，我們的行動只取決於他傳出了什麼消息。你是不是打算讓楊威找機會用手機給你發指令？」

宋星「呃」了一聲，點點頭。

「在我看來，這個計畫的成敗全都押寶在了楊威身上！」

眾人想了一下，覺得這是事實。

張一昂分析道：「你讓楊威進去後找個機會用手機傳你資訊，他能找什麼機會啊？上廁所？男人上廁所又不用關門。他總不能謊稱要上大號關門吧？剛見面就上大號，梅東是傻子都會起疑心！」

宋星稍稍辯解：「我還會叫他如果沒機會動手機，就等出來後再通知我。」

「哼，出來後，你能保證楊威出來以後，梅東還在酒店？梅東就不能先一步離開，讓小弟故意以陪著楊威為藉口，監視楊威行動個把小時再讓他走人？此時梅東人早已不在三江口了！」

宋星背上冒出了一層冷汗。

「就算排除梅東會反偵查，你對楊威這人了解多少？他會不會出賣我們的計畫？」

「這個……」宋星嚥了下唾沫，「我們昨天和他談妥了條件，我想……我想他不敢耍我們。如果他想耍我們，也不會主動通知我們梅東約他碰面。」

「之前是這樣，之後呢？他見到梅東後會不會反悔？就算他沒打算出賣我們，如果言詞閃爍，被梅東發現破綻了呢？假如他當場就被梅東控制了，梅東再逼他向我們傳遞假情報，然後趁機逃出我們的包圍圈，怎麼辦？所以我說，按你們這個方案，最後成敗完全押在楊威身上，風險極大！」

「這個……」眾人渾身一凜，楊威身上的種種風險是他們不曾考慮到的。

宋星一臉愧色，對張局長這番分析心服口服，撓撓頭自怨：「我怎麼就沒想到這些呢？」

王瑞軍哼一聲。

「如果你想得到，早就是局長了，這就是我們跟局長在經驗和水準上的差距啊！」

眾人紛紛點頭，自嘆不如，又問：「局長，那我們怎麼辦？」

「既然約在楓林晚酒店，我們就找陸一波幫忙。」

「找陸一波幫忙？」眾人一頭霧水。

「葉劍案至今毫無進展，唯一的線索只有楓林晚酒店的ＶＩＰ卡，我總覺得陸一波一定有所隱瞞，我們正好藉此機會跟陸一波多接觸。同時，陸一波幫員警抓人，這事周榮肯定會收到消息，上一回我們用離間計雖然不知效果如何，但總是在周榮心裡扎了根刺。如果這次陸一波再幫員警抓人，周榮和陸一波之間的隔閡勢必會加深，說不定會有意想不到的效果！」

大家想了想，頗為認同，陸一波幫員警抓人這事如果被周榮知道了，哪怕陸一波向周榮解釋，作為周榮，他還能一如既往地信任陸一波嗎？如果兩人關係破裂，說不定底牌就直接掀翻了。

可是還有個問題，王瑞軍問出大家心中共同的疑惑：「地點雖然是楓林晚酒店，可我們抓人，能讓陸一波怎麼幫忙？靠酒店的保安也幫不上忙吧？」

「利用水療會所啊，我的軍哥！」

34

汽車駛到楓林晚大酒店的停車場後，楊威依舊握著方向盤，遲遲沒有熄火。坐在車裡，他點起一支菸，內心猶豫著。

想當年三江口四兄弟是多麼風光，哪個中學的男生不知道他們的大名？學生打群架時只要有人拿出「梅林楊謝」四個字，便能擺平一場紛爭。現在整個社會早已時過境遷，只有傻瓜才會喊打喊殺，四兄弟也分崩離析，老四謝邵兵逃亡時被車撞死，老大梅東在澳門倒也混得風生水起，只是不敢再回三江口，留下林凱和他打著法律的擦邊球，做著放貸要帳的活兒。放貸原本就是灰色生意，如今林凱死了，他給方國青灌尿逼得對方帶隊遊行，搞得公安要將他往死裡辦，如果不跟公安合作，他那些爛事被員警搜羅出來，判個幾年刑是逃不過去的。

幫公安把梅東釣回來，無論從情義還是利益，楊威都下不去手。可張局長已經放話，梅東抓不回來，楊威還得被抓回去。他們都是三四十歲的人了，有家有室，面對兩難選擇，楊威覺得還是犧牲兄弟吧。

他掐滅了香菸，按下汽車熄火鍵，下車向酒店走去。

今天他收到的電話是梅東的馬仔打來的，馬仔說東哥叫他去楓林晚酒店見面。楊威馬上把這情報告訴了宋星，宋星沒有派人直接跟他接觸，而是通過微信叮囑他接下去要怎麼做。宋星還叫他不要緊張，八成不是梅東自己來了，而是派了小弟，讓他穩住，應付過去，不要讓人起疑。

他來到酒店大堂，在一旁的沙發上坐下，掏出手機撥打了馬仔的電話。接起後，馬仔說讓他稍等片刻。

與此同時，警方也通過酒店監控設備將這一切即時看在眼裡。

過了一會兒，一個二十多歲的小青年從酒店電梯中出來，來到大堂休息區，兩人互看了幾眼，小青年上前很有禮貌地問：「你是楊威嗎？」

沙發邊一個胖胖的中年婦女抬頭看了他們一眼。

楊威點點頭。「對啊，我是楊威。」

婦女別過頭去，心想：這年頭光天化日承認自己病症的男人也真夠坦誠的，這兩個男人約在這裡是要去幹嘛也一清二楚了。

果然那個小青年馬上熱切地說：「我們上樓去房間吧。」

婦女鄙夷地哼一聲，用眼睛餘光看著這兩個男人走進了電梯。

小青年刷了電梯卡，他們到了八樓，進入其中一個房間，裡面還有一個面色冷峻的男子，一見面便伸手一攔。「手機拿出來。」

「你要幹嘛？」楊威一瞪眼，不滿浮現臉上。

冷面男不為所動，帶路的小弟禮貌地笑著解釋：「楊哥，東哥現在身分特殊，我們倆負責他的安全，如果出了事，我們都沒臉混了。你是他兄弟，還望你多多理解，我們這麼做也都是為了東哥好，可別為難我們做小弟的。」

一冷一熱的兩個人盯著他看，卻根本不給他任何反對的機會。他抿抿嘴，只好掏出手機交給對方，心想，和公安所有接觸的東西都已經刪了，應該不會有問題。冷面男接過手機，又借楊威的手指頭解開密碼，隨即當著他的面檢查著裡面的資訊，一旁熱情的小弟反覆跟他道歉。翻了好幾分鐘，並無異常，冷面男將手機關機，放進口袋，告訴他離開時會還給他。接著，冷面男又將楊威全身上下搜了一遍身，兩人這才放下心來。

隨後，小青年便開始了試探式地寒暄：「楊哥，林凱哥究竟是怎麼死的？」

「唉，我也不知道啊，員警還在查，他們也不肯透露具體的事情，我知道的就是林凱的屍體是在一塊空地發現的，他的車也找不到了。」

「聽說員警昨天把你也關了一天？」

楊威一愣，知道梅東早就通過他自己的管道，把事情都打聽過了，宋星囑咐楊威在梅東這邊不要撒謊，除了跟警方合作的事，其他都一五一十告訴對方，否則很容易有破綻。楊威喝了口水，嘆氣怒道：「我差點兒就被這幫賊員警關著出不來了！」

「這是怎麼回事呢？」小青年頗為關切地詢問。

「林凱前幾天失蹤後，那時我還不知道他死了，他失蹤前正在跟方國青——東哥知道這個人，跟方國青要帳，我以為是他逼方國青太緊，方國青找人對付了他，所以我找上方國青，給方國青嘴裡灌尿，逼方國青說出林凱的下落。誰知我走後，方國青全家帶著工人上街遊行，說被黑社會逼迫，事情鬧大了，員警就把我抓了。後來林凱屍體被發現，變成命案了，才把我放出來。」

小青年笑著問：「可方國青那邊的事還沒弄好，員警怎麼就把你放出來了？」

「因為我給錢了啊！整整三十萬！」楊威直截了當地說。

「給誰錢了？」

「管這事的刑警大隊長王瑞軍啊，我被抓了趕緊託關係給他塞了三十萬，要不然我哪兒這麼容易出來？他還說了，因為我這案子還沒報檢察院批捕，他才能把我弄出來；如果隔天報上了檢察院，就是花再多錢也出不來。」

這話自然是警方教他說的，警方商量著如果梅東先打聽過情況，必然知道楊威被員警抓了後又被放了，也只有在被抓了當天被放才能讓梅東相信。否則若是拖幾天再放人，梅東打聽到這案子的性質，知道一旦捅到上級花再多錢也出不來，梅東肯定會懷疑他是當了臥底才出警局的。釋放楊威的理由，給員警塞錢是最好的解釋，可讓他說給誰塞錢呢？張一昂親口點名，王瑞軍的人設比較符合。王瑞軍當場舉手發誓，反覆表明立場，他從沒收過黑錢，但領導寫的臺詞，他怎麼改？

小青年點點頭，以他的見識，這個理由很符合現實，心想，如果楊威是臥底，公安的臺詞一般會寫某某上級領導收黑錢，不會寫主管領導收黑錢。

楊威又嘆口氣。「不過我也在擔心，我出來名義上是保釋，如果警方接下來還在暗中跟蹤調查我，那就麻煩了。像我今天過來，我擔心萬一被跟蹤，我倒無所謂，就是怕連累東哥。」

小青年自信地笑了笑。「這個你不用擔心，沒有員警跟蹤你。」

這時，房間裡的電話突然響了起來，小青年暫時收斂了笑容，和楊威對視一眼，隨後走到電話機旁，接起來，裡面傳來一個女聲：「先生，要不要按摩？」

「你們酒店裡有按摩？」

「我們在三樓，水療中心，您可以下來體驗一下。」

「哦，不用，謝謝。」

掛了電話，小青年又跟他閒聊了十多分鐘，走進浴室，掏出手機打了個電話，過了幾分鐘，回到房間，問：「楊哥，跟我去見東哥吧。」

「東哥在哪兒？」

「去了你就知道。」

說完，冷面男先行一步出門，走到外面觀察了一會兒，然後回來敲了三聲門，便先一步離開。

這時，小青年才帶楊威出門，他們沒有坐電梯，而是走消防樓梯到了十層，來到一個房間前，敲了三聲門，門開後，小青年便退了出去，進了隔壁房間。楊威進門看見一個穿著小馬甲的男人正抽著雪茄，看到他便露出了熟悉的笑容。

「威子！」梅東站起身，張開雙臂走上前，給了楊威一個大擁抱。

「東哥……」楊威有些陌生地看著他。

梅東笑著解釋：「我前幾年整過容，跟過去不太一樣，一開始我自己都快認不出來了，別說你了，慢慢地，也就看習慣了，怎麼樣？這整得比過去還帥吧？哈哈哈。」

雖然面孔和他記憶中的梅東截然不同，不過聲音還是如過去那般熟悉。梅東依舊是老大哥的模樣，熱情地招呼他，多年不見，兄弟之情依舊炙熱，梅東向來都講義氣，楊威想到要出賣大哥，不禁更加自慚形穢。

「你怎麼了？」梅東發現他情緒不對，也沉下聲來。

楊威只好低著頭解釋：「最近發生了這麼多事，林凱也死了，三江口我也不想待了。」

「那行，等阿凱喪事辦完，你跟我一起去澳門吧，我雖然比不上那裡的大老闆，但帶幾個兄弟討口飯吃是沒問題的。要是你真肯下決心出去的話，你先跟我走，到時我再安排你家裡人一起過來。」

「可一旦出去，以後想回來就難了。」

「兄弟，在外面混不輕鬆，但也沒你想得這麼難。就拿我來說吧，我知道公安在通緝我，你一跟我說阿凱出事了，我馬上就過來了，我這麼快你沒想到吧？」

「嗯……對啊，你怎麼會這麼快？」

「我這幾天本來就在杭州處理點事情，這不昨天一接到你電話，就趕緊過來了嘛。」

「可……可你被員警……你是怎麼回大陸的？」

梅東握著雪茄的大手一揮，揚揚自得道：「這是祕密，不過咱們是兄弟，告訴你也無妨，我是正規管道入境，光明正大。」

「啊？」楊威沒見過世面，不知道這些門道。

「我在內地有點生意，可我自己入境肯定要被抓，可有時候自己不過來也解決不了。我後來聽朋友介紹了個辦法，我在內地物色了一個兄弟，我花大價錢整容成他的模樣，現在整形技術可真發達，只要捨得花錢，光從證件照上壓根兒看不出來。每次我要入境，就讓他先通關去澳門，在澳門住著，我用他的證件入境，辦完事再回去，跟他換回來。每年在這上面花的錢可不少呢。」

「原來如此。」楊威聽梅東把這瞞天過海的祕密就這麼全盤說給自己聽，心下更是愧疚，看著梅東的眼，越發顯得不自在。

「你是不是還有其他心事？」梅東的臉色漸漸暗下來，他從這小弟的神色上讀出了有事瞞著自己的異常。

「沒……沒事啊。」

梅東雙目注視著他，一隻手搭上他肩膀，鄭重道：「我們是兄弟，你叫我來，我就來了，因為我一直覺得兄弟才是最重要的！你跟我說實話，你叫我來，是不是公安的主意？」

「不……不是啊。」楊威頓時驚慌失措，梅東一雙眼睛全看在眼裡，慢慢咬住了牙齒。

這時，房間的電話突然響了，梅東警惕地看他一眼，猶豫片刻，站起身，接起桌子上的電話。

「喂，先生，需要按摩嗎？」水療會所經理周淇的聲音傳來。

梅東啥也沒回答，直接掛電話。

正當他要掛上電話，楊威突然說：「東哥，放鬆一下也好啊。」

梅東一把掛斷電話，頓時眼露凶光。「你剛才叫我什麼？」

楊威畏懼地看著他。「東……東哥啊。」

「我去你的！老子當你是兄弟，你還要賣老子！」他抓起菸灰缸就砸過去。

楊威一邊躲閃一邊哭喊：「東哥，你快跑吧，我也是被逼的。」

梅東咬牙一腳將他踹翻在地，用拳頭狠狠砸了幾下他的腦袋，看他這副窩囊樣，重重嘆口氣，拿上外套和皮包，開門就走。

出了門，梅東走到隔壁房間敲了兩下。兩個小弟出來後，他低聲說了幾句，三人來到沒有監視器的樓梯通道。他將外套和馬甲扔給冷面男穿上，冷面男將自己的衣服扔給梅東換好。隨即冷面男走出樓梯通道，快步朝電梯走去，梅東和跟班小弟從樓梯往下走。剛走到五樓，聽到樓下急促的腳步聲衝上來，梅東向跟班小弟使了個眼色，跟班小弟用力點下頭，說了聲「東哥你保重」，故意發出很大的腳步聲響朝樓上逃去，梅東則閃身到樓梯通道外，幾秒後，就見宋星帶著三個便衣朝樓上向小弟追去。

待他們一走，梅東趕緊閃身下樓，順著樓梯一路走到了地下停車場。他知道既然警方布局來抓他，那麼酒店外面肯定也布滿了員警，不管是走路還是弄輛車，他都出不去。他張望一圈，看到對面一角堆滿了酒店的垃圾桶，旁邊還停著一輛垃圾清運車，他微微一笑，計上心頭。

此時酒店的地下停車場裡只有張一昂這一個員警，王瑞軍等人在酒店外面布防，宋星在樓上抓人，他獨自坐在一輛自小客車中即時指揮各方的行動。張一昂看到有個男人走出樓梯，梅東早已經過整形，外貌和通緝令上的截然不同，張一昂本沒有在意，但見這衣著乾淨的男人東張西望一番後徑直朝那堆垃圾桶走去，張一昂不禁悄悄觀察起他來。只見男人走近垃圾清運車後向四周看了一番，隨即動作敏捷地爬進垃圾車後的運輸箱，躲了起來。

張一昂當場意識到這人是歹徒中的一員，趕緊下車，小步快跑來到垃圾車後。

梅東聽到快速跑過來的腳步聲，知道來人異常，便從口袋中摸出一把匕首，牢牢握在手中，全神貫注地防備來人。

外面的人已經放慢了腳步，腳步聲很輕，正在向這邊靠近，梅東手心暗自用力，只待情況不對勁便直接動手。突然之間，他面前一黑，只見垃圾運輸箱的蓋子整個翻了下來，隨後聽到門竿扣下的聲音。

張一昂拍了拍手，不費吹灰之力就將梅東牢牢鎖在了垃圾運輸箱中。

十多分鐘後，宋星和其他幾個刑警押著兩名小弟來到地下停車場跟張一昂會合，宋星臉上擦破了皮，身上也都是灰塵，說是在抓捕中被人一腳踹下了樓梯，當然那兩個小弟臉上的傷更多，想必是後來被宋星揍回去的。

宋星一臉沮喪。「梅東跑了，這兩個渾蛋不肯交代他跑哪裡去了。」他回頭一巴掌拍冷面男頭上，「你老大究竟躲哪兒了？你不說看我怎麼抽你！」

冷面男吐了口帶血的唾沫，視死如歸。「我不知道，我老大根本沒來三江口。」

「局長，楊威說梅東剛才是在的，他整過容了，楊威一開始都沒認出來。我想他可能還躲在酒店裡，王隊正調人來封鎖酒店。可千萬不能讓他逃出去！」

「整過容？」張一昂一想就明白過來了，「那我抓的這個八成就是梅東了！」

「什麼?!局長你抓了梅東？」

張一昂走過去拍拍垃圾車。「我把人關裡面了——喂，裡面的，你是不是梅東？」

外面交談的聲音梅東聽得一清二楚，兩個小弟都被抓，外面全是員警，現在他就算說我不是梅東，我是梅西，也逃不出去了，眾人只聽運輸箱裡傳出一個沮喪的聲音：「我是梅東。」

兩個小弟一聽這聲音，頓時變了臉色，警方一看這表情，就知被鎖裡面的人是梅東無疑。

一堆刑警抓梅東被他跑了，宋星還被對方小弟打得鼻青臉腫，張局長卻赤手空拳、單打獨鬥擒獲梅東，將他一把扔進垃圾箱鎖了起來，一時之間，這條大新聞傳遍了三江口公安局內部的各個微信群，全市員警都對張一昂肅然起敬。

35

晚上九點，三江口公安局長齊振興匆匆趕回單位，把趙主任叫進自己辦公室，馬上問：「張一昂抓獲梅東了？」

「是啊，他親手抓到的人。別人都在說刑警隊抓捕梅東時，被梅東溜了，結果被張一昂單獨截獲。他當時也沒帶武器，梅東身上有把匕首，張一昂就赤手空拳跟梅東搏鬥一番，把人制伏鎖進了垃圾箱。」說這話時，趙主任都不禁對張一昂的本事感到不可思議。

齊振興微微咋舌。「怎麼這麼快？昨天他才說用楊威釣梅東，這才一天，人就抓到了？」

「據說梅東人本就在內地，昨晚楊威聯繫對方後，他今天就趕到了三江口。」

齊振興點點頭。「梅東被抓是件大事，此人不光在境內外做賭場，還牽涉大額跨境洗錢，上級多次點名，也派人去和澳門警方聯手抓人，但一直沒有進展，這回總算落到我們三江口手裡。」

趙主任關上門，皺起眉幽幽嘆了口氣。「齊局，話不能這麼說。昨天是你背負了重重壓力，向上級、向政府解釋釋放楊威的布局，如今呢，張一昂抓人前都沒向你彙報過。按道理，這麼重要的抓捕行動應該由你指揮，他來執行，現在呢，所有人都知道是他一手抓獲了梅東，可是誰又知道你在背後付出的努力啊。」趙主任手背拍著手心，替齊振興扼腕。

齊振興眉頭抖動了一下，他對這次刑警隊如此高規格的抓捕行動完全繞開自己，心裡當然很不樂意。機關單位裡，領導被架空也不算少見，但一般見於空降領導。齊振興原來就是局長，張一昂才是空降的，可才短短個把月，原本大事小事都會向他彙報的刑警大隊，現在已經唯張一昂馬首是瞻了。

他長長嘆了口氣，只能安慰自己：「梅東來三江口事發突然，大概他們來不及跟我說吧。」

「抓人又不是一秒鐘的事，打一個電話的時間還能擠不出？這分明是想繞開你，獨攬大功。如果不是你跟政府解釋要放楊威釣大魚，政府能同意放人嗎？豈不是更懷疑公安局是楊威的保護傘？張一昂抓人前不通知你，抓人後第一時間通知了公安廳，這根本是不把你放在眼裡啊！」

「他先通知公安廳了？」

「對啊，跟上級表功也該是通過你，什麼時候輪到他？」

齊振興強自解釋：「張一昂和別人不一樣，他的人事關係還在省裡，高副廳長又是他的老領導，他直接通知省廳也不奇怪。」

「不管他人事關係在哪裡，工作在三江口，你才是領導，這本來就應該由局長你先向上級市公安局報捷，再由上級市報到省廳！上一回抓李峰，事發突然也就算了。可這次抓梅東，分明是整個單位的成績，他又繞開你，憑什麼？」趙主任狠狠道，「再這樣下去，整個刑警隊，局長你都指揮不動了。」

齊振興咬牙鼓起嘴，沉默不語。在地方上，刑警一直是公安最強勢的部門，如果指揮不動刑警，齊振興的局長含金量要大打折扣。

齊振興暗下決心，不給張一昂一點教訓，他真目中無人了！

今夜刑警隊順利抓獲梅東，整個公安局裡氣氛像過節一樣熱鬧。剛剛上級市的公安局長還親自打了公開的視訊電話，對刑警隊進行口頭表彰，尤其對總指揮張一昂在整個行動前後所起到的關鍵作用給予肯定。

整個單位，不管是刑警還是其他警種工作人員，看張局長的眼中只剩下了崇拜。由於梅東被員警們從垃圾車裡拖出來時，手裡還攥著隨身匕首，於是單位風傳之間，個個都像親眼看見一般，回憶梅東逃出包圍圈獨自進入地下停車庫，遇到了毫無準備的張局長，梅東掏出匕首行凶，張局長閃身躲過後使出一套擒拿組合將其制伏，隨後像喬峰一樣單手抓住他的大椎穴，將他一把扔進了垃圾箱關起來。

此役了結，張一昂回到辦公室，平復下情緒，心中盤算一番，如今工作上的難題還剩三個——第一是葉劍案，迄今撲朔迷離；第二是劉備下落不明；第三是殺害林凱以及設計暴恐案的兩名罪犯還在潛逃中。

這三個案子哪個都不容易，需要一些突破口。

說突破口，突破口到，還在折騰審訊梅東工作的王瑞軍和宋星一齊跑進辦公室，報出一個好消息，發現了劉備行蹤！

自從鄭勇兵決定跟警方合作，立功決心很強。他不但安排了周榮公司的司機小米給員警當線人，還發動他的各種關係幫忙找劉備。劉備差點捅死他，一天不落網，他就一天心裡發慌。

今天下午五點多，鄭勇兵的一個小兄弟認出了劉備，看到劉備走進了城東一片拆遷的城中村，馬上告訴了他。鄭勇兵二話不說打電話給王瑞軍，一撥電話發現打不通，又打宋星電話，還是打不通。原來兩人當時正在部署抓梅東，行動期間都關閉了手機。抓到梅東後，回到單位，兩人打開手機，看到多個鄭勇兵的未接來電，他們打回去，得知了劉備行蹤。

張一昂和他們討論了一陣子，分析劉備進入拆遷區，最大可能是在此過夜。因為劉備被全城通緝，賓館是不敢住的，這片拆遷區人員早已搬空，房子大多還在，很適合他過夜躲藏。

事不宜遲，張一昂讓兩人把剛回家休息的警員再緊急調回來，另安排特警和派出所等其他警力增援，所有人帶上武器，封鎖整個城中村，執行圍捕計畫，這一次勢必要將這亡命之徒捉拿歸案！

三人正昂首挺胸地奪門而出，剛到門口，一個巨大人形物撞上張一昂胸口。三人同時被嚇了一跳，定睛一看，原來是李茜，只見她頭髮亂糟糟的，神色慌張，像是遭人非禮。

這大晚上的，她跑單位來幹嘛？

下一秒，張一昂把手一攔，不等她開口便說：「這次抓捕梅東的事，事發突然，又已經下班了，所以啊——我沒來得及通知妳，妳放心，以後鍛鍊的機會多的是。我們現在有事，先走了啊，妳如果肚子餓，我叫人給妳點份外賣。明天見！」

張一昂帶著兩人快步繞過李茜，這次抓劉備可不能再帶著她了。

「周榮被人搶劫了，他一個記錄行賄帳單的USB被搶走了！」

「什麼USB？」一聽周榮被搶劫，張一昂停下腳步，頸椎直接轉了一百八十度看向她。

事態緊急，李茜也不再遮遮掩掩，趕緊把她跟蹤周榮，在展售店與周榮接觸，進而今夜成功進入他家的事一五一十說了一遍。在她的描述中，絲毫不提她差點兒遇到危險，只說原本她就能拿到裝有罪證的USB，結果下一圈就要自摸的時候，卻被兩個搶劫犯截和了。

這場變故聽得三個人都大驚失色。

「妳！」張一昂倒吸了一口冷氣，「妳單槍匹馬闖進周榮家？」

「我……」

張一昂抬手看了眼時間，抓捕劉備箭在弦上，便叫王瑞軍和宋星先去安排，他則先在辦公室處理李茜的事。

兩人一走，張一昂態度突然變得像沙琪瑪一樣鬆軟，關上門，湊到她面前低聲問：「周榮這渾蛋，他……他有沒有把妳怎麼樣？」

「沒有啊。」李茜發現局長表情不對，本能地後退一步。

張一昂縮回身體，略略遲疑。「真的一點損失都沒有？」

「沒有！」李茜解釋說，她在赴約前，機智地帶了大劑量強力瀉藥，吃下去准讓人拉到虛脫下不了床。此外她還準備了一把折疊小匕首藏在牛仔褲後袋以防萬一，正是靠這把小匕首，她在被兩個搶劫犯綁住後，摸到匕首割斷繩子，才順利離開別墅。別墅正門口的保安見她頭髮亂糟糟的模樣，還當他老闆得逞了，離開時還恭敬地問她要不要用車。

「沒有就好，沒有就好。」張一昂連拍胸脯，暗鬆一口氣，倘若這次李茜真出什麼事，別管最後周榮會被如何處理，首先他都要捲舖蓋走人。他發自肺腑地懇求：「李茜，以後妳可再也不要這樣了，剛才以為妳出了事，我……妳知不知道真是急死我了！」

李茜看著他的樣子，對方為自己如此擔驚受怕，心下大為感動，又覺得很過意不去，臉一紅，走到了窗戶邊，低聲訴說：「局長，我知道這次是我魯莽，以後我不會了。你知道嗎？剛才看到你的眼神，讓我想起一個人。我之所以會當員警，是因為我爸爸。媽媽說我從小性格就像爸爸，爸爸是刑警，經常奔波在外，早出晚歸。我很小的時候，雖然他和我在一起玩的時間最少，可媽媽說我總是對爸爸最親，總是拿他的大蓋帽玩。後來我上學了，他也三天兩頭因為查案，整日整夜在外面，他回家的時候，我已經睡著了，到了早上我看到他還在打呼，也不能吵醒他。雖然和他交流少，可他在我心裡一直是個大英雄。爸爸身上有好多處傷口，有一次背上被砍了一條大口子，我問他，他說一點都不疼，長大了我才知道那一定很疼。在我十歲那年，他和郭叔一起去執行任務，遇到歹徒埋伏，他被歹徒砍了很多刀，救回來人已經不行了。後來我高考填志願，因為想和爸爸一樣，所以不顧家人反對報了警校。畢業分配時，我說要當刑警，家人和郭叔都反對，不過我覺得我身上流淌著爸爸的血，他如果在，一定會支持我當刑警的。經過這一次，我體會到了當刑警的辛苦和危險，但是我一點都不後悔。看到你為我擔心的樣子，我就想起了爸爸，他如果聽到我剛才的話，一定是跟你一樣的表情。呵呵呵……你覺得呢？」

李茜害羞地回過頭，卻見張一昂正坐在位子裡皺眉思考，聽到詢問，張一昂一臉茫然看著她：「覺得什麼啊？妳跟我說這麼多妳爸幹嘛？我又不認識妳爸。」

李茜愣了愣，失望地哼一聲，負氣一跺腳，就要往外跑。

「喂，妳跑什麼呀？我還有話要問妳呢！」

她只好回過頭，一臉不耐煩地看著張一昂。

「妳說周榮被搶的那個USB，妳確定裡面裝了他的行賄紀錄？」

李茜吸了口氣，暫時把自己一腔的女孩兒情愫拋到一旁，回答正題。

「對，歹徒是這麼說的，周榮的反應也很大。」

張一昂思考一番，點點頭。「這麼一來，我們突破周榮團夥可以換個思路。我們一直找不到周榮的罪證，如今罪證出來了，只要我們抓到這兩個搶劫犯，USB便落到我們手裡，也就抓到了周榮的直接罪證！」

「嗯，是這樣。」

「妳好好描述一下兩個搶劫犯的具體特徵。」

李茜詳細地描述了兩個搶劫犯的特徵，一個中等個子，另一個稍高一點，兩人都戴著面具，身形看著矯健，但其他的具體特徵倒也沒了。

張一昂思索片刻，敢入室搶周榮的搶劫犯怕是也沒幾個，而現在三江口剛好有這樣兩個人選。

「會不會是殺林凱的那兩個人？」

經他一提醒，李茜恍然大悟，兩人趕緊拿出電腦，比對之前拍到這兩名嫌犯的影像資料。

李茜辨認了一會兒，雖然影像看不見臉，但通過身形和步態特徵，她非常確定，今晚搶周榮的正是這兩個人！張一昂思忖片刻，馬上決定兵分兩路，抓劉備雖然刻不容緩，但抓這兩個搶劫犯同樣是十萬火急。

真是個驚心動魄又激動人心的長夜啊！

36

「牢騷太盛防腸斷，風物長宜放眼量！看吧，最終還是吃了個肥貨！」方超高興得都念起毛主席的詩句了，一屁股坐在賓館的床沿上，喜滋滋地看著面前這個拉杆箱。

劉直輕拍著箱子，彷彿生怕把箱子拍扁，欣喜道：「一百萬美元，六千多萬人民幣哪，我這輩子都沒見過這麼多錢！」

「嗯？你這個數學能力有點強啊，不進統計局真是可惜了。」

「我算得不對？」

「一百萬美元是六百多萬元人民幣。」

「才六百多萬？」

「還才六百多？你搬的那尊財神像多少錢？你這輩子有弄到過六百多萬嗎?!」

「可……可六百多萬，咱們倆一人也就三百萬，弄個房子，再娶個老婆就沒了啊。」劉直很是遺憾。

方超斜眼瞧他。「你幹嘛娶老婆？」

「我……誰不想娶老婆啊？」

「我就不想！」方超指了指自己，嘆口氣，「明天一早我們就離開三江口，到時帶你洗幾回真正的足浴！」

「明天一早我們就走？」

「不然呢？」

劉直指了指方超的口袋。「我們還有個周榮的USB，裡面裝了他的帳本，他自己說願意花錢來贖，這筆買賣還沒做，咱們怎麼能走？」

方超搖頭道：「人心不足蛇吞象，這詞你知道是怎麼來的嗎？說的就是你啊。三江口是周榮的地盤，他在這裡有錢有勢，他說願意花錢贖，你難道真敢要？我們先離開三江口，USB的事以後再說，這東西在我們手裡，就不怕他報警。錢是賺不完的，命比錢重要得多。唉，人和人之間眼界高低真是差了十萬八千里，對於這一次的收穫，你只看到了六百萬，我看到的卻是一整個商業模式。」

「商業模式？」

「沒錯，我決定了，我們以後專門挑小地方的貪官富豪下手，這幫人有錢，錢又來路不正，從性價比看，搶他們比搶銀樓划算得多。現在我們已經有了六百萬啟動資金打底，還擔心這門生意做不起來？這門生意市場大，競爭少，誰先下手誰就能發財，懂不懂？」

劉直樂得直點頭，兩人開心得睡不著覺，躺在床上靜靜地幻想著叱吒風雲的未來。

第二天趕緊來吧，只要平安離開三江口，這筆買賣算是徹底落錘了。

★★★

此刻，方超和劉直很開心，可是剛哥和小毛很煩惱。

夜已深，剛哥和小毛站在桌子兩側，呆望著面前這個碩大的黑色旅行箱。

剛哥顫抖地伸出手，捏住拉鍊頭，在他粗重的呼吸聲中，慢慢地拉開旅行箱。

雖然兩人心裡早有準備，但看到裡面這具瞪大眼睛、全是血跡的屍體，還是忍不住倒退了兩步。片刻後，兩人深吸一口氣，下沉丹田，挪步回到箱子前，仔細查看箱子裡的情況。

剛哥小心翼翼地伸出手，輕輕翻動屍體的胳膊，胳膊下面露出了一個布包，剛哥抓起布包，一提還有點分量，他咬住牙，一把將布包拎出來，翻開來正是那個小號的編鐘。

「這啥破玩意兒？」他順手就把這東西丟在了一旁。

小毛拿起編鐘端詳幾下，做出判斷：「這應該是殺人的凶器！」

「這麼多血，凶器是把刀吧？」

「大概是先用這東西砸死，再用刀捅。要不然這東西放屍體旁幹嘛？肯定是要拋屍，再丟掉凶器。」小毛分析得頭頭是道。

剛哥想了想，也點點頭，瞬間又大怒，一巴掌甩到小毛腦袋上。

「拋屍、拋屍，叫你搶幾袋行李，你把屍體搶回來幹嘛？」

小毛躲得離他遠遠的，護著頭，委屈辯解：「我……我也沒想會遇到這茬子事，那人……那人看起來不像殺人犯啊，我怎麼都沒想到他箱子裡是具屍體。」

「沒想到，沒想到！」剛哥又要去揍他，目光再次瞥到了屍體，不由得手一收，抿嘴思考片刻，「這下錢沒弄到，反而惹上大麻煩了。」

「剛哥，要不咱們……還是報警吧？」

「報警？」剛哥思考了幾秒，「這要是一報警，屍體的事倒跟咱們沒關係，可咱們開假計程車偷東西，還是照樣得進去啊！」

「可咱們開假計程車偷東西事小，殺人事大，要說坐牢，還是偷東西少幾年。」

剛哥深吸一口氣，再次大怒。

「人又不是老子殺的，高利貸又不是老子欠的，憑什麼老子要陪你坐牢？」

「這……這開假計程車的事你也是同意的。」

「我去你的！」剛哥作勢就要衝過去揍他。

「哥，哥，」小毛連聲求饒，「你先別揍我，我有個主意。」

「說！」

「咱們把這箱子扔了，不就完了？」

「扔哪兒？」

「哪裡來的扔哪裡去，咱們開車回到一開始的地方，就扔那裡。」

剛哥想了想搖搖頭。「不行，箱子被人撿到後，員警一查監控錄影發現是我們這車拋的屍，到時八張嘴都說不清，員警肯定要把這條人命算我們頭上。」

「那咱們找個地方埋了，埋得深深的，神不知鬼不覺。」

「這附近都是住的地方，去哪兒挖深坑？」

小毛想了想，說：「咱們搭個公車去郊外。」

剛哥思考了一會兒，看來也只有這一條路了，於是決定明天一早搭個公車，把屍體運到郊外，連同箱子一起埋了。

37

一大早，剛哥和小毛就拖著裝劉備屍體的行李箱出現在客運站旁邊的一條馬路上。

三江口的客運站和火車站造在相鄰的斜對面，中間是一個公用的大廣場，廣場西面的一條街是各種雜亂店舖和小旅館，私人承包的客運大巴士也在那條街後的幾處空地上常年攬客。廣場南面連著一個公車起始站，整片區域構成了三江口連接其他城市的樞紐，就像大多數車站附近一樣，這裡終日人流穿梭，環境複雜。

這片區域的南面是一片高聳突出的地方，上面是馬路。此刻，剛哥和小毛就蹲在這條馬路的邊緣，躲在綠植箱背後小心地觀察著下方車站的情況。

看著遠處公車起始站附近穿梭不息的人流，剛哥和小毛緊張的心情略微鬆弛了一些，這麼多行人車輛，他們兩個平淡無奇的身影應該不會被人發現。

「待會兒我們就拿著箱子，從樓梯走到下面，」剛哥指著他們旁邊的一段樓梯，樓梯高七八公尺，走下去便是下面的馬路，「我們直接走到公車站，搭上車坐到東錢湖站，下車後我們就去東錢湖旁邊的山上，找個沒人的地方挖個大坑，把箱子整個埋了。記住，待會兒到了公車站裡千萬不能緊張，我們要低調，不要讓任何人注意到我們。」

「明白！」小毛馬上答應，隨即又突然想到，「剛哥，現在一大早去東錢湖的人很少啊，咱們現在上車，怕是過不了幾站車上就剩我們倆了。」

剛哥眉頭一皺，心想一大早從郊外來市區的人很多，可從市區去郊區的人很少，這點此前並未考慮到。

「不如我們再等等，等到九點鐘，那時很多住東錢湖附近的大爺大媽買好菜，逛完街，會坐車回去。」

剛哥看了眼手錶，如今已經八點十五，再等半個多小時也不是難事，為安全起見，還是等吧。

兩人繼續蹲在原地等了會兒，卻聽見下方的道路上傳來了一陣對話聲。

「超哥，那車可值錢了，就這麼不要了？」

「那車是搶來的，人都被我們弄死了，我們繼續開這車早晚得出事，得不償失。」

「你說那人屍體會不會被人發現啊？」

「被發現是早晚的事，到時我們也不在三江口了，憑三江口員警那點本事可找不到我們。這樣，你先在這裡等我，我去附近找個拉客的黑車，待會兒咱們一起上車，只要出了三江口就徹底安全了。」

方超走後，劉直將裝有一百萬美元的行李箱在腳邊一放，掏出一個飯糰，斜靠在牆壁上一邊吃飯糰一邊耐心地等待，渾然不覺上方的綠植箱中間悄悄探出兩個腦袋。

「剛哥，這兩人手上有人命。」小毛壓低聲音說。

剛哥點點頭，微微瞇起眼想了想，湊到小毛耳邊說：「那就讓他們倆多一條人命。」

小毛嘿嘿一笑，兩人默契地慢慢縮身後退幾步才站起身，拎起行李箱，從一旁的樓梯走到了下方的路面。剛哥在前，小毛在後，兩人佯裝是趕路的旅客，經過劉直身邊時，兩人停下腳步，剛哥對劉直堆出憨厚的笑容。「大哥，打聽一下，這旁邊有沒有便宜的小旅館啊？」

劉直一見有陌生人來搭訕，馬上提高了警惕，但見這兩人猥瑣的樣子，又拖著一箱行李，肯定不是便衣員警，沒有便衣抓人還拖一個行李箱的，便放下警惕。他原本懶得搭理人，但又想起方超的告誡，出門在外要低調，不要惹事，更不要得罪人，於是耐著性子回答他們：「我不知道啊，我也是外地的。」

剛哥感慨：「浙江這裡旅館都太貴了，住不起了，我們找了一圈都找不到便宜的。」

「你們呀，去別處找吧，車站附近小心黑店。」

「大哥你說得對。」剛哥掏出一支菸，遞給劉直，「多謝大哥。」

劉直謝絕。「不用不用。」

剛哥熱情地遞過來。「大哥您拿著。」

劉直略略後退一步拒絕。「我不抽菸，謝謝。」

剛哥眼睛餘光瞥了眼小毛，把菸收起來。「那行，多謝大哥了，再見！」

劉直目送著兩人離去，心中浮起不祥的預感，環顧一圈又說不上來，只好再次吃起飯糰。

過了幾分鐘，方超一路小跑回到原地，低聲說：「今天走不了，員警在臨檢，車站附近全都管制了。」

「周榮報警了？」

方超皺眉沉吟片刻。「不確定，按理說我拿了周榮ＵＳＢ，他不敢報警，不過他是這裡的首富，ＵＳＢ裡行賄的肯定有很多三江口的官員，說不定他們跟員警有勾結，就算ＵＳＢ落入員警手裡，員警也會把ＵＳＢ還給他。」

「那怎麼辦？」

「汽車、火車肯定都不行，我們先回去，我再想想辦法。」

兩人原路返回，劉直拎起行李箱剛走了兩步就停下來，脫口而出：「不對！」他吃驚地去看箱子，同是黑色行李箱，品牌、造型甚至正反面看起來都完全一樣，唯獨尺寸大了一個號碼，拎上去沉重無比，怕是有五十公斤！劉直眼睛緩緩睜大，臉色劇烈變化著。

方超目光凝重地盯著他，同時也看著箱子。

「箱子被兩個渾蛋調包了！」

方超瞬間撲到箱子上查看。這本來就是朱亦飛同一批次買來後改裝的箱子，裝美金的和裝文物的除了尺寸差一號，其他完全一樣，難怪兩人一時間都沒看出來。方超整張臉頃刻間變得慘白，劉直則通紅著臉將剛才兩個王八蛋跟他問路的事複述了一遍。

方超緊緊握住拳，突出的眼珠狠狠瞪著劉直，強烈控制住自己的拳頭，冷聲道：「這種江湖小毛賊的套路，你是不是豬腦子，這都能上當？」

「我……超哥，全是我的錯，你殺了我，我也甘心！」劉直眼見好不容易弄到的美金被兩個小毛賊調包，實在氣得想自殺，抬手就往自己臉上抽巴掌，幾下間兩頰通紅，嘴角流出血。

「夠了！殺了你有什麼用？」方超一把打開他的手，深深吸了幾口氣讓自己腦子清醒一些，為今之計再多的責怪也於事無補，只有想辦法把調包的小毛賊找出來。

方超拎了下箱子，感受到裡面的分量，低聲道：「走，先帶上箱子回酒店，看看裡面有沒有這兩人的線索，到時把錢拿回來！」

38

早上九點，周榮的別墅在一聲驚呼中被驚醒。

今早莊園裡的保安遲遲未見別墅開門，連保姆也沒有出門，不由得覺得異常，於是用對講機聯繫屋內保姆，沒有人應答。保安試圖去開門，卻發現別墅的正門反鎖，背面的小門也關著，於是保安拿來備用鑰匙開門後，很快發現了屋中兩名保姆被人綑綁在地，嘴巴貼著封條，隨即在書房中救出了同樣模樣的老闆。只是老闆身上都是腳印，汙穢不堪，極其狼狽。

一個小時後，周榮團夥主要成員全部趕到了別墅。書房關著門，只坐著周榮、胡建仁、郎博文和他弟弟郎博圖四人，其餘人員全部在別墅大廳等候。

「榮哥，誰幹的？」郎博文問。

「不知道，那兩人聽口音不像是本地人。」

「為什麼不讓他們報警？咱們被人搶劫，這是正當光明的受害者啊。」

周榮皺眉嘆了口氣，頗為艱難地說：「除了那箱錢，他們還在我保險箱裡拿走了一個東西。」

「什麼東西？」三人異口同聲地問。他們三人都見過書房裡的保險箱，但從沒去看過裡面裝了什麼，周榮從不當任何人的面打開保險箱。

周榮抿著嘴唇吐出幾個字：「一個ＵＳＢ。」

「這ＵＳＢ怎麼了？」

周榮嘆了口氣，朝三人都看了眼，緩緩道：「你們也知道，我這份家業也不是我一個人的，東叔還有其他一些人都有份，我是替大傢伙賺錢，很多時候也是身不由己。嗯……這些年我公司的各種額外開銷都是用合法名目入帳的，但真實用途我記在了這個ＵＳＢ裡。如果報警，這ＵＳＢ落入員警手裡，只要一查各方帳目，後果不堪設想。」

三人聽聞此言悚然變色，郎博文急道：「榮哥，這些年所有往來，還有給當官的錢你都記在ＵＳＢ裡？」

周榮默認。郎博文頓時怒道：「你幹嘛要這樣做？這要被人發現，我們豈不都得進去？」

周榮瞪了他一眼，他自知失態，微微低下頭，發著粗重的呼吸聲。

胡建仁低聲問：「榮哥，這事東叔不知道吧？」

「東叔當然不知道。」周榮瞥了幾人一眼，嘆口氣，「我弄這本帳是為了有朝一日萬一出事留條退路，不光是給我自己，也是給你們。你們想，如果我們其中的哪一個人出了事，東叔、羅子岳還有那些官員，他們會保我們嗎？他們不會，他們只會想方設法劃清界限。我弄了這本帳，那麼所有人都是一條船上的人，萬一出了事，他們都會盡全力救我們，救我們就是救他們自己。」

三人點點頭，周榮這麼做也是無可厚非，只是不承想這ＵＳＢ會被人搶走。

胡建仁思索片刻，問：「榮哥，這事我們要不要告訴東叔，讓他派一隊員警來幫我們找人，抓住那兩人，把ＵＳＢ拿回來？」

「絕對不行！」周榮斷然否決，「ＵＳＢ的事告訴東叔就完蛋了！」

「那我們怎麼把東西找回來？」

「昨晚那兩人把USB插進電腦，看到了USB的內容，他們以USB威脅我不要報警，還說會拿USB再找我換筆錢。他們倆知道USB對我的重要性，肯定會想跟我勒索一筆大的，到時我們想辦法抓到這兩人，USB拿回來，人弄死！你們覺得呢？」

周榮看向三人，胡建仁點頭同意，弟弟郎博圖沒有表態，郎博文則是沉默不語。

「博文，你說說。」

郎博文抬起頭。「榮哥你想怎麼做，我的人全部聽你吩咐。」

弟弟郎博圖則分析：「榮哥，你這別墅都能被人闖進來，不動聲色之間綁架搶劫，這件事未免有些蹊蹺吧？」

「你的意思是？」

「榮哥，你還記得上回員警查葉劍的案子找上陸一波，陸一波卻讓員警來找你吧？昨天陸一波又和員警合作了，員警找他幫忙，他安排周淇當內應，在他們酒店裡抓了一名通緝犯。這事陸一波沒告訴過你吧？」

「他沒說。」周榮微微一皺眉，「你懷疑搶劫的事跟陸一波有關？」

郎博圖點點頭。

「不可能，陸一波怎麼可能派人闖我家搶劫？」

對於這個猜測，郎博文和胡建仁也搖頭表示不可能，可看陸一波近期的表現，他確實有可能叛變倒向警方，不過此時此刻USB才是大事，周榮現在可沒心思去管陸一波了。

四人又商量一陣，打開書房門，回到了客廳。客廳前方，一排保安低頭跪在地上，張德兵一見書房門打開，便伸手一個接一個抽他們巴掌，一邊打一邊痛罵。

周榮坐到沙發上，冷眼看著眼前的這些人，對他們雙頰被打腫完全無動於衷。

一連打了十多分鐘，張德兵手都打痠了，緩下勁，大聲質問：「昨天晚上誰是組長？」

這其實是明知故問，別墅保安三班制，組長只有三個，昨晚誰當班，張德兵這保安部的老大一清二楚，他不過是問給老闆看罷了。

一排人目光漸漸朝中間那人看去，中間那人低下頭，兩腿都在抽搐。

張德兵故意再問一句：「到底誰是組長？」

「拆……拆哥。」幾人小聲回答。

中間那個叫拆哥的小夥子嚥了下唾沫，渾身瑟瑟發抖。他真名李棚改，因為這幾年全國都在搞棚改，也就是拆遷，所以道上的朋友給他取了個外號叫「拆哥」。

張德兵二話不說，從腰間掏出一把彈簧刀。「老規矩，切個小手指，自己來還是我動手？」

李棚改一見彈簧刀，嚇得軟了身體。「兵哥，我錯了，是我責任，但昨天是……是榮哥叫我多帶些人出去，我們回來後，不知道……不知道裡面出了事，所以——」

「你還敢怪榮哥！是榮哥叫你把後面保安崗的人全撤掉的？」

「我們……我們晚班人手有限，所以——」

「你這找死的！」張德兵一腳將他踹翻在地，對旁邊一人吼：「你去拿麻藥！」

胡建仁不禁好奇。「拿麻藥做什麼？」

「切他手指。」

李棚改頓時痛哭流涕地朝周榮磕頭。「榮哥，我錯了，求你饒我一回，我一定赴湯蹈火賣命，榮哥，你饒了我吧。」其他小兄弟也一齊替他求情。

「夠了！」周榮正煩著USB被搶，這幫人居然還有時間在他面前做截肢手術，而且一看就是張德兵跟這幫人商量好的苦肉計，切個手指還要打麻藥，怎麼不去醫院切？他怒氣沖沖地揮手。「別給我演雙簧了，張德兵留下，其他人滾！」

地上跪著的一排人忙不迭連滾帶爬逃走，只留下了張德兵站在面前，臉上也淨是愧色。說來他是道上有名號、有手段的人，結果老闆被人闖進家搶劫，被人打成這副模樣，他真是無地自容。

周榮長長吸了口氣，平復下情緒，讓自己變得冷靜。「昨天那兩個渾蛋不光搶了錢，還拿走了一個對我非常重要的USB，錢是小事，USB一定要給我弄回來，同時把那兩人乾淨處理掉。」

張德兵連忙點頭。

「那兩個渾蛋手段很專業，不是新手，一定是道上的。你去想辦法，招呼三江口和周圍幾個城市道上的人，放足眼線，盡快把人找到，誰辦成了，箱子裡的美元全歸他。記住，USB的事除了我們自己人，不要告訴任何其他人，人找到後，事情我們自己人辦，那個USB拿回來交到我手裡之前，誰也不許看！」

張德兵重重點頭答應，他知道這事對老闆極其重要，否則也不會將整箱共計一百萬美元直接拿出來做獎勵。此事說來也不難，每個地方都有江湖，三教九流混跡其中，眼線幾乎能遍布每條街道了。以超額獎勵發動整個江湖的人找兩個人，效果比公安的通緝令好得多！

話不多說，張德兵馬上著手安排找人。通過調別墅幾個監控錄影，他們很清楚地看到兩個男人的身形和一個裝有美金的黑色行李箱。這兩人的身形照片，行李箱的照片，都是特徵。當然，他們對外不能說周榮被人搶了，只說有人搶了張德兵。

頃刻之間，方超和劉直遭到了警方和江湖的雙重搜捕。

39

而在警方這邊，昨晚抓獲梅東後先是從鄭勇兵處得知劉備行蹤，後又從李茜口中得知周榮被搶劫，於是開展了雙線作戰。

早上，昨天報知劉備行蹤的拆遷區外，十多輛警車將所有出入口圍得水泄不通，到處都拉著警戒線，將充滿好奇心的過路群眾攔得遠遠的。

臨近中午，張一昂趕到現場，經過一段幾十公尺長的弄堂，找到了正在忙碌指揮的王瑞軍，將他叫到一旁，低聲問：「周榮那邊情況如何？」

王瑞軍精神飽滿地回答：「我昨晚立刻按照局長你的指示，連夜安排多名經驗豐富的老便衣員警埋伏在周榮別墅的四面八方，經過我們通宵蹲點，發現今早九點多開始，周榮公司的保安隊、胡建仁、郎博文兄弟等人集體趕去了他家，看來李茜的情報沒有錯，周榮確實是被人搶劫了！」

「當然不可能有錯，我親眼看見周榮被搶劫，又不是道聽塗說！」話音一落，兩人轉頭便瞅見李茜站在一旁，氣呼呼地瞪著王瑞軍。王瑞軍乾張嘴說不出話，若是換了其他警員偷聽領導談話，他早就一腳將人踹上月球了，但偷聽的是李茜，他也無可奈何了。

「李茜——」張一昂吃驚地望著她，「妳怎麼過來了？」他以為李茜經昨晚一役，會被嚇得肝膽俱裂，不敢再亂折騰了，怎麼又冒出來了？

「我聽說這裡出了事，馬上趕來了啊。」

「我是說昨晚妳受了驚嚇，今天……今天怎麼又過來了？」

「誰說我受了驚嚇？就昨晚那點事能嚇到我？」李茜頭一翹，和昨晚一臉驚恐的樣子判若兩人，「昨天我是缺少經驗，不過我也是早準備了匕首，否則也不能在四肢都被綁的情況下率先逃脫，給你們傳回這寶貴的情報，有人還不知好歹，懷疑我親眼所見也能有假，哼！良心都被狗吃了！現在我想通了，周榮被搶劫是我發現的，我有權要求參與後面的全部調查，不然功勞都被其他人搶走了！」

「李茜妳放心吧，我可不會搶妳功勞，我還是要點臉皮的。」王瑞軍訕笑著直搖頭，轉頭發現張局長的表情不是很開心，馬上一臉嚴肅道，「妳在想什麼呢？局長當然更不可能啦！誰要搶你妳勞呀？」

張一昂這才點點頭。「李茜妳放心，我跟瑞軍一起保證，周榮案子如果破了，妳一定是頭等功。後面衝鋒陷陣的事，妳讓他們老刑警去幹，妳昨晚太危險了！如果沒什麼事的話，妳先回單位休息，我叫個人送妳。小王——」

「局長，」李茜打斷他，「有件事我要跟你商量。」

「妳說。」

「這裡人太多。」

王瑞軍看了看周圍，道：「沒事，就我們三個，其他人聽不到。」

李茜朝他看了眼。「三個也有點多。」

王瑞軍愣了幾秒，咳嗽一聲，直起身子轉頭走開。

李茜這才開口問：「局長，如果周榮案子破了，你跟上級彙報，會說是我潛入周榮家裡，發現的情報嗎？」

張一昂一愣，這當然不可能了，如果李茜叔叔知道這事那還了得，只好含糊其辭回答：「具體的破案經過，我想也不用說得那麼清楚吧？」

「那我如果不參與後面的調查，到時你給我立功申報，別人看我什麼也沒做就立功，怎麼能服氣？」

「這個可以說妳通過技術手段對偵察過程幫助很大。」

「可如果郭叔問我具體是怎麼偵察的，我沒做過相關工作說不來，只能實話實說了。」

「妳——」

「所以——」李茜嘴角一翹，語氣不容置喙，「我一定要參與後面的調查！」

張一昂直愣愣地瞧著她，發現她居然開竅，知道他的死穴了。張一昂嚥了下唾沫，心裡權衡一番，先把眼前的事應付下來再說，便道：「我同意妳參與後面調查，但妳必須聽我指揮，絕對不能再擅自行動！」

「你不能指揮我用電腦查資料。」

「我——」

「必須出現場，必須參與抓捕！」

張一昂吸了口氣。「妳必須跟在我旁邊。」

「一言為定！」

張一昂猶豫了一下，只好說：「一言為定。」

「拉鉤！」李茜伸出手指，鉤過張一昂的大手拉了拉。

遠處被稱作「良心被狗吃了」的多餘人王瑞軍不甘地瞥了眼他們，驀然發現這兩人在拉鉤，他嘆口氣，當領導的福利就是不一樣。這時，他又見張局長向他招手，他馬上跑了過去。

張一昂抿了抿嘴，囑咐王瑞軍：「以後的調查，讓李茜參加吧。」

「讓她參加？」王瑞軍啞然，果然身體接觸容易達成內幕交易，不過他可不敢干涉領導的私生活，轉念便乾脆答應，「沒問題！」

「你繼續說周榮吧。」

王瑞軍看了眼李茜，見她此刻就正大光明地站在旁邊聽，張局不阻攔，他也就放心說了：「周榮召集了團夥主要成員後，這些人在別墅待了至少一個小時，後來四散出去了，我們人手有限沒法跟。我聯繫鄭勇兵提供的線人小米，他是司機，沒參與具體的事，他聽其他人說周榮派出大量人手是為了找兩個人。」

「周榮自己呢？」

「他到現在一直都在別墅裡，沒有出門。」

張一昂想了想。「這一回周榮一定是動用了最大的資源找那兩個搶劫犯，我們沒辦法跟住他所有手下，而且一旦我們跟蹤被發現就打草驚蛇了。這樣吧，你先去安排人盯緊別墅情況，我們另外再派人手，爭取先周榮一步抓到那兩人。」

打發走王瑞軍後，張一昂帶著李茜朝前方走去，來到一棟拉著警戒線的房子前。房子周圍穿梭著法醫和物證部門的人員，宋星看到他後，放下手裡工作，將他帶到一處渣土堆旁，上面的泥沙已被翻開攤平，黑褐色的沙子明顯有些潮溼，一看就是血跡。

「具體情況如何？」張一昂盯著沙子看了一會兒，招手把幾個骨幹都叫了過來，李茜也冒充骨幹湊到一旁聽大家談案情。

宋星首先開口撇清責任。

「昨晚我按照指示，召集了刑警、特警還有其他部門一共四十多號人，把這片區域的所有出入口都圍住了，當晚就派便衣先進入查探，沒找到劉備。等天一亮大部隊集體包抄進去，所有房子全部找遍，還是沒看到劉備，但是發現這片沙子有大量血跡，還有這房子二樓的地板也有血跡。從痕跡看，歹徒從底下將沙子運到樓上，清理樓上的血跡後，再把沙子掃下樓。」

張一昂目光投向陳法醫，老陳很確定地表示：

「我敢百分之百肯定，死了一個人，時間就在昨晚！」

「屍體呢？」

「屍體跑哪兒去了，我不知道啊，我只管屍檢。」

一旁李茜插嘴問：「可是沒看到屍體，你怎麼能確定人死了？」

這世上沒有人能夠懷疑陳法醫的專業技能，李茜也不例外。他頓時瞪起眼怒道：「妳沒看到這麼多血嗎？三年大姨媽的出血量一次流乾淨了，這人還能活命？」

李茜低聲嘀咕一句：「沒化驗怎麼知道是人血？」

陳法醫冷哼一聲，鄙夷地瞧著她。「化驗？我還需要化驗？我告訴妳，儀器對我沒用，我做了三十年法醫，我看一眼就斷定這百分之百是人血，而且時間就在昨晚！哼，我剛當員警那會兒，在場所有人都還是小孩，那時我遇到一起案子，也是光看到滿地的血，沒有找到屍體，當時就有人問我了，小陳，你覺得人是死是活，你們猜怎麼著——」

大家沒心思猜後面的故事情節，宋星直接打斷他問：「陳法醫，其他還有什麼資訊？」

「就是這些啊，至於劉備是被誰殺的，這是你們刑警的事，我不管。」

「什麼？你說劉備被人殺了？」在場眾人紛紛叫起來。

陳法醫理所當然地看著他們。「這不是很明顯劉備被人殺了嗎？」

宋星反駁他：「我們是在抓劉備，發現了這麼多血，那也應該是劉備殺了別人逃走了，怎麼會是其他人殺了劉備？」

陳法醫很不屑道：「你這腦子的分析能力是怎麼當上員警的？」

「我——」

「宋星，我剛才是不是跟你確認過，昨晚別人看到劉備來時，不是空手來的，而是拎了個行李箱？」

宋星點點頭。「是啊，我說劉備拖著一只行李箱。」

陳法醫又轉身問物證組的許科長：「老許，剛才你是不是說樓上有打鬥痕跡，兩個人的腳印，還有行李箱的滾輪？」

許科長也點頭，因為地上有不少血跡，樓下還有沙子，所以現場痕跡是很明確的。

「這不是很明顯的結論嗎？從地上的痕跡判斷，昨晚樓上一共有兩人，已經比對過腳印，腳小的那個是劉備，另一個人腳大。劉備拖著行李箱上樓，但最後是另一個腳大的人拖著行李箱離開。那麼劉備去哪兒了呢？地上這麼多血，劉備肯定是被另一人殺了，屍體裝行李箱裡帶出去了啊。」

許科長經他一提醒，忙回頭去研究行李箱來去的痕跡，發現確實離開時痕跡較深，情況正如陳法醫所說，劉備被人殺死後，屍體被裝入行李箱拖走，所以離開時行李箱重，自然痕跡深。他也認同陳法醫的判斷。

陳法醫雙手一攤。「我一個法醫，關鍵時刻還要管現場痕跡，真是煩！」他嘴上說著煩，表情卻得意得很，椎間盤突出的腰也被他挺得直直的。

眾人站在原地，細細思考陳法醫的結論，從現場痕跡看，他的分析確實有道理。可劉備這亡命之徒不殺人就不錯了，現在反而被其他人殺了，這可能嗎？

陳法醫一掃眾人，鄙夷地看著他們。「你們到現在還不相信劉備已經被人殺了？」

宋星咳嗽一聲，說：「陳法醫，這畢竟是你單方面推斷——」

「我單方面推斷？我告訴你，我說的結論，從來就不存在第二種可能。我跟你打個賭，這裡的血跡帶回去比對DNA，如果DNA不是劉備，我辭職；如果DNA是劉備，你辭職！」

「不用……不用賭這麼大吧？」宋星哀叫一聲，被陳法醫的氣勢徹底壓倒。

張一昂咳嗽一聲，當眾表個態：「我相信陳法醫的判斷。」

眾人也馬上站到陳法醫一邊，紛紛責怪起宋星：陳法醫的結論從來就是一個唾沫一個釘，怎麼可能出錯？你倒好，第一次抓劉備不按電梯差點兒害死李茜，昨晚抓捕梅東被他小弟弄個障眼法糊弄過去差點兒放虎歸山，後來帶一幫人抓劉備同樣一無所獲，現在居然還有臉質疑陳法醫的結論。

張一昂思索片刻，正要抓捕劉備之際劉備卻被人殺害，此事撲朔迷離還需進一步查證。現如今最重要的還是周榮。先周榮一步抓獲兩名搶劫犯並非易事，尤其此事機密，周榮被搶的事不能向太多人透露，沒法調動大部隊行動，這兩人該怎麼抓，還是請教高廳吧。

40

省公安廳會議室裡，早上的學習報告例會結束後，廳長說再耽擱大家幾分鐘時間，他要宣布一件事。

「就在昨晚，三江口公安局成功抓獲了梅東。可能部分人對梅東不熟悉，今年國務院牽頭的金融監管部門和我們公安部門聯手查處地下錢莊，打擊外匯流失，這梅東正是多個地下錢莊的關鍵性人物。據之前調查所知，梅東不僅設立了幾十家外貿進出口公司，開展換匯出境的業務，還和多個境內外地下錢莊有深度合作。抓獲梅東是我省今年打擊金融犯罪的又一大成果！」

會議桌上的眾人紛紛鼓起掌，目光投向了高棟。

「高棟，你徒弟有本事啊。」廳長言中滿是褒獎。

「運氣好，運氣好。」高棟謙遜地笑著。

「你用不著謙虛，這又不是表揚你。我聽說梅東原本一直在境外，這次抓回來是張一昂一手設的局。之前抓李峰，部裡具體的表彰文件還沒下來，通知廳裡是三江口刑警隊的團隊一等功，這才沒多久，又抓到了梅東，你說這回廳裡是獎評團隊呢，還是個人？」

「這肯定是團隊功勞。」

廳長笑道：「也可以是團隊功勞，再加上他個人表彰嘛。我聽說抓梅東時差點兒被他逃了，他跑到地下車庫遇到了張一昂，當時張一昂是一個人，赤手空拳壓根兒毫無準備，梅東手裡有匕首，張一昂就這麼直接衝上去跟他搏鬥，幾下子把人制伏了，張一昂自己毫髮無損，厲害啊！」

眾人紛紛點頭，破案擒凶並不稀奇，高棟以前就破過很多案，可抓人都是底下刑警幹的，領導幹部單槍匹馬親手抓人，光這份膽量就足夠讓人肅然起敬。

這時，廳長旁邊一位五十來歲的男子清咳了一聲，這人國字臉、大耳朵，面相自帶官威，即使不穿制服，走到外面也是一眼就能辨出的機關單位大領導，此人正是周衛東。

「我覺得對於個人的獎評問題，我們還是要再好好研究，要著重考察個人的日常工作情況和品行。」

「這是當然，」廳長點下頭，感覺他話中有話，不禁問，「衛東，是不是有什麼問題？」

周衛東側過頭，朝廳長耳語幾句，片刻後，廳長臉色發生了一些微妙變化。

眾人看著這一幕，卻不知他們倆在談什麼。

「刑訊逼供？」廳長說這四個字略大聲了些，所有人都聽在了耳裡，他看看眾人，又看看高棟，覺得這話大家都聽到了，如果今天不把事情說清楚，傳出去影響不好。

廳長皺了皺眉，只好對大家如實說：「有人向廳裡反映，張一昂同志在辦案過程中，存在著刑訊逼供的問題。」

高棟聽到廳長稱呼張一昂還帶著「同志」兩字，知道問題不大，刑訊逼供嘛，每個地方的刑警隊多多少少都存在一些，對付一些耍無賴的歹徒，你不下點手段，他硬是不招怎麼辦？所以這事都是嘴上說嚴禁，實際工作中，大多睜隻眼閉隻眼，不要太過分就行。張一昂是把人怎麼了，還被捅到廳裡？高棟對情況一無所知，也只能閉著嘴不表態。

周衛東裝作關心的樣子詢問：「小高，你對這事知情嗎？」

高棟不知周衛東挖的坑有多深，只好先撇清關係：「他下基層工作後，不歸廳裡管，我對他近期的工作不是很清楚。」

旁邊一位領導好奇地問：「犯人怎麼樣了？嚴重嗎？」

這一問，周衛東頓了頓，這事是齊振興一早向他祕書反映的，事情性質不算嚴重，本來他見廳長當場要表態表彰了，才趕緊藉此把表彰壓下去，誰知廳長聲音大了點，被所有人聽到了「刑訊逼供」四個字，也只能當場說開了。

「嫌疑人的身體狀況倒不是很嚴重，只是刑訊逼供的做法非常不合適。」

那人又問：「他對嫌疑人上了什麼手段？」

「張一昂在傳喚沒有確鑿犯罪證據的嫌疑人時，威脅將人抓到看守所，讓人……讓人打爆腦袋」。

「最後他真這麼幹了？」眾人一聽，這還了得，把未經審判的嫌疑人帶到看守所打爆頭，這可是嚴重違法行為了，一旦出了事，公安部門難辭其咎。

「他……他暫時還沒有。」

高棟見了這副神態，心裡已經清楚了大概，暗鬆一口氣，淡淡說：「張一昂審訊時，威脅嫌疑人這麼幹，最後他沒有做，是嗎？」

周衛東咳嗽一聲，點點頭。

「這個啊……」高棟笑起來，其他人也跟著笑起來。

一人說：「嘴巴上刑訊逼供，這叫嘴刑嗎？嘿嘿，這有什麼呀？換我以前幹刑警時，我們才厲害，我們——」他頓了頓，馬上反應過來這種場合不適合講這些，馬上改口，「基層刑警在辦案過程中，一點點瑕疵總歸是難免的，如果犯人不能打、不能罵，還不能嚇唬，他要是不配合，刑警怎麼審？國情是這樣嘛，如果嘴巴上嚇唬嫌疑人也算刑訊逼供，那這基層民警還怎麼做事？」

所有人聽著這話都很認同，就連跟周衛東親近的一些人也不禁附和。

高棟心裡冷笑，張一昂這小子撿了大便宜，今天這會開完，如果廳裡不給他個人評個大獎，那傳出去還當是省廳要求基層員警連對犯人罵都不能罵，這豈不是涼了基層員警的心？以後誰管你破案？這道理所有領導都懂，這回張一昂表彰已經是鐵板釘釘。周衛東倒是偷雞不成蝕把米了。

會後，高棟回到辦公室，馬上給張一昂打去電話。

★★★

張一昂正愁著怎麼才能先周榮一步抓獲兩個搶劫犯，高棟的專線電話打了過來。

高棟在電話裡跟張一昂透露了三件事：第一件，上回抓李峰，公安部將給三江口刑警隊評團體一等功；第二件，昨晚抓到梅東，廳長對他們這次成果評價很高，據他估計，團體應該會評一等功，張一昂個人至少能評二等功；第三件，有人向周衛東講張一昂的壞話，不過暫時沒事，要小心警惕，據他猜，能直接把張一昂在單位裡的事反映給周衛東的，除了齊振興，別無他人。目前不要和齊振興起衝突，以大局為重。

待高棟說完，張一昂馬上彙報周榮USB被搶，裡面裝有極其重要的罪證。對於這麼突然的情報，高棟也是大吃一驚，震驚之餘，便問：「你打算怎麼辦？」

「我會想盡辦法，克服萬難，全面部署，精確打擊，勢必要在周榮得手之前，將兩個搶劫犯捉拿歸案。」

「說人話！」

「我派人盯著周榮別墅的一舉一動，另外各個車站、交通出入口也都派了員警守門，但我們沒有清楚掌握這兩人的相貌特徵，我們刑警隊人手也不太夠，其他警力我能調得動的也很有限，所以——」

高棟沒廢話，直接問：「你想加多少人？」

張一昂想了想，高廳現在是在省裡任職，不是地方單位，手下沒兵，說多了怕是也沒辦法，總不能讓領導為難。以高廳的面子找兄弟城市調幾十人還是可以的，便說：「如果……如果能給我調二十個經驗豐富的刑警，我會有把握得多。」

「我給你兩百個刑警，下午之前到，到時你只管下命令，不用管人事關係，我要你三天——不，一星期吧，一星期內必須把這兩人抓到。」

張一昂一聽兩百個，他這輩子都沒管過這麼多人，頓時心潮澎湃，連聲答應一定抓到人。

「記住，說這兩人是暴恐案和楊威命案的嫌疑人，不要提周榮。」

「明白。」

掛了電話，張一昂搓搓手，突然多兩百個刑警，過幾個小時就能到，高廳真是深藏不露啊，這下可要大幹一場了。

電話另一頭，高棟掛了電話也搓搓手，一旦那個USB到手，周榮乃至周衛東都將被一網打盡，不禁心情激動起來。片刻後，他又眉頭一皺，掐了掐自己，居然有朝一日我要靠張一昂才能破案，該不是在做夢吧？

41

如果人遇到了一件倒楣事，先不要抱怨，因為接下來的事往往更倒楣。

此刻一家小旅館的客房裡，方超和劉直呆呆地注視著地上，那裡一個敞開的行李箱裡蜷縮著劉備的屍體。

過了很久，方超慢慢仰起頭，喉嚨發乾。「好手段，好手段！」

劉直吼道：「那兩個人殺了人，還跟我們調包，我非殺了他們！」他氣極，一把將箱子蓋上，拉上拉鍊拖起來便走。

「你幹嘛去？」方超叫住他。

「殺了那兩個畜生！」

「你上哪兒找人？」

「車站！」

「他們在車站用屍體跟你調包，怎麼可能還會留在車站？」

「那一定也在車站附近。」

「不可能，他們殺了人，肯定早逃得遠遠的了。」

劉直紅著眼一屁股坐在地上，自責地拍著自己的頭。「那怎麼辦？怎麼辦？」

「這筆帳當然是要算的！」方超言語冰冷，在勝利大逃亡的最後一步被人調包，他心情糟透了，打定主意必須找到這兩人，無論是拿回美金還是報調包之仇，這兩人必須死，但他頭腦還算冷靜，三江口雖是個縣級市，但人口也有一百多萬，憑空找兩個人並非易事，得從長計議，不過找這兩人之前，得先將這屍體處理了。

他拉開窗簾看了下周圍環境，沉思片刻，現在是白天，先等到晚上將屍體處理了，再做進一步打算。

★★★

而換了箱子的剛哥和小毛現在算是鬆了口氣，兩人回到家打開調包回來的箱子，從箱子裡找出了幾千塊零錢和三張面值一萬的楓林晚酒店消費卡，錢自然被剛哥一把收走。看著三張面值一萬的消費卡，兩人商量著如果能把卡退了換錢，正好把信用卡的債一併還了。可這酒店的儲值卡能換多少錢？會不會登記著那兩人的名字呢？

他們正商量間，聽到院子裡傳來喊聲：「夏挺剛，你給我滾出來！」

兩人對視一眼，心想：難道那兩個罪犯找上門了？剛哥連忙把消費卡扔回箱子，拉著小毛一起躲到門背後，透過門縫望向院子。

「這人誰啊？」剛哥沒認出對方。

「是……是昨天那個開賓士撞樹上的。」

院子裡，杜聰站在那輛計程車邊，怒氣沖沖地瞪著屋子。

昨晚他借周榮的賓士賺外快，遇上小毛開計程車偏了方向，直直向他撞來，他本能反應往旁邊躲，結果撞上了一旁的大樹，車輛損失慘重。杜聰下車交涉時，肇事司機竟然直接踩油門逃了，臨走之際他拽下小毛的衣領口袋，從中撕下半張銀行催帳單的信封，信封上只有半個地址，杜聰今天費了大半天的時間沿路找來，總算在他們院子裡發現了這輛肇事車。可看到這收廢品的破院子，他都要哭了。昨晚車禍後，他報告給店裡，展售店當場報警，很快店裡眾人和員警趕到事故現場，員警將杜聰帶去派出所做了筆錄，因為事發地沒監視器，對方計程車並沒有和杜聰相撞，杜聰所說的事故經過只能是他的一面之詞，而他偷店裡的汽車是鐵板釘釘的事，所以這事法律責任還在他。

派出所暫時放了杜聰，讓他跟店裡協商。胡建仁帶人趕到，威脅他只有兩條路，要麼以竊盜罪進監獄，要麼照價賠償。保險公司不賠盜開車輛，車損和折舊費算出來一共六十萬由杜聰獨自承擔。如果一個月內賠不出錢，那就按竊盜罪處理，同時民事賠償照樣少不了。當晚，失魂落魄的杜聰回到家，跟身在農村的父母說明經過，估摸著東拼西湊再加跟親戚借錢能湊出二十多萬，開婚慶公司的朋友本著人道主義精神說補貼他五萬，還差了整整三十萬沒有著落。杜聰想了一晚上，也只能按著信封上的地址來找肇事車主了。

他站在院子裡喊了一陣，躲在房門後面的剛哥和小毛一聲不發。他衝到房門前，舉起拳頭便重重敲了起來，敲了一陣，還是沒人應，準備湊到門縫往裡看，剛哥見躲不過去了，馬上揮手讓小毛藏門後，一把拉開門喝道：「你誰啊？在我家瞎叫什麼？」

杜聰昨晚隱約見到計程車後座還有個乘客，並未看清臉，此時當然沒認出來。

「我找夏挺剛。」

「我就是啊！」

「你是夏挺剛？」杜聰愣在原地。

「有什麼問題？」

「外面這車是誰的？」

「我的呀。」

「昨晚你開的車？」

「昨晚沒人開過車。」

「那這車怎麼停你院子裡？」杜聰指著車邊放著的兩張假牌照。

「我怎麼知道？這車怎麼樣關你屁事？趕緊給我滾！」剛哥不耐煩地叫罵著，作勢要關門。

杜聰一把將門按住。「我再問你一遍，這車昨晚是誰開的？」

「你管它誰在開，這是我家，你給我滾遠點！」剛哥上去推搡杜聰，杜聰見他樣子正是心虛得惱羞成怒，知道肇事者肯定是這家，想著他們害自己背了六十萬的債，心頭早已氣急，剛哥一來推搡，杜聰就一拳往他臉上打去，頃刻間兩人互相抓住對方，摔倒在地，扭打成一團。

躲在裡屋的小毛見剛哥打不過杜聰，吃虧挨了好幾拳，也顧不得躲藏，抓起一根棍子衝出來幫忙毆打杜聰。

杜聰一抬頭，看到持棍毆打自己的正是昨晚的司機，怒上心頭，放下剛哥爬起身又去揍小毛。剛哥得了空閒，也跑進屋子找了條竹竿，兩人一起打杜聰，一下子就占了上風，將對方逼退。

杜聰站在院子門口與他們倆對峙，他雖然個頭比兩人大，可赤手空拳對手持棍棒的兩人自然打不過，他只能轉而報警，通知昨天接警的員警，他找到了肇事汽車。不久員警趕到，詢問三人。剛哥因擔心這假計程車牽出更多的事，堅決不承認昨晚開過車，說這車是以前收廢品收的，一直停在院子裡，假牌照昨晚就被他們摘下來扔河裡去了。員警看出剛哥和小毛是耍無賴，但也沒證據，只好說報廢車輛處理有專門的地方，他們這樣私下收購是非法的，要將計程車扣留。剛哥滿不在乎地說要扣就扣。

今天派出所很多警力都被局裡調走協助查案了，人手不夠，員警也不便多耽誤時間，就讓杜聰先跟他們回派出所再做下筆錄，過幾天再找拖車來扣車。待杜聰和員警走後，剛哥和小毛總算鬆了口氣，將院子門關上，省得再有不三不四的人來打擾。

★★★

霍正是殺過人的，縱橫江湖這麼多年，從未像昨天晚上那般窩囊。

都說劉備是殺過員警的亡命之徒，可霍正根本不放眼裡，劉備在他手裡掙扎了不到三分鐘。他輕鬆將劉備殺死，編鐘找回，可誰知劉備屍體和編鐘一道被一輛計程車劫走了。

昨晚他回去見朱亦飛，被老闆一頓破口大罵，對他描述的經過頗不信任。

「你打車是打計程車還是運屍車？計程車搶屍體幹什麼？」

霍正這樣的老江湖被一輛計程車劫了，他自己都無法相信，更別提說服老闆了。他為了證明自己，只有想辦法重新找到那輛計程車，將司機滅口，箱子取回來才行。

他查了箱子的定位，位於城南一片城鄉接合部區域，後來也不知是定位器沒電了還是接觸不良，定位消失了。到了第二天天亮，霍正來到定位器最後顯示的這片區域，挨家挨戶找過去，沒有發現計程車，找了大半天時間，卻看到一輛警車從前方一片區域駛過。他擔心該不是箱子裡的屍體被發現，對方報警了吧？為了核實這點，他向前走去，經過一爿小賣舖附近，聽到旁邊幾個人交談，說剛才的警車是去前面一家收破爛的院子處理一輛計程車。聽到「計程車」三個字，他頓時警覺，於是悄悄來到了旁人口中的那家廢品站。廢品站關著門，霍正透過鐵門中間看進去，一眼就看到院子裡的計程車。儘管計程車沒有掛車牌，但從車身上的一些特點，他當下就確定正是昨晚劫他的車。

霍正目光轉向了裡面的房子，通過窗戶看見走動的人影，正想翻牆進去殺人，又想員警才來過這裡，會不會是個圈套，正等他進去甕中捉鱉？

他猶豫片刻，決定先退到一邊觀察一會兒，幾分鐘後，只見一輛高大的黑色越野車徑直朝這邊開來，停在院子門口，朝裡按起了喇叭。

霍正注視著越野車和車牌號，突然瞳孔裡發出了亮光，慢慢轉過頭離開此地。

★★★

剛哥和小毛聽到外面傳來汽車喇叭聲，來到院子，透過門縫朝外看，門外停著一輛黑色越野車，車上那人是李棚改，兩人趕忙打開門，讓車子開進來。

李棚改雖然在周榮家差點被做了截肢手術都不敢還嘴，可他在三江口的小江湖上也是號叫得出名的人物。他為人還算仗義，結交的小兄弟很多，遇上江湖救急總會大方地借別人千百來塊錢，從來不收利息。剛哥和小毛偶爾也幫他做點事，一直喊他大哥。

李棚改走下車，剛哥和小毛熱情地將他迎進屋，又是搬凳子、又是倒茶水，詢問來意。李棚改今天很忙，沒工夫跟他們客套，從一包複印出來的照片裡揀出幾張交給他們，說：「張德兵你們知道吧？」

兩人搖搖頭。「不認識啊。」

「張德兵是我老大。兵哥被人劫了。」

「什麼？誰劫咱兵哥？真是不想活了啊！」剛哥馬上義憤填膺地痛罵起來。

「劫兵哥的就是照片上這兩人，兵哥說了，誰能幫他找到人，獎一百萬美元，如果能提供線索，事後也定有重賞，你們仔細看看，發財的機會可別錯過。」

「一百萬美元！」剛哥和小毛的眼珠子都要掉下來了，這輩子連一百萬元人民幣都沒見過，還一百萬美元！兩人忙低頭看照片，翻了幾張，不由得皺眉：「照片咋這麼模糊？啥都看不出來啊。」

「照片是攝像頭在晚上拍的，這已經是最清楚的幾張了。這兩人臉看不出，不過他們倆拿走了兵哥的一個箱子，箱子裡裝了一百萬美元。兵哥說誰找到箱子，裡面的錢全給誰，他只要人。這箱子有張白天拍的照片，特徵很清楚，黑色，周圍一圈銀邊，中間有個圓圈標誌，喏，就跟你們這個很像，等等——」

李棚改注意到旁邊桌上擺著的一只箱子不管是大小還是其他特徵都和老闆丟的箱子很接近，他走過去比對了好幾遍，打開箱子一摸，底下果然有個暗扣。他按下暗扣，箱底板開始挪動，露出平鋪的美金。他馬上再按下暗扣，讓底板收回，隨後快速地關上箱子，回頭警惕地看了兩人一眼，拿起箱子就往外走。

「拆哥，怎麼了？」剛哥還沒反應過來。

李棚改一言不發，提著箱子推開門走出去，打開屋外的汽車門，將車鑰匙和箱子都扔後排位子上，從車座底摸出一把鋒利的匕首，手持匕首藏在後背，馬上掉頭走進屋，大手一伸快速抓過剛哥，用匕首抵住他脖子。「還有個USB在哪兒？」

剛哥驚恐萬分地看著這場變故，驚問：「拆哥，這是要做什麼？」

「USB在哪兒？」

「什麼USB？」

「我再問你們一遍，USB在哪兒？」

「我……我不知道啊。」

「不知道是吧？」李棚改用另一隻手掏出手機，給張德兵打去電話：「兵哥，那兩人找到了，USB暫時不肯說，好……我先把人帶回來……沒事，那兩人本事我清楚，我已經控制住了，我現在就把人帶回來。」掛了電話，他嘆口氣，滿是為難地看著他們，「如果是其他事，我可以幫你們說情，這一次你們的膽子實在太大了。走吧，上車！」

「拆哥，這是怎麼回事啊？」剛哥驚恐叫道。

李棚改不答，他人高馬大，手上又握著匕首，抓剛哥跟抓小雞似的。他側頭瞪小毛一眼，示意小毛走到他前面去，小毛低著頭，唯唯諾諾地走了幾步，待走到他身旁時，猛然抽出一把大榔頭朝李棚改當頭敲下去。李棚改本能地拿匕首去抵擋，榔頭狠狠敲在他手骨上，小毛沒有停頓，接連狠狠落錘，第二下就正中他腦袋，連敲了三四下，李棚改的腦袋被砸出幾個坑，當場倒了下去。

剛哥看著重重倒下去翻起白眼的李棚改，又看著手握榔頭、一副凶神惡煞模樣的小毛，吃驚得說不出話來。

半晌，小毛扔掉榔頭，整個人因緊張而癱軟地坐到了地上，滿臉漲得通紅，大口喘著粗氣。

剛哥小心翼翼地去摸李棚改鼻息，發現他早已沒了呼吸。

「你……你幹嘛啊？」

小毛換上了一副冷靜的表情。「早上我們換箱子的那兩人，就是張德兵要找的人，我們換回來的箱子裡裝了整整一百萬美元，剛才李棚改打開箱子底下的暗格我看見錢了。」

「什麼？」剛哥仔細想了一遍才把經過想明白了，「那……那也不能殺人啊！」

「他把我們倆當成那兩人了，如果我們跟他走，肯定是死路一條，還不如把他殺了，這一百萬美元我們拿！」

「這事……這事被張德兵知道還不要了我們的命！」

「張德兵不知道，剛才李棚改在電話裡沒提我們倆。剛哥，這事幹了值，不然我們這輩子都弄不到一百萬美元。」

剛哥皺起眉，看看地上駭人的屍體，又想了想一百萬美元，擁有這麼多錢的喜悅逐漸戰勝了殺人的恐懼，不由得漸漸露出笑意，小毛見他的表情，也笑起來，兩人故意放聲大笑，驅逐內心的恐懼感。

「笑你個頭！你們兩個渾蛋給我滾出來！」

突然，兩人的笑聲被院子裡的杜聰打斷了。

他們趕緊躲到門背後，朝外張望，見杜聰已經從派出所回來，此刻手裡握了根長水管，正站在院子中間罵人。

兩人對視一眼，知道此時此刻千萬不能讓杜聰進屋，於是剛哥突然變得很文明地朝外面喊：「你又來幹什麼？你有什麼訴求，我建議你走法律管道。」

「法你個頭！你給老子滾出來！」杜聰衝上去就用鐵棍狠狠敲門。

換以往，剛哥早衝出去跟他對打了，但此刻門是絕對不能開的。剛哥和小毛縮在門口，嚇得瑟瑟發抖，不知如何是好。

杜聰叫罵一陣後，開始直接踹門，這門鎖本就老舊，他踢上兩三腳，門鎖的螺絲就鬆動了。門後兩人大急，小毛急忙將舊沙發拖過來抵住門，又將工具桌也搬過來，再拿一根鐵棍插在門口卡口上。兩人趕緊先抬起地上的屍體，搬去後屋。

杜聰很快將門鎖踹斷，但門還是開不了。他透過門縫一看，裡面還堵著一堆東西，他氣惱地又踢了幾腳，回頭一看，門外的黑色越野車後車門卻開著。他拉開後車門，看到位子上扔著一個行李箱和一把車鑰匙，他拿過車鑰匙坐上駕駛座，直接發動了汽車。

屋子裡的剛哥和小毛聽到發動機聲，忙跑到門後向外看，只見杜聰發動了汽車往外走，兩人瞬間想到箱子在車上，急得大喊：「你要幹嘛？」

杜聰搖落車窗，喊了句：「你們不賠錢，車子我扣了！準備三十萬贖車！」說完，一踩油門衝出了院子。

42

杜聰租住的地方是個將近二十年的公寓，樓背後有塊空地，原先是學校，後來拆了，暫時成了附近住戶的免費停車場。

他將黑色越野車開到停車場一個不起眼的角落停好，將後排位子上的行李箱一併拿上，上樓回到家中，杜聰打開箱子，只在裡面翻到一些衣物，正當失望之際，發現角落上有三張卡片。

卡片上寫著楓林晚酒店的消費儲值卡，每張面值均為一萬，一共三萬。

如果是三張加油卡，那麼這就是硬邦邦的三萬，按面值九折出售肯定馬上能出手，多少彌補一些他的損失，可這是三江口當地五星級酒店的消費卡，該值多少錢呢？他打開同城二手交易的手機APP查了查，並沒有這種貨，無從參考。他想了想，決定明天直接帶著卡去酒店問問能不能退錢。

★★★

另一邊，周榮在屋子裡坐立不安，焦急地等待著。

一旁張德兵額頭上淨是冷汗，連撥了幾次電話，最終放棄了。

「榮哥，這……這電話還是關機。」

「你剛才怎麼不問清楚李棚改在哪兒？」

「剛才……剛才李棚改說已經控制住那兩人，馬上帶回來，我一時大意——」

「大意個屁！」周榮直接一杯水潑到張德兵臉上，張德兵杵在原地低著頭，都不敢擦臉。

李棚改給張德兵打完電話後，張德兵等了十多分鐘，再次給李棚改打去電話，誰知電話響了幾下後就被人掐斷了，再打過去手機已經關機。

一旁的胡建仁也數落起來：「李棚改真是成事不足、敗事有餘，那兩個搶劫犯是那麼好對付的？他一個人還想把兩個人都控制起來，現在肯定是落到那兩人手裡，死了也是活該。」

周榮煩躁地一把將茶杯摔得粉碎，吼道：「現在怎麼辦？」

「這……」張德兵想不出任何法子。

胡建仁眼睛一亮，道：

「榮哥，李棚改的車上有GPS防盜定位，我們查一下就知道車在哪兒了。」

張德兵不等周榮吩咐，趕忙說：「我馬上去查。」

★★★

霍正回到酒店，朱亦飛當即問：「處理好了沒有？」

「飛哥，我找到計程車了，只是——」

「只是什麼？東西拿回來沒有？」朱亦飛急不可耐。

「計程車停在一個收廢品的院子裡，裡面有兩個人，就是昨天搶箱子的，我本來要進去處理，可我看到周老闆的人去了那裡。」

「周榮？不可能吧？」
「我不會看錯，車和車上的人都是周榮的，確定無疑。」
朱亦飛半信半疑。「這會不會有什麼誤會？幾千萬的生意是不小，可周榮不至於這麼幹吧？」
「飛哥，昨晚我找到劉備前，他給周榮打過電話，於是周榮派人來接應劉備。後來我殺了劉備處理現場時，周榮手下准在遠處看到了，知道我帶著劉備的屍體和編鐘，不敢跟我正面幹，於是用計程車搶了我的箱子。」
「周榮派人接應劉備，為什麼會開一輛計程車來？」
「計程車才掩人耳目啊。」
朱亦飛瞇起眼，琢磨了一會兒，慢慢搖頭。「我和周榮交談下來，覺得他不是這種人。」
「飛哥，你知道我今天是怎麼找到那輛計程車的嗎？我今天在那片區域一直沒找到計程車，後來看到警車離開一個收廢品的院子，我去打探，計程車就在院子裡！」
朱亦飛一愣。「怎麼又扯上員警了？」
「我們這箱子裡有劉備的屍體，周榮拿了編鐘，把屍體交給了員警。」
「周榮買出土文物，怎麼還敢通知員警？」
「周榮是三江口首富，跟這兒的員警當然有勾結，他把屍體交給員警，八成把我們也賣了！」
朱亦飛緊張地握了下拳。
「飛哥，如果你不信，我現在就給周榮打電話，看他怎麼說。」
朱亦飛思考一會兒，點點頭。
說著，霍正撥通了胡建仁的電話，故意問他：「胡經理，事情已經處理好了，交易什麼時候可以繼續下去？」

此時，胡建仁正在周榮旁邊，他說了句「稍等」，按住通話孔，低聲問：「榮哥，是朱亦飛的人，他問我們什麼時候繼續交易？」

周榮煩躁道：「都這時候了，我哪兒有心思買他的破鐘？東西還沒拿回來別又惹上員警！」

「這樣……這樣直接拒絕不太好。」

「不太好？如果不是昨天下午說好的交易他突然變卦，我家裡就根本沒現金，沒現金那兩個搶劫犯就算拿了USB，第一件事就是跟我要錢贖回，我早讓人把他們倆收拾了！這事情不就是那破鐘鬧的！」周榮罵完就甩手走了出去。

胡建仁抿抿嘴，想著直接拒絕會得罪朱亦飛這幫亡命之徒，惹來不必要的麻煩。他重新打開通話孔，勉為其難地打發對方：「我們老闆最近比較忙，不如過段時間再交易，你們覺得怎麼樣？」

「過段時間是多久？」

「這個嘛……我現在也不能給你明確答覆。」

「胡經理，我們來一趟大陸可不容易，你突然不買了，不合適吧？」

「也不是不買了，我們覺得價格有點貴，還要再考慮考慮。」胡建仁隨便謅了個理由。

「價格不是早已經談妥了？」

「生意嘛，沒有成交之前，都存在變化的。」

「那你覺得多少合適？」

「這個……看你們自己商量個價。」

霍正還想跟他說點什麼，朱亦飛直接衝上去奪過手機一把掛斷，氣得渾身發抖。他再也不懷疑是周榮下的黑手了。

「飛哥，他讓我們自己給個價，就是吃准我們手裡的編鐘不再是一套了。」

朱亦飛緊緊咬著牙齒。

「飛哥，剛才打了這電話，我擔心員警查定位，我們今晚得換個地方住。」

朱亦飛無奈點點頭。

「三江口太危險，我們明天還是離開這裡吧。」

「就這麼離開三江口？」朱亦飛冷喝一聲，「我被周榮按在地上打，一聲不吭就走人，我還要不要臉了？天底下沒有這樣做生意的！我要叫姓周的看看，到底誰才是黑社會！去弄支槍，我非殺了周榮不可！」

43

高廳在刑偵系統裡的影響力超過張一昂想像。下午，上級寧市和省會杭市的刑偵支隊各派了近百名刑警趕到三江口，兩地的刑偵支隊長親自給他打電話，親切地稱呼他兄弟，表示抓捕兩個暴恐兼搶劫的罪犯義不容辭，手下的人到三江口後要怎麼做全憑他吩咐，甚至所有差旅開銷、安頓事宜都由他們單位自行承擔，不需要他走三江口的單位流程。

他將兩隊生力軍集結到單位的大會議室，對他們宣傳這兩人是製造暴恐案趁機搶劫的元凶。由於監視器沒拍清兩人的臉部，所以他給每個人傳了拍到這兩人的監控影像，讓大家記住他們的形態和走路特徵，很快動員一番，便將這些人加派到三江口的各個重要據點。

動員會開完，眾人分頭行動，公安局其他部門的員警看到張副局長能量如此之大，竟把上級市和省會的刑偵支隊人馬都調過來了，心想，哪怕是齊振興也調不動上級部門的這麼多人啊，不禁目瞪口呆。

這時，辦公室趙主任走來叫住了張一昂：「張局，這是哪個單位的員警？」

「寧市和杭市的刑偵支隊。」

「刑偵支隊的……」趙主任也不免心驚，「你這是要查什麼案子啊？」

「大案！」張一昂上午聽高廳說齊振興向周衛東告狀後，他對趙主任也是「恨屋及烏」了。

「什麼大案？」趙主任沒覺察他表情中的不耐煩。

「省裡的大案，保密。」

趙主任不滿道：「張局，你突然借調這麼多人，事先也沒有跟單位批過手續啊，這麼多人怎麼安頓？這麼多人的辦案經費——」

「對方單位自己解決。」

「這……」趙主任頓了頓，低聲說了句，「張局，我有一個建議，這麼大的事，哪怕他們單位自己解決異地辦案問題，我覺得你也應該跟齊局商量一下。齊局是局長，這麼大的事都不跟齊局溝通，這會影響單位的團結。」

「單位的團結？」張一昂冷笑一聲，「至少我不會亂告狀。」

趙主任心中一凜，問：「張局，你這話是什麼意思？」

「我們單位有人向省裡舉報我刑訊逼供，」張一昂放大了聲音，「趙主任，你說這是不是捏造？」

「這個……」趙主任不禁臉一紅，萬萬沒想到這事會被他知道。

遠處的刑警隊成員聽到這話，馬上擁了過來。他們最近都跟著張局日夜查案，戰友之情好得不得了，紛紛都來維護領導。

「張局怎麼可能刑訊逼供？張局才來多久？誰這麼亂說？瞧我不撕爛他的嘴巴！」

「你們……」趙主任見這幫大老粗這副架勢，把「想造反」這幾個字生生嚥了下去，改口說，「這話肯定是捏造，我會去好好調查的。」說完，灰溜溜地轉身就走。

張一昂站在原地，皺起了眉，今天這場軟衝突，算是徹底跟齊振興撕破臉了。

趙主任回頭定要找齊振興告狀，齊振興以後總會找機會刁難他，最好的防禦就是讓自己變得足夠強大。如果能盡快把這幾起案子都解決，那他憑著自己的資歷和威望也就不怕被人刁難了。這一切的關鍵就是抓到那兩個搶劫犯！

★★★

入夜，宋星帶著兩個警員都穿著便衣來到了一家小旅館。旅館是一對中年夫妻開的，夫妻加上其中一方的父母共四人，無其他工作人員。

為了抓捕這兩名搶劫犯，警方在今天下午向全市範圍內所有的住宿和娛樂場所都下發了協查通知，附有監視器拍到的兩名歹徒的身形照片。

這家小旅館的老闆娘發現今早入住的兩名男子身形和協查單上的照片有幾分相似，而且只有其中一人登記開房，兩人間隔一段時間先後進入房間，行跡頗為可疑。於是她跟丈夫商量後，偷偷通知了轄區派出所，派出所馬上報告給刑警大隊。

宋星三人站在前臺後面，看著店家從電腦裡調出來的前臺監控錄影。

「他們是分開住進去的？」

「是的，一開始只有這個人提著箱子來登記，後來我老婆看到還有一個人也跟去了。」

宋星抓過滑鼠，將畫面定格住，這小旅館的監控設備相當簡陋，畫面品質很差。儘管如此，還是能看出裡面前後經過的兩個男人，尤其是第一個人手裡箱子的特徵與李茜描述的一致，毫無疑問，就是他們倆。

三人都不禁興奮起來，這可是整個三江口員警都在抓捕的目標啊，尤其是宋星，上回抓劉備害他落了個「傻宋星」的綽號，這回一定要一雪前恥！不過他知道這兩人身手不凡，手裡有槍，光他們三個人來抓捕有很大風險，冷靜考慮後，打電話給局裡，安排重兵將旅館團團包圍再來個甕中捉鱉。

正當這時，店主低聲說了句：「他下來了。」

宋星抬頭朝樓梯口看了眼，方超正朝門口走來，跟他四目相對，宋星等人馬上低下頭，佯裝成稅務人員。「你這筆稅款顯然不對啊，這張發票我們驗過是假的，假發票我們是要加倍罰款的。」

方超把目光轉回去，走到門口，掏出手機，嘴裡說道：「行行，我忘了拿，你稍等啊。」說著他又掉頭上了樓。

待對方重新走上樓梯，宋星目光一閃，出於一個老刑警的職業判斷，對方很可能有所察覺了，便馬上低聲吩咐兩人做好準備，隨時準備抓捕。

方超上了樓，飛快奔回房間，進屋不待劉直開口便說：「員警來了。」

「什麼？」

「樓下有三個便衣在前臺問話，我剛才經過，他們故意裝成稅務局查帳。哼，屁大一家旅館還能驚動稅務局晚上來查帳？我去他的世界五百強啊！」

「超哥，那怎麼辦？」

方超咬著牙，輕輕拉開窗簾一角往外觀察，底下黑乎乎的，不知道警方是否在犄角旮旯的地方埋伏著。

為今之計，只有冒險一搏了！

★★★

宋星緊盯著樓梯口，一邊向店主詳細詢問旅館的布局、周圍環境。手下警員已經聯繫過局裡，十分鐘內張局長會親自帶領上百號警員奔赴此處，只要安穩度過這十分鐘，那兩名搶劫犯將無處可逃。

可正在此時，突然聽到「匡噹」一聲脆響，旅館後面幾塊玻璃墜落在地。

宋星瞬時跳起來。「歹徒要跳窗！」他馬上讓兩名警員跑到旅館後面的那條小路上守著，他直接掏出手槍朝樓上奔去。他一口氣跑到三樓歹徒所在的房間，拿出房卡一刷，房門打開，正要推門衝進去，卻發現裡面上了鏈條鎖。

「別跑，警察！」宋星先暴喝一聲震懾對方，退後幾步，飛起一腳朝門裡踢去，小旅館的門品質極其差勁，被他奮力一腳直接將牆上的螺絲踹了出來，房門整個轟然倒下。

衝進房間，宋星見屋子裡沒有人，窗戶的玻璃已經被木椅子砸破，空空如也。他趕緊奔到窗戶向下看，這裡是三樓，離地七八公尺高，往下跳也需要很大勇氣，底下兩名警員正守著，見到窗戶內的宋星，都朝他搖頭表示沒見歹徒下來。宋星遲疑不解，房間裡面上了鎖，表明歹徒是在房間裡的，可他們又沒跳下樓，那會跑哪裡去？

除非人還在屋內！

他剛想明白，兩道人影就從浴室竄出，兩人各抓著一條被子跳上去將宋星撲倒在地。兩人一邊蒙住宋星，一邊拿著菸灰缸使勁砸。宋星持槍的手被他們隔著被子壓住，在混亂中開了一槍，子彈透過被子射出去，這被心是劣質老棉花，又厚又硬，子彈僅射破了被子，沒有擊中他們，槍聲被被子包裹，聲音不大。兩人更是將他的手死死壓住，把他的槍奪了出來。

宋星以一對二，被他們用被子包裹死死壓住，又被狠命揍，很快他的體力耗盡，掙扎不動。

兩人將宋星裹在兩條被子裡捲起來，快速繫上繩子，打包成一條木乃伊，抬起這具「木乃伊」就從窗口塞了出去。

樓下兩名警員一直守在原地，看著三樓空洞的窗戶，心想這高度跳下來哪怕摔不死也是要受傷的，突然見窗戶出現一條包裹成人形的被子，立刻反應過來，這歹徒也有點聰明，墊著被子往下跳啊。

幾秒後，被子重重砸落在地，兩人趕緊撲上去，掏出手槍喝著「不許動」。為了防止歹徒反抗，兩人先隔著被子將裡面的人暴揍一頓，再三兩下解開被子，赫然看到了整個人都被摔蒙的宋星。

「你們……你們打我幹嘛？」宋星骨頭硬，這麼一摔墊著被子還不至於死，不過全身骨頭劇痛，一時半會兒動不了，躺在地上伸手顫巍巍地指了指上面，「還在樓上，快去！」

時間緊急，兩名警員來不及跟他道歉，掉頭就朝旅館裡奔回去。

兩個警員剛跑開，宋星直挺挺地躺在地上正大口呼氣，突然見他上空的窗戶露出一只巨大的行李箱，下一秒，行李箱自由落體，朝他的腦袋當頭砸來。

「啊啊啊！」宋星張嘴驚叫，卻發現自己身體被摔得麻木，動彈不得，生死存亡之際，他拚了老命往旁邊滾了兩下，「砰」一聲，一口大箱子砸在他的頭旁，差點將他腦袋砸扁。

下一秒，兩個搶劫犯各自拎著一條床單做成降落傘，先後從窗戶跳出來，跳到了地上的被子上，毫髮無損，方超撿起地上的大箱子，兩人拔腿就跑。

「站住別跑！」

宋星還想嘗試著阻攔，剛撐起半個身子，又被方超一腳踢翻，痛得他「啊啊」直叫。

整番過程雖然動靜很大，但旅館後面只是條小弄堂，旁邊有人跑出來圍觀，但見兩名歹徒跑來，掉頭就回屋子裡，哪敢出聲阻攔。

★★★

幾分鐘後，張一昂和從四面八方趕來支援的員警到達現場。

宋星先是被歹徒蒙頭大揍，扔下三樓，又被手下兩警員揍，還被方超一腳踹翻，著實命大，這樣還能強撐著身體站起來，趕過去跟領導報告歹徒情況。

「局長，那兩人拖著一只大箱子朝東面跑了。」

張一昂一聽人跑了，不由得大怒。

「剛才我是不是叫你們三個人別輕舉妄動，等大部隊到了圍捕，你為什麼要擅自行動？」

王瑞軍在一旁撇撇嘴，指著宋星直搖頭。「老宋啊，這關鍵時刻你不能老想著一個人吃蛋糕，獨攬功勞吧？結果呢，你還讓人跑了。」

「我……剛才情況緊急，歹徒看出來我們是員警，準備逃跑，我們不得不先動手。」

「歹徒看出來？」王瑞軍哼一聲，「你跟他們說了你是員警？」

「沒有啊。」

王瑞軍揚了揚眉。「那就是啦，你臉上又沒寫著員警，你這老刑警還能翻車，這偽裝工作也太假了吧？貪功冒進，不應該啊！」

「我——」宋星本就頭暈，一時間更是無言以對。

「行了行了，」張一昂不耐煩打斷，先讓其他人趕緊追出去，回頭又問宋星，「你兩個隊員呢？」

「他們去追歹徒了。」

「那你在這裡幹什麼？」

「我先坐下喘口氣，等你們——」

「關鍵時刻，別人都在拚死拚活，你倒好，一個人坐下喘口氣？你這刑警當得有點輕鬆嘛，宋星！」張一昂狠狠瞪著他。

周圍人也一同數落起來，上回抓劉備不按電梯，害劉備逃了；這回呢，幾百個人叫他等大部隊，他偏不，一意孤行抓人搶頭功，結果歹徒跑了，手下去追人，他呢，一個人坐地上休息起來了。警犬這時候都知道去追歹徒啊，你連條狗都不如啊。

宋星暈頭轉向，他剛剛差點兒送了命，可全是內傷，身上一點血都沒有，這叫人怎麼相信？他竭力組織語言解釋，大家總算聽明白他是衝進房間後被歹徒襲擊，再被裹著被子扔下來了。於是分析原因，歸根結柢還是「傻宋星」，明知樓下有員警在防守，衝進房間不第一時間搜查歹徒，反而跑到窗戶傻看半天，這才會被歹徒從背後襲擊。一名持槍老刑警，沒傷到歹徒分毫，被人奪了警槍扔下樓，讓李茜去抓捕都不至於這樣吧？

宋星面對眾人的指責，滿腹委屈，咬咬牙。「我現在就去追，我一定把這兩人抓回來！」結果他剛跑開幾步，腿上的疼痛傳來，不由自主地摔了一跤，可此時此刻居然沒有一個人上去扶，其他刑警還冷笑。「宋隊在局長面前還用上苦肉計啦。」

過了半個小時，宋星的兩個警員和其他刑警陸續回到旅館，他們拖回了一只大行李箱。

「局長，歹徒跑太快，一會兒就沒影了，其他隊伍還在拉網搜捕，我們在一個垃圾箱旁邊發現了歹徒遺棄的這口箱子。」

箱子很沉，眾人把箱子放倒，拉開蓋子，瞬間在場所有人愣在原地，再去細看，其中一些人當即認出來了。「這不是劉備的屍體嗎？劉備是他們殺的啊！」

★★★

那兩人逃跑後，警方一方面安排了大量警力以逃跑方向為中心進行拉網式搜捕；另一方面，所有出三江口的道路都連設了多道卡口，今晚每輛出三江口的車輛都要搜查，當然，車站更不在話下。幾個小時過去，兩人雖然還沒落網，但身分已經查明。

過去兩人犯案一直未明確身分，主要是因為他們反偵查能力高超，在幾次活動中都沒留下指向性線索，而兩人沒有案底，在刑釋人員的身分比對中自然查不到。可這回是旅館，房間裡到處都有兩人的指紋，技偵員警採集後拿到電腦上和公民身分資訊庫比對，馬上水落石出。

兩名歹徒中為首的叫方超，江蘇某地人，今年二十八歲，無業，高中畢業後去國外上過野雞大學。另一個叫劉直，跟方超是老鄉，比他小一歲，兩人自小一塊兒玩。劉直當過偵察兵，當兵回來後再沒幹過正經工作，後來遇著回大陸的方超，大概兩人都不想踏實工作，從那時起便一起合夥犯罪。

此外，張一昂讓人將歹徒所有東西都搜查出來，員警在旅館背後的停車場裡找到了林凱的越野車，GPS定位早被拆除，車身換了個顏色，大概是歹徒搶了車後找小作坊改裝的。在現場遺留的行李箱中發現了劉備的屍體，對於方超和劉直為何會殺害劉備，也是眾說紛紜。有人猜是江湖私仇，有人猜是臨時起意，還有人猜葉劍被害是否也與之有關，莫衷一是。不過讓他失望的是，旅館中並沒找到周榮的USB，可見USB被他們倆隨身帶走了。不管是劉備的屍體，還是USB的下落，這一切的答案都指望著兩人歸案了。

★★★

「完了，這下全都完了，還成了通緝犯。」

夜色濃重，江堤邊的一處草地上，方超和劉直狼狽地躺著，劉直嘴裡叼了根草，四肢完全攤開，也不在乎會不會被人發現。他們從員警手裡死裡逃生跑了出來，卻也沒什麼用。留在小旅館的財物都沒了，箱子裡的屍體被員警看到了，八成也會算到他們頭上，旅館裡到處留有他們的指紋等生物資訊，警方查出身分也是早晚的事。

方超一支接一支地抽著菸，望著江面，若有所思。

「超哥，現在這情況，橫豎是個死。咱們就隨便弄幾個人，能搶多少是多少，搞到錢跑越南、跑緬甸去，哎呀，老家再也回不去了！」

「穩住！」方超深吸一口菸，頓了頓，「還沒到那一步。」

「還沒到那一步？」劉直不屑地揚起嘴角，這話彷彿就像死刑犯在最後行刑前一分鐘跟員警解釋——員警大哥，你瞧，我有精神病證書，不用槍斃了吧？

方超猛地坐起身，從衣服的內口袋裡摸出一只USB。「這東西！」他把USB又放回去，眉頭閃過怒色，「你知道今天員警怎麼會找上我們嗎？」

的。」

劉直狠聲道：「一定是旅館的狗頭老闆跟員警告密，我們跑路前得先弄死他！」

「弄死他有什麼用？他跟我們素不相識，肯定是員警拿我們的資訊給各處旅館打聽，才被發現的。」

「員警為什麼找我們？難道是……周榮報警了？」

「廢話！」

「可他那USB在我們手裡，他居然還敢報警！」

方超嘆口氣。「我算漏了一步，周榮是三江口首富，員警是他養的，USB落到員警手裡就等於回到他手裡，所以他當然敢報警！早知如此，還不如當晚直接弄死他。」

劉直一拳砸在草地上。「這仇一定要報！」

「你說得很對，這仇一定要報。我們先用USB跟周榮要一筆贖金，但USB不還他。跑路前我把USB的東西放網上，加個黃色電影的標題，讓大家都來下載，讓這USB裡的東西在網上曝光！」

說幹就幹，方超找出了幾張放口袋裡的手機卡，揀出其中一張插入手機裡，撥通周榮留給他們的電話，片刻後，傳來周榮本人的聲音：「喂？」

「周老闆嗎？」

「哪位？」

方超冷聲笑起來。「周老闆，這麼快就把我們忘了啊？USB也不想要了？」

周榮當即警醒。「USB還給我，你們要多少？」

「一千萬。」

「一千萬？」

「一口價，同意就接受，不同意我們就傳網上去，掛電話後我們會拆掉電話卡，你也聯繫不到我們。」方超底氣十足。

「我……」對方語氣中絲毫沒給周榮討價還價的機會，周榮考慮幾秒後，想到如果就此聯繫不到他們，USB一旦公開，他將無處容身，一千萬雖是個不小的數字，但終歸是可接受的損失，馬上答應下來，「一千萬我接受，怎麼交易？怎麼保證東西回到我手裡？」

「明天準備好錢，至於怎麼交易，我會通知你。」

「明天？這麼大額現金一時半會兒取不出來啊。」

「你是大老闆，你如果沒辦法，那就不用聊了。」

「我……我同意。」

44

新的一天來臨，今天大家都很忙。

一大早，杜聰來到了楓林晚酒店，是坐公車來的，沒有開被他扣的越野車。到了前臺，他小心翼翼地掏出三張儲值卡，低聲詢問儲值卡能否退換成現金。

「可以的，不過要扣除百分之二十的手續費，先生真的要退嗎？」

「呃……要退。」

「請把卡給我一下。」

杜聰把卡遞出去，過了會兒，前臺微微皺了下眉，跟杜聰說了聲「稍等」，找來大堂經理，低聲告訴經理，這卡是福利卡。這種福利卡是老闆送朋友的，不入酒店的帳，所以和正常儲值卡不同，按理不能直接退換現金，以前也從沒人來退卡，不知如何處理。

經理來到一邊，打了老闆陸一波電話，發現手機關機，又打到酒店財務部，財務部也不知如何處理，便諮詢榮成集團的財務，財務再打電話向胡建仁請示，胡建仁一聽有人要退三張儲值卡，馬上報告周榮，周榮當即讓他打電話給酒店，讓大堂經理想方設法讓對方在酒店等著，他馬上派人過來處理。杜聰坐在一旁的沙發上等了很久，見大堂經理打了多通電話，心下惴惴不安，又過了會兒，大堂經理朝他走來，解釋說這是福利卡，以往沒退換過，集團馬上派財務過來處理，請他稍等，並請出示身分證核實退換人的身分。

「我……我身分證沒帶，先不退了。」杜聰猶豫一下，福利卡要核實身分，這錢肯定拿不到，他一把從經理手裡拿回三張卡片，馬上出門離去。

經理哪知道周大老闆是派人來抓這人，見對方堅決要走也不敢阻攔，只能給胡建仁打電話。

★★★

而周榮一方，昨晚張德兵根據李棚改汽車的GPS定位，在一個破社區後面的一個停車場找到了車，他安排人在附近悄悄守了一整夜，也沒見人來動車。此時楓林晚酒店報告稱有個年輕男子來退三張福利卡，胡建仁馬上讓酒店派人跟蹤他。工作人員一路跟蹤著杜聰回家，發現他家就在李棚改汽車所在停車場前面。

被劫匪搶走的箱子裡的三張卡在此人手中，李棚改昨晚出事的車在此人樓下，周榮一方斷定，此人就算不是劫匪，也是劫匪的同夥，對方的窩點極可能就在此處。

在小弟將偷拍到的杜聰照片傳回去後，胡建仁一眼就認出來了。

「榮哥，這小子是我們展售店的員工。」

「我們店的員工？」

「對，就是前天晚上偷開你車的那個銷售員。」胡建仁皺起眉，「這讓我想不通了，李棚改的車怎麼剛好停在他家樓下？他為什麼會拿到那三張儲值卡？」

周榮點起一支菸，想了會兒，突然恍若大悟。「這該不是一個局吧？」

「什麼意思？」一旁的胡建仁和張德兵都沒明白過來。

「以我這別墅的安保標準，別說兩個搶劫犯，就算二十個搶劫犯也不可能讓他來去自如。前天晚上那兩人從後邊進別墅，剛好後邊的保安全部被調了出去，這是巧合嗎？不是！這是裡應外合。」

張德兵連忙驚恐道：「榮哥，我絕對不可能出賣你，前天不是我把人調出去的。」

胡建仁也趕快舉手保證。「榮哥，我跟了你這麼多年，不可能吃裡爬外。」

「我沒說你們！我說的是那個李茜和這個銷售員。前天晚上李茜吃完飯，眼睛就盯著書房的保險箱，哦，對了，我那天拉肚子八成是她下了藥。裡面的人想偷保險箱裡的東西，但是打不開，於是外面的人開始行動。那銷售員故意把我車撞了，吸引別墅的保安派過去處理，另兩個搶劫犯趁機潛進別墅搶劫。又是下藥，又是偷保險箱，再來撞車加搶劫，連環計啊！」

胡建仁說：「可你說李茜也被那兩個搶劫犯綁起來了，他們是一夥兒的？」

「我沒被他們打昏前是見她被兩人綁起來了，可前門保安說她沒一會兒就走了。如果真被綁起來了，她是超人啊？自己解繩索？解了後怎麼不救我，還把我微信直接拉黑了？他們就是一夥兒的，故意在我面前把她綁起來，好洗清她的嫌疑！」

這時，胡建仁也想到了一處細節。「難怪前天晚上這銷售員跟員警說是一輛計程車拐到他這個道，他為了避讓才撞上了樹，可員警當場查了，壓根兒就不存在這號牌的計程車。」

如此一分析，三人都徹底相信這本就是一場四個人一同設的局，目的就是搶劫周榮。

張德兵咬牙哼了聲，低聲道：「榮哥，現在人已經找到，怎麼處理，就你一句話。」

周榮琢磨道：「那銷售員已經找到，可另外三人是否在家並不清楚。USB流落在外，多一分鐘便多一分危險。嗯……看來只能冒下險了，你親自帶幾個靠得住的人，上樓將屋子裡的人全部控制住，如果USB在最好，如果USB不在就拿屋子裡的人命跟對方換USB。等我們拿到USB後，再將四個人全部弄死處理乾淨。記住，這事千萬不可驚動員警。」

張德兵乾脆地點點頭。「榮哥，這事我一定辦得乾乾淨淨。」說完，張德兵就去安排幾個靠得住的小兄弟，親自帶人開了兩輛車出去了。

★★★

「最危險的地方就是最安全的地方。」方超得意地嘴角一翹，「員警做夢也想不到我們非但沒跑，反而回來了，我們就守在周榮家門口。他們更想不到我們有了新的交通工具！」

「這個交通工具我覺得不是很合適。」劉直坐在後排位子，一臉犯愁看著這輛身障電動車。

這車是他們昨晚在一片無人看管的郊區路邊直接偷來的，身障電動車就是三輪摩托車加個鐵皮罩，偷個摩托車對他們來說輕而易舉。

「這車最大的好處是安全，誰會想到我們開著殘障車跟蹤啊？」方超拍著方向盤，很是滿意，想著這事辦完了，殘障車也能賣個兩三千塊錢呢。

「可這車開不快啊。」

「廢話，開得快的車能叫殘障車？」

「那周榮如果給了錢後再追我們，我們開這車能跑到哪兒去？」劉直腦海浮現出一個畫面：周榮在後面開著賓士追趕他們的殘障車，他們已經將油門轟到了最大，周榮開到旁邊搖下窗戶對他們冷笑：跑呀，加油跑呀。

方超不以為然搖搖頭。「你以為我會直接跟周榮接觸去拿贖金？」

「要不然呢？」

「這筆交易事關重大，我們可不能再冒險了，得轉很多個圈呢。」

這時，他們看到周榮莊園的六公尺多高的大門徐徐拉開，緊接著兩輛大型越野車駛了出來，到了道路上後，兩輛車都加速疾馳而去。

「抓緊了！」方超低喝一聲，踩住油門跟上去，不過也不需要抓緊，他已經踩到了最大油門，也就比路上的電瓶車稍快一些罷了，那兩輛越野車在遠處拐了個彎後便失去了蹤影。

方超憤怒地拍著摩托車方向盤，只好先將車停在一旁，整理思路。

那兩輛車上似乎坐著好些人，他們去銀行取錢準備贖金？似乎不需要這麼多人。是去抓他們倆的？更加不可能，他們倆明明就在這裡。

他想不明白，索性直接試探一下周榮，找出一張全新的手機卡，插入手機中，撥通了周榮的手機號。「喂，周老闆？」

周榮坐在沙發中，一聽這聲音馬上站起身。「是我。」

「你在哪兒呢？」

「我……我在家。」

「那你派這麼多人出來去做什麼？該不是還想著找我們吧？」

周榮心下一慌，自己的一舉一動居然全在對方的掌握之中，一下子不知該如何回答。

「你說話啊。」

「不是，我是去準備錢。」

「準備錢要這麼多人？」

「你們要一千萬現金，不是小數目，每個人當天取款有限額，我多安排一些人去不同銀行，一方面也是為了安全。」

方超冷笑一聲。

「如果是那樣最好，記住，千萬不要試探我們，你的每個動作我們都看在眼裡。」

周榮嚥了下唾沫。「錢我今天可以準備好，你們想怎麼交易？」

「很簡單啊，你現在定好交易的時間、地點，我們自然會過來。」

「我來定交易的時間、地點？」周榮有些吃驚。

「對，你全權決定。」

周榮心想，這多半是計，反正對方已經知道自己派人出去了，解釋去取錢也只是個臨時藉口，既然打了明牌那也不必藏著了，乾脆交易地點就定在對方據點附近好了，便說：「那兩個小時以後在嘉德廣場怎麼樣？」

「兩個小時後，嘉德廣場，沒問題！」說著方超便掛了電話，取出了手機卡。

周榮看著已經掛斷的電話，坐回沙發上想了想，馬上給張德兵打去電話：「你們到哪兒了？」

「已經到了對方樓下，我找時機上去。」

「先不用了，你們的行蹤已經被他們發現，我們在明、他們在暗，他們想交易。」

「那怎麼做？」

周榮思考片刻。「你留在附近小心盯著，其他人全部撤回來。」

這時，張德兵又說：「榮哥，我看到那銷售員又下樓出來了，要不要派人跟著？」

「不要跟，交易之前我不想打草驚蛇。」

45

杜聰退卡無果，沮喪地回到了家。之所以剛剛酒店要核實他的身分，他就膽怯離開了，是因為他擔心他扣的車不是那兩個渾蛋的。那兩人住的破房子，看著也不像買得起這種越野車的人，八成是兩人借來的車，那三張儲值卡更不像他們的消費檔次。

不過就算他們窮，這場車禍明明是他們害的，按人道主義講，怎麼也得賠點錢吧？杜聰越想越氣，就拿了個單肩包，包裡塞了個鐵榔頭防身，下樓去找他們倆要錢，能要多少是多少。

他坐上公車，到了城南的某一站下車，走過去幾百公尺就是那兩人的家。他掏出榔頭握在手中，以防見面動手，也能有個倚仗。

此時，剛哥和小毛正在家裡一籌莫展。李棚改的屍體還放在後屋的麻袋裡，車被杜聰開走了，裡面還有個藏了一百萬美元的箱子。他們不知道杜聰電話，只能盼著他沒發現箱子裡的美金，回來找他們要錢。

兩人等了一天，聽到有人敲門便迫不及待地奔過去，透過門縫望見是杜聰，喜出望外地一把拉開門。杜聰嚇了一跳，慌忙舉起榔頭防備，誰知這兩人貼上來，一口一個大哥叫著，像兩條癩皮狗一樣。

「大哥，終於把您盼回來了！大哥，昨天那車是我朋友寄放我們家的，您行行好，趕緊把車還我們。」

「你們還知道要車啊，我車撞了怎麼算？」

「賠！」剛哥表態很果斷，「我們照價賠。」

「你們會賠？」杜聰見對方態度來了個一百八十度大轉彎，一時沒反應過來，癡癡道，「你們賠多少？」

剛哥一拍手。「大哥你說多少錢！」

「我說……」見對方態度這麼好，杜聰報三十萬都有點忐忑了，「那車子也不是我的，車子撞了，修理費加折舊費，一共是六十萬，我自認倒楣賠三十萬，還有三十萬你們出。」他怕對方不信，馬上補充，「事故員警登記過的，你們不信可以問員警。」

「不用問，三十萬人民幣是吧？」

「那……那不然呢？」

「沒問題！」剛哥一口答應下來。小毛推推他，意思是他們哪來三十萬，剛哥一把推開小毛，斥道，「聽哥說三十萬，就三十萬！我們不還價！」

杜聰見他們倆突然變成這副態度，一時捉摸不定，又看了看他們的破房子，遲疑道：「三十萬你們拿得出來？」

「當然拿得出，您呀，把車先還我們，我們第二天就給您整齊的三十萬！」

杜聰心情頓時冷了下去。「你們是想把車騙回去吧？」

「怎麼可能？」剛哥拉長語調，「聽哥，咱們都是講規矩的人兒，您呀，把車還我們，我們馬上去把車抵押掉，您要的錢一分不少全給您！」

杜聰冷冷一笑，伸出手。「說這些沒用，先給我十萬，我就把車開回來。」
「十萬啊……」剛哥面色為難地看向小毛，小毛更是為難。
杜聰壓根兒就沒指望能從他們那裡要到三十萬，能賠個十萬已經謝天謝地了，其他自己再想想辦法。見對方這副面孔，杜聰自己砍下價。「先給八萬！」
「八萬啊……」兩人還是很為難。
「那你們說先給多少！」
剛哥拍著胸脯承諾：「只要您把車還我們，三十萬一分不少。」
「不可能！」杜聰態度沒有商量餘地。
小毛繼續懇求：「聽哥，您相信我們，您先把車還我們，我們拿到車，有的哪止三十萬——」
剛哥一巴掌拍到小毛後腦勺上，差點就把箱子的祕密說出去了。
剛哥立刻說：「聽哥，我們先籌一下錢，錢先給您，您再把車還我，是這樣吧？」
「就這幾天啊，我可等不了！」
「沒問題！聽哥，您給我個手機號，我們籌到錢就打您電話。」
杜聰打量他們幾眼，覺得對方今天的態度頗為奇怪，可對方態度再好，也不可能讓他不收一分錢把車開回來。他皺皺眉，留下手機號，將信將疑地離開。
待他前腳剛走，小毛就嘀咕道：「咱們上哪兒去找八萬塊錢給他？」
剛哥轉頭一巴掌打上去。「你真是智商低得要老命了，差點兒讓他知道車裡有大錢。錢咱們拿不出，他搶了咱們車，咱們再去把車偷回來不就成了？」
「可車在哪兒咱們都不知道啊。」

剛哥又一巴掌拍在他後腦勺上。「跟蹤他回去呀！」

說幹就幹，兩人馬上悄悄跟上去，跟著杜聰穿過幾條小路，來到外面的大街上。遠遠地，他們看到杜聰走到了公車站，過了會兒上了一輛公車。

剛哥連忙攔下旁邊一輛等客的鐵皮三輪身障車，跟司機說：「開快點兒，跟上這公車。」

「要超過公車嗎？」開車的司機是個四十來歲的漢子。

剛哥眼睛一直盯著公車，沒好氣地應一句：「就你這車還能超車啊？」

「哎，兄弟，這話我可不愛聽了啊，我這車性能好著呢，我──」

「你就跟牢公車就行，別太近，別太遠。」

「你們是員警？」司機從後視鏡裡看了眼他們。

「不是。」

「不是員警那你們跟蹤這公車幹嘛啊？」

「抓奸行吧？」剛哥懶得跟他廢話。

「你們借我這車抓奸，萬一出點什麼事，我可遭殃啊，我拉著你們跟公車，可耽誤我其他生意了，這錢怎麼也得給個雙倍吧？不然我可就不跟了啊。」司機趁機要價。

剛哥眼神從公車身上抽回來，瞪向他：「我問你，你開這殘障車跑出租，你有殘障證嗎？」

「沒有啊。」

剛哥對著他後腦勺伸手就是一巴掌。「你再廢話，老子讓你有殘障證！」

★★★

另一邊，方超和劉直也在駕駛著他們的這輛殘疾車緩緩行駛著。

「超哥，你讓周榮定交易的時間、地點，他要詐抓我們怎麼辦？」

「穩住，我是在試探他呢。」方超不屑地哼了聲，他駕駛身障車繞著嘉德廣場周邊的幾條馬路轉了幾圈觀察環境，期間無數次搖手拒絕了路邊打車的行人。一番地形查看下來，方超準備在路邊找個地方停車等待，可這廣場周圍哪有停車位啊，附近的商場雖有停車位可也不讓他們的身障車進去。方超找了一大圈，最後在離廣場不到一公里的一個拆遷工地變成的臨時免費停車場停下車，不遠處正停著李棚改的那輛越野車。

方超向劉直慢慢解釋：「這是我們在三江口的最後一筆買賣，如果做不好，我們是不是都得進去？」

「是啊。」

「所以這一次只許成功，不許失敗。我讓周榮定交易的時間、地點，並不是要跟他交易。我是看他有沒有設套。如果他找了員警下套，那我們也不指望從他身上拿錢了，直接把ＵＳＢ內容公開。如果他沒有設套，我到時再定交易的方式。我剛才看了嘉德廣場周圍的地形，我們從這裡走過去只要五六分鐘，躲在這裡又很不起眼，所以我們就在這裡等，時間快到了我再出去查探。」

★★★

杜聰從公車站下了車，剛哥和小毛也趕緊下車，在後面佯裝不經意的樣子遠遠跟著。杜聰踏進公寓，剛哥也悄悄跟進去，他透過樓梯的間隙看到杜聰走到了四樓左手邊的房間開門進屋。

剛哥退出來後，告訴小毛：「他人住這裡，車子應該就在附近。」兩人沿著馬路將兩側停著的汽車仔細找了一遍，沒有發現李棚改的車。

「再去旁邊看看。」

很快，兩人來到了房子後面那片臨時停車場，那裡停了很多車，他們四下尋找一番，欣喜地發現李棚改的越野車就在其中。他們興奮地跑到車邊，朝車內張望，箱子卻不在車裡。

剛哥尋思道：「箱子不在車裡，那一定被他帶上樓了，他來找我們要錢，說明他還不知道箱子裡有錢。」

「剛哥，那我們怎麼辦？」

「一種辦法，我們直接上他家，把箱子搶了。不過如果他報警，員警來了一調查，李棚改的事就穿幫了。所以只有第二種，我們去把他家的門撬了，找到箱子，拿走裡面的錢，到時我們把美金兌成人民幣，拿三十萬人民幣賠他讓他閉嘴。我們把車開走處理掉，事情就乾淨了。」

兩人商量一番，覺得此計可行，就先回家去找工具撬門。

不過在離他們倆十幾公尺外的地方，兩雙眼睛正凶狠地瞪著他們。

「你確定是他們倆？」方超語氣中透著寒意。

「這兩人化成灰我都認得！」劉直已經迫不及待要下車了。

方超一把拉住他，沉聲道：「等一下有你動手的機會，我們先跟上去。」

待這兩人走到路口打了輛身障車離開後，方超也轉動了鑰匙，他們的身障車不遠不近地跟在了後面。

★★★

剛哥和小毛下了身障車，朝家中走去，商量著行動計畫。

「待會兒你拿好工具，我打杜聰電話，把他約出來，你趁機撬開他家的門，進去找到箱子，拿了錢就走，知道嗎？」剛哥叮囑他。

「我去撬門？」

「是啊。」

「可我不會開鎖啊，撬門不是你最拿手的嗎？」

「撬門怎麼變成我最拿手的了？我什麼時候撬過門？」剛哥一臉吃驚。

「我聽老家的人說，你總是半夜撬開村裡那些婦女家的門，把人睡了，後來被他們丈夫知道了，才把你趕出村的。」

「扯淡！」剛哥啐了口，怒道，「想當初我在村裡那會兒，還用得著撬門？你信不信我家就算裝三個防盜門，也得被那幫婦女翻進屋。」

「這……這日子啊……」小毛狠狠嚥了下口水，眼中無限嚮往。

「別廢話了，」剛哥打斷他的想像，「現在怎麼辦？」

兩人歡天喜地地商量了半天怎麼撬門、怎麼拿箱子，結果兩個人都沒撬過門。

他們停下腳步，尋思了半天，總算被小毛想到辦法。「我認識一哥們兒是開鎖公司的，平時也偷點東西，我見他開過鎖，把貓眼轉開，他有根特製的杆子伸下去轉幾下就開了。我去跟他借工具，到時我再穿上工作服，裝成開鎖工人，如果一時半會兒沒撬開，有人經過也能掩飾過去。」

剛哥高興地拍手。

「你這兩天腦子好像開過光啊！先搞那美金，又想出扮開鎖工人，嘿，就這麼幹！」

說完，兩人掉頭往回走，朝那開鎖的哥們兒家中走去。

在他倆身後五六十公尺外，方超和劉直一直不動聲色地跟著，若不是這兩個渾蛋，他們搶了周榮後早逃之夭夭了，哪會淪落到如今還要跑路的地步？今天不光要拿回箱子，還得結束他們的命。光天化日下不能動手，只待兩人到家，他們就能下手。此刻見兩人突然掉頭，方超和劉直馬上朝牆一側稍稍別過身去，低著頭佯裝經過的路人，快步朝前穿了過去，走了幾十公尺到達一堵牆的轉角。他們停下腳步，正要回頭朝兩個小毛賊望去，突然間牆後傳來一聲叱喝：「孫子看招！」

方超和劉直本能轉過身，卻見兩只巨大的臉盆朝他們徑直飛來，劉直手腳修長，抬起一腳便將衝向自己的臉盆踢飛到一旁；方超眼見臉盆飛來，沒時間反應，本能舉起手臂抵擋，臉盆雖然被打飛到一旁，臉盆中的東西卻在下一秒將他淋了滿滿一身。

方超愣了愣，伸出舌頭，一股鹹臭味，低頭看下去，渾身被汙穢物淋了個乾淨。幾秒後，他抬起燃燒著熊熊火光的雙目直視對面發呆的三個男人。

「兩位大哥，不好意思啊，我是打算潑後面那兩人的，怎麼他們掉頭走了？兄弟給你道個——」「歉」字還沒說出口，方超已經一把掐住他脖子直接甩到了牆上，把他砸得頭破血流。他身後兩個小弟見老大被打，剛要去拿路邊的石頭當武器，被緊隨而來的劉直三拳兩腳踹倒在地上，動彈不得。

「大哥饒命，小弟……小弟真不是故意的。」被方超抓在手裡的男子知道遇上了狠人，哭喊著求饒。

這時，旁邊一輛電動車經過，劉直朝他狠狠瞪了眼，那人趕緊裝作什麼也沒看見開了過去。方超怕路上鬧出大動靜引來員警，只好忍住滿腹滔天怒火，示意劉直將這三人一齊抓過來，帶進旁邊的一條小弄堂，掐著那人的脖子問：「你們三個幹嘛的？」

「大……大哥，我們……我們是討債公司的，剛才……剛才那會兒從你們後面走過的兩個人欠了信用卡不還，我們催了幾次沒用，只好……只好給他們點教訓，沒想到得罪了大哥，求你……求你放了我們。」

方超咬牙問：「那兩人住哪兒？」

「住這後面。」討債的伸手向後一指。

「帶我們過去。」

「帶你們過去？」

「他們也欠了我們錢，討債還輪不到你們！」

三人連聲應允，為了討回幾萬塊信用卡欠費，他們可不敢得罪這兩尊神。每天在江湖上混，他們一眼就看出這兩人是惹不起的主。三人帶著方超和劉直來到剛哥的院子前，方超打發他們滾，以後別讓他遇上，三人忙不迭跑走。

院子門鎖著，不過這院門的破鎖對他們來說形同虛設，劉直找了張銀行卡隨便糊弄幾下就將門打開了。兩人走進院子，徑直來到屋子前，房門昨天已被杜聰踢壞，只是虛掩著，方超滿腔怒火，也不管裡面是否還有人，直接一腳踹了進去。

兩人進屋找了一圈，沒有人，可同樣也沒找到箱子和美金。

這時，劉直注意到後屋裡面有個麻袋，踢了一腳感覺有些異樣，心中有種不祥的預感，他馬上解開麻袋繩索，果然露出了一具男性屍體，正是李棚改的屍體。

「超哥，又是……又是一具屍體。」那兩人剛給他們倆調包了一具屍體，此刻屋裡又來一具屍體，雖然劉直膽大包天，但不是殺人狂，遇上這號人也不禁發怵。「這兩人……該不會是變態殺人狂吧？」

方超站在原地，目光在屍體上停留了幾秒，頃刻間所有理智都被怒氣所占據。「管他是不是殺人狂，今天我一定要將這兩渾蛋碎屍萬段，碎屍萬段！」他激動地抓起旁邊一把椅子狠狠往地上擲去，摔得四分五裂。

劉直從未見一向「穩得住」的超哥發這麼大火，看得膽戰心驚，只好小心翼翼勸說：「超哥，咱們今天是最後一票，得從長計議，千萬要穩住啊。」

「穩你個頭！老子就是要把這兩個渾蛋弄死，弄死！」

46

「局長，小米線報，周榮親自帶人去了嘉德廣場。」公安局裡，王瑞軍接到線報，奔跑著來報告張一昂。

「什麼時候的事？」

「就在剛剛，小米還說周榮在車上裝了四袋錢。」

「什麼袋？」

「旅行袋！」

張一昂猛然站起身，周榮這個時候帶這麼多錢外出，唯一的解釋就是歹徒聯繫上了他，以ＵＳＢ勒索，他這是去交贖金了。ＵＳＢ如果被他拿回手中，即便警方抓到了歹徒，也奈何不了周榮。張一昂當機立斷，馬上組織了幾十個擁有豐富偵察經驗的老刑警，親自帶隊出門。臨走前，多事的李茜又冒出來要跟著一起行動，在這最緊要關頭張一昂一口拒絕，讓她趕緊去調監控錄影，盯死周榮的一舉一動，不得有誤。李茜本想拒絕，但見張一昂露出從未有過的嚴肅模樣，被他的氣勢震懾，知道此事不是兒戲，馬上接下任務，趕到資訊中心做好協助工作。

事態緊急，警方來不及事先安排抓捕方案，張一昂和幾個骨幹隊員在車上緊急商量該如何在嘉德廣場埋伏，遇到各種情況該如何應對等，眾人鬥志高昂，只要周榮今天敢交易，他們就一定會把對方所有人當場拿下！

☆☆☆

此刻周榮坐在車上也很緊張。他在一輛商務車上，身邊前後都擠滿了保鏢，腳下是四袋人民幣，每袋都裝了二百五十萬。商務車駛到了嘉德廣場，在路邊一處視線相對開闊的地方停了下來，等待歹徒的進一步指示。

不久，張德兵傳來資訊，他看到那個叫杜聰的汽車銷售員下樓了，杜聰邊走邊打電話，看樣子對方行動了。沒一會兒，張德兵又看到一個穿著工人制服的「小年輕」，這人走路東張西望、賊眉鼠眼，在樓下徘徊一陣子後走進了公寓，看此人身形不像那兩個搶劫犯，不知是同夥還是無關的路人。又過了五分鐘，張德兵看到「小年輕」下樓了，手裡多了一個黑色塑膠袋，袋子看上去沉甸甸的。商務車裡的周榮心裡很焦灼，USB關乎他的命，他反覆看著手機，已經超過約定時間一刻鐘了，歹徒卻一直沒打電話過來，他撥打歹徒的電話每次都顯示關機。

「榮哥，我覺得對方是在試探我們。」一旁胡建仁猜測。

周榮點點頭，吩咐司機小米：「你繞著廣場慢慢開。」

商務車繞著廣場不緊不慢地開了兩圈，周榮始終沒有接到電話。

此時，一名小弟看著後視鏡說：「榮哥，有輛小轎車剛才在我們後面，現在在我們前面，我看它在跟蹤我們。」

周榮順著他的目光看去，他們前方幾十公尺開外，停著一輛很不起眼的破舊小車。他不動聲色地點點頭，指示小米：「你再繞廣場一圈。」

小米照做，又繞了一圈，回到原點，周榮抬眼又看到那輛小破車出現在了他們的側後方。他微微一瞇眼。「掉頭，開到他旁邊去。」

商務車掉頭，開到小車的側面，緊靠著小車停了下來。這時，小車也停下不動。

雙方都在原地停了片刻，這時，小車打開門，一道人影走了出來。

「周老闆，別來無恙吧。」一道懶洋洋的聲音傳到了商務車裡。

周榮定睛一看，下車的居然是朱亦飛，頓時大失所望，拉開車門問：「你怎麼在這兒？」

朱亦飛冷笑。「你都帶著我們兜了三圈廣場，還問我怎麼在這兒？」

周榮意識到對方在跟蹤自己，頓時不滿。「你跟著我幹嘛？」

「周老闆，那編鐘的買賣，你看怎麼處理呢？」

周榮不耐煩道：「這事以後再說行嗎？」

胡建仁也在一旁解釋：「朱老闆，這事我跟你們說了呀，這筆買賣我們最近不做了。」

周榮懶得再跟對方浪費時間，直接關上車門，朱亦飛伸手一把拉住車門，冷冷地打量他。

「周老闆，你這樣可太不厚道了啊。」

周榮緊張地環顧四周，害怕暗中觀察的歹徒發現他在跟別人接觸，以為他設了埋伏把交易USB取消，一邊倉促道：「這事以後再說行吧？今天我很忙，沒時間。」

「你很忙倒有心情轉圈啊，」朱亦飛沒有鬆開車門，突然注意到周榮神色慌張，皺眉問，「你在看什麼？」

「沒……沒什麼啊。」

這時，一直在旁盯著四周的霍正看到百公尺外有人佯裝不經意朝這走來，頓時意識到不對勁。

「有員警。」他一把將朱亦飛拉回車子，隨後自己坐上駕駛座，一腳油門踩下去，直接撞開周榮的商務車，竄到路上一個拐彎疾馳而去。

與此同時，整個廣場四面八方多輛自小客車，司機掏出警燈往車頂一放，踩下油門集體朝朱亦飛的車圍追堵截而去。

霍正車上全是亡命之徒，被抓到不是死刑也是判十年以上的人物，在這生死存亡之際，駕車逃跑完全不留餘地，不管紅綠燈還是行人都呼嘯著直接衝過去，很快就突破了警方在廣場附近安排的包圍圈。

朱亦飛坐在車上，面若冰霜，本來還想著跟周榮來個先禮後兵，給周榮最後一次機會，誰知周榮故意帶他繞圈，實則已經找了員警對付他，要將他置於死地，這筆帳不死不休！

★★★

嘉德廣場旁邊的一棟辦公大樓裡，張一昂站在其中一層的窗口，即時盯著廣場上發生的一切。

霍正的那輛車如火箭般衝出去後，張一昂馬上下令讓警車停止追趕，因為鬧市區環境複雜，強行抓捕很可能釀成重大群眾傷亡事故。員警們眼睜睜看著車子衝出包圍圈，他立刻又讓公安局資訊中心的工作人員通過道路監控設備盯死車輛方向，另安排警力從周邊圍堵，到郊外安全地區再進行抓捕。

與此同時，他通知宋星去搜查周榮。

宋星帶了兩輛警車的人將周榮一夥團團圍住，將所有人趕下車進行強制檢查。現場沒有搜出USB，在車上發現了大量現金。周榮輕巧地解釋說，他是一個生意人，車上帶這些現金也用不著向員警解釋，剛才逃竄的車輛他不認識，是對方主動攔他們向他們問路的。

雖然員警們都知道周榮在撒謊，可手裡沒證據也拿他束手無策，宋星只得打電話詢問張局長意見，是否要將周榮帶回去做筆錄。張一昂尋思若沒找到ＵＳＢ，將其帶回也無任何意義，而且警方抓走了三江口首富，到時還得給出一大堆解釋，便讓他直接放人，所有警力歸隊，全力去抓捕逃竄的一車歹徒。

★★★

沒過多久，抓捕行動就宣告失敗。前方參與圍堵的便衣員警傳回消息，他們接到群眾報警，有輛汽車墜入河中，車上多人在墜河前下車離開了現場，根據群眾描述，墜河汽車正是歹徒駕駛的車輛。這處地方周圍沒有監視器，環境複雜，歹徒逃跑後要重新布控抓人，並非易事。而對於周榮，警方不但沒有得到ＵＳＢ，還徹底打草驚蛇了。

張一昂回到單位辦公室，考慮著接下去該怎麼辦，這時，李茜帶來了一條情報。

「局長，剛才你們在嘉德廣場抓周榮時，張德兵不在車上吧？」

張一昂回想宋星跟他報告的情況，車上只有周榮、胡建仁和其他幾個小弟，並無張德兵。

李茜得意揚揚地說：「我定位了張德兵的手機，發現他在距離廣場不遠的一處住宅附近，我查了定位資料，發現張德兵從早上到現在，一直在那附近停留，那裡一定有問題。後來我又查了昨晚的監控錄影，總算被我知道ＵＳＢ在哪裡。」

「在哪裡？」張一昂急問。

李茜嘴角一翹，談起了條件。「我要親自去查證。」

「不行。」張一昂當即拒絕。

「那我可不能說。」

「我命令妳說。」

「我拒絕。」

張一昂看了她幾秒，急得撓頭：「妳先說吧，如果屬實，待會兒調查多帶妳一個便是。」

李茜笑了笑，掏出手機，從中挑出一張監視器拍下的照片，時間是昨晚，光線昏暗，圖像比較模糊，隱約可見一個男人拿著一只行李箱。

「這人是誰？」

「他叫杜聰，是周榮公司旗下一家展售店的銷售員。」李茜和他有一面之緣，所以才在反覆看影像中認了出來，「我查到前天晚上有一起涉及他的報警紀錄，我聯繫了當時派出所出警人員，掌握的事情經過是，他前晚偷開周榮的車去幫婚慶公司拉活兒賺錢，結果在路上撞車了，展售店以他竊盜店內車輛的名義報了警，最後協商的結果是他在一個月內湊到六十萬賠償款。當時正因為他撞了車，胡建仁帶走了周榮別墅內的多名保安跟他交涉，導致別墅空虛，方超和劉直才潛進去。」

「那妳為什麼說USB在他手裡？」

「他手裡拿的這只箱子，我看非常像周榮家被搶走的箱子。」

張一昂盯著照片看了會兒，搖搖頭。「圖像這麼模糊，妳這都能看得出？」

「我……我感覺就是。」

「感覺?!」張一昂不屑地搖搖頭。

「那張德兵為何一直守在附近呢？」

「妳怎麼知道張德兵的目標是盯著他，而不是接應在嘉德廣場的周榮？」

「我……」李茜被問住了。

「如果照妳所說，USB在這小子手裡，張德兵已經盯上他了，為什麼不直接帶人上去搶回USB？」

「這……」李茜還是回答不出。

「他一個汽車銷售員，能跟方超和劉直有什麼關係？USB怎麼會落到他手裡？如果他是方超和劉直的同夥，那麼這兩人何不住進他家？幹嘛冒險住旅館，差點兒被我們抓到了？」

李茜無言以對。

「所以這銷售員跟周榮的事壓根兒無關，妳就別瞎摻和了，現在我們都忙著抓人呢。」張一昂對李茜這新人的判斷不屑一顧，不耐煩地轟她出去了。

李茜耗盡心力查監控錄影發現的獨家情報被領導如此輕易否決，越想越氣，直接騎上電動車出去了。

沒一會兒，張一昂突然想到以李茜的性格，該不會一個人去調查吧？趕緊打她電話，誰知電話沒人接，他跑出去問人，有警員看到李茜騎車出去了，張一昂大急，只得坐上一輛小客車追過去。

★★★

周榮回到別墅後，坐立難安。

「榮哥，今天這事，我看員警不是衝朱亦飛來的，是衝著我們來的。」胡建仁分析。

周榮點點頭。「員警肯定知道別墅裡的事了，也知道我丟了東西。」

「我們裡面有內鬼。」

「你覺得是誰？」

「我們早上去嘉德廣場之前，沒跟任何人提過，車上這些小弟一直跟在旁邊，沒機會傳消息出去，可能的人只有一個——司機小米。」

周榮尋思道：「可現在已經被員警盯上了，這小米我們也不能隨便處理。」

「小米、員警，這些都不是問題，只要ＵＳＢ沒落出去，他們就沒法動我們。我只是擔心，」胡建仁深深皺起眉頭，「我怕員警衝過來那會兒，那兩個搶劫犯也暗中看著，他們如果看到這一幕，會不會以為是我們聯合員警設局抓他們？」

周榮看了看他的私人手機，迄今都再沒接到歹徒電話，心下更加焦灼，若是逼急了對方，對方直接將ＵＳＢ內容公開，後果不堪設想。更重要的是，他如今已經被員警盯上了，贖回ＵＳＢ怕是更加困難了。

周榮拿起手機，撥了張德兵電話，詢問他那邊的情況，張德兵說杜聰後來一個人氣呼呼地回家了，周榮心想，杜聰大概是因為看到員警來找他們，覺得是他們聯手設局而生氣吧。張德兵又說剛剛他看到那個叫李茜的女孩也進了公寓，身旁還跟著一個陌生男子，可能是兩個歹徒的其中一人。

掛了電話，周榮仰面躺在沙發上尋思了片刻，猛然坐直身體，冷聲道：「既然歹徒也不信任這筆交易了，那就一不做、二不休，直接動手！」

胡建仁點點頭，如今也只能如此，趁員警沒得到ＵＳＢ，速戰速決，風險是肯定有的，但也只能豁出去了。兩人馬上通知張德兵，讓他召集幾個最靠得住的小弟，上樓抓人。

47

「李茜，我明確告訴妳，妳現在已經被停職，馬上跟我回去。」

張一昂追著她上了這棟住宅。

「我停職了為什麼還要回去？」李茜甩開他的拉扯，繼續快步上樓。

「妳知不知道現在情況多緊急，妳還要添亂？如果其他人知道妳這麼任性，妳員警都沒得當！」

「等一下你就知道了！」李茜在一道房門前停下腳步，這裡是派出所紀錄中登記的杜聰的住址。

「妳能不能有點員警的樣子？」張一昂雙手叉著腰，對這個拖油瓶又怒又沒法子，若換了其他人早讓他一腳踹飛了。

李茜白了他一眼，直接敲門，過了會兒，杜聰打開門，疑惑地看著他們倆。

「你們找誰啊？咦——妳不就是上次試駕撞車的？」

「喏，箱子不就在那兒？」李茜目光直接從杜聰身上掠過，盯著後面靠在牆上的一只行李箱，推開杜聰徑直走了過去。

「哎哎，妳幹什麼呀？」杜聰走過去要攔下她。

李茜放倒行李箱，拉開拉鍊，將裡面的東西一把抓出來扔到一旁，伸手在底下按鈕上逐一按下去，馬上找到了按鈕，箱子底板自動開啟。

「你看，這不就是那個箱子？」

張一昂目瞪口呆地看著她這個操作，箱子居然真的在這兒。下一秒，張一昂直接跳了起來，將杜聰整個人撲倒，扳過他的手，靠自身重量牢牢將他壓在地上，痛得杜聰嗷嗷大叫，一邊叫一邊喊：「箱子裡的東西我沒動過，是那兩個人欠我錢，我才把車開回來的。」他以為這兩人是箱子和越野車的主人。

張一昂連忙吩咐李茜：「去房間看看。」

李茜急忙跑進房間檢查一下，跑出來回道：「屋裡沒人。」

張一昂死死壓住兀自掙扎的杜聰，杜聰被他反手壓得劇痛，大喊：「你們誰啊？」

「快說同夥在哪兒！」

「什麼同夥啊？這裡就我一個！」

「你說不說？」張一昂手上用力，將杜聰的手臂折得都快變形了。

杜聰痛得直吸氣，想起身卻被張一昂跪在背上壓得死死的，越反抗手越痛，只得大叫：「你們到底是誰啊？」

「快說同夥在哪兒！」

「什麼同夥啊？這裡就我一個。」

「同夥在哪兒？」

「就我一個。」

「同夥在哪兒？」
「就我一個。」
兩人頑固地重複了好多遍同樣的問答。
總算等到李茜換了個有點新意的提問：「箱子裡的錢和ＵＳＢ呢？」
「什麼錢？這箱子是我從車上拿來的，拿來時就沒錢，你們不要冤枉我啊，那兩人欠我錢我才把車開回來的。」
「什麼車？」
「你們說的是什麼錢？」
三個人都愣了片刻，張一昂又問：「同夥在哪兒？」
「什麼同夥？就我一個。」
李茜再問：「錢和ＵＳＢ呢？」
「什麼錢？你們不要冤枉我，那兩人欠我錢我才把車開回來的。」
「什麼車？」
「你們說的是什麼錢？」
三個人又把這番對話重複了一遍，沒一個人找到自己想要的答案。
張一昂再換一個問題：「你說的兩個人是不是方超和劉直？」
「那兩人不是叫夏挺剛和什麼小毛嗎？」
他們倆又是一愣，看他樣子好像沒在說謊啊，派出所第二天的報案紀錄確實寫了夏挺剛和小毛的名字，這其中有什麼誤會？

李茜問：「你是怎麼拿到這箱子的？」

「快說！」張一昂手上又加了把勁。

杜聰冷汗涔涔地快速將撞車後再強行開了別人車的事情說了一遍，聽得兩人更加糊塗了，這箱子底下有暗格，市面上當然買不到同樣的，肯定是周榮家的那一個，可箱子怎麼會跑到夏挺剛和小毛手裡，最後又到了他手中？

這時，門口突然出現了幾個人的身影，為首的張德兵看到裡面的狀況，也愣了下，下一秒，帶了四個小弟直接衝進屋，掏出匕首甚至有一把手槍，以迅雷不及掩耳之勢將三人全部制伏，隨後關上門，將這三人都綑綁了起來。

「張德兵！」李茜認出了他。

「妳認識我？哦，差點兒忘了，你們這次為了動我老闆，也是做足功課的。還有你——」他一腳踹向杜聰，「撞車把保安引出去的招兒都被你們想到了。」他又狠狠地連踹張一昂幾腳，「這是替榮哥還你的。好了，還有一個在哪兒？」

張一昂和李茜都沉默地看著他，對於這一番變故，他們著實沒有料到。

杜聰被他踢斷了一顆牙，滿嘴是血地哭喊道：「你是誰啊？」

張德兵冷笑一聲，示意四個小弟去將三人身上都搜查一遍，沒有摸到ＵＳＢ，只能將他們的手機都拿了出來。他來到箱子旁，將東西翻找一番，還是一無所獲。

他咬了咬牙。「錢呢？」

「什麼錢啊？那兩人欠我錢我才把車開回來的。」杜聰一臉冤枉。

「ＵＳＢ呢？」

「我也不知道啊。」
「同夥呢？」
「什麼同夥？就我一個啊。」
張德兵深吸一口氣，見杜聰一問三不知，氣得又一腳向他踹去，痛得他哇哇大叫，又被小弟用手捂住嘴不讓他喊出聲。張德兵走到一旁，先問問老闆的意思。

★★★

別墅裡只有周榮和胡建仁兩人。
剛剛張德兵告訴他們屋子裡的兩男一女都已經被控制了，箱子在，可是錢和USB都沒找到，那一男一女嘴巴很硬，什麼都不肯說，杜聰說這箱子不是他的，是他從另外兩個叫夏挺剛和小毛的人手中拿的。
這事情經過聽得周榮也是一頭霧水，不解地看向胡建仁。「你覺得該怎麼做？」
「錢和USB一定在那兩個叫夏挺剛和小毛的人手中。」
周榮點點頭。「聽德兵的意思，他覺得杜聰不知道搶劫的事。」
「李茜和另一個男人一定是同夥，所以他們才不肯說，可以讓德兵用點手段，以他們倆為人質，逼他們同夥回來。」
周榮搖搖頭。「萬一同夥知道同伴被抓，不敢回來呢？」
「這……」
「員警已經介入了，這件事等不及了，今天必須要有個了結。讓杜聰帶我們去找那兩人，以這兩個同夥做威脅，將他們一網打盡。東西拿回來後，一個不留。」
「那個杜聰呢？」
周榮眼中閃過一絲冷光。「一樣滅口。」
「好，我馬上去辦。」
「不，事關重大，我也得去。」
「可是這事太危險了。」
周榮淡然一笑。「如果這事德兵失敗了，我坐在家裡也是等著員警上門罷了。」
胡建仁想了想，點點頭。「榮哥，你出門我怕員警會盯上。」
周榮冷笑一聲。「正好用小米調虎離山。」

48

方超怒目圓睜地坐在屋中，盯著手裡的匕首，還有衣服上的大便，滿腦子都在想待會怎麼收拾那兩個渾蛋。劉直警惕地趴在門背後，靜靜地望著院子裡的大門。

等了很長時間，院子門從外面打開了，剛哥和小毛有說有笑地往裡徑直走去。

「超哥，回來了。」

劉直低聲說了句，方超立刻回歸戰鬥狀態，像一條矯捷的狼躲到門的另一側，靜靜地聽著外面的聲音。

兩人的歡聲笑語和腳步聲越來越近。

「咦，這鎖怎麼掉了？」小毛問道。

「昨天被那傻子踢壞了啊，不過這房子我們也不住啦，以後我們就住——哎呀！」

剛哥身體剛探進屋，就被方超一把抓過腦袋往地上砸去，同時匕首狠狠地戳進了他的手掌，右手被釘在了地上。身後小毛還來不及反應，就被另一側的劉直抓了過去，同樣一招就按在地上，二話不說掰斷了一根手指。兩人抬起頭，看到凶神惡煞的兩位正是被他們調包的殺人犯，瞬間嚇得肝膽俱裂。

「你叫夏挺剛是嗎？讓我看看你有多剛。」方超掏出另一塊小刀片，蹲下身盯著渾身瑟瑟發抖的剛哥，「偷我們箱子，害我們被通緝，玩兒得漂亮啊！」他一揮刀片，剛哥大腿上血線冒出，同時傳來尖銳叫聲。

「你還敢叫！你叫我就剁爛你舌頭。」方超將刀片伸到他嘴邊，他嚇得忍住劇痛卻只能閉上嘴。可他一閉上嘴，方超又一刀劃破他的大腿。

「大哥饒命，大哥饒命啊！」剛哥顫抖著哭求。

一旁的小毛見此情景，知道此番躲不過去，馬上將手裡的黑色塑膠袋扔了出去。「你們是不是找錢？錢全在這裡。」

劉直看到塑膠袋裡滾出了美金，激動地趕緊蹲下去點錢。正在這時，小毛抓過一旁地上的一根帶釘的木條就朝方超身上砸去，方超背上被釘子砸了個血窟窿。他大怒回頭，跳過去一把抓住小毛的頭往牆壁撞去，小毛用出全身力量緊緊摟住方超，跟他糾纏在一起。

劉直回頭想幫忙，但見小毛死死貼住方超，他也無從下腳，方超也不需要他幫忙，穩穩占住上風，手肘往小毛背後撞了兩下，小毛嘴裡就狂吐鮮血。小毛即將鬆開手之際，在混亂中從方超腰後摸出了一把槍，亂按了一下，這槍居然已經打開保險，響起「砰」的一聲，牆壁被打出一個彈坑，碎泥塊紛飛，四人都不由得一愣，小毛趁機一把抽出槍，頂在方超的額頭上。

一瞬間，方超和劉直都停下了動作。

「別動，你動我就開槍了啊。」小毛膽戰心驚地抓著方超。

劉直一把跳到剛哥的身上，掏出另一把匕首，按在剛哥的太陽穴之上。

「你敢開槍我立馬殺了他，你也一定死。」

方超冷冷笑道：「我兄弟是當過兵的，你手裡有槍也不是他對手。」

「我不管，殺了你總夠吧。」

方超眼睛微微一瞇，他有一半把握能抓住小毛手臂將之掀翻倒地，可他也只有一半把握，如果這動作失敗了，命就沒了，他一時也猶豫不決，只能說：「小兄弟，那你想怎麼樣？」

「先放了我大哥。」

方超冷笑。「你覺得可能嗎？」

小毛歇斯底里吼叫，把槍死死頂住方超的太陽穴。「你放不放？」

劉直看到這情景，擔憂方超有危險，慢慢抬起身，卻見方超朝他搖搖頭，說：「不能放。」

「你到底放不放？別逼我啊！」

「這樣吧，你呢，就把槍留著，我們把錢拿走，你看怎麼樣？」方超心想，只要對方能把槍鬆開，轉手間他就能將對方制伏。

「錢我們要留一半。」

劉直怒道：「憑什麼？這本來就是我們的錢。」

誰知方超當即說：「我答應了！」

「那好，」小毛眼睛看著劉直，「你拿一半錢走，你大哥，晚點我會放的。」

方超淡淡道：「你這就不講規矩了。」

「現在放了你們倆，你們馬上對付我們怎麼辦？」

「我是講規矩的。」

「我憑什麼信你們？」

「這——」方超一時也找不到理由讓他相信。

四個人便兩兩對峙著。

這時，門突然被人一把推開，張德兵手裡握了一把槍，帶著小弟衝了進來，一見屋裡的情況，先是呆了一下——怎麼是四個人？他們在搞什麼？下一秒他就反應過來，拿槍指著小毛和方超，喝道：「都別動！」

其他一個小弟也掏出槍對著另一邊的劉直，另三個小弟則掏出長匕首分別圍到了兩組人身後。

眼見局勢突然又起了變化，方超和劉直雖然還搞不清狀況，但他們見兩人拿匕首，肯定不是員警。兩人眼神互相一示意，劉直回身一刀割破旁邊小弟的手臂，方超趁小毛分神的瞬間一把抓住他的手，奪過槍後狠踹一腳，將小毛踢飛。

突然這時，「砰砰」兩聲，張德兵回頭朝劉直直接開槍，劉直捂著肚子，滲出了一些鮮血，跌倒在地，但此時，方超的槍舉了起來，對向了張德兵。

現在的情況是，張德兵用槍口指著面前的劉直，距他幾公尺的方超用槍口指著他，張德兵另一個小弟的槍口也指著方超，其他小弟則分站兩側即時接應。

張德兵看著方超，臉上毫無懼色。「你把槍放下。」

「不可能。」方超同樣一身是膽。

「你如果開槍，你殺我一個，我們會殺了你們所有人。你如果有種，就試試，我數到三，你如果不放下槍，我先殺了他。」張德兵走到了滿頭冷汗、臉色蒼白的劉直身邊，拿槍對著他腦袋。

「一——二——」

方超把槍扔到了對面。

「超哥！」劉直忍痛抬起頭，感動地看向方超。

方超臉上露出一個苦澀的笑容，輕鬆道：「認栽吧。」

張德兵滿意地點點頭，朝方超豎起大拇指。「是條漢子！」如果他們沒動他老闆，他都想將兩人收入麾下了。

其餘人等將在場四人都綑綁起來，推倒在地上。

張德兵給小弟使了個眼色，三個沒槍的小弟跑了出去，過了會兒，兩輛很不起眼的小汽車駛入院子，一個小弟下車將院子門關好，隨後周榮和胡建仁下車，三個小弟分別押著被繩子綑綁、被塞住嘴巴的張一昂，李茜，杜聰三人進屋。

他們將三人帶進來，給他們拿開了塞嘴巴的布條，將他們同樣推倒在牆角，這樣，地上的七個人全部被綑綁，一切都在周榮的掌握之中了。

周榮慢慢踱步進屋，胡建仁關上門，卻發現門鎖壞了，他也只能將門虛掩一下。周榮將七個人打量一番，目光鎖定在了方超和劉直身上，伸手一指。「這兩個。」

張德兵上前在兩人身上摸索一番，果然在方超的衣服內層口袋裡摸出一只ＵＳＢ，便交還給周榮。周榮拿起ＵＳＢ，用力地摸著，深深吸了口氣，感慨道：「終於回到手裡了，你們倆可都快把我嚇出病來了。」

方超看著他。「你想怎麼樣？」

「你覺得我想怎麼樣？」周榮戲謔地瞧著他，一拍腦袋，「哦，對了，本來我以為是你們兩個幹的，後來以為是四個，現在怎麼變成七個了？你們這七個人到底什麼關係？」

地上的七人互相看了看，不明白他到底在說什麼。

這時，張一昂用極低的聲音在李茜旁邊說了句：「他要滅口，等下妳逃。」

李茜的眼睛輕輕瞥了他一眼，看到他被捆在背後的手裡捏著一枚血淋淋的刀片。

對面，周榮還是在逼問方超和劉直：「說，上我家搶劫是誰指使的？」

「誰還敢指使老子？」方超冷笑。

「有骨氣！」周榮點點頭，反手就是一巴掌。

方超絲毫不懼。「動手吧，周老闆，你要殺了我們這七個人，抓到就是死刑。」

「哎喲，你不知道，我如果不殺你們七個，被抓到了也是死刑。」周榮嘿嘿一笑，「你們想痛快點呢，就把這搶劫過程原原本本告訴我，不然，我讓你死得不痛快。」

方超笑了笑，突然一口帶血的唾沫直接朝周榮臉上吐去。

周榮抹了下臉，被激得大怒，幾個小弟一起衝上去往方超臉上狠踹。

這時，張一昂已經解開了繩子，將刀片悄悄遞給李茜，隨後慢慢解了幾下繩索，趁旁邊人去毆打方超之際，突然跳起身，抓起桌上扔著的一把劉直的匕首就朝周榮衝去。

張德兵回頭舉槍就開，「砰」一聲，張一昂屁股血肉炸開一片鮮紅，他不管不顧，一翻身跳到了周榮身上，將其一把拉過，匕首架上脖子，喝道：「住手！動一下就殺人了！」他屁股一陣劇痛，瘸著腿將周榮拉到牆壁邊，把周榮擋在他面前。

「你……你殺了我，你也跑不了的。」周榮被刀架脖子上，頓時臉色蒼白。

「至少也能拉你走！」

張德兵和小弟的兩把槍都指向了張一昂的腦袋。

張一昂冷喝道：「你們就算開槍，我死之前也肯定會抹他脖子，你們敢不敢試試？」

「不……不能試。」周榮慌張叫道，「你……你想怎麼樣？」

「放了她。」張一昂目光對向李茜，這時，李茜也割開了繩子站起來，另兩名持匕首的小弟攔在了她面前。

「我叫你放她出去！我數到三，一——二——」

「讓她走！」周榮喊起來。

小弟讓到了一邊。這時，胡建仁把人一攔。「不能放人。」

「我叫你放人！」張一昂手上一用力，鋒利的匕首已經割破了周榮喉嚨處的皮膚，他感覺到滲出血來了。

「放放放，趕緊讓她走。」周榮連忙催促。

「榮哥，人不能放。」胡建仁絲毫沒有退讓。

「我叫你放人！」

「榮哥，如果今天讓他們出去了，今晚我們所有人都得進去，這事我們不能聽你的。」

張德兵掃了四個小弟一眼，小弟們都贊同胡建仁所言，雖然大家都豁出去了，但誰也不想進去。張德兵為難地低下頭，說了句：「榮哥，老胡說得對，人……不能放。」

張一昂歇斯底里地威脅：「你們信不信我殺了你老闆？」

「不……不要殺我啊。」

胡建仁冷聲道：「那你只會死得更難看！」

張德兵盯著他的大腿，張一昂兩條褲子都已被鮮血浸染，哼了聲：「你撐不了多久的，你放人，給你個痛快，你敢動手，我先強姦你女朋友，再把這裡人全部殺光，最後再慢慢弄死你！」說著，他就直接朝李茜走過去。

「滾開，我是員警！」李茜嚇得連連後退，大叫起來。
「你是員警？」張德兵停下腳步。
胡建仁不屑笑起來。「就妳這樣的，也能是員警啊？」
「我……我就是員警。」
胡建仁嗤笑。「還真沒見過這麼弱的員警。」
「那我呢？」張一昂喝道。
胡建仁目光朝他看去，眉頭一擰。「你……你是員警？」
「她是員警，我是她領導，我當然是員警。你們現在放人，我可以說你們是自首，我有權對你們從輕處理。」
「你有這麼大權力？」胡建仁盯著他看了幾秒，「你是公安局的哪一個？」
「三江口公安局有這權力的也沒幾個。」
胡建仁打量了他幾秒，慢慢點頭。
「想不到，實在是想不到，現在的員警這麼有膽魄，沒想到你身為刑警隊的大領導，辦案還會親自撲到第一線上來，好一個三江口刑警大隊長，王瑞軍，佩服佩服！」
張一昂眉頭一皺。「我不是王瑞軍。」
「那你是誰？」
「我是公安廳派來的。」
「你──」胡建仁激動地指著他，「你是張一昂？」
「不然你以為呢？」

「我以為你是王瑞軍啊。」

「我是張一昂。」

「原來你是張一昂。」

「我當然就是張一昂。」

兩人核對了一番身分，結果還是僵持之中，張一昂的血卻在慢慢流失，臉色越發蒼白，甚至連手都開始抖動了。他知道時間所剩不多了，強撐著說：「你們現在束手就擒還來得及，周榮，你早就被我們盯上了，你只要出門我們都在跟蹤，你來到這裡，外面已經布置了員警，只待抓捕了。你如果殺人，這裡的人全部是死刑，你知道她是誰嗎？公安部副部長的親侄女，比你家周衛東大得多。李茜如果出事，局裡把三江口翻個遍也會把你們抓出來！」

他一副正義凜然的模樣，感染了此刻噤若寒蟬的李茜，她也不由得挺直了身體。

「那也未必。」胡建仁冷笑一聲，「小米是你們的線人吧？他出發前被我們收繳了手機，此刻他早把員警引到郊外去了。」

「你們……」張一昂感到一陣暈眩，望著李茜，這下害死了她，心中頓感一片絕望。

突然，這時，「砰」一道槍聲傳來，一顆子彈透過門縫直穿入張德兵的後背，他應聲倒地，艱難爬起來連聲咳嗽，卻動彈不得。

門被打開，一行八九個人衝了進來，個個手裡持槍，嘴裡喝著不許動。

地上被捆的五人抬起頭，重重吐出一口氣。

「真有員警啊。」

「有救了、有救了！」

「我坐牢也不想死啊。」

此刻，就連方超和劉直都為員警的及時趕來而差點兒落淚。

周榮手下眾人紛紛扔掉了武器，雙手抱頭蹲下去。張一昂失血過多，意識鬆弛，這下終於可以躺下去睡一覺了。李茜急忙跑過來扶住他。

周榮大叫：「員警同志，不關我的事，我是受害者，救命啊！」

「哈哈哈哈……周老闆，我來救你啦！」隨著一聲熟悉的笑聲響起，周榮一夥抬起頭，卻見朱亦飛和霍正緩緩踱步進來。

「怎麼……怎麼是你？」所有人都大吃一驚。

「捆起來，捆起來，都給我捆起來。」他揮揮手，他這麼多手下全部拿著槍，輕輕鬆鬆就控制了全場，將所有人都牢牢地捆了起來，徹底動彈不得。

朱亦飛眼睛一掃，馬上看到了桌角當初被剛哥隨手一扔的編鐘，欣喜地拿過來交給了霍正放好，又撿起黑色塑膠袋，粗點一下，裡面正是訂金，將錢也收好，隨後哈哈笑著走到了周榮身邊，低頭看著他。「周老闆，沒想到吧？最後呢，地頭蛇還是鬥不過過江龍啊。」

「你……你怎麼會來？」

「我可一直跟著你啊，你有本事啊，把員警都甩掉了，可是甩不掉我喲。」

「你把我們捆起來幹什麼？我跟你有什麼仇怨啊？」

「仇怨嘛，嗯——我都不想提！」他抬起腳就往周榮臉上狠踹，周榮鼻樑骨和牙齒紛紛被打斷，痛得哇哇大叫說不出話來。

「哦，對了，」他轉到李茜面前，「你們兩位是員警對吧？」

李茜恐懼地望著他，慢慢點點頭。

「員警同志，剛才周榮這夥人說要殺了你們，這些話我在外面全聽到了，我及時阻止了他們的暴行，這也算是見義勇為了吧？」

李茜顫抖著點點頭。

「員警同志，不要緊張，我跟周榮的仇可不會算到其他人頭上，我跟他不一樣，我不殺人。兄弟們，咱們走。」

霍正不解地跑過來問：「我們這就走？」

朱亦飛雙手一攤。「不然呢？」

「這麼多人……」

「周榮想綁架這些人滅口，跟我們有什麼關係？對對，我得幫他們報個警。」他搜出周榮的手機，拿過周榮手指按下解鎖，直接撥了一一〇，「員警同志，我報警，周榮綁架了一夥人，其中還有兩個員警，你們叫什麼——」他轉頭看向李茜。

李茜怯弱地說：「張一昂和李茜。」

「我沒騙你們，我有這麼無聊嗎？叫張一昂和李茜，那個叫張一昂的說是公安局的領導，他受了重傷，你們快來吧，位置在……嗯，還是你們自己找吧。」說著就掛了電話。

「哦，對，周老闆，我們順便借你們的車子用用啊。」

他們走到屋外，坐上了周榮開來的兩輛很不起眼的小型汽車，一個小弟去打開院子門，兩車剛啟動，就見外面一輛警車正朝院子筆直地駛了過來。

★★★

「這幾天可真是忙死了，所裡的人都被局裡調去，剩下我們幾個大事小事都得跑。」

「唉，可拖車的事明明是交警幹的，非要派給我們。」

「這是警務系統的問題，當時報案涉及車輛竊盜，派到我們頭上，我們不處理完，警務系統裡消不掉。」

「那也等過幾天唄，這又不是大事。」

「中午局裡一個女的，跟我打了十幾分鐘電話，問我這起報案的經過，還調了紀錄，我想肯定是那個杜聰投訴到局裡去了，不把那破計程車拖走，到時又說我拖著不辦，唉，局裡那幫人個個是領導，他們要我們拖車，我們也只能拖唄。」

兩個派出所員警一邊嘮叨著，一邊開著警車向院子駛去，後面跟著一輛大拖車。兩輛車都駛入院子中，卻見對面門口還停著兩輛小型汽車，車裡坐著好幾個人，正在盯著他們看。

「這麼多人在幹嘛？」兩個員警剛想停下車，突然「砰」一聲，一顆子彈直接將擋風玻璃擊得粉碎，兩個員警趕緊本能地趴下身，緊接著，對面兩輛車中伸出很多把槍，朝著警車和後面的拖車一陣射擊。

拖車司機哪見過這種場面，嚇得趕緊趴下頭，腳下油門亂踩，拖車筆直朝前撞去。

兩輛小車上的眾人眼見大車直面撞來，想躲避也來不及了，因為這車體型小。周榮為了不起眼，專門開小車來的。前面一輛車被拖車撞得飛離地面，掉頭狠狠摔到了一旁，車上幾人當場昏迷，後一輛車被撞得翻了幾個圈，直接砸進了屋子裡。

混亂場面過後，車上的兩個員警緩緩抬起頭，現場已經面目全非，屋子裡傳來多人恐怖的叫喊聲，他們恍如做夢一般呆立在現場。

他們做夢也沒想到，不就是去拖個車嗎？為何差點被人用槍打死？

片刻後，一輛小車車門打開，滿身是傷的霍正爬了出來，兩個員警出於職業本能，想下車抓他，誰知他抬起槍又向他們射擊，他們是普通民警，出勤沒有配槍，只能趴下來繼續躲避。霍正走到另一側車門前，拉開車門，從裡面拖出滿頭鮮血、昏迷不醒的朱亦飛，大聲喊著「飛哥」，朱亦飛卻毫無反應。霍正只得單手扛著朱亦飛慢慢向前走，兩個員警悄悄抬起頭，發動汽車想開上去將他撞倒，霍正又朝他們開槍，距離遠了並未射中，但他拖著朱亦飛也是體力不支，只好將朱亦飛放到一旁，滿懷愧疚地喊了聲：「對不起了，飛哥。」一大手抹著淚匆匆跑走了。

民警一邊請求支援，一邊小心地下車到屋子裡查看，走進被撞出一個大洞的屋子，看到屋子中的眾人，徹底目瞪口呆。

這到底發生了什麼啊？

49

兩天後。

「這怎麼可能啊？」齊振興瞪大眼睛翻著手裡厚厚的一遝新聞稿，「張一昂一天工夫抓了周榮整個團夥、兩個搶劫殺人犯、朱亦飛犯罪集團，還有兩個家裡藏屍的歹徒？」這幾天裡，齊振興都在北京參加培訓，期間從趙主任電話裡已經得知張一昂破了多起重大案件，而且還是在同一天破的案。他帶著李茜，再加兩個派出所小民警和一個拖車公司的司機，五個人手無寸鐵就將十多個持槍歹徒抓了，創造了連全國都史無前例的破案紀錄。

「對啊，張局破案的第二天，上級公安機關和政府領導都來了，這次張局單槍匹馬深入歹徒窩點，抓人時還負了重傷。」趙主任一改過去對張一昂的成見，此刻臉上也神采飛揚，雖然這回又是張一昂的功勞，但整個三江口公安局都藉此大大風光了一把，他這個辦公室主任還兼著公安局的新聞發言人，以往從來沒機會對外發過言，這兩天光新聞稿他就寫掉了一枝筆。面對各級領導的詢問，他描述案情，滔滔不絕，好像當時是他和張局攜手抓獲了罪犯。

齊振興默不作聲，此時此刻他理應高興，畢竟是整個單位的大喜事，可在這幾天的關鍵時期，他卻在出差，完完整整地缺席了。在單位待著的人即便沒參與抓捕，也能說自己參與了部分後勤工作，為最後的成功抓捕提供了協助，連趙主任也搞得好像自己是刑警隊的了，可齊振興全程在北京培訓，誰都知道這次破案跟他這領頭的局長沒半點關係。

「張一昂傷得怎麼樣？」齊振興看到趙主任寫的一份情況說明中提到，張一昂被六四手槍擊中，如果槍口偏離五公分，就會擊中股動脈，有相當大的生命危險。他雖然一貫對張一昂不滿，但看到張一昂拿命拚來的榮譽，心下也不禁有幾分欽佩。

「張局還在醫院，您放心吧，他沒事。子彈剛好打在屁股上，醫生說以後只會留個疤，對身體行動完全沒影響。」

「你不是寫著他差點兒傷到股動脈，有生命危險嗎？」

趙主任笑道：「誇張筆法嘛。」

齊振興勉為其難地點點頭，看到趙主任也站到了張一昂這邊，子彈打在屁股上也敢說離股動脈只有五公分、有生命危險，怎麼不說槍口偏半公尺就會打中心臟當場死亡？

現在整個單位都沉浸在大功告成的喜悅之中，他能怎麼樣？他還向周衛東告過張一昂的狀，如今周衛東被抓只是時間問題，而高棟自然成為周衛東倒臺的最大受益人了。

齊振興獨自坐在椅子上苦苦思索往後該如何應付，突然眼前一亮，趙主任跟張一昂發生過正面衝突，也能搖身一變替他搖旗吶喊，自己為什麼不可以拉下臉面，跟張一昂這個小老弟好好談談，冰釋前嫌？

再看張一昂此人，一心撲在工作上，破案時奮不顧身，為人一片赤誠，齊振興著實越看越喜歡，他馬上決定，這個兄弟我認了！

★★★

三江口第一人民醫院的一間獨立病房內。

張一昂因為屁股受創，送醫至今只能像隻大烏龜一樣四肢張開趴在床上，歪著腦袋朝向一側，聽王瑞軍講述這幾幫人的審訊經過。

周榮團夥中，包括周榮在內的多人被抓至今零口供，不過他們是在犯罪現場被抓，鐵證如山，交代是遲早的事。

方超和劉直承認多次製作爆炸並搶劫的事實，否認殺死林凱，堅稱是他自己死在了車上，也否認殺害了劉備，說劉備的屍體是剛哥和小毛調包給他們的。

剛哥和小毛承認殺害了李棚改，否認殺了劉備，說劉備的屍體是從另一個人手中搶來的。

這人身分則從朱亦飛同夥中問出，正是目前還在潛逃的霍正。

總之，各方或多或少都認了一些罪，但這些本來毫不相關的幾夥犯罪分子是如何走到一起的，這點他們自己也不知道，員警審了幾天也是一頭霧水。後續犯罪事實逐項核實的工作夠刑審隊忙幾個月的了。

王瑞軍把現在已有的結果大概通報一遍，一針見血地指出最後破案的關鍵點：「如果不是局長你深入敵後，冒著生命危險，在身受重傷的情況下重創周榮團夥，那麼這些人，我們一個都抓不住，甚至將發生極其嚴重的多人集體命案！」

對此，張一昂也沒有刻意推脫自己在案件中的貢獻，這在關鍵時刻扭轉乾坤的一擊，正是他出於人民警察的正義感挺身而出做到的。他屁股上的傷口更是鐵證如山，甚至連那幾夥罪犯在審訊中都不無感慨，他們從未見過一個公安副局長級別的領導，為了辦案還能孤軍深入，以一己之力對抗持槍歹徒。「敗在張一昂手裡，我張德兵也認了。」「我朱亦飛還是小瞧了大陸公安啊。」

張一昂將案情細細分析了一遍，又問：「周榮團夥有沒有交代一些事情，涉及現在的常務副廳長周衛東？」

「周榮的幾個核心成員到現在都不肯開口，不過他們手下的口供裡，提到了周衛東是周榮的保護傘。」

「有證據嗎？」

「最大的證據在ＵＳＢ裡，ＵＳＢ已經交給上級了，牽涉到很多官員，不過據說公安部和中紀委已經來人聯合調查了，ＵＳＢ裡的名單上涉及的人誰也逃不出去，我聽政府裡的朋友說羅子岳昨天半夜就被紀委從家裡抓走了。這些都是經濟犯罪，周榮幾個核心成員至今零口供，我猜主要是因為盧局長失蹤的事。」

張一昂看著他的表情，已然猜出結果。「盧局長是被周榮殺害的吧？」

王瑞軍難過地點點頭。

據周榮一個小弟交代，一年前，上級紀委接到關於三江口市長羅子岳貪腐的匿名舉報信，內有很多不同時間、地點的羅子岳與周榮出入私人場所的照片，上級紀委派人對羅子岳進行一番調查後，沒有找出羅子岳貪腐的確鑿證據，只能對其進行警告處分，告誡他與商人保持距離。事後，周榮和羅子岳暗中調查誰拍的照片，發現了三江口公安副局長盧正長期跟蹤他們，因為不知道盧正手裡到底還有哪些牌，為了絕後患，羅子岳建議周榮派人將盧正做掉。

周榮安排他手下最得力的張德兵處理盧正，張德兵找來刑釋人員小飛，承諾給他一百萬，讓他殺一個人。小飛不敢殺人，找到逃犯李峰，李峰最後也沒動手。張德兵見僱人殺盧正失敗，為防洩密，便將小飛殺死，又在盧正跟蹤羅子岳的某天晚上，親手殺害盧正並將其用石頭綑綁拋屍江中。

這件事是張德兵的小弟說的，事關重大刑事命案，刑審隊依然在審問張德兵，他自知此事一旦交代便是死刑，至今不肯承認。不過王瑞軍相信，過不了幾天，只要其他人的審訊工作有更多突破，張德兵必然會扛不住壓力，徹底交代清楚。屆時在確定的刑事命案面前，周榮、胡建仁等幾個核心組織成員也會接連被突破。

除了周榮自己這夥人，郎博文也算是周榮的馬仔，過去很多刑事犯罪的事主要是郎博文幹的。不過員警去找郎博文時，他已經失蹤，公司目前由他弟弟郎博圖管理。郎博圖雖然和周榮也走得很近，但現有證據還沒有牽涉到他。

張一昂尋思一番，幾樁大案告破，眾多罪犯落網，可還有一個案子撲朔迷離。

「周榮那幫人有沒有交代殺害葉劍的事？」

「沒有啊，他們全部否認葉劍被害跟他們有關，都說葉劍是周榮最要好的朋友，不可能會去害他。」

張一昂皺了皺眉。「你們有沒有問仔細啊？」

「我們用各種審訊技巧問了。我跟周榮說：『你別裝了，胡建仁已經承認葉劍被殺是你指使的。』周榮反說我們員警套話能不能專業點，他怎麼可能殺葉劍；我跟胡建仁說：『別裝了，周榮已經承認葉劍被殺是你指使的。』胡建仁也說我們套話能不能專業點，周榮不可能允許手下動葉劍；我跟張德兵還是這麼說，他回答得跟他們倆一樣。我審訊的時候就感覺葉劍被害跟周榮確實無關，早上更證實了這一點。」

「早上發生了什麼事？」

「早上有人在河邊發現了陸一波的屍體，已經死了好幾天，行凶手法和葉劍被害案很像，這幾天周榮一夥人都在急著找USB，哪兒有心思找人殺害陸一波啊。」

「你說陸一波死了？」張一昂突然從病床上彈了起來。

「是啊。」

「陸一波死了你怎麼現在才說？」

張一昂直接起身下床，從一旁拿過左右兩根拐杖，瘸著腿就往外走，王瑞軍連忙上去攙扶。

「局長，你這是要去哪兒呀？」

「去陸一波被害現場！」

「你……你受傷可千萬別拉到傷口，我們已經派人在查了，你不用親自去。」

「我不用親自去？」張一昂怒氣沖沖地瞪著他，「哪個渾蛋殺死葉劍嫁禍給我，我還怕查不出他來了？他可真有種，再來一次，我非把他揪出來不可！」

王瑞軍在一旁連聲勸他消消氣，醫生要他至少靜養半個月才能下床，這案子交給他們辦就行，可張一昂哪忍得住這口氣。剛來三江口上任就被人栽贓，他做夢都想把這凶手找出來，他一把甩開王瑞軍，推開病房門，兩根拐杖撐著身體走得飛快，後面護理師追著他大聲疾呼：「病人跑啦病人跑啦！」誰也趕不上他。

50

事發地又是河邊，遠遠望過去，員警已經拉起了警戒線，宋星、物證組許科長、陳法醫，甚至還有李茜都在現場穿梭忙碌著。

王瑞軍剛把警車停下，張一昂就迫不及待地開門下車，自顧自拄著兩根拐杖一瘸一拐地往現場走去。

他剛走過警戒線，一名員警就朝裡面大喊：「張局長來啦！」

所有人都停下了手裡的工作，抬頭朝這邊看過來，幾秒鐘的沉默後，現場所有員警突然鼓起掌來，看得警戒線外的圍觀群眾一頭霧水，紛紛心想，這屁股還綁著繃帶的殘障人士是什麼來頭啊？所有員警看到他都兩眼放光啦。

裡面執行任務的員警集體向他圍攏過來，連一向自視甚高的陳法醫也不由得挺直了椎間盤突出的腰板，低聲跟他徒弟感慨道：「果然是後生可畏，頂著副局長的身分還孤身犯險，空手面對一幫持槍歹徒臨危不懼，最後抓獲所有人，嗯……了不起！」他豎起了大拇指。

「局長，您的傷怎麼樣？」

「您應該好好休息，這案子就儘管放心交給我們吧，我們一定查個水落石出！」

「局長，您真是我的偶像！」

眾人紛紛向他表達敬意，過去對他尊敬，更多是因為他領導的身分，如今他已成為刑警們心目中的大英雄，孤身犯險，創造破案奇蹟。

人群中，李茜嘴巴翹起對他微笑，張一昂不但奮不顧身地救了她的命，而且她全程參與了最後的破案，這兩天整個刑警隊都對她刮目相看了。

「我沒事，謝謝大家！陸一波屍體在哪兒？我去看看。」

大家又感慨張局長真是為工作操碎了心，人群自動分開兩邊，彷彿面對外國首腦來訪的架勢，夾道歡迎他來到一具已經被水泡腫的龐大屍體前。

屍體仰面平攤在地上，穿著跑步的休閒裝扮，衣服上全是血跡，一旁員警介紹：「早上有人打了匿名報警電話，稱在此處河邊有一具屍體。」

「找到報案人了嗎？」

「還沒有，對方用的是虛擬手機號，聲音是電腦合成的，我們懷疑報警人就是凶手。我們派人到附近搜索，最後在旁邊的一棵樹下找到了一條繩子，繩子一端沒入水中。我們將繩子拉起來，拉出了一個大麻袋，裡面是陸一波的屍體。剛剛技偵人員在旁邊草地上發現了血痕，認為這裡就是第一案發現場，凶手在此將陸一波殺害後，裝入麻袋拋進了河裡。陳法醫根據屍體情況，初步判斷死亡距今大概有三天了。」

一旁的陳法醫蹲下身在屍體上方比畫著：「張局你看，他身上有多處刀口，和葉劍的非常相似，我斷定是同一個凶手。」

「嗯……傷口看上去和葉劍的確實很像！哎喲——」張一昂舉起一根拐杖在屍體的腹部指了指，突然一個踉蹌沒站穩，拐杖直接從屍體的傷口處插進去穿破了肚皮。陳法醫正要破口大罵「這一棍子破壞傷口我怎麼做屍檢啊」，瞬間意識到這是張局的無心之失，想到張局長受傷還親臨一線，也就不生氣了，反而豎起了大拇指——插得好！這一棍插下去正好能讓他判斷屍體的泡水程度，剛才他只能預估大概的死亡時間，現在他可以準確判斷陸一波遇害距今就是三天。

大家紛紛對陳法醫刮目相看，沒想到他這副老骨頭也能重新做人。

張一昂抽出拐杖，屏住呼吸在草地上擦乾淨，來到一旁，環顧著四周，回頭問其他警員：「你們還記得我上次說什麼來著嗎？」

眾人茫然一愣，拚命回憶一番還是不明白，宋星問：「上次是指哪個時候？」

張一昂對著他輕輕嘆息搖頭。

王瑞軍朝宋星哼了聲，揚起頭顱。「局長上一次就說了，陸一波沒吐露實話，他一定知道葉劍的某些情況，你看吧，這次他和葉劍死法一模一樣，肯定是被人滅口了，局長果然有先見之明！」

「上次我也不敢肯定，手裡也沒證據，否則直接把陸一波抓起來強審反倒能救他一命。怕是我們上次去問陸一波時，已經打草驚蛇了。唉，我不殺伯仁，伯仁卻因我而死啊。」

大家都一同跟著點頭感慨，不少人私下問：「伯仁是誰啊？」「陸一波的小名吧。」

現場眾人商量了一陣，現在案件並無具體線索，得按部就班展開調查。刑技隊員繼續留在現場，一隊人去查周邊監控錄影，一隊人去搜查陸一波住所，張一昂則另帶一些人去楓林晚酒店了解情況。

一行人聲勢浩大地到了酒店大堂，王瑞軍出示證件，告知要去搜查陸一波的辦公室，大堂經理攔住他們，詢問出了什麼事，王瑞軍很官方地說無可奉告。經理表示要先和領導彙報一下，便走到後面打起電話。掛了電話，她歉意地說：「員警同志，辦公室裡有陸總的私人物品，陸總說他正在外地出差，你們能否再約個時間來？」

此話一出，眾人頭皮像要炸裂，陸總？難道泡水裡死去的屍體不是陸一波？

王瑞軍急問：「妳說的陸總，是陸一波？」

「當然啊，我們只有一個陸總。」

眾人面面相覷，最後目光投向了張一昂。他緊皺眉頭，也是一頭霧水。屍體雖然泡水裡多日，但畢竟沒毀容，他們一眼就認出了陸一波。大堂經理卻口口聲聲說陸一波在出差。難道有人殺了個長得和陸一波很像的人，故意讓受害人穿陸一波的衣服，李代桃僵偽造陸一波死亡？可這有什麼意義呢？

他拄著拐杖走上前。「妳剛才是和陸一波本人通的電話？」

「呃……」經理猶豫一下，點點頭，「是啊。」

「他在哪兒出差？」

「這個沒說，我不方便問老闆。」

張一昂面色肅然道：「妳再給陸一波打個電話，就說員警要親自跟他說幾句。」

「這個……」

「趕緊的。」刑警紛紛催促。

「喔。」經理又來到後面，撥了電話，過了些時間眉頭一皺，「奇怪啊，陸總手機關了，是不是沒電了？」

眾人隱約感覺情況不對勁，張一昂忙吩咐手下：「馬上查陸一波手機剛才通話時的位置。」

「等等，」那刑警剛要轉身，經理就忙不迭說，「不用去，不用去，我……我剛才沒打通老闆電話，老闆手機已經關機好幾天了。」

王瑞軍大怒。「妳剛才怎麼說是陸一波？」

「我……」經理被他吼得花容失色，「老闆吩咐過，如果員警來了我們就這麼說。」

「我去！」

在場刑警紛紛破口大罵，他們以為這案子另有玄機，虛驚了一場，在一片要以阻撓刑偵執法將其拘留的威脅聲中，大堂經理手忙腳亂地找出陸一波辦公室的備用鑰匙，撒開腿飛奔上樓打開辦公室的門，讓員警進去搜查。

進門後，警方按照程序，讓經理再帶著兩個工作人員在門外守著，監督員警不會偷辦公室的東西。其實這辦公室很乾淨，沒啥東西，值錢的不過是沙發、辦公桌、空調等家具和電器，沒人擔心員警會在查案期間把沙發扛回去自己坐，無非是走個流程罷了。

整個辦公室面積很大，有快二十坪，布置簡單，進門不遠的左側是書架，上面放著一些裝飾性的大部頭書籍，還有一些辦公文件；另一側是辦公桌、沙發等，粗看沒有異常。

張一昂打開桌旁的文件櫃，第一格裡除了幾枝筆，空無一物，第二格類似，拉開最後一格，出現了幾本管理學的書。張一昂拿起這幾本書，突然，兩張熟悉的照片映入了眼簾。

這兩張照片和在葉劍家中發現的一模一樣，都在照片的塑膠封殼外上用秀氣的小楷字標注了拍攝的年和月。

看著這兩張照片的出現，王瑞軍連聲驚嘆，同時向一旁其他警員感慨：「上回我們去葉劍家搜查，他家很雜亂，我們都不知道該查什麼，局長從一堆雜物中挑出了這兩張照片，語重心長地告訴我們，這是重要線索。當時我心裡還不服氣呢，不就是兩張老照片嘛，這能說明什麼？今天在這裡又看到照片，我才知道，這叫專業！」

一旁警員們連連點頭，接過照片裝進物證袋。

張一昂又盯著櫃子看了半天，叫來大堂經理詢問：「陸一波的文件櫃裡一直都是這麼空著的嗎？」

「我沒看過老闆的櫃子，我不清楚啊。」經理敷衍一句，卻在張一昂投來的泰山威壓般的凌厲目光中，慌忙糾正，「喔，對了，我看到老闆經常從櫃子裡拿文件，應該……櫃子裡平時應該裝了一些文件。」

聽她這麼說，眾人再去看櫃子，發現此刻櫃子裡什麼都沒有，會不會有人拿走裡面的某些文件了呢？

很快，更大的疑點出現了。

一名員警盯著辦公桌上方的天花板。「咦，陸一波在自己辦公室裡還裝監控設備？」

大堂經理抬頭看了幾秒，馬上說：「不可能啊，這裡從沒裝過監控設備。」

眾人頓時警覺，仔細打量，發現這是用電池續航的簡易遠端監控設備，對方通過手機ＡＰＰ連接監控設備可即時查看，安裝非常簡單，只需要黏上去便可。他們向經理再三確認，這監控設備過去絕對沒有裝，是今天才發現的。

張一昂連忙問：「這辦公室平時除了陸一波，還有誰能自由出入？」

「只有老闆啊。」

「妳不是也有備用鑰匙嗎？」

「備用鑰匙平時不放在我這裡，放在公司保安部，我今天也是從保安部拿的。」經理趕忙撇清自己的關係。

「一共有幾把鑰匙？」

「只有兩把，一把在陸總手裡，一把在保安部。」

張一昂思考片刻，先讓手下將酒店裡這幾天的監控錄影都拷貝回去，詳細調查。不過陸一波辦公室屬於行政辦公樓層，一向私密，外面沒有裝監控設備，怕是查不到誰進了他辦公室。

51

當夜，各組調查人員陸續歸隊，又到了案情分析時間。

還是原來的套路，法醫先開口講解屍檢結果，原以為又是和上次一樣，「似乎不是正常人所為」，誰知這次卻有了新發現。

「根據我的屍檢結果分析，結合陸一波手機關機的時間點測算，他死於四天前的晚上，到現在差不多一百個小時，屍體情況和葉劍非常相似，都是遭受汽車撞擊，身上被捅了很多刀。與葉劍被害不同的是，葉劍是受傷後自己跳河游走的，陸一波當場就死了，再被人拖行扔進河裡。我通過解剖，比較兩次的傷口，發現了一件很奇怪的事。陸一波和葉劍兩具屍體上的刀口，除了刀口數量不一樣，其中多處刀口的方向、尺寸、距離，居然是完全一樣的。這我就納悶了，什麼人可以做到兩次捅人的刀口完全一樣呢？於是我就查詢資料，查啊查，查啊查。可惜啊，這方面資料是空白的，從來沒有案件是這樣的。我呢，又想其他辦法，思考這兩次同樣的創傷是怎麼做到的，話說我做法醫二十多年……」

對於這次陸一波的屍體，陳法醫顯得格外興奮，絮絮叨叨地講了一刻鐘他遇到屍檢難題後，是怎麼想盡辦法排除萬難的，待他要講到一九九五年他剛當法醫那時的趣事時，張一昂終於挺身而出，伸出大手。「陳老師，時間緊急，先告訴我們結果吧。」

「凶器是一輛車頭很高的越野車！」

「凶器是越野車？」眾人咋舌。

「對，凶器就是一輛車！」陳法醫挺直身板，一臉的自信和得意，「這輛車在車頭前方裝了一塊板子，板子上固定了若干把鋒利的匕首。歹徒突然駕車朝被害人撞去，車頭上的匕首插入被害人身體，所以才造成葉劍和陸一波兩具屍體都有被車撞的痕跡，而且身上被捅的一些刀口的方向和尺寸完全一致。」

眾人微微閉起眼，腦海中浮現出古戰場上的釘板車，車前頭是一塊立著的木板，上面全是粗大的釘子，當兵的在後面抓著這輛手推車朝敵人猛衝過去。現在手推車改成了汽車，但道理是一樣的。

「你確定嗎？」眾人誰也沒聽說過這種殺人手法，七嘴八舌地表示懷疑。

「我當然確定啊！我當了二十多年法醫——」

「確定就好啊，確定就好啊，我們一直都是很相信你的。」張一昂趕緊阻止他，眾人跟著連連點頭。張一昂回頭對其他人說：「那就調周邊監控錄影，查車頭裝了刀板的越野車。」

「這個……」宋星遲疑道，「我覺得查不出這樣的車子吧？如果一輛車車頭裝了插滿匕首的板子，這麼危險的汽車，路上看到的人都會報警吧？」

「你說得也很有道理，」張一昂又轉向陳法醫，「板子是怎麼弄上去的？」

「應該是在殺人之前固定上去，殺人之後拆下來的，不過正常的汽車車頭想固定住這樣一塊板不太容易，我認為這塊板是專門根據車頭形狀設計出來的。」

眾人討論一番，決定先去調周邊監控錄影，找出符合車頭高度的越野車進行篩選。

隨後，張一昂拋出了另一個疑點。「這案子裡有一個很奇怪的地方，大家想想，陸一波為什麼會死在河邊，他晚上一個人到河邊去做什麼？我認為最可能的原因是——」

「約會，他和某個女人約會！」宋星脫口而出。

張一昂正要解釋自己的推理步驟卻被打斷，不滿地瞥他一眼。「你已經知道答案啦？」

「我瞎猜的。」

王瑞軍瞪了他一眼，斥責道：「就知道瞎猜瞎猜，光知道答案有什麼用？你還要不要解題步驟了！局長，您來繼續分析。」

張一昂滿意地點點頭，繼續說：「當初葉劍跟人大晚上約在河邊碰面，被殺了，陸一波是知道此事的。雖然兩次的地點不一樣，可同樣是河邊，陸一波為什麼要在大晚上獨自去河邊？他難道毫無警覺性，就不怕重複葉劍的遭遇嗎？你們想，如果是一個普通人約陸一波晚上來河邊，他會去嗎？肯定會警惕！所以，這次約陸一波的人，一定是他熟悉的人，光熟悉是不夠的，還要讓他很放心，不覺得會出現危險。什麼樣的人能讓他放鬆警惕？女人，一個和他約會的女人。」

「一針見血，一針見血啊！」王瑞軍連聲讚嘆，「我也一直在思考這問題，陸一波明知葉劍是在夜晚去河邊赴約被害的，為什麼又重蹈覆轍呢？局長一說出女人這個判斷，我的思路就完全打通了。從目前線索看，凶手是一名男性，但約陸一波的人，很可能是一名女性。我們要先摸清跟他關係親密的女性，再從中牽出凶手。」

物證組許科長皺起眉，他不想破壞討論氛圍，但為了不讓調查走偏，還是謹慎地說出真相：「這個……也不一定吧。」

王瑞軍眼睛一瞪。「許科，你又有什麼高見了？」

許科長心想，我今天晚上還沒說過話，哪兒來的「又有什麼高見」？看到張局的目光也向他投來，他只好說：「呃……今天我們查現場，確定死亡地點就是第一案發現場。我們找人打聽過了，陸一波的家就在附近，他最近每天晚上九點鐘都會去河邊跑步，屍體穿著跑步的衣服，所以……我覺得不是有人約他，而是凶手知道他晚上跑步的習慣，在此埋伏殺了他。」

王瑞軍不服氣道：「那葉劍案又怎麼說？」

「葉劍被害前被拍到在看字條，當然是有人約他。陸一波這次應該是有人知道他跑步，提前埋伏。」

「那你說說是誰約葉劍的啊？」王瑞軍故意給他出難題。

「這個……如果知道是誰約葉劍，不就破案了？我們物證組能做的工作很有限，具體凶手是誰還需要靠你們調查組的來查。」

王瑞軍哼了聲，揚起眉。「那你們組今天查出了什麼線索？不能像葉劍案子一樣，又一無所獲吧？查凶手是我們偵查員的事，可巧婦也難為無米之炊啊！」

這話說得好像葉劍案沒破的責任全在許科長頭上，許科長低著頭說：「事發已經三天了，戶外情況複雜，所以我們……我們沒提取到嫌疑車輛的輪胎印，也沒找到可疑的腳印和指紋。」

「那就是查了半天什麼線索都沒有嘍。」王瑞軍嘆口氣。他隔了對方太遠，否則早就伸手拍許科長肩膀說——老許啊，你不能每次都交白卷吧？

許科長本就是厚道的老實人，羞愧得滿臉通紅，情急之下，想出一條線索：「今天懷疑凶手進過陸一波辦公室偷裝了監控設備，我們拆了監控設備，問了上級電子技術員警，這種臨時監控設備查不到資料接收方。我們仔細檢查門鎖，可以肯定門鎖沒有任何撬動痕跡，是用鑰匙開的。我們跟酒店確認，鑰匙原來一共有三把，一把在陸一波手裡，已經在他家找到。酒店保安部有兩把備用鑰匙，幾個月前陸一波拿走了其中一把。我們搜遍了辦公室和他家，都沒找到這第三把鑰匙。」

張一昂思考一番，一共三把鑰匙，陸一波和酒店保安部的那把都在，凶手自然是用這第三把鑰匙開的門，便問：「陸一波把備用鑰匙拿走後，交給誰了？」

「不知道，但能拿到他辦公室鑰匙的，應該是一個和他關係比較親近的人。」

52

案情分析會開完，張一昂謝絕手下陪同，獨自回到醫院病房，讓護理師換藥消毒。

護理師離開後沒一會兒，李茜手裡拎著一個保溫飯盒悄悄來到了病房。張一昂正趴在病床上看手機影片打發時間，見她躡手躡腳地走進門，不禁好奇。「李茜，妳怎麼來了？」

「局長，我給你帶了宵夜，是我親自熬的粥呢。」李茜顯得格外溫柔。

「妳不是一天都在查案，剛剛還一起開會，哪兒來的時間熬粥？」

「嗯……我用炊飯器定時熬的。」

「喔，那倒也不用費什麼力氣。」

李茜微微失望，馬上又換上殷勤的笑臉。「來，趁熱吃，嘗嘗我的手藝。」

她轉開保溫飯盒，放到櫃子前，張一昂探頭一看，驚訝了。「這是什麼粥？」

「蹄膀小米粥。」

「這世上居然有蹄膀小米粥？」

李茜嘻嘻一笑。「你蹄膀受傷——呃，你屁股受傷了，所以我特地買了豬蹄膀燉粥給你吃。」

如今夜已深，張一昂忙碌一天著實辛苦，此時胃口大開，當下支起身便要去拿勺子，李茜卻一把奪過，微笑著說：「你轉過來不方便，我來餵你。來，張嘴。」

張一昂目瞪口呆地看著她，李茜臉一紅，只顧低下頭，嘴唇湊近勺子輕吹了兩三遍，溫柔地遞到他嘴巴前。他吃了一口粥，覺得味道還不錯，真是沒想到李茜居然也有這麼好的廚藝。李茜又舀起一勺輕吹幾下遞過來，張一昂再吃一口，感覺氣氛有點異樣，再這麼下去恐怕就要犯致命的政治錯誤了。她畢竟是副部長的侄女，這感情可不是兒戲啊。

他考慮了幾秒，深吸一口氣，說：「我去下洗手間。」

「我來扶你。」

「不用，不用，不用。」張一昂連聲推脫，抓起兩根拐杖快速逃離這悶熱的病房，到外面讓自己冷靜一下，好好想一下該怎麼處理。

幾分鐘後，張一昂打開門瘸著腿快步移進屋，轉身就關門上鎖，伸手將牆上的電燈開關全部關滅，病房裡頓時陷入一片漆黑。

李茜小心臟快速跳動，一陣緊張。「你……你幹什麼——」

「妳趴下。」

「啊，在這裡？你不是受傷了嗎？」李茜的臉在黑暗中羞紅一片，她嘴裡小聲嘀咕著，身體還是按著指示挪到病床上，不過她是仰面的，也就是躺著，雙手緊張地交叉在胸前，頭側到一旁，微微閉起眼睛。

張一昂一回頭，藉著窗外的夜光，看到李茜是這樣「趴下」的，走過去一把拉起她。

「我叫妳趴床底下。」

「床底下？」

「我看見霍正了，他在找我。」他一把將李茜推下床，待她躲到床底下後，他把病床上的被子拉直成人形，再拄著拐杖閃身躲到病床旁邊的簾子背後。

他剛躲好，門外就傳來了輕輕的敲門聲，隔了幾秒，門上的玻璃窗口出現了霍正的臉。霍正看到病房裡漆黑一片，想著裡面的人已經睡著，便伸手轉門把手，誰知上了鎖，轉了兩下轉不開。過了幾秒，他轉身離開。

屋裡的兩人屏住呼吸，靜靜聽著門外的人腳步聲遠去，在深夜住院部的走廊裡顯得尤其可怖。

「他……他走了嗎？」躲在床底下的李茜問。

「暫時走了，妳先別出來，手機在身上嗎？」

「在。」

「妳給宋星打個電話，讓他趕緊帶人來醫院！」張一昂知道霍正手段極其凶殘，他屁股負傷行動不便，李茜更不用指望，兩人手裡都沒有武器，若是霍正進來，定當凶多吉少，此時他可一點都不敢大意。

李茜也知道今夜極其凶險，馬上找出宋星的電話，撥打過去，小聲說：「喂宋星，霍正來醫院了，你趕緊——」她話還沒說完，腳步聲再次響起，有人快步朝這邊跑過來，李茜連忙用最低的聲音重複了一遍。腳步聲在門外停下，屋內兩人聽到鑰匙插入了鎖孔，隨即門被打開了，他們倆躲在各自的位置一動不動。

霍正打開門後，並沒有急切地衝進來，而是先環顧了一圈，看到病房四周放了很多的鮮花水果，可見正是張一昂的病房。他不緊不慢地關上門，拉起玻璃窗後的簾子，掏出一把明晃晃的長匕首握在手中，朝著病床一步步走去。他走到病床前，一把拉開被子，卻見被子裡空無一人。

他皺了皺眉，馬上警惕地抬起頭，想到病房上了鎖，那麼人一定在房間裡。

這時，他聽到了一個手機裡的說話聲：「喂，李茜，妳說話，什麼醫院？喂——」

李茜死命按住手機的音量口，怎奈聲音還是散出去了，趕緊掛斷電話。可惜已經來不及了，她抬頭便看到了霍正蒼白的臉，霍正一把將她從床底下拖出來，藉著夜光一看，怎麼是個女員警？

電光石火間，霍正聽到身後傳來聲響，本能轉頭，就見一根碩大的拐杖從天而降當頭劈來，一擊正中額頭，但畢竟是張一昂單手揮動的拐杖，力度不夠，他感覺額頭一陣疼痛卻並無大礙，好在李茜趁此機會從他手裡掙脫出來，躲到了張一昂身旁。張一昂不給對手任何喘息的機會，另一根拐杖朝霍正肚子直捅過去，霍正再吃一擊，被撞到牆角。

張一昂雙手緊握兩根拐杖，當成伸長的手臂，一記記直拳朝霍正打去。可畢竟他下盤受傷站立不穩，手上發力不足，並沒有對霍正造成特別大的傷害。霍正在起先幾秒的閃躲後，馬上反應過來，左手抓住其中一根拐杖，叫著「我去你的」，右手握著長匕首直朝張一昂揮去。千鈞一髮之際，張一昂另一根拐杖瞅著機會猛戳他眼睛。

霍正本能地閉上了眼，但被拐杖戳到劇痛睜不開，忙用雙手護住頭，暫時卸了力氣。這種生死存亡關口，張一昂腎上腺素全面爆發，將其中一根拐杖扔給李茜，他雙手操起一根拐杖衝上去對霍正當頭直捶。霍正一邊閃躲，一邊隨手抓住病房裡的各種物件亂扔過去，張一昂被砸得多處受傷，但在腎上腺素的作用下也感受不到痛，兩個人在病床前一個靠匕首一個靠拐杖廝打在一起。

一寸長一寸強，一寸短一寸險，張一昂身上被劃了幾個口子，血流不止，霍正雖然被捶了不知多少下，但這悍匪戰鬥力依舊強悍。一旁的李茜在剛開始被嚇呆，後來也投入了戰鬥，但基本幫不了什麼忙。

霍正在這短短幾秒的亂鬥中馬上想出快速結束戰鬥的辦法，抬起手臂用力隔開張一昂，不顧一切跳上病床朝後面的李茜撲去，眼見他跳下來用匕首直刺李茜，張一昂一把扔掉拐杖，撲過去抱住霍正。一手抓住他左手，一手死命握住他持刀的右手，兩人都摔倒在地。霍正胡亂用刀向旁邊劃，張一昂的手臂和胸口出現了多道口子，鮮血將衣服染成了紅色。

霍正身手比張一昂厲害，張一昂勝在體型比他高壯。張一昂用盡全力握住霍正雙手不讓他行凶，兩人僵持了幾秒鐘，霍正張開大口歪頭朝張一昂的手臂咬了上去。「啊——」張一昂瞬間感覺整塊肉要被他撕咬掉，幸好李茜用拐杖朝他肚子奮力戳去，他總算鬆了口，張一昂趁此機會也照葫蘆畫瓢，張口就朝霍正的右手臂咬去。「啊——」這次是霍正感覺整塊肉要被咬掉了，右手鬆了力，張一昂眼疾手快奪過匕首，朝張嘴大叫的霍正嘴巴裡直接捅下去，亂戳幾下把他舌頭搗爛，再用力一劃，匕首將他嘴巴開到了耳朵根，張一昂又在他大腿上戳下一刀，霍正在劇烈的疼痛中昏了過去。

張一昂站起身，全身是傷，滿身鮮血，屁股的傷口早就崩破了，此時卸下力後才感到全身肌肉在抽搐。他站立不穩跌倒在地，靠在牆上大口喘氣。

藉著窗外夜光，看到李茜安然無恙，他總算放心地笑了笑。

李茜看到他的模樣，激動地撲上去緊緊抱住了他，不知是因為剛剛的害怕，還是此刻的感動，她眼淚抑制不住地往下流。

張一昂喘息著拍拍她。「沒事，沒事，不用怕了啊。」

李茜雙眸盯著他的下巴，幽幽說了句：「你又救了我一次，以後……以後我這條命就是你的了……」

☆☆☆

一個多小時後，公安局所有的領導和三江口政府裡的主要領導全部奔到了醫院看望張一昂，醫院的夜班保安被市長當場勒令辭退，醫院院長暫停職務，當班護理師儘管解釋：「當時歹徒說要探望張局長，打聽住哪個病房，後來偷走了鑰匙才進入病房。」還是被停職了，整個護理師班扣發當月薪水。眾位領導也不管張一昂的謝絕，強行安排一組六名特警三班制守護在病房門口，直到他出院。

張一昂在這場死裡逃生的搏鬥中，身上受了十多處傷，看著滿身鮮血、慘不忍睹。但其實也不嚴重，都是皮外傷，唯一嚴重的是手臂被霍正咬的一口，一圈牙齒印破了皮，整塊肌肉呈黑紫色，到現在還是劇痛，醫生看著也說這塊肉差點組織壞死了。醫院連夜打電話叫來了最好的外科醫師給他清創縫合，大家眾星捧月般看著醫生給他處理傷口，見他疼得哇哇大叫，不禁都打趣說，用兩根拐杖就制伏亡命徒霍正的張局長，居然也會喊痛啊。

這一下張一昂的聲望更是到達頂峰，剛剛赤手空拳抓獲一堆犯罪團夥；今天在身負重傷的情況下，靠兩根拐杖就制伏了持刀亡命徒，這要是張局長沒受傷，十個霍正也打不過他呀。

各個領導又待了一陣子，說了一番關懷備至的囑託後，先行回家，病房外面站著值班特警，裡面只留下了刑警隊的人。

張一昂逐漸平靜下來後，開始問起霍正的情況。

霍正身上的傷比他只多不少，半張臉被劃開，大腿肌肉被深刺一刀，出來後也是瘸子，不過他是沒機會出來了，傷好後光前科也是判死刑，更別提今晚這一齣。

「霍正為什麼來醫院找我？」

王瑞軍說：「我們都以為霍正跑了，沒想到他還敢來醫院找你，他真是不想活了啊。」

「去審，讓他錄口供，問他怎麼想的，馬上告訴我結果。」

「他現在這個樣子錄不了口供吧？」王瑞軍想起剛才看到的霍正的臉，他看著都疼。

「他手有沒有斷？」

「沒有啊。」

「那就讓他錄手供，把問的都寫出來！連夜審！」

宋星插了句嘴：「他現在狀態很不好，我看要不明天再審？」

「你倒挺會心疼他啊。」宋星不說話還好，一說話張一昂就一肚子火，「宋星啊宋星，我跟你有仇啊？差點兒被你害死，你是不是要改名叫送命啊？」

「什麼？宋星差點兒害死局長？」眾人紛紛對他怒目而視。

李茜馬上連珠炮般將剛才打報警電話的事說出來，可憐的宋星被隊友們又是一頓毒罵，先是差點讓劉備殺死李茜，後追丟梅東，再貪功冒進放跑方超、劉直，最後對報警電話絲毫沒有警惕性，差點害了張局和李茜——宋星你是不是犯罪分子安插在刑警隊的臥底啊？

宋星老臉通紅，奔出病房，來到關押霍正的臨時病房，不顧護理師的人道主義反對，將躺在床上的霍正拉起來，用盡手段逼他打起精神把前因後果寫下來。最後發現原因倒也很簡單，朱亦飛對霍正有救命之恩，這次朱亦飛被抓後，霍正倒也講義氣，想要救出朱亦飛。他自知強闖公安局救人的成功率是零，於是想到來醫院劫持張一昂做人質來交換朱亦飛。不過他此番動手前已經做好了被抓的準備，說起來倒也是條漢子。

53

第二天，刑警隊一幫人又趕來醫院看望張一昂，順便彙報最新調查進展。

物證組帶來了一條新線索，昨日從陸一波家中搜出了一只加密的USB。經過電腦專家解密，在裡面找到了幾十條音訊檔，裡面的聲音大多是郎博文的，他們推測陸一波曾監聽過郎博文。

張一昂讓人把音訊檔傳到電子信箱，一看共有二十多條。他隨便挑了幾條播放，內容大多是郎博文、關於生意，或關於生活的日常交談，並無特別，又點了下一條，剛準備播放，王瑞軍眼疾手快地按下暫停鍵。

「局長，都是些無關緊要的話，不用聽了。」然後趕緊將筆記型電腦收起來。

張一昂奇怪道：「你收得這麼急幹嘛？」

「啊，這些我們都聽過了，和案件無關。」其餘人也都跟著附和，連李茜也一副不自然的表情跟著說。

張一昂越發好奇，伸出手，嚴肅道：「電腦拿過來。」

「這……」

「拿過來！」

王瑞軍猶豫著，只好將電腦又遞過去。

張一昂打開那段音訊，播放了一會兒後，兩個人的聲音傳了出來。

「榮哥也太謹慎了吧？不就是省裡派了個人下來，只要東叔在，我們有什麼好怕的！」

「博圖，這你就錯了，榮哥跟我私下說過，如果我們真出了事，東叔是不會保我們的，包括榮哥他自己也一樣。這回省廳來的是高棟的手下，針對誰很明顯哪。」

「真沒什麼好擔心的，我跟我朋友打聽過了，來的那個張一昂啊，就是個馬屁精，這麼多年也沒破過案子，跟對高棟才到了省裡，嘿，根本不懂破案的人也來管刑警，真是搞笑！」

張一昂一臉鐵青地抬起頭，發現眾人都散在了一邊各自聊天，還有人在跟親戚朋友打電話，好像誰也沒聽到電腦裡的對話。

「說這話的人是郎博圖對吧？」張一昂冷冷地問了句。

「啊，局長，你說什麼呢？」眾人方才回過神，又向他身邊聚過來。

「這些音訊你們都聽過了吧？」

「沒有啊，我們就聽了前面幾個，發現沒價值，後面的也就懶得聽了。」王瑞軍笑說道，眾人也紛紛說，聽這些沒用的錄音是浪費時間，他們可沒這個閒工夫。

「剛才說這話的人是不是郎博圖？」他又問了一遍。

「呃……」

「那我再放一遍給你們聽。」

「不用不用，那人……那人就是郎博圖。」

「郎博圖現在在哪兒？」張一昂瞪著王瑞軍。

王瑞軍只好解釋：「在周榮丟了ＵＳＢ的當天，郎博文就藉口出差離開三江口，周榮被抓後，郎博文徹底失聯，目前不知道躲哪裡去了。現在奧圖集團由郎博文弟弟郎博圖一手掌管，他稱不知道哥哥的去向，也不願意配合我們誘捕。我們本來也想控制郎博圖，可是沒證據表明他和周榮犯罪團夥有關。周榮手下也稱郎博圖和周榮關係一般，周榮的事都是他哥參與，他頂多是知情。員警查來查去，只查到郎博圖早年坐過一年牢，後來就再也沒有任何違法犯罪的紀錄了，所以沒有理由傳拘他。」

張一昂微微皺眉。「郎博圖坐過一年牢？」

「那是很早之前的事了，他在二〇〇六因巨額偷逃稅款，騙取出口退稅，被判了一年有期徒刑，二〇〇七年出獄。」

「二〇〇六年，二〇〇七年……難道……」張一昂目光投向空中，陷入了思索。

「有什麼問題？」三人疑惑看著他。

「沒事，」張一昂搖搖頭，「陸一波案有什麼進展？」

李茜為難道：「這案子證據鏈上有個問題。」

「怎麼回事？」

「陳法醫和許科長把葉劍和陸一波兩次命案的現有資訊都查了一遍，他們倆認為兩次的犯罪現場都沒找到指向性的犯罪證據。這種情況下，即便我們確定了凶手，如果凶手已經處理了犯罪工具，只要他不承認殺人，哪怕我們都知道是他幹的也定不了罪。」

定罪要講證據鏈，也就是所謂的人證、物證和口供，三者中物證最大。這案子人證是沒有的。現場找不到物證，如果凶器也被處理了，那麼意味著物證也沒有。到時候即便找到凶手，他咬緊牙關不交代，或者交代了又改口稱是員警逼供，那麼照樣定不了罪。

張一昂想了想，直言道：「先別管怎麼定罪的事，我們當前最重要的是鎖定嫌疑人身分！我不是叫你們去走訪，去查監控錄影嗎？」

宋星解釋：「走訪工作沒有收穫，兩次案發都是晚上，案發地偏僻沒有人經過。這次陸一波的屍體發現得晚，難以確定當晚具體是幾點出的事，而且幾處重點監控點距離案發地都有些距離，我們不確定犯罪車輛會從哪條路經過，符合陳法醫描述的越野車太多了，沒法進行排除。」

張一昂嘆口氣，抓住兩根拐杖站起身，說：「我們走吧。」

「去哪兒？」

「回單位，我相信證據是有的，也已經被我們找到了，只是我們還沒意識到這是證據。」

李茜關切地問：「你的身體？」

「我沒事啊，都是皮外傷。」

他正要抬步，宋星為了將功補過，忙過來攙扶。「局長，我來扶，您小心點啊。」

「哎喲！」張一昂一聲大叫，「你別碰霍正咬的地方啊。」

又是宋星！唉，眾人直搖頭，這人徹底沒救了。

★★★

張一昂拄著拐杖，來到單位的物證室，兩起命案中各種有價值沒價值的東西都分門別類地放在了這裡。他看了一圈，最後拿起葉劍家和陸一波辦公室都有的東西——兩張合照。

第一張是二〇〇二年，第二張是二〇〇七年。第一張中周榮、葉劍、郎博文、陸一波四個人共同圍在郎博圖四周，地點是郎家原來的汽配廠。第二張照片主角變成了郎博文，圍著的人裡多了一個羅子岳，地點變成了奧圖集團的樓盤，上面均用娟秀的中文字寫著當時的年和月。

張一昂向李茜招招手，指著照片外面寫著的中文字。

「妳去比對一下郎博圖的筆跡，看看這行字是不是他寫的。」

沒一會兒，李茜就回到物證室，拿了前幾天郎博圖的詢問筆錄，上面有一份他寫的關於郎博文的情況說明。一比照，郎博圖字跡娟秀，就像女生的筆跡，照片外的這行字正是他所寫。

張一昂嘴角冷笑。「這樣就越來越清晰了。」

「你……你懷疑凶手是郎博圖？」

張一昂不答，只是讓李茜把刑警隊幾個負責人都叫了過來，安排下去四件事：第一，查郎博圖二〇〇六年坐牢的前因後果；第二，調出奧圖集團的股權架構；第三，列出郎博圖和奧圖集團名下的所有越野車，查證在陸一波死亡當晚這些車是否在附近監控錄影裡出現過；第四，查郎博圖這幾日的全部行蹤，注意，不要向他提及陸一波命案的事。

「局長，為什麼要專門調查郎博圖？」眾人都覺得不理解。

張一昂反問：「你們覺得為什麼？」

宋星嘿嘿一笑。「局長，放心吧！查郎博圖的事包在我們身上，我敢打保票，我肯定能抓到他把柄。以後我保他在三江口混不下去，他只要敢賭博、敢嫖娼，我一定把他弄進來好好收拾。他居然敢這麼說局長——」

王瑞軍急忙連聲咳嗽，眾人趕緊低頭逃出房間，獨留宋星硬著頭皮轉過身，邁動灌了鉛的雙腿走出去。

☆☆☆

張局親自定下專門針對郎博圖的調查方案，各組行動極其迅速，這才過去半天，幾項調查結果都已出爐。首先是郎博圖當年的坐牢經過，李茜調了各種資料並且詢問知情人，包括被他們關押的周榮，還原了郎博圖的整段經歷。

奧圖集團是郎博文父母二十世紀九十年代創辦的，當時還不是集團，叫三江口奧圖製造有限公司。二〇〇〇年，郎博文的父親病逝，第二年母親退出公司，將整個奧圖汽配廠的生意都交給了小兒子郎博圖。這正是第一張照片的由來，郎博圖成了家族企業的當家人，哥哥郎博文和他幾個好友圍在一起為他慶祝，合影留念。當時葉劍已經進了警隊，陸一波在其他單位上班，郎博文跟著周榮去外地做生意，說起來，郎博圖是當時這幾個人裡最有錢的。

郎博圖接管汽配廠後，正遇中國加入世貿組織，汽配廠生意極其火爆，周榮還開玩笑說，如果他和郎博文做生意失敗，就回三江口一起給郎博圖打工。郎博圖賺到一些錢後，開始不務正業了，據說吃喝嫖賭樣樣俱全。平時也不管理工廠，工廠因品質事故接連丟了幾個大客戶，他自己又去澳門賭博，很快把之前賺的錢都賠進去了。後來郎博圖又被工廠的內部員工舉報，說他騙取國家出口退稅，數額達上千萬，於是他被抓進去判了刑，還處以巨額罰款。當時還是葉劍親手抓的人。他沒錢交罰款，被迫要賣工廠。

此時周榮和郎博文的生意已經越做越大，得知消息後，一起將工廠買了下來。後來周榮又給工廠注資變成奧圖集團，全權交給郎博文來管理。

郎博圖出獄後，痛下決心，重新做人，想回奧圖工作，但周榮不同意，周榮一向看郎博圖不順眼。即便到現在，郎博圖雖然叫他「榮哥」，但他就是不愛搭理郎博圖。好在郎博文看在兄弟情誼上，擔保郎博圖不會再跟以前一樣，周榮才讓他回到公司，幫自己做事，一直到現在。

這就是郎博圖入獄前後的整個經過。

張一昂問：「那奧圖的股權結構這些年有哪些變化？」

「奧圖一開始是郎博圖的，被迫賣廠後，郎博文和周榮一同接手。後來經過很多次變更，現在奧圖的股權結構很複雜，周榮稱郎博文是大股東，他是二股東，還有其他一些公司和個人參股，郎博圖也占了百分之一的股份。」

「郎博圖只有百分之一的股份？」

「對，本來他已經沒有股份了，大概是郎博文分給弟弟的。」

張一昂點點頭，果然和他猜測的很接近，他又問王瑞軍和宋星：「監控錄影查得怎麼樣？」

王瑞軍一臉佩服道：「局長，果然如你所料，我們找出了登記在郎博圖和奧圖集團名下的所有越野車，有針對性地核查監控錄影，最後發現，陸一波案發當晚十點，附近的一個監視器拍到郎博圖的越野車經過，雖然圖像不清晰，但我們還是可以斷定駕駛員就是郎博圖。」

張一昂眼睛一瞇。「他果然在陸一波案發地周圍出現過！」

接著，宋星講述他負責的調查行蹤工作：「我拿到監控錄影的結果就去奧圖公司找了郎博圖，我問他當晚十點，他開車去幹嘛了——」

「等等，」張一昂皺起眉，「你原話就是這麼問他的？」

「對啊。」

「我怎麼說的？我是怎麼跟你說的?!」張一昂忍不住吼起來，「我說查郎博圖這幾天的行蹤，但是不要跟他提及命案！」

「我沒提命案啊。」

「你問的是那天晚上，跟提命案有什麼區別？」

「我——」宋星把一張苦臉轉向李茜和王瑞軍，此刻他是多麼需要一個擁抱啊。他們倆看著他，搖搖頭，嘆口氣。

「如果郎博圖意識到我們在懷疑他，直接跑了，宋星，你可要負完完全全的責任！」

「我——」宋星心裡大急，轉身就跑，「我馬上去找他！」

「回來！」張一昂叫住他，「也不差這麼一會兒了，你把他這幾天的行蹤說一遍。」

「郎博圖說那麼多天前的事他記不清了，查了一下行程。他在陸一波死後的第二天下午去了北京出差，待了幾天，前天才回三江口。」

張一昂思索了幾秒，道：「按陳法醫說的，凶器是一輛掛了刀板的越野車，嗯……你去把郎博圖的那輛車先扣回來，讓法醫詳詳細細檢查車輛內外是否有被害人的生物資訊殘留。」

宋星得意地說：「局長，我已經扣回來了，陳法醫正在檢查。您放心，我知道不能讓郎博圖知道我們在查命案，我故意說監視器拍到這輛車有一起嚴重肇事逃逸事故，郎博圖說不可能，我說也許是其他車套牌，要扣車回去調查才能確認，就把車拖走了。」

「你這個理由真的是……」張一昂嘆一聲氣，對他已經喪失了信心，「你先跟他來一個『此地無銀三百兩』，又來一個『隔壁王二沒有偷』，你當他是傻子嗎？唉……你趕緊打電話給法醫，問車查得怎麼樣。」

宋星掏出手機撥給陳法醫，很快傳來一個令人失望的結果——車子被清洗過，什麼都查不出。

張一昂臉色一變，沉吟片刻，突然舉起拐杖往地上用力一杵。「迅速逮捕郎博圖！」

「逮捕他？」三人被這麼直接的決定嚇了一跳。在其他兩人的眼神鼓勵下，李茜小聲地詢問：「我們……我們憑什麼逮捕郎博圖？」

「郎博圖百分之百就是連環命案的真凶！」張一昂斬釘截鐵地告訴他們。

「這個……」三人都欲言又止。

張一昂搖搖頭。「你們不相信？」

「呃……我也認為郎博圖是凶手！可是……我們沒證據啊。」王瑞軍說道，另兩人也附和著說沒證據。

「現在是根據疑點先控制嫌疑人，證據可以慢慢找。」

三人互相看了看，一起小心問：「郎博圖……他有什麼疑點？」

「可疑人員在可疑時間經過可疑地點，事後還可疑地洗了汽車，四個『可疑』加起來，還不夠可疑嗎？」

三人咀嚼著這句話，聽起來很有道理，可總覺得少了些什麼。

張一昂吩咐宋星：「你待會兒先派便衣去郎博圖公司附近埋伏，然後再打電話給他，就直截了當告訴他，你涉嫌陸一波命案，現在馬上來公安局配合調查。到時便衣在外面觀察，一旦發現郎博圖試圖潛逃，就當場將他逮捕！」

「如果他不逃呢？」

「那就直接帶回來審啊！」

54

出乎張一昂預料，警方通知郎博圖涉嫌陸一波命案後，郎博圖並沒有潛逃，而是徑直開車到了公安局，還理直氣壯地反問刑警：「我怎麼就涉嫌殺害陸一波了？」

刑警也不知道，只是聽說張局認定郎博圖是凶手，先帶去審訊。

審訊室裡，郎博圖坐在審訊椅上，臉上寫滿了惱怒。距此不遠的另一個房間，張一昂等人集體坐在監視器前，觀看整個審訊過程。

「我問你，十一月五日晚上十點，你是不是駕駛你的寶馬越野車經過了平康路？」刑審隊員先按慣例核對好身分資訊，隨後開始了正式審問，兩個刑審員一人問話、一人記錄，他們耳朵裡都戴著耳塞，可以即時接收領導的指揮。

「我天天開這車經過平康路啊，我家就住這方向啊，員警同志！」

「你給我嚴肅一點！」刑審員喝道。

「是、是、是，可問題在於你們說我殺害陸一波，這事情就莫名其妙了啊。陸一波五日晚上死在河邊，那河離平康路是挺近，可我基本上每天都會經過平康路，憑什麼說是我殺了陸一波呢？」

「等等——」審訊室內外的所有員警都面色一變，刑審員追問：「你怎麼知道陸一波死於十一月五日晚上？」

張一昂朝其他人笑了笑。「看，一問就露餡兒了吧。」

眾人暗自點頭，這郎博圖的模樣，越看越像殺人犯。

郎博圖鎮定自若回答：「你們說的啊，你們不是說我涉嫌殺了陸一波，又問我十一月五日晚上十點的事？那陸一波肯定是那天晚上遇害的啊，不然你們幹嘛要問我十一月五日？」

「那你怎麼知道陸一波死在河邊？」

「昨天平康路旁的河邊發現了一具屍體，很多人都知道啊，我想想就是陸一波吧。」

這番解釋似乎也完全說得通，眾人再看郎博圖，嗯……這人看著也不太像殺人犯。

「那你當晚開車前在做什麼？」

「吃飯啊，跟朋友一起吃飯。」

「吃到幾點？」

「隔了這麼多天，我記不太清楚了。」

「你在哪兒、跟誰一起吃的飯？」

郎博圖回憶一番，報上一家餐廳的名字，以及幾個朋友，記錄員一一記下。

「你十一月六日在做什麼？」

「我十一月六日下午去北京出差了。」

「出差做什麼？」

「公司的一些業務。」

「具體來說？」

「是投行的幾場投資機會的推薦會。」

「除了出差，你這幾天還做過什麼？」

「沒有了啊——喔，對了，十一月六日的早上我去了趟醫院，前天回來後也去了醫院。」

「你去醫院幹什麼？」

「去醫院當然是看病啊，我那幾天得了重感冒，那天早上起來全身沒力氣，去醫院查了，發燒三十九度，我在醫院打了針，後來幾天在北京出差期間也一直吃藥，到現在都沒好。」他咳嗽幾聲，表示自己現在還是感冒狀態。

聽到這個回答，監控室裡的眾人都愣住了，王瑞軍遲疑地看了眼張局。「如果他那幾天發燒重感冒，就不太可能會是凶手，殺人何必要挑自己感冒發燒期間去呢。」

張一昂眼睛微微一瞇，轉頭吩咐他人：「把陳法醫叫過來給他看病，看他是不是真的感冒。」

王瑞軍小聲提醒：「這個……陳老師是法醫……他不會看病的吧？」

可張一昂不管。「死亡時間都能鑑定出來，嫌疑人那天是不是重感冒還能鑑定不出？」

領導吩咐，手下也無可奈何，王瑞軍招招手讓一個小刑警去找陳法醫。刑警去到法醫辦公室，硬著頭皮講了局長的要求。陳法醫一聽要他給活人看感冒，頓時大發雷霆，說：「我又不是江湖郎中，我一天到晚既要給活人做傷情鑑定，又要給死人屍檢，現在感冒發燒也要找我？我要是這回給人看了感冒，以後單位裡大病小病豈不是都要找法醫？豈有此理，堅決不去。」

陳法醫不肯來，張一昂也沒辦法，只能讓刑審隊員問他有沒有看病的紀錄。郎博圖說「有」，病歷本放在辦公室，他可以打電話讓祕書送過來。

對郎博圖的審訊工作暫時告一段落，監控室中的眾人先等他的病歷送過來再決定下一步怎麼做。根據目前審訊情況，眾人產生了兩派不同的意見。王瑞軍、宋星等老刑警覺得郎博圖不會是凶手，他的表現很自然，沒有任何慌張，而且迄今除了他經過平康路這一點，其他沒有任何涉嫌殺人的疑點，他每天都會經過平康路，這說明不了什麼。另一派只有兩個人，張一昂堅定認為郎博圖就是凶手，李茜無條件信任他的判斷。

「局長，如果郎博圖的病歷紀錄證實，他六號早上確實發燒三十九度，那麼我想他不太可能是凶手。」宋星雖然近來在單位的地位一落千丈，不過在命案的大是大非面前，還是保持謹慎客觀的態度，小心地給領導提建議。發燒是極其難受的，若他真發燒到三十九度，這種狀態下人會渾身痠痛無力，哪兒有心思殺人。

張一昂搖搖頭。「就算他發燒，他也是十一月六日發燒，陸一波是十一月五日晚上死的。至少郎博圖在十一月五日精力可好著呢，要不然他哪兒有心思參加朋友的飯局？」

「這……」

張一昂冷哼一聲。「還有個疑點，他十一月六日生病這麼嚴重，卻在下午去北京出差。出差若是重要的事也沒辦法，但他去聽投行的投資推薦會，還參加了好幾天，這未免太奇怪了吧？」

投行的投資推薦會，大多是想忽悠人投錢弄項目，真正好的投資機會早就內部拿走了，哪需要到社會上募資？郎博圖在奧圖集團當副手也有些年月了，這種資本市場的勾當自然應該一清二楚，會為了這種投資推薦會，在發燒的情況下去北京，待了整整兩天？

張一昂補充道：「他還有個最大的破綻。如果陸一波不是他所殺，我們跟他說懷疑陸一波的死和他有關，他第一反應就會說他那時生病了，不可能有力氣去殺人。他一開始為什麼不說？」

「是啊，他為什麼不說？」

「因為他心裡盤算好了，如果他一開始就這麼說，我們會懷疑他對口供早有準備。所以他故意先不說，等著我們來發現他感冒發燒，讓我們主動排除他的嫌疑。」

「有道理。」聽到張一昂將這兩點擺出來，大家的立場又稍稍傾向於郎博圖有嫌疑了。

不過宋星考慮了幾秒後，猶豫著說了句：「局長……呃，我覺得這裡稍稍有一點小問題。」

「你說。」

「如果郎博圖一開始就說他生病了，沒有力氣殺人，我們會懷疑他提前準備了口供。現在他一開始沒說，等我們發現他生病，還是懷疑他有問題。呃……也就是說，不管郎博圖什麼時候說他生病了，我們都會懷疑他撒謊？」宋星腦海中浮現出一個成語——疑鄰竊斧。從前有個人丟了一把斧頭，懷疑是鄰居的兒子偷的，觀察那人的言行舉止，怎麼看都像偷斧頭的。後來那人挖地時掘出了那把斧頭，再看鄰居的兒子，怎麼看都不像偷斧頭的。

張一昂撇撇嘴，目光投向王瑞軍。「你覺得呢？」

「好像……好像是老宋說的這麼一回事。」

「這樣吧，」張一昂嘆口氣，「我跟你打個賭——」

「打賭不用了！」王瑞軍急道，他害怕局長學習陳法醫，為這事要賭誰辭職，不管賭輸賭贏，肯定是他辭職啊，哪會輪到局長？大家都是為了工作嘛，破案抓出真凶是統一目標，何必打賭呢？

「我們就賭一塊錢。」

「哦……」王瑞軍如釋重負，「好吧，打賭什麼？」

「我賭郎博圖在醫院的檢測報告中，是細菌性感冒，不是病毒性感冒。如果他是病毒性感冒，我直接放了他。」

「啊？這又是什麼道理？」王瑞軍一頭霧水。

張一昂解釋道：「他感冒發燒的前一天有精力參加飯局，發燒的當天下午有精力去北京，說明他這場感冒是故意的。怎麼能故意感冒呢？很簡單，他在十一月五日晚上殺害陸一波後，回家一直沖冷水澡，現在這天氣沖冷水澡很容易感冒發燒。他故意弄出感冒發燒，讓我們在調查中，排除他的嫌疑。著涼引起的感冒都是細菌性感冒，病毒性感冒需要有傳染源，可不是臨時想得就能得的。所以我賭他一定是細菌性感冒，否則的話，我馬上放人。」

眾人將信將疑地點點頭，紛紛猜想，現在的犯罪分子為了洗脫嫌疑，都玩得這麼高級啦？

半個小時後，郎博圖公司職員將他的病歷送到了公安局，裡面有十一月六日的看病紀錄，病歷上寫著發燒攝氏三十八．八度，化驗單上的紀錄真的是細菌性感冒！王瑞軍不可思議地看著淡定微笑的張局長，回頭再看監控錄影裡的郎博圖，不由得覺得此人頗為可疑。

審訊繼續進行，但很快刑審員把準備的問題都問完了，他的所有回答有理有據，和命案扯不上任何關係。唯一的疑點便是張一昂方才指出的他發燒前一天參加飯局，當天下午又出差去北京。這只能說明他感冒了還到處跑，成為移動傳染源，沒有公德心，可法律也沒規定感冒了就得待家裡不能亂跑吧？他們也不能以此定罪。

到現在為止，警方壓根沒拿出任何實質性證據，這讓審訊的工作很難繼續下去。刑審員抬頭看向監視器，向領導投來求助的目光。

眾人也沒主意，目光都投向了張一昂。

張一昂站起身，自信地笑了笑。「還是我去會會他吧。」

他拄著拐杖離開房間，走進審訊室。刑審員見領導來，都起身讓到一旁，讓他坐中間。

「郎博圖，我是張一昂。我再給你最後一次機會，你招還是不招？」

郎博圖聽到他名字後，臉色微微變樣，支吾著：「我……我真沒殺人，你們要我招什麼啊？」

張一昂搖搖頭，信手拿起桌上的審訊紀錄，上面有郎博圖自己寫的筆錄，笑道：「你的字跡很漂亮，很有辨識度。」

「謝謝誇獎。」

張一昂招招手，讓一個隊員去物證室拿來了兩張合照的影本，將影本遞給郎博圖。

「你看看，這照片認識吧？」

「這是我們以前的合照啊。」

「你好好認認，右下角日期的字是你寫的吧？」

「是……是我寫的，這個又說明什麼？」他略有點緊張。

「那我再問你，你和你哥哥郎博文關係怎麼樣？」

「我們……我們關係很好啊。」

「也不見得很好吧？你很多事、很多想法，從來就沒讓他知道，對吧？」

「我——沒有啊，我聽不懂你在說什麼。」他神色明顯慌張了，所有人都暗自吃驚，剛剛神態自若的郎博圖，怎麼在張局問了看似隨意的幾個問題後，突然變了。張局到底掌握了什麼，他們的對話彷彿只有他們兩個人聽得懂。

「聽不懂是吧？那你再好好想想。」

郎博圖微微低下頭去。過了幾秒，他重新抬起頭，神色恢復如初，臉上寫滿了冤枉兩字。

「領導，我真不知道你們為什麼要審問我，我和陸一波也算有些交情，怎麼可能殺了他呢？」

「你和陸一波有交情？呵，有仇才對吧！」

郎博圖臉色大變，強自穩定下來。

「那你覺得會是誰殺了陸一波呢？」

「我不知道啊，你們問我，還不如去問他的女朋友。」

「女朋友？」張一昂微微一愣，他們調查中只知陸一波單身，從不知道他還有個女朋友，「陸一波也有女朋友？」

「當然啊，這年頭誰能沒個女朋友？」

此話一出，審訊室外的單身員警紛紛大叫：「你說什麼呢？態度嚴肅一點，這可是在審訊！」此刻他們再看那郎博圖，這渾蛋絕對是凶手！

「他女朋友是誰？」

「周淇啊，酒店三樓水療會所的老闆。」

這頗出乎他們意料，他們誰也沒想到周淇是陸一波的女朋友。零星幾次和這兩人接觸下來，兩人都從未透露過這點，酒店裡的工作人員也不知道。

張一昂思考片刻，準備先了解周淇的情況，在沒證據之前，郎博圖這狀態是不會交代的。他站起身，嚴肅道：「這事我們會馬上查清楚，不過你也別抱著僥倖的心理，我知道是你幹的。你們幾個繼續審，不要讓他睡覺，審到他招了為止。」

郎博圖聽聞此言，臉色大變。「你們……你們要關我多久？」

「一直關下去。」

「你們不能這樣！陸一波的死跟我有什麼關係啊？你們無憑無據，怎麼能把我關起來？你們說傳喚，我知道傳喚最多是二十四個小時，你們不能把我一直關著，我要投訴！」

郎博圖害怕地叫起來。

聽到他說要投訴，一名刑審員謹慎地將張局拉到門外。「張局，你真打算把他一直關下去？」

「當然。」

「呃……刑警通知他是傳喚，按規定明天滿二十四小時就得把他放了，不然他要是投訴起來，也挺麻煩。」

「那就不當傳喚，當刑案重點嫌疑人進行調查拘留，就不用管二十四小時了。」

刑審員不無擔憂道：「可畢竟我們手裡沒證據，用調查拘留在程序上會有點問題。」

張一昂轉身進門問了句：「郎博圖，我現在通知你，你涉嫌陸一波命案，我們把傳喚改成對你進行調查拘留，調查拘留是沒有二十四小時限制的，你對調查拘留的司法規定了解嗎？」

「我不是很清楚。」

「那太好了！」張一昂轉頭對手下說，「看吧，他不清楚，那就沒問題了。」

刑審員想了想，嗯，他不清楚程序，好像確實沒問題。

張一昂轉身把門一關，任憑郎博圖喊叫著冤枉，充耳不聞。

55

得知陸一波的女朋友是周淇後，張一昂馬上派人去找周淇了解情況，發現周淇手機已經關了，從手機營運商處查得周淇的手機是在今天下午關機的。隨後又去酒店找工作人員調查周淇的人際關係，王瑞軍通過一些線人得知，這幾天沒人見到過周淇，別人微信發資訊給她，她偶有回覆，打她電話，手機是開機的，卻沒人接。警員也去了周淇家敲門，家中無人應答。

當天時間已晚，調查只能放到第二天，誰知第二天一大早，事情有了新轉折。

周淇有個親姊姊在三江口的一間KTV當經理，她也幾天聯繫不上周淇了，昨晚警方向她問起周淇，於是她在凌晨三點夜場下班後，去了周淇家查看。她有周淇家的鑰匙，一開門就有一股濃重的腐爛味道湧出來，進門一開燈就赫然看到妹妹的屍體躺在客廳裡，她驚嚇得跌出屋外，當場報警。

周淇的住所是一個看著有些破舊的老小區，聽說這是她以前當小姐時攢錢買的，後來在另一個高檔社區新買了房，還在裝修，尚未入住。她以前當過小姐，和陸一波好上以後，為了不給他添麻煩，兩人一直是祕密情人的關係，沒有公開，所以旁人基本不知道。

張一昂在社區下了車，拄著兩根拐杖，在王瑞軍和宋星的帶領下朝對面一棟民房走去。他艱難地爬到了三樓，樓道裡已經拉起警戒線，先一步趕到的員警已經開始了調查工作。他剛準備進屋，就注意到了門口黏著的一只小型監視器，和陸一波辦公室屋頂上的一模一樣。監視器下方已經被警方貼上了標誌，等技術員拿下來檢查，不過應該也是同此前一樣，查不出誰監視了這裡。

拉開房門，他剛走進屋幾步，就感到一陣反胃，趕緊退了出來。

現在是十一月，戶外很冷，可這屋內中央空調的溫度打到了最高，門窗全封閉，整個房子像蒸籠一般，屍體在其中存放多日，散發出濃濃的惡臭。

宋星見張局這副模樣，馬上進屋將空調關了。窗戶按規定要保持案發時原樣，等待刑技人員檢查，不能打開，他便將大門完全敞開，讓裡面的味道盡快散出去。

過了十分鐘，空氣終於能呼吸了，張一昂等人踏進屋，裡面警員個個戴著口罩，同樣一臉噁心地做著自己的工作。他大致打量了一圈，這房子二十多坪，裝修溫馨。進門左手邊是個小客廳，擺著沙發和茶几，周淇的屍體就躺在沙發上，身邊有大量的血跡。

他來到沙發邊，大略地看了看，走出屋子，叫過宋星：「人是怎麼死的？」

「看著是被捅死的。」

「時間呢？」

「估計也就這幾天。」

「誰不知道是這幾天？我問的是確切的死因、時間、經過！」

「這得等陳法醫來了才能判斷，我們不專業，其他技偵人員也只負責現場勘查。」

宋星皺皺眉。

「陳法醫人呢？」

「他在農家樂度假，剛才已經打過他電話，他馬上趕回來，估計還要三四個小時。」

張一昂頓時不滿。「剛出了陸一波的案子，他今天就去農家樂度假了？」

「呃……他說出了陸一波的命案，按以往命案發生機率，這幾天不太可能會出事，所以去度假了。」

張一昂嘆口氣，也沒辦法，三江口就這一個法醫，聽說他原來帶的一個徒弟去年跳槽了，今年新來的兩個徒弟全是學生，只能做做傷情鑑定，所有屍檢都得指望陳法醫。他壟斷三江口的屍檢業務，所以在單位脾氣這麼硬，誰也拿他沒辦法。

到了傍晚，各部門的調查工作完畢，陳法醫口頭給出了初步屍檢結果，他還要做進一步的化學分析來確定死者是否有中毒。

周淇是死在陸一波之前，也許是當天，也許是前一天，由於案發至今有些時間了，無法給出確切的死亡時間。周淇是被人用匕首捅死的，腹部被連捅了五刀。家裡的門鎖沒有損壞，從現場情況分析，凶手是熟人，周淇將他迎進屋後，被他殺害，現場有打鬥痕跡，但程度輕微，看來凶手趁其不備出刀殺人，她沒有太多反抗的機會就被殺害。凶手殺人後在現場停留了很久，把各處的指紋、腳印都擦拭乾淨，因此物證分析環節並沒有太多收穫。現場沒有找到周淇家的鑰匙和她的手機，警方認為她的鑰匙串上有陸一波辦公室的第三把鑰匙，凶手正是用這第三把鑰匙進了陸一波的辦公室。而凶手在拿走她的手機後，並沒有關機，接下去幾天手機都處於開機狀態，直到昨天才關閉。

★★★

張一昂和其他幾個刑警將這案子重新捋了一遍。

凶手是一個和周淇相識的人，來到周淇家中殺了她，拿走了鑰匙和手機；隨後凶手又趁陸一波夜跑之際，殺害陸一波；此後潛入陸一波辦公室拿走了某些東西，安裝了一個監視器來監視警方的調查進度。兇手進入陸一波辦公室的時間，所有人都認為是晚上，因為白天的酒店辦公層經常有工作人員走動，兇手不會如此冒險。

張一昂吩咐手下做兩件事，第一是調取郎博圖所住社區的監控錄影，看他在這幾天晚上是否出門；第二是調取楓林晚酒店的大堂監控錄影，因為兇手要進陸一波辦公室，得先進酒店。

警方連夜開展工作，第二天早上結果出爐。

李茜告訴他兩件事，十一月五日當晚郎博圖開著寶馬越野車返回社區後，過了半個小時，換了身衣服步行出了社區，一直到午夜過後才步行回去，間隔了兩個多小時。這期間的行蹤頗為可疑。

張一昂當即說：「這就是他去楓林晚酒店，潛入陸一波辦公室的時間。」

李茜又搖搖頭。「可是酒店的大堂監控錄影我們查了很多遍，沒有發現郎博圖。」

「他會不會喬裝易容？」

「技偵警考慮過這個可能，可午夜出入酒店的人本就不多，他們把每一個出現在監控畫面裡的人都查了，排除了郎博圖。」

這下為難了，張一昂躺在沙發上，反覆想著郎博圖是如何不被酒店大堂監視器拍到而順利出入酒店的。

「局長，會不會……會不會確實不是郎博圖幹的？」

「不可能，他大半夜出去這兩個小時一定是跑楓林晚酒店去了，他進酒店怎麼才能避開監控——」張一昂突然瞪大眼睛，叫道，「王瑞軍，快叫王瑞軍。」

李茜叫來王瑞軍後，張一昂當即問：「有沒有辦法進楓林晚酒店而不經過酒店大堂？」

「酒店後門？可我們昨天去調監控錄影的時候發現後門鎖著，大堂經理說後廳在改建，這段時間都鎖著門。」

「除了後門呢？」

王瑞軍雙手一攤。「這就沒有了啊，進出酒店肯定要經過大堂啊。」

「你再好好想想。」

「我想不出啊。」

張一昂自己給出答案：「水療會所，這種場子肯定有通到外面的祕密後門！而且肯定不會裝監視器！」

「這個……這個得我們去看過才能確定。」

「你不要浪費寶貴的調查時間！」

「有，」王瑞軍只好脫口而出，「確實有後門，那裡沒有裝監視器。」

「你確定嗎？」

「我……我確定，我知道這個後門完全是因為線人告訴我的，我們以前辦案需要……」

張一昂沒工夫聽王瑞軍解釋，拄起拐杖便往外走，同時吩咐馬上提審郎博圖，他要親自審。

★★★

「十一月五日晚上，你在殺害陸一波後開車回家，為什麼要在半個小時後換身衣服走出社區，你去幹什麼了？」

審訊室裡，張一昂坐在兩名刑審隊員中間發問，李茜等其他人在監控室中集體觀看。

「張局長，我要糾正一下，我沒有殺害陸一波，我和他的遇害沒有任何關係。」關了一天後，郎博圖臉上帶著幾許疲憊，但思維還是很靈活。

張一昂笑了笑，他也不指望這種陷阱會被狡猾的郎博圖踩進去，便說：「那清清白白的你就解釋一下你回家後又出門幹什麼，還特地換了身衣服，是不是原來的衣服上沾著陸一波的血啊？」

「我換衣服是因為我洗了澡，我出門是因為聽說周榮那邊出了一些事，他和我們公司一直有合作，所以我擔心會影響到公司的情況。我心裡煩，所以出門後到社區北面的江邊散散步，靜靜心。」他沒有做任何猶豫就將這番回答說了出來。

「散步啊，散步能散兩個小時？」

「我在躺椅上躺了會兒，不小心睡著了，後來才回家。」

「你不是感冒嗎，大半夜還跑江邊？」

「所以我第二天發燒了，大概是在江邊睡著被邪風吹了。」

「這一下把感冒的前前後後解釋都串起來了嘛，這段臺詞準備了很久吧？」

郎博圖輕嘆著搖搖頭。「張局長，我真的和什麼命案沒有半點關係。」

「據我們調查發現，你那天晚上不是去了江邊，而是去了楓林晚酒店。」

「我……我沒開車怎麼去呀？」

「打車啊。」

「我……」郎博圖無奈道，「領導，我說的千真萬確，你說我去楓林晚酒店，有什麼依據呢？」

「你想要什麼樣的依據？」

「酒店工作人員證明啊，路上還有酒店的監視器拍到我啊。」

張一昂嘆氣笑了聲。「果然是考慮周全啊，知道打車，監視器拍不到你的人，水療會所已經歇業了，你從那裡的後門進酒店不會碰到人，也不會被酒店的監視器拍到。」

郎博圖嘆口氣，感到很無語。「我真是冤枉死了。你們調查陸一波的死，應該去找跟他關係最親近的周淇，找我做什麼啊？」

「你知道周淇已經死了，所以昨天故意提示我們找周淇，今天又這麼說。」

「什麼？周淇死了？」

「繼續演，演得很像，三江口好不容易出個影帝，我們都看著你呢，這審訊室背後還有一大幫刑警都在看你表演。」

郎博圖神色微微一變，過了一秒，又恢復正常，反問一句：「周淇怎麼也死了？」

「這得問你啊，你先殺了周淇，後殺了陸一波，怎麼反倒問起我了？」

「你說周淇比陸一波先死？」郎博圖瞪大了眼。

張一昂奇怪地看著他。「對啊，有什麼問題？」

「不……不可能啊。」郎博圖用力嚥了下唾液。

張一昂注意到他的神色，馬上追問：「為什麼周淇比陸一波先死是不可能的？」

郎博圖眼神晃動了一下，支吾道：「我……我出差那天早上還見過周淇。她……她如果死了，那也肯定是十一月六日以後的事啊。」

「什麼？」包括張一昂以及監控器背後的所有刑警都瞪大了眼睛。屍檢結果明明是周淇比陸一波早死亡一到兩天，怎麼可能在陸一波死後的第二天早上，郎博圖還見過周淇？

張一昂遲疑了片刻，盯著他。「你說這話得負責任啊。」

「我……就是這樣啊。」

「你那天早上不是去醫院打針了嗎？怎麼遇到周淇的？」

「我……我在開車路上看到她的。」

「哪條路？」

「這……這我記不清了。」

「你確定看到的是周淇？」

「當然啊，那時路上堵，我還搖下窗戶跟她打過一聲招呼。」

「她回你了嗎？」

「她……」郎博圖回憶一番，「她回我了，就是她。」

張一昂閉上了嘴巴，這是個突發資訊，此前所有人都說自陸一波死後的這些天裡，誰也沒見過周淇，她的手機是開機的，但不接電話，給她發微信，她會偶爾回覆幾條文字資訊。如今郎博圖卻說他在十一月六日早晨見過周淇，可是屍檢結果明明是周淇死在陸一波之前啊。

張一昂深吸一口氣，斥道：「你還敢撒謊，我們屍檢結果顯示，周淇肯定死於十一月五日之前，你怎麼可能十一月六日還見過她？為什麼就你一個人見過她，你又說不出具體的地點？」

「我……事隔這麼些天，我確實想不起來了，但我那天早上肯定見過她。你們……你們有沒有考慮過你們的屍檢結果有問題，屍檢不專業。」

張一昂皺眉尋思了起來，要麼郎博圖撒謊，要麼屍檢結果是錯的。郎博圖沒必要撒謊在十一月六日早晨見過周淇吧？這樣對他能有什麼好處？

難道果真屍檢有問題？看這陳法醫腰椎間盤突出的模樣，報告寫錯了，倒也很有可能。

他對著監視器說了句：「你們把陳法醫叫過來。」

監控器背後的眾刑警面面相覷，大家看著剛剛的一番審訊，都覺得郎博圖沒必要在這個問題上撒謊，那麼也就意味著屍檢報告出錯了。可是去找陳法醫告訴他屍檢結果是錯的，這……誰去呀？商量了半天，大家都慫恿李茜去，畢竟李茜是女性，陳老師總歸還是要講點紳士風度的嘛。

李茜無奈，只能硬著頭皮去了法醫辦公室，陳法醫聽說那個嫌疑人郎博圖又要找他，當即頭甩成撥浪鼓──我才不去，感冒發燒要找我，我這裡又不是醫院！

李茜解釋這次不是看病，是另外的事。

陳法醫冷哼一聲，堅決表示──甭管妳今天怎麼說，說破嘴皮子，我也不會去。我這還預約了打架鬥毆的傷情鑑定，可沒工夫理這些破事。

李茜支吾著說，這次事情比較急，麻煩陳老師務必去一下審訊室。

陳法醫見她這副表情，奇怪地問：「到底什麼事？」

「那個……那個……」李茜深吸一口氣，膽戰心驚地閉起眼睛，「嫌疑人說屍檢報告是錯的，他說我們單位法醫不專業。」

她緊緊咬著牙，等了三秒鐘才睜開眼，只見陳法醫操起一把解剖刀直接往外衝出去。

「咚咚咚」，審訊室響起急切的敲門聲，刑審員抬頭一看窗口的陳法醫，馬上開門迎接。他剛轉開鎖，陳法醫就轟一把推門進來，徑直衝到郎博圖面前，舉起解剖刀架在對方脖子上。

「是你說法醫不專業？」

郎博圖被鎖在審訊椅上動彈不得，想到審訊過程中可能會遇到點手段，可做夢也沒想到有人會拿刀殺他，他一下子嚇得失語，話都喊不出來，只在心裡大叫「救命啊，救命啊，員警要殺人啦」。

幸好下一秒兩名刑審員反應過來，趕緊過去架住陳法醫，監視器後王瑞軍和宋星等人看到這情況，趕緊奔了過來。大家紛紛喊著：「陳老師陳老師，有話好說，大家都是文明人，沒必要動刀嘛。」

好說歹說，大家終於把陳法醫手裡的解剖刀小心翼翼地卸下來，將他勸到一旁坐下。

張一昂向他解釋：「陳老師，您屍檢報告說周淇死於十一月四日或五日，總之，死於陸一波之前，不過郎博圖說他在十一月六日早上在路上見過周淇，所以想諮詢一下——」

「他撒謊，他就是凶手！」陳法醫狠狠指著他，「我給出的屍檢結果絕對不會錯，陸一波肯定死於十一月五日晚上，周淇肯定死得比他還要早，不可能出錯。」

郎博圖見危險解除，終於可以發聲，小聲嘀咕：「我十一月六日早上明明見過周淇，你們屍檢肯定弄錯了。」

「你這殺人犯還敢撒謊！」陳法醫重捶一下桌子，怒指著他喝道，「我聽說你十一月六日下午就去北京出差了是吧？你想說周淇死在十一月六日之後，這樣你就有了不在場證明，我說得對不對?!」

「哦……」眾人眼睛紛紛放出光亮，都忍不住要鼓掌了。他們剛剛還想不通郎博圖為何要說他在十一月六日早上見過周淇，原來是為了製造不在場證明啊！難怪他去北京開莫名其妙的投資推薦會一去幾天，竟然另有目的。

陳法醫在眾人佩服的目光中，挺直腰板昂起頭，傲然指著他。「不過，科學就是科學，你的謊言被科學無情地粉碎了，你的口供和屍檢結果自相矛盾，證明你在撒謊！」

郎博圖嚥了下唾液，低頭看著他，怯弱地說：「為什麼……為什麼就不能是你的屍檢結果出錯？」

「因為我的屍檢報告，從來不會出錯！」

郎博圖面對陳法醫這副態度，咬咬牙，見對方手裡沒刀，這麼多刑警在場也不怕他對自己施暴。好吧，豁出去了——郎博圖抬起頭，質問陳法醫：「你屍檢判斷死亡時間要不要考慮天氣、溫度這些因素？」

「我當然要考慮，夏天和冬天發現的屍體，屋裡和戶外的屍體，經過同樣的時間，屍體狀況是完全不同的。如果不考慮天氣和溫度，看到同樣的屍體狀況，就會做出截然不同的結論，死亡時間甚至能差好幾天。這是考驗一個法醫的實際經驗！」

「那我倒要問問你，要是一具屍體在室內，裡面溫度很高，你判斷死亡時間會怎麼做？」

「真實死亡時間會比表面看起來的更短。」

「那就行了啊。」郎博圖撇撇嘴。

「行什麼？」陳法醫茫然不解地看著他，「你這話什麼意思？陸一波屍體是在戶外發現的，這個判斷非常準確。周淇屍體是在她家，屋子溫度比室外高不了幾度，當然，這些細小的差別我也會考慮進去的。所以結果不可能出錯！」

「這個啊——」眾刑警突然意識到了什麼，王瑞軍遲疑地插了句嘴：「陳老師，周淇死亡現場一開始不是這樣的。」

「怎麼回事？」陳法醫一頭霧水。

眾刑警回憶剛去到周淇家裡時，一進門覺得很熱，發現整個房子的中央空調都開到了最高溫度。陳法醫頓時大怒。「為什麼沒有保持原樣？誰把空調關掉的？」

眾人又回憶了一番，最後把目光對向了躲在角落低著頭的宋星，宋星解釋：「我窗戶沒開，現場還是保持原樣，就是嫌太悶熱了，所以……所以暫時把空調關了。你那天來得晚，所以……所以後來屋內溫度就恢復正常了。我不知道會……會對結果影響這麼大。」

所有人都數落起宋星來——這麼點常識都沒有，還是個老刑偵嗎？嫌案發現場悶熱，這麼點苦都吃不了，你做什麼員警啊？你去當個保安天天待空調房裡不是更好？

罵歸罵，大家一瞬間突然把目光一齊對向了郎博圖。

「周淇家裡情況怎麼樣，你是怎麼知道的？」

「我……我沒說啊，我只是舉個例子，我沒說周淇家啊。」郎博圖做著無力的解釋。

這一回，所有人對他是凶手都深信不疑了，所有的解釋都是那麼徒勞。只是接下去不管他們怎麼問，他堅持說剛才只是隨口舉例，沒有說周淇家的情況。他和這幾起命案毫無關係，如果員警有證據就逮捕他，不然就放了他。

人自然不能放，但現在最關鍵的是如何拿出實質性的證據，來證明確實是郎博圖殺的人，否則還真拿他沒辦法。

56

「局長，我們找電力公司調查清楚了，周淇家前天用電量突然飆升，也就是說空調是前天才開的，時間正是郎博圖來公安局之前。」

第二天，辦公室裡，眾人圍著張一昂，向他彙報最新的調查結果。

據陳法醫分析，郎博圖此計非常歹毒。

周淇家裡去年重新裝修，用的是智慧空調，可以用手機遠端遙控，八成在他們聊天時郎博圖知道了這點。郎博圖大概在十一月五日白天去到周淇家中，殺死周淇後，拿走了她的手機和陸一波辦公室鑰匙，又在當晚殺害陸一波，隨後潛入陸一波辦公室拿走了一些文件。同時，他在周淇家和陸一波辦公室都安裝了監視器，目的是監視警方查案的進展。

十一月六日郎博圖出差去北京，兩天後回到三江口，故意用虛擬手機號加變聲器撥打報警電話，告知陸一波的屍體位置。警方發現屍體後，自然要去查陸一波的人際關係。如果警方查到周淇是陸一波女朋友，就會去她家，他通過門口監控錄影看到有人去後，就會用手機遙控空調開到最高溫度。因為這不是抓捕罪犯，員警不會直接破門而入，拿鑰匙找家屬等一系列事情做完進房後，整個房間早已被中央空調打得火熱。如果警方沒查到周淇是陸一波女朋友，他一定會再次用匿名電話報警，讓警方及時找到周淇家。

所以他被警局傳喚時，先用周淇手機打開了她家的空調，到了警局後，故意在談話中透露周淇是陸一波的女朋友，引誘警方去周淇家中調查，發現空調房中的屍體。

按照郎博圖原來的計畫，警方找到周淇的屍體後，發現中央空調開到了最高溫度，法醫會認為環境溫度過高才導致腐爛速度加快，從而將她的死亡時間定得短一些，即認為陸一波死後周淇才死。而陸一波死後郎博圖有整整兩天的不在場證明，即便警方調查到他身上，也會根據他不在場的證明直接排除他的嫌疑。

按照陳法醫的解釋，如果郎博圖殺害周淇後直接將空調打開，環境變了，屍體腐壞程度也變了，兩個因素都變了，像他這樣經驗豐富的法醫判斷死亡時間也不會出錯。只有在臨近屍體被發現前，改變環境這單一因素，才會讓法醫對死亡時間產生誤判。

此計極其歹毒，陳法醫差點晚節不保。想明白後，陳法醫反而感謝宋星，郎博圖開了一晚上空調，結果在屍檢前宋星把空調關了，導致屍檢結果中死者的死亡時間反而比實際的更長了，負負得正，郎博圖的陰謀沒有得逞，這才導致他惱羞成怒，脫口而出，質疑陳法醫的專業水準。

質疑陳法醫專業水準的從來沒有好下場，郎博圖就是最好的例子，看吧，他不就露餡兒了嗎？郎博圖的陰謀是弄清了，可現在的問題是沒證據，什麼物證也沒有，郎博圖一口咬定命案跟他無關，怎麼定罪呢？員警們現在都知道人是他殺的，可法律層面上不支持啊。

這時，李茜推開門，興高采烈地走進來，手裡拎著一個透明塑膠袋，裡面裝了支手機。

「局長，周淇的手機找到了，郎博圖可以定罪了。」

張一昂拄著拐杖猛然起身。「太好了！」

眾人紛紛不解李茜是怎麼找到周淇手機的。

張一昂拿著袋子便朝審訊室走去，讓人安排再次提審郎博圖。同時吩咐宋星安排兩隊人員，一隊去郎博圖家，一隊去郎博圖的公司，等待他的命令，隨時進去搜查。

待郎博圖就坐，張一昂馬上掏出物證袋，朝他冷笑。

「郎博圖，你看仔細了，這是誰的手機？」

郎博圖盯著手機看了幾秒，頓時臉色大變。「這……這不可能。」

「怎麼不可能啊？昨天你被我們傳喚前，在公司把周淇的手機關機後扔掉了，我們到處去找，最後你們公司的保潔員撿到手機交了出來。」

郎博圖神色古怪地咬住牙。「原來是這樣。」

「那你說吧，其他殺人的刀片等東西被你藏哪兒去了？」

郎博圖考慮了幾秒，說：「都在我家汽車庫，拆下來扔到一旁了。」

審訊室和監控器背後的眾人集體發出了一聲喝彩，案件終於水落石出了！

「你總算是招了啊，不容易，」張一昂哈哈一笑，「其實嘛，我是騙你的，這根本不是周淇的手機，是我打聽清楚周淇用的手機後，找人借了個二手的。」

眾人一愣，心裡都在說張局這招也太高明了吧？硬生生把他的口供騙出來了。

還沒等大家高興完，郎博圖也哈哈一笑。「其實我也是騙你的，我家車庫根本沒什麼凶器，人根本就不是我殺的，你們隨便搜好了。」

眾人再次愣住，乾瞪眼望著張局，這下該怎麼收場？他知道了警方詐他，恐怕更審不出物證藏在哪了吧？

誰知張一昂繼續哈哈大笑。「我本來也沒指望靠這招能讓你全招了，我只是試探你一下，驗證我一個結論。」

郎博圖停頓了幾秒，突然有種很不好的預感，臉色大變，重重嚥了下唾沫，緩緩問：「你要驗證什麼？」

「前天傳喚你來公安局之前，你公司外面布滿了我的人，你來之前將周淇的手機關機，也就是說當時周淇的手機還在你公司，你之後就到公安局再沒機會出去。我就在想，這手機會在哪裡？一種可能，你在公司裡將手機扔進了垃圾桶，隨著垃圾運走了，可我剛才一說是保潔員撿到的，你就說不可能。那麼唯一的可能，就是手機還在你公司裡藏著！只要確定了這點，哪怕手機再小，只要我們投入足夠的人力，花費足夠的時間，一定能在你公司把手機找出來！」

這番話說完，郎博圖頓時臉如土色，萬念俱灰，幾秒鐘後，身體完全癱軟，軟趴趴地靠在審訊椅上，眼中失去了光亮。

「現在給你個機會，如果你痛快點把手機藏在哪兒說出來，省去我們這麼多人搜查的力氣，那麼你進監獄後，我也會吩咐獄警對你客氣點。如果你還是嘴硬，讓我們這麼多人把你公司翻個遍才把手機找出來，那麼也不用我說了，這麼多人加班不累啊？你蹲監獄後給你安排跟一幫強姦犯住一間怎麼樣？瞧你這細皮嫩肉的公子哥兒，應該滿招人喜歡吧？」

聽聞此言，郎博圖渾身戰慄起來，聲音顫抖地說：「手機……手機在我隔壁副總辦公室頂上的空調洞裡，凶器……凶器是裝在一塊改裝板上的刀片，我都扔江裡了，我家北面的那條江裡，我配合你們找到。」

張一昂輕笑一聲，馬上打電話給守在郎博圖公司外面的員警，讓他們到副總辦公室的空調洞裡去找手機。短短五分鐘後，捷報傳來，周淇的手機找到了。這下口供、物證俱全，郎博圖定是插翅難飛了。

所有刑警發出了歡呼聲，這一番詐他反被詐、再詐他最後出結果的操作，簡直是教科書般的審訊技巧啊！所有人徹底拜服於張局的刑偵藝術之下了。

張一昂終於輕鬆了，朝郎博圖笑了笑。

「剩下的事，你配合審訊，也少吃點苦，政策就不用多交代了，你好自為之。」

「等等——」郎博圖全身無力地抬起頭，叫住了他，不甘心地道，「我設計這麼周全，到底是為什麼？為什麼你在什麼證據都沒有的時候就鎖定我了？為什麼你非要懷疑我？」

是啊，為什麼張局一開始就認定了郎博圖，哪怕其他人有再多不同意見，張局對郎博圖是凶手始終深信不疑呢？難道張局是因為郎博圖在錄音裡的那段話，公報私仇，結果歪打正著？

張一昂微微一笑，重新坐下，鎮定自若地看著他，說：「因為你的自作聰明啊。」

「我……我自作聰明？」郎博圖茫然望著他。

「陸一波死後，我看到他辦公室抽屜裡的兩張照片，再加上調查了一些往事，很快就想明白了你的犯罪動機。」

「你……你知道我的犯罪動機？」

張一昂嘆口氣。「很多做父母的不懂得對子女一碗水端平，導致了許許多多的悲劇。就拿你家來說吧，你爸媽從小偏心你這個小兒子，連工廠都用你名字，叫奧圖，不叫奧文。你爸去世後，你媽把整個工廠轉到了你名下，沒你哥的份兒，他只能出走跟著周榮做生意。你呢，不好好珍惜，胡亂經營，信手揮霍，搞了幾年，廠都快倒閉了。這時候恰好有個員工舉報你騙取國家退稅，不但要罰款，員警還把你抓了，當時正是葉劍親手抓了你。後來工廠被變賣，你哥郎博文和周榮接過去了，重新把工廠經營上軌道，把你踢出了局。你出獄後想明白了，這分明是一個局。你哥郎博文聯手周榮、葉劍、陸一波設局，目的是把你爸媽獨留給你的工廠從你手裡拿走。你心裡當然生氣，表面還得感激你哥，從此以後只能低著頭活在他的羽翼下。你看著他和周榮的事業越做越大，心裡更是不平衡，於是開始籌畫著報仇。周榮，你沒本事下手，只能從最容易的來。最好殺的當然是葉劍，別看他是一個刑警，可他向來獨來獨往。你在飯局上偷偷給他留字條，大約寫了某些能引起他興趣的話，將他約到湖邊殺害。殺了他後，你等待許久，員警甚至都沒找你談過話，你對殺人更有把握了，於是又殺了陸一波和周淇。另外關於郎博文，他現在失聯了，其實也未必吧？說不定已經被你殺了吧？」

「你說什麼？」郎博圖直起身體。

張一昂雙手一攤。「這我也只是猜測，沒有發現他屍體前無法下結論，你趁周榮出事的時候殺他最好不過，我們也會懷疑他是畏罪潛逃。我只能說你做得很聰明，尤其是故意偽造周淇家的犯罪現場，差點兒誤導我們對死亡時間的認定，讓你有了不在場證明。不過你運氣實在不好，遇上我了。你千不該萬不該，不該在葉劍的死亡現場寫下我的名字，試圖嫁禍給我。」

「我在葉劍的死亡現場寫了你的名字？」郎博圖瞪大眼睛。

「是啊，你更不應該在殺害葉劍和陸一波後，還留下當年的兩張合照畫蛇添足。這種犯罪心理很常見，這是一種報仇的快感——看哪，當年的仇終於報了。可這真是多此一舉，你智商很高，布的局很漂亮，可所有高智商罪犯都有個致命問題，總喜歡在犯罪過程中彰顯自己。」

「我……我留下兩張合照？」

張一昂奇怪地看著他的反應。「難道不是嗎？」

「你……你在說什麼啊？根本不是你說的這麼回事！」郎博圖整張臉都充滿血，激動地叫出聲，「你難道不知道舉報信的事？」

「舉報信？」

「葉劍給高棟寫了匿名舉報信，告周榮殺害盧正滅口啊！」

張一昂頓時想起他來三江口的起因，這匿名舉報人是葉劍？

他遲疑地問：「那封信是葉劍寫的？」

郎博圖憤怒地嚷起來：「當然是葉劍寫的。盧正跟蹤羅子岳，查到他和周榮的關係，周榮派人殺了盧正投屍江中。葉劍懷疑盧正的失蹤跟周榮有關，所以一直暗中調查，還挖到了陸一波叛變，還給高棟寫了匿名舉報信。」

「你怎麼知道這封信的事？」張一昂知道舉報信是交給高棟的，周衛東並不知道這封信的存在，周榮一夥人更是不會知道了。

「因為我在我哥車上發現了一個竊聽器！」郎博圖冷聲道，「我私下調查，認為最有嫌疑也有條件做這事的人就是陸一波，所以我找到陸一波跟他當面攤牌，他禁不住我逼問，承認了葉劍要他配合查周榮，勸他不要再跟著周榮，以免越陷越深，還說葉劍給高棟寫了一封匿名舉報信，高棟會派人來調查。所以我才在吃飯那天故意給葉劍留字條，暗示他『我知道你想要的答案』，約他到河邊見面，趁機殺他滅口。當時車頭這麼多把刀扎中葉劍，他居然當場沒死，還跳河裡游走了，我遠遠看著他游到對岸斷了氣，那裡全是泥地，我不敢過去留下腳印，我根本沒走到他旁邊，怎麼可能留下字？」

張一昂一愣，瞬間整件事情都明白了，葉劍是好人，在臨死前意識到舉報信的事曝光了，對方要殺人滅口。他故意拿出水療會所的卡片是為了提醒警方，快去找陸一波。他寫下張一昂的名字還加了個感嘆號，是暗示張一昂，他們要找的舉報人就是他，接下去的事就全部拜託張一昂了！葉劍在臨死前忍住劇痛，苦心孤詣做出的兩個暗示，居然一個都沒被張一昂讀懂。

郎博圖氣呼呼地看著他，繼續說：「葉劍被殺後，想必陸一波知道是我幹的，他也不敢多說什麼。我觀察他和周淇多時，覺得他們倆始終是不定時炸彈，那天周榮USB被人拿走，我哥怕事情解決不了受牽連，先行離開三江口，我則殺了周淇和陸一波，再將他公司的一些私帳資料拿走銷毀，以絕後患。你說的這些完全不存在，我年輕時不懂事，把父母一輩子心血都敗了，我哥把工廠保回來，我感激還來不及！我殺人是為了保護我哥，哪裡是因為記恨他？還有，我爸媽對我們兄弟倆一視同仁，工廠給我是因為我哥不要，給他錢去做生意了。工廠叫奧圖根本不是因為我的名字，奧圖英語就叫『Auto』，是『汽車』的意思，汽配廠叫這個名字不是很正常嗎？」

一名刑審員拍了下桌子，喝道：「一派胡言，汽車的英語叫Car，你以為我們員警就不懂英語了？」

郎博圖發出「嘿嘿」一聲冷笑，旁邊另一名刑審員悄悄提醒同事，「Auto」也是汽車的意思。

張一昂咳嗽一聲，問道：「那為何葉劍家和陸一波辦公室都有你寫日期的照片？你為什麼看到那兩張照片就面色大變？」

郎博圖吼道：「這照片我們每個人都有，葉劍放家裡不是很正常？陸一波為什麼放辦公室我怎麼知道啊？寫日期是因為後來在紀念日的時候發現沒寫時間，我字寫得好就叫我標一下，這又怎麼了？我緊張是因為我以為你發現了我們幾個的真實關係，知道我犯罪動機啊！誰想到你什麼都不知道，你什麼都不知道，居然把我審出來了，我——」「噗」一聲，郎博圖竟然噴出來一口鮮血。

監控器後的一干員警全部呆住了。

如果一開始讀懂了葉劍的暗示，就不會查到水療會所，不查水療會所就不會查到鄭勇兵，也就不會在他家發現劉備，不會導致劉備逃亡，劉備不逃亡就不會冒險偷編鐘，以至於後面所有事情都要改寫。

這一切的源頭都是葉劍臨死留下的兩個暗示都被錯誤解讀了？

可是一開始的假設前提就是錯的，甚至他們的整個調查方向也是錯的，連屍檢過程也出了錯，可為什麼在從頭錯到尾的情況下，還是把這精心布局的高智商罪犯抓出來了？

大家都尷尬地看向了張一昂。

張一昂哈哈一笑，卻是面不改色，淡定地問：「那麼殺人的事是你一個人幹的，還是周榮或是郎博文指示的？」

「當然是我一個人幹的，這事他們倆都不知道。周榮跟葉劍情同手足，就算知道葉劍查他，他也不會對付葉劍。殺人滅口的事我也不能讓我哥知道，他從小到大照顧我，肯定反對我這麼幹，我只能自己替他解決這些麻煩。」

「你別把事情都自己扛，我不信沒郎博文的授意你敢這麼幹。」

「就是我自己幹的。」

「這我得審過才知道，他在哪兒？」

「在……」

「在哪兒啊？」

「我不知道他在哪兒。」

幾個員警都笑了起來，剛剛郎博圖一瞬間的表情顯然知道郎博文在哪兒，既然確定他知道郎博文的行蹤，那麼審問出來也只是時間問題了。

張一昂輕鬆地吐了口氣，搖搖頭。「我剛才跟你說了這麼多，可就為了等你的這一句。你以為我真不知道葉劍的暗示？開玩笑！」

他輕蔑地一笑，監控室裡的員警們紛紛好奇地瞧著他。

「葉劍出事那會兒，我很快就意識到了葉劍就是舉報人，但是我一個外來的查周榮，最擔心什麼？擔心警局裡有周榮的人，因為這事情涉及盧正被害，以及背後公安廳某些領導，我連最親近的幾個也不能百分之百相信。唉，那時我心裡的苦沒人知道。」他眼神複雜地朝監控器看了眼，監控室裡的眾人雖然知道他看不見，但也都一個勁點頭，表示很理解張局的內心。李茜更是悄無聲息地說了句——其實我懂你。她眼睛都泛紅了。

「那時我既要暗中調查，又不能讓人知道我發現了什麼，只能是大智若愚，有時候不得不將錯就錯，但我心裡非常清楚，調查該怎麼進行，我們這一個個案件走到如今，不容易啊！」

眾刑警都感同身受地感慨，確實不容易。

「好在我們一起查案，一起奮戰，經過這麼多場戰役的檢驗，我滿懷感激地發現，我們每個兄弟都是正派的，都是優秀的刑警！」

監控室裡這麼多員警的手都不由自主地緊緊握在了一起，這話太暖心了！

「我臨時給你編了另一個不同版本的犯罪故事，就是為了激你，逼你說出實情！我本來還擔心你不會上當，誰知你這麼輕而易舉就上鉤了，這場鉤心鬥角這麼快收場，也真是索然無味。」

「你……你剛才的話，都是編的？」郎博圖鮮血噎了下去，可胸口更悶了。

「不然呢？這麼愚蠢的故事只有傻瓜才會信，可是偏偏你信了。」

監控室裡的刑警們總算鬆了口氣，原來剛才這些都是張局編的，這樣的故事「傻瓜才會信」，他們也差點跟著信了，都自嘲一番自己也當了回傻瓜。張局的審訊技巧真是高深莫測，這一番話就把郎博文行蹤詐出來了，還把郎博圖氣吐血了，真是高明。

「你……」郎博圖忍著內傷，「你到底是怎麼懷疑到我的？」

「這個嘛……」張一昂神祕莫測地一笑，指指腦袋，「直覺——一個刑警的直覺！」

所有人都愣在原地，幾秒後，張一昂起身推開門，甚至連拐杖都不需要了，背過手，悠然離去。只留給眾人一個背影，那上面彷彿憑空寫著兩個字——神探。

〈全書完〉